KB098047

나는 한 마리 섬나비

나는 한 마리 섬나비

조영남 에세이

스핑크스

차례

◦ 1장 ◦

틈새를 슬퍼하고 미워할 이유

◦ 2장 ◦

눈을 잃어야 비로소 보이는 세상

◦ 3장 ◦

사그라들지 않는 유월의 총성

◦ 4장 ◦

천년 같은 하룻밤

◦ 5장 ◦

바다비원을 떠도는 유랑자

○

책을 펴내며

수필가이자 의사이면서 문학평론가인 조영남은 조몽안 씨의 손자이자 조용순 씨의 아들이었다. 그리고 조상선 씨의 남편이자 세 아들의 아버지요 많은 진도사람들과 나의 친구였다.

그는 1945년 음력 1월 5일 군내면 둔전리에서 태어나 군내초등학교와 고성중학교를 다닌 뒤 광주로 고등학교에 진학했으므로 나와는 함께 지낸 세월이 없었다. 따라서 1984년 그가 진도읍 성내리 평화여관 자리에 병원을 개업한 뒤에야 만난 사이였다.

그는 의사로서는 열정이 넘치고 목소리가 너무 크며 모든 상황을 재밌게 재구성하여 길게 설명하는 바람에 일과 후에도 집으로 사람들이 모여들었다. 따라서 거실은 읍내 사랑방이 되어 날마다 이쪽에서는 바둑을 두고 저쪽에서는 화투놀이를 하는데 역시 그의 목소리가 가장 컸다. 손님들은 자기들이 주인이 되어 대낮부터 모여 놀기 때문에 천사라 불리는 부인 조상선 씨는 과일이나 차뿐 아니라 식사를 제공하는 일이 일과이다시피 했다.

나는 그의 진료실에도 자주 들렀는데 워낙 사람을 좋아하는 성격이라 특별한 손님이 있을 때면 그이에게 소개했다. 어떤 때는 손님과의 이야기가 달아올라 지루해진 나는 먼저 나와버릴 때도 있었다.

조영남이 문학을 해야 한다고 생각한 것은, 어느 날 나에게 고백한 자신의 숨은 이야기 때문이었다. 그것은 그이가 여섯 살에 발발했던 한국전쟁 와중에 휩쓸린 가정사 스토리였다. 그 이야기를 나는 여기에 전할 수가 없다. 더 이상의 비극을 상상할 수 없기 때문이다.

이제부터는 글을 쓰라고 말했더니 무슨 글이며 문학이냐고 뒤로 물러섰다. 그러나 나는 자기의 글이 활자로 변해 소개되면 갑자기 자신감이 생긴다는 사실을 알기 때문에 그이를 작가로 만들고자 며칠간을 찾아다녔다. 그의 대표작은 역시 본인에게는 말하지 않았지만 나에게 고백했던 그의 패밀리 스토리라 생각했다. 어떻든 그 뒤로 그는 글쓰기에 몰두했다. 200자 원고지는 마치 중요한 리포트처럼 교열 흔적 전혀 없이 마감되었다. 오탈자가 있으면 새 원고지에 다시 쓰는 것이었다. 따라서 글 한 편에 너무 많은 시간이 소요되었다. 컴퓨터가 등장한 지 몇 년 뒤 나는 시간을 벌어야 한다며 또 주문했다. 그래서 그는 독수리가 되었다. 독수리는 걸어서 지구를 몇 바퀴나 돌았는지 모른다.

2017년 8월 25일 조영남 수필가가 떠났고, 지난해 그의 유작 원고가 진도문화원으로 옮겨졌다. 자그마치 25박스였다. 본인이 떠나면서 출판 걱정과 함께 가늠한 원고 분량은 책 20권이라 계산했다. 천만다행으로 진도군(이동진 군수)이 한 권의 발간비를 지원했고, 이혜선 편집자가 자기 일처럼 심혈을 기울여 조영남 유작 수필집 제1호《나는 한 마리 섬나비》가 세상에 얼굴을 보여주었다. 이로써 전에 펴냈던 조영남 수필집《적도바다에 들려오는 영혼의 모음》과《계절풍의 열국들》에 이어 그의 문학이 부분적으로 정리되었다. 조상선 부인은, 나머지 출판은 아이들의 몫이라고 말하지만 이 일이 언제 또 이어질는지 걱정이 앞선다. 남은 원고는 자서전을 비롯한 기행 수필, 문학평론, 진도 이야기, '진도 365경'이라는 진도관광 가이드 등이다. 그의 수필문학과 함께 진도를 널리 알리는 원고가 남아 있는 셈이다. 어떤 방법으로든 그의 값진 유고가 사장되지 않기를 기원한다.

2021년 12월

진도문화원장 박주언

1장 ◦ 틈새를 슬퍼하고 미워할 이유

○

새, 날개 그리고 꿈

이층 기와지붕 추녀 끝 둥지에서 아주 어린 참새 새끼가 뚝 떨어져 죽는다.

그보다 좀더 큰 참새 새끼가 또 뚝 떨어져 아직 죽지 않고 날개만 파닥거리고 있을 때 개가 물어 죽인다.

좀더 큰 놈이 또 떨어진다. 제법 날갯짓을 한다. 정원의 화단을 푸드득 폴짝 푸드득 폴짝, 나는 것인지 뛰는 것인지 모르겠다.

조금만 더 있으면 충분히 날 수 있을 텐데 왜 둥지 밖으로 먼저 튀어나왔을까? 아주 어린 참새 새끼들이야 둥지 끝자리에서 발을 헛디뎌 실수로 떨어져 죽었지만, 제법 날개를 푸덕거리는 놈은 실수가 아닌 것 같다. 아무래도 그 자신이 성급하게 둥지 바깥으로 나선 것만 같다.

다 자란 자신의 날개를 쫙 펴보면서 어미 새처럼 푸른 하늘을 맘껏 날 수 있을 것만 같았으리라. 저 바깥세상은 어떻게 생겼을까? 얼마나 넓고 아름다우며 신기할까?

"엄마, 나도 바깥에 나갈 거야."

"얘야, 서둘지 마라. 아직 때가 되지 않았다."

그러나 호기심이 많은 고 녀석은 참지 못했음이 틀림없다. 어미 새가 집을 비운 사이 훌쩍 둥지 밖으로 뛰어 날개를 저었으리라. 기어코 일통을 저질러 말썽을 부리고 만 것이다.

제아무리 날개를 힘껏 저었으나 하늘을 엄마처럼 날지 못하고 정원 땅바닥에 곤두박질치고 말았다.

"아니, 이게 어찌 된 거야? 아이구, 이제 큰일났구나."

사방을 두리번거리니, 저쪽에는 개와 고양이가 있고, 이쪽에는 사람이 있다. 사람이 쳐다보며 서서히 다가온다.

그때 둥지에 돌아온 어미 참새가 즉시, 둥지에서 떨어진 새끼 주위에 날아와 맴돈다.

"엄마, 엄마, 나 잡혀 죽겠어. 어떻게 좀 해줘. 짹짹! 엄마 엄마 짹짹!"

"그래 내가 뭐라든. 어서 그대로 앉아 있지 말고 죽자 살자 힘을 써서 날아봐 짹짹. 아가, 아가, 짹짹."

그러자 엄마를 본 참새 새끼가 온갖 힘을 다 내 날개를 젓는다. 몸이 좀 하늘에 뜨는가 싶으면 여전히 몸이 무겁다. 낮은 나뭇가지에까지 가까스로 날아올랐으나 균형을 잡아 앉지 못하고 미끄러지고 굴러 다시 땅바닥에 곤두박질친다. 어미새는 머리 위를 맴돌며 다시 좀더 해보라고 가슴을 태우며 계속 짹짹거린다. 하늘과 땅에서 모자 간에 애가 탄다. 그러나 아무리 거듭 거듭 시도해도 점점 힘만 빠질 뿐 나무 위와 지붕까지는 다시 날아오를 수가 없다.

그 장면을 지켜보고 있을 때, 유아원에 다니는 간호사의 아들 민수가 달려온다.

"와, 참새 새끼다. 참새 새끼!"

"민수야, 잡아주랴?"

"아이 좋아라. 가지고 놀래요."

"그래 잡아주마, 가지고 놀아라."

참새 새끼는 이미 지치고 힘이 빠져 숨을 헐떡거리며 주저앉는다. 얼마나 애를 썼는지 잡으니 가슴이 아니 온몸이 팔딱거리며 부르르 떤다.

민수에게 건네주었다. 민수는 좋아라고, 발목에 실을 묶어 가지고 논다. 민수는 참새 새끼와 포르르 폴짝 포르르 폴짝 날고 뛰며 한껏 기쁨을 누린다. 참새 새끼는 모이도 물도 먹지 않고 시달리고 지쳐 결국 죽었다.

지붕 둥지에서 떨어져 제 힘을 다시 날아 올라가지 못하는 참새 새끼는 결국 죽는다. 이래도 죽고 저래도 죽는다. 아무리 안쓰럽고 불쌍해도 제비새끼처럼 제 둥지에 다시 넣어줄 수가 없다. 땅에서는 살 수 없기 때문이다. 어차피 죽을 바에야 개나 고양이에게 먹혀 죽지 않고 민수를 기쁘고 즐겁게 해주고 죽은 게 더 다행이다.

유년의 아이들에게 새처럼 부럽고 좋은 게 없다. 저마다 넓고 푸른 하늘을 맘껏 날아다니는 작은 새들이다. 그러나 그 새를 자신들이 쫓아가 잡을 수가 없다. 둥지에서 내리거나 떨어진 새끼들만을 만지고 또 가지고 놀 수 있다. 때문에 봄마당을 뛰는 아이들은 추녀 끝을 자꾸 쳐다보며 짹짹거리는 참새 새끼들을 좀 내려 달라 한다. 그러나 어른들은 내려주지 않는다. 죽는다는 것을 알기 때문이다. 새끼를 죽이는 것은 어미새를 죽이는 것보다 더 나쁘고 벌 받을 죄라며. 그때 아이들은 일면 수긍이 되기도 하고, 아니 되기도 하다.

참새 새끼가 죽으면 소녀들은 대체로 슬퍼한다. 그리고 양지쪽에 곱고 예쁘게 묻어준다. 그러나 소년들은 태연하다. 그냥 아무 곳이나 내던지고 아무렇지 않은 게 대부분이다.

왜 그럴까? 소녀들에게는 죽음에 예민하고 그게 슬프기 때문이리라. 그러나 소년들에게 그것은 죽음이 아닐지도 모른다. 퍼덕거리는 날개, 그 기쁨과 즐거움 그리고 언젠가는 지붕 하늘까지 날아 올라갈 것이라는 꿈이 가슴을 더 크게 지배하고 있기 때문일 것이다. 나 자신의 유년처럼. 그렇지 않고서야 개구리를 잡아 면도칼로 수도 없이 배를 갈라 속창을 들여다보곤 했을까.

어린 민수는 벌써 내 유년처럼 작은 날개 하나를 간직했다.

"민수야, 참새 새끼 재미있었어?"

"예. 아주 재미있었어요. 또 잡아주세요."

"암 그렇고말고. 또 잡아주지."

많은 새끼 새들과 아이들 중 누군가는 어미 품 둥지를 먼저 벗어나고자 한다.

그것은 날개일 뿐 결코 죽음이 아니다.

봄이면 우리 집 병원 뜨락엔 2층 기와 추녀 끝 지붕에서 참새 새끼들이 자꾸만 뛰어내린다.

민수는 자꾸만 짹짹거리는 추녀 끝 지붕의 넓고 푸른 하늘을 쳐다보고…….

(2002)

○

기젓

오늘 유정柳亭이 진찰실에 차茶를 가져와 불쑥 내민 것이 기젓(게젓의 방언)이었다.

지금은 가을걷이가 막바지에 이른 늦가을. 텅 빈 논바닥 베인 벼포기가 머지않아 북녘에서 날아오는 오리들을 불러 모을 것만 같다.

지난 일요일, 비디오를 메고 성죽굴에 들어섰던 이 가을은 내게 유별난 가을이다. 어떤 그리움으로 성죽굴에 뛰어들었을까. 그곳에 다사로운 햇살은 내리고, 구기자밭 아낙네들의 일손이 분주하다. 그 밭골에, 시름 속에서도 부르던 옛 농부가는 왜 뜨지 않았을까. 바구니 가득, 건드리기조차 아까운 구기자 고운 알맹이들이 왜 그리도 붉었을까. 뻐꾸기 울던 산발치 밭이 잡혀온다. 목화씨 뿌리던 어머니의 삼베적삼이 보인다. 듬성듬성 허전한 배추밭골과 그 모퉁이 허술한 리어카조차 쓸쓸하고……. 추곡수매가 주름살에도 일손만은 왜 그리도 바쁜지.

걷고 있는 길가 밭 둔덕까지 무성한 억새꽃들이 바람에 흐느

적이고, 앞 산등성이엔 마른 풀나무들이 저리도 풍성한가. 그때의 산등성이라면……. 마른 풀숲에 묻혀 살던 처녀 고운 누나의 얼굴이 다가선다.

그의 노래집 2천 권의 첫 권 첫 장을 펼치고 그 억센 괭이손으로 손수 '石柳亭(석류정)'이라 이름 하더니……. 오늘 이렇게 진찰실에 그 柳亭(유정)으로 어느 流情(유정)의 기젓이 왔다.

시커멓고 짜디짠 기젓. 보기에도 흉측스러운 기젓을 난 왜 지금까지 버리지 못하고 좋아할까. 유정이 내어놓은 기젓 병 뚜껑을 열고 코끝을 대어보니 향이 그윽하다. 고추와 마늘 함량이 아주 잘 맞아떨어짐이다.

내게 이렇게 기젓이 있음은, 입과 창자가 기젓으로 젖어 있음은, 옛날이 있기 때문이다. 그날의 가을바람 불던 산등성이가 있기 때문이리라. 모두가 보릿고개들과 철나무 산등성이를 쉽게 쉽게 잊는데 나는 왜 그날을 벗지 못하는가. 그 들과 산은 가고 어머니마저 산 따라 가셨으나 나는 다 보내지 못한다. 추석 전부터 가파른 산비탈로 뛰던 누나. 남자 어른이 있는 집안은 발 빠르게 먼저 자기 땅을 차지해버리고, 아직 어린 소녀 누나는 남은 처질거리 박토 산봉다리에서 산억새꽃을 부여잡았으리라. 듬성듬성 작은 키 마른 풀잎과 떡갈잎들이 가을 풀벌레 울음을 빚어도 누나에겐 슬픔이 없었다. 들일에 지침도 보이지 않았다. 그나마도 다행이며 지난해보다 낫다고 밝은 표정의 고운 누나 얼굴. 집 옆 마당에 그 철나무벼늘을 쌓고, 백설이 온 산과 들에 소복이 쌓여 평화와 휴식의 대설원을 이루면, 군불 굴뚝엔 푸른 연기 피어오르고. 감자 쳐놓고 우린 얼마나 행복했던가. 누나와 난 두 여동생들과 함께 노랠 부르며 꿈을 꾸었지. 그 행복과 아름다운 날들을 정녕코 난 다 보낼 수가 없다.

그 행복한 날에, 난 정말이지 철이 없었다. 일이라곤 죽도록 싫었고 꾀만을 부렸다. 늘 누나가 안타까우면서도. 궂은일 도맡아 하면서도 늘 다정한 미소로 누난 나더러 공부만 하라 했을까. 어머니의 성화에 못 이겨 그 철나무 산에 올랐을 때도 누난 지겟단 뒤뚱거리는 나를 더 안쓰러워했다.

그러한 날에, 기껏해야 몇 차례에 불과하나, 그 산등성이엔 내게 전혀 새로운 어떤 행복감이 있었다. 결코 하기 싫은 일에도 미묘한 행복감이 숨어 있었다. 솔가지에 가을볕 가리우고 등성이 바람에 땀을 식히며, 펼쳐놓은 도시락. 보리밥 가득 대발 밥바구니와 시커먼 기젓 한 그릇. 어머니, 누나와 함께 앉아 먹던 그 맛을 누가 알며, 그 순간의 행복은 지금 어데로 갔는가.

그로부터 시오리 산고개 넘는 학교길, 내 도시락 기젓 종지기는 싫지 않았다. 그 길 뛰고 나면 기젓으로 뒤범벅이 된 보리밥도 싫지 않았다. 중학 시절까지 도시락 기젓 종지기를 마다하지 않음이 오늘의 나의 입맛을 들여놓았을까.

그로부터 지금까지 기젓은 내게 최상의 찬이다. 그 시절, 냄새만으로도 오장육부를 흔들어놓던 갈치꼬리, 돼지고기, 닭고기인데 지금은 엄청난 진수성찬에 젓가락이 가질 않는다. 처에게 아무리 외쳐대봤자 맛볼 수 없는 기젓. 내 속을 다 헤아리시는 어머님마저 그 산에 가셨으니……. 어느 곳에서나 기젓만 보면 환장한 사람처럼 되어버리는가.

오늘 이렇게 이 가을의 성죽굴 시정詩情으로 유정의 손에 들려 기젓을 보내준 여인이 과연 내게 어떤 사람인가. 분명 울림을 알고, 울림을 가꾸며, 울림으로 오늘을 사는 곱고 아름다운 여인이다.

그녀를 생각하고 있으려니, 나의 수필 추천을 축하해주던 기념회석상이 다시 떠오른다. 내게 소감을 물었을 때, 순간 나의 머리는 기젓과 체호프로 가득 차 있었다. 그리고 어느 결에 기젓을 말하고 있었다. 그렇다. 내 입맛에 맞는 최상의 것은 기젓이다. 나는 그 기젓을 버리지 못한다. 사랑한다. 결코 거기에서 벗어날 수는 없다고 외치고 있었다.

“저는 기젓과 같은 사람이 되고자 합니다. 문학의 진수성찬 잔치마당엔 온갖 화려한 고급요리들뿐입니다. 보리밥에 제격인 시커먼 기젓이 어찌 그 잔칫상에 어울리겠습니까. 하지만, 버리지만 않는다면 그 한 모퉁이 구석에라도 서고 싶습니다. 저와 같이 진수성찬에 입맛이 가셔버린 사람이라면 떨치지 못하는 향수처럼 보리밥에 그 기젓을 그릴 수도 있기 때문입니다.”

이틀 전날 밤 아버님 제일에 누님이 오셨다. 세파의 주름 가득한 얼굴이나, 변함없는 그 옛 산등성이 곱고 아름다운 평화다. 41년 만에 어머님과 함께 앉으신 아버님이시다. 어머님 또한 아들보다 젊고 고운 청운의 님 곁이시다. 그 상에 기젓 한 그릇이라도 있으면 싶지만, 처는 벌써 진수성찬으로 가득 채웠다.

"유세차……." 처음 시작하는 나의 독축에 촉광 사이로 향연이 피어오른다. 누님은 그 기젓을 잊었을까. 진절머리가 났을지도 모른다. 난 기젓 얘기를 내어놓지 못하고 말았다.

그 기젓은 나의 가을이다. 나의 어제와 오늘이며 내가 가야 할 내일이다.

이 가을, 그렇게 오늘은 내게 기젓이 왔다.

(1992)

○

틈새

어린 소년이 썩은 문짝 틈새 앞에 홀로 쭈그리고 앉아 있다.

넓고 푸른 바다가 가슴을 열고, 작고 하얀 종이배 하나 둥둥둥 떠간다.

마을 앞 넓은 포구 구불구불한 원둑길에 나서 홀로 걷는 게 이제 소년에겐 하나의 버릇이다.

마을 아이들과 함께 뛰놀다가, 더러는 집에서도 불현듯 소년은 포구를 향해 달음질친다. 무엇인가 잃어버린 것이 생각나 찾으러 나서는 것만 같다.

방천둑, 논둑길을 달려 원둑에 올라서면 그때부턴 천천히 걷는다. 원둑은 소년에게 상당히 높다. 올라서면 넓고 푸른 바다가 가슴을 활짝 열고 푸른 파도 하얀 물보라가 한없이 소년에게로 달려와 발 아래 출싹댄다. 온갖 물새들이 우짖고 갈매기들이 파도 위를 난다. 흰 돛단배들이 먼 꿈을 실어 나른다.

원둑은 구불구불 원건네 쪽을 향해 한없이 뻗는다. 일곱 살부터 소년이 걷는 그 원둑길은 그 자신이 홀로 가야 할 길이라는 것을 안다.

그 구불구불 원둑길을 걷다 보면 마을 어른을 만나기도 한다.

"안녕하세요."

"오, 너구나, 무슨 일이냐?"

"그냥 나왔어요."

"그냥 나와?"

"……."

지나간다. 대답하기가 싫다.

건너편을 바라본다. 푸른 파도 바다 건너편은 뭍이다. 기차를 타면 단숨에 요동 만주벌까지 달릴 수 있는. 푸른 파도 위에 배를 타면 현해탄이라는 더 넓은 바다를 건너 일본에 갈 수 있다.

소년은 조개껍질들을 주워 던지며 건너편에 노래를 띄운다.

"초록빛 바닷물에 두 손을 담그면~"

"퐁당퐁당 돌을 던지자 / 누나 몰래 돌을 던지자 / 냇물아 퍼져라 멀리멀리 퍼져라 / 건너편에 앉아서~"

분명코 건너편에 누군가 앉아서 웃으며 손짓한다. 바다와 하늘이 맞닿은 흰 구름 가에서 두 얼굴이 비친다.

그 건너편은 참 신기하다. 눈을 뜨면 원건네보다 아득히 머나 조용히 눈을 감으면 지척이다. 아니 어느새 그곳이다. 눈을 뜨면 보이지 않는 것이 왜 눈 감으면 사라져버린 얼굴들이 보이고 그 목소리까지 들릴까?

소년은 그게 좋아 자신도 모르게 원둑길에 나서는 것인지도 모른다. 여전히 유년의 황태자 시절의 신비와 의문들에 휩싸여 그 기쁨을 누리며, 이제는 대답해줄 사람 없는 그 대답을 스스로 찾기 위해 원둑 바닷가에 나오는 것일지 모른다. 어찌 됐든 소년은 자신이 왜 그토록 자꾸만 바닷가에 홀로 나오는 것인가 그 이유를 잘 모른다. 다만 가장 분명한 것은 홀로가 아니면 나서지 않고, 그 기쁨이 없다는 것이다.

홀로 원둑을 걷고 있을 때 바다와 하늘 끝자리 건너편에서 다정한 목소리가 소년에게 다시 다가선다.

"영남아, 이제부터는 너 홀로 살아가야 할 터인즉, 그럴 수 있겠느냐?"

"예, 할아버지, 저는 이제 어린아이가 아니잖아요. 얼마든지 그럴 수 있어요."

"암, 그렇고말고, 사내장부는 마땅히 그래야지. 이 할애비가 괜한 말을 물었구나. 그럼 됐다. 자, 이제 당장 일어나 떠나거라."

"예, 할아버지."

그렇게 달도 없는 밤, 30리 길 외가로 떠났다. 여섯 살 여름이었다. 그리고 늦가을에야 집에 돌아오니 할아버지는 마당 옆 텃밭에 아무 말 없는 봉분으로 계셨다. 눈에 아무 흔적도 말 한 마디도 없는 아버지와 숙부는 물을 필요가 없었다.

그러나 여전히 할아버지와 함께 미소 짓는 아버지 얼굴이 묻는다.

"영남아, 지낼 만하냐? 함께 가자던 만주와 일본, 약속을 지키지 못해 미안하구나. 그러나 너는 얼마든지 홀로 갈 수가 있어. 너의 그 마음과 꿈을 버리지 않으면."

"보세요. 잘 지내고 있잖아요. 끄떡없어요. 할아버지께 이미 약속한걸요. 사실 아버지와 몇 차례 여기 낚시터에서 함께 보낸 것뿐 저와 함께 지낸 적 있나요? 꼭 만주벌과 현해탄을 홀로 가겠어요. 두고 보세요. 저는 이제 더 이상 묻지도 말하지도 않아요. 물을 사람이 없잖아요. 여기에 나온 것을 어머니와 누나도 몰라요. 저만 살짝 나왔어요. 제가 그걸 말하겠어요?"

소년은 원둑길을 걷는다. 언제나 발걸음이 멈추는 곳은 원둑이 굽어지는 창목가 옛 낚시터이다. 그 창목가에 옛날처럼 쭈그려 앉는다. 손에는 아무것도 없다. 창목을 내려다보며 작은 종이배를 접는다.

창목의 나무 문짝은 썩었다. 유년과 똑같으나 그때는 썩은 문짝임을 몰랐을 뿐이다. 썩은 나무문짝 틈새로 바닷물이 들고 나면서 소리를 낸다. 물거품들이 일고 스러지기를 거듭하며 둥둥 떠간다. 그것들을 바라보는 게 소년은 신기하고 기쁘다. 아무리 보고 또 보아도 지루하거나 싫증이 나지 않는다. 소년은 원둑 풀숲의 풀잎을 뜯어 문짝 가까이 던진다. 그리고 그 풀잎들이 문짝 틈새를 무사히 빠져나가는가를 살핀다. 들물과 썰물에 따라 던지는 곳이 다르다. 그리고 반대쪽으로 달려간다.

그 실험을 거듭하고 관찰 확인한 뒤에 소년은 썰물을 기다린다. 그리고 썰물이 시작되면 하얀 종이배를 개여울 쪽에 띄운다. 무사히 문짝 틈새를 빠져나가 둥둥둥 북 치며 바다 건너편 멀리 멀리 가기를 바라는 것이다.

썩은 문짝 틈새는 빠른 흐름과 소용돌이로 작은 종이배를 당장 빨아들여 삼킨다. 소년은 재빨리 반대편 바다 쪽으로 달려간다. 종이배가 보이지 않는다. 틈새에 끼어 걸리고 말았을까? 꿈이 틈새에 끼면 걱정이 된다.

충분히 지났을 시간, 소년은 하얀 물거품들 속을 찬찬히 살핀다. 그때 작은 종이배는 물거품들 속에 파묻혀 있기도 하고, 물속에서 물거품들 사이로 얼굴을 불쑥 내밀기도 한다.

"아! 나왔다, 나왔어!"

왜 그리 기쁠까?

종이배는 이미 물에 젖고 잠기고 넘어져 무겁게 떠간다. 그러나 마땅히 그럴 수밖에 없는 일, 소년은 아무렇지 않다. 종이배가 문짝 틈새를 무사히 빠져나와 물속에서 떠오른 것으로 충분하다. 그렇게 넘어져 엎어지고 물에 젖어 무거워진 배도 결코 무겁지 않고 빠르게 점점 넓은 바다로 달음질친다. 문짝 틈새 물살은 빠르고 세차기 때문이다.

소년은 배가 넘어지는 것은 상관하지 않는다. 빠르고 세차게 달음질치는 것을 더 좋아한다. 그래서 방천 개울물이 불고 빠를 때 배를 띄우고, 바람이 불 때 논벌에 돛배를 띄우곤 하는 것이다. 결국 종이배 하나 때문에 소년은 세차고 빠른 물길과 바람을 좋아하게 된 것이다.

둥둥둥 북 치며 멀리 멀리 건너편으로 종이배를 띄워 보내며 "잘 가거라, 잘 가, 어서 멀리 멀리 건너편으로……." 그렇게 손짓한다. 그리고 종이배가 사라지면 소년은 낚시터를 떠난다. 그런 밤이면 소년은 어김없이 하얀 종이배를 타고 끝없이 넓고 푸른 바다를 달려 화려한 건너편에 닿곤 한다. 행복한 것이다.

어언 50년 세월 작고 하얀 종이배를 띄우다 보니 인생이 틈새이다.

문짝 틈새의 하얀 종이배 말이다.

여섯 살 여름, 딱콩총소리와 죽창몽둥이패들의 고함소리. 틈새에서 소리도 흔적도 사라진 침묵들이 많다.

그러나 정작 더 큰 침묵의 틈새들은 그 후 50년 세월에 더 많았다. 같은 짝 사이에 빨강이다 파랑이다, 이것이다 저것이다, 옳다 그르다, 선이다 악이다, 사랑이다 증오다……. 그 틈새를 무사히 빠져나가기란 여간 쉬운 게 아니다.

그러나 그 문짝이 만약 썩지 않고 틈새가 없었더라면 종이배가 거대하고 높은 원둑을 넘고 지날 마음이라도 먹었을까?

스스로 세차고 빠른 물길이고자 하면 썩은 문짝 틈새를 찾아야 한다. 그리고 아주 작은 종이배가 되어 그 틈새를 빠져나가야 한다.

그 틈새를 다 빠져나가 물속에서 고개를 치켜들었을 때의 환희는 그 무엇과도 바꿀 수가 없다.

틈새를 슬퍼하고 미워할 이유가 없다.

어디에 또 썩은 문짝 틈새가 없을까?

쏴- 쏴- 세찬 물소리가 들린다.

(2002)

○

나리의 향수

병원 뒤뜰 앵두나무가 고운 꽃망울을 터뜨린 지 어제 같은데, 벌써 가지마다 앵두가 주렁주렁 그 붉은 마음으로 여름을 재촉한다. 봄이 가고, 여름이 이토록 풍요로운데 지난겨울의 허전함을 떨쳐버릴 수 없음은 저 앵두와 그 그루터기, 나의 '나리' 때문이다.

지난겨울, 나리는 다시는 내 곁에 돌아오지 못할 그의 영원한 고향으로 홀연히 떠나갔다.

고향.

과연 고향이 무엇일까?

왜 그리며 못 잊을까?

"현대인의 정신적 병폐는 마음의 고향을 상실한 데 있다"고 한 시인이 있다. 사람은 누구나 저마다 포근한 어머니의 품처럼 고향을 자기 마음속에 간직하고 있다.

빌딩숲, 회색 하늘에도 고향이 있는 것일까? 우리 민족의 대명절에서 고향을 짙게 느끼게 한다.

배움과 생활의 타향살이 시절, 고향이 그리우면 하늘과 흐르는 구름을 보곤 했다. 내 고향 남쪽바다 하늘이었다. 그러나 지금은 그 하늘 아래 살면서도 또 다른 하늘을 그린다.

고향에 내려온 후 진돗개 강아지 두 마리를 선물로 받았었다. 다섯 살 막내와 둘째 녀석이 "독"과 "진돌이"라 이름 짓고, 각기 자기 것으로 삼았다. 아이들의 기쁨이 대단했다. 그런데 불가불 독을 아이들 고모집에 보내게 되었을 때 막내는 참던 울음보를 터뜨렸고, 진돌이는 5개월을 넘기지 못하고 병사했다. 세 아이들의 슬픔과 실망이 너무나 컸었다. 결국 그들을 위해 나서지 않을 수 없게 되었다.

지난가을 어느 날.

성견을 찾아 나섰다. 식견이 있는 다른 분과 여러 면을 차로 쏘다니며 찾았다. 온 종일이었다. 최후에 사육전문가 집에서 하나를 골랐다. 7개월의 노란 털 암캐다.

고삐를 잡는 순간부터 그는 모든 것을 알아차린다. 온몸을 부들부들 떨며 눈초리에 긴장과 불안이 가득하다.

초등학교 시절, 어려운 살림에 어머니께서 우리 집 개를 해남 사람에게 팔았던 기억이 되살아난다. 그때 눈물을 떨구며 가지 않으려고 안간힘을 쓰는 그를 보고 우리 가족은 많이 울었다.

가까스로 그 강아지를 주인과 함께 차에 동승시켜 집으로 향했다. 돌아오는 길모퉁이 산등성이에 억새꽃이 만추 찬바람에 흐느적거리고, 석양하늘이 붉은 노을 구름을 서쪽으로 몰아가고 있었다.

집에 도착하니 아이들이 기쁨의 환호와 함께 와르르 달려든다. 그가 더 큰 불안에 싸여 웅크려 떨기 시작한다. 세 녀석들이 생각을 모아 '나리'라 이름 했다. "나리, 나리, 개나리" 그에게 어울리는 고운 이름이다.

고르고 윤기나게 고운 털빛. 마치 연미복 차림으로 귀족들 파티에 처음 나서는 청순하고 아리따운 처녀와 같다. 그 자태를 따라 나는 '나리娜女耳'라 했다. 한 송이 아름다운 꽃으로서 '娜莉(나리)'요, 여승처럼 고고함으로 '娜尼(나리)'이다.

좋은 집을 제공하고 쇠고기를 사 나르는 등 막내까지 바빠졌다. 그러나 실의와 두려움으로 나리는 아무리 좋은 음식조차 아랑곳하지 않고 꼬박 3일을 굶었다. 그 후 다소 먹기 시작했으나 새 환경 새 생활에 쉽게 적응하지 못한다. 바깥이 추운 날은 나와 함께 진찰실에 있게 했고, 밤엔 진찰실 난로를 끄지 않고 재웠다. 산책을 하고 갖가지 좋은 음식을 주는 등 온갖 사랑과 정성을 다 그에게 쏟았다. 그래도 그는 늘 향수에만 젖어 있었다. 그리고 지나치게 부끄러움을 탔다.

그러던 어느 날, 예측대로 발정이 시작됐다. 새 생활에 적응할 수 있는 좋은 기회였다. 새로운 가족을 이루고 귀여운 새끼들과 생활을 하게 되면 그의 삶도 쓸쓸하지 않고 행복해지리라. 그리고 처녀 시절의 향수 같은 것은 잊히겠지. 그러한 생각이었다.

그런데 진도견 전문가인 옛주인은 나의 뜻과는 달리 체형 유지를 위해 첫 교미를 만류했다. 한동안 망설이기도 했으나 오죽 알아서 하랴 싶어 그 권고를 따랐다.

그로 마음은 더 안타까웠다. 나리에 대한 측은함과 애착이 깊어져갔다. 그러나 향수병이 걱정이었다. 진료 중 잠시라도 틈이 나면 함께 지냈다. 볕이 좋은 날은 뒤뜰 앵두나무 밑에서 따뜻한 볕을 쪼였다. 진찰실에서 뛰쳐나가며 부르면 좋아라 어쩔 줄 모른다. 꼬리 치고 내게 달려들어 얼굴과 몸을 마구 비벼댄다. 그러한 태도와 표정은 자기 마음을 헤아리는 나의 마음을 그가 더 잘 알고 있음을 뜻했다.

그의 향수병과 새 생활 적응의 정도와 상태를 확인하기 위해 숨어서 홀로 있는 그를 엿보곤 했다. 그럴 때면 그는 앵두나무 아래 웅크리고 앉아 멍하니 먼 하늘만 쳐다본다. 눈망울은 어느 결에 함초롬히 젖어 있다. 길 잃은 외기러기처럼 쓸쓸하고 처량하다. 옛집, 옛주인, 벗들과 즐거웠던 날들을 잊지 못하고 그리는 모습이다.

그러한 나의 정성과 사랑만으로는 그에게 너무나 부족했다. 날이 갈수록 향수병은 오히려 깊어졌고, 음식 거르는 횟수가 다시 늘어 몸이 점점 더 쇠약해져갔다. 참으로 커다란 안타까움이었고, 결혼시키지 않음을 크게 후회했다.

그러나 내게 오직 한 가닥 희망과 고통스러운 기다림이 있었다. 기나긴 겨울이 가고 뒤뜰 앵두꽃이 피어나는 봄이 오면 그가 다시 발정하게 되리라. 그러면 결혼도 하게 되고, 엄마가 되는 기뿜으로 얄밉도록 지나쳤던 처녀 시절의 그 수줍음도 그리고 고독의 향수병도 말끔히 치유될 것으로 믿었다.

눈발이 흩날리던 그 겨울 어느 날.

몇 시간 후, 밖에서 돌아왔다. 여느 때처럼 즉시 나리에게 갔다. 그 자리에 나리 대신 부인이 서 있질 않은가? 마주친 그녀의 눈동자가 말없이 전율한다. "……!?" 염려했던 일통이 기어이 발생하고야 만 것이다.

가족과 병원 직원 모두가 점점 말라가는 나리를 함께 염려했었다. 수의사에게 진료받기를 바랐었다. 그들은 한결같이 나의 진단 '향수병'을 믿지 못했다. 그렇다고 나의 명을 거역할 수는 없었다. 그래서 나를 따돌리고 모의했던 모양이다. 그러고는 그들의 계획대로 실행했다.

나리는 수의사에게서 두 대의 주사를 맞고 돌아와 약을 먹은 후 수십 분도 채 되지 않아 떠나갔다. 나리는 내가 없는 사이 마지막 그 얼굴조차, 그 측은하고 고독한 눈망울을 내게 보이지 않고 영원히 내 곁을 떠나간 것이다.

그토록 그리던 곳과 날들, 그리고 생전엔 다시 이룰 수 없는 추억을 자기 깊은 마음속에만 간직한 채 나리는 갔다. 수줍고 쓸쓸하던 그 모습만을 나에게 남겨놓고 갔다. 그리고 고고하고 의연한 자태로 순결의 나리는 갔다. 진정 사랑하는 나의 나리가 영원히 떠나갔다.

향수!

이 향수가 무엇이기에 그리 떨구기 어려운 것인가? 나리와 같은 향수가 내게도 있는가? 호리라도 한 점 부끄럼 없이 맑고 순결하며, 결코 떨쳐버리지 못하는 짙은 그 무엇에의 향수를……. 하늘을 보면 부끄러워진다.

그 누구에게라도 나의 나리를 맡길 수 없다. 싸늘한 그의 몸을 안아 뒤뜰로 갔다. 앵두나무 그루터기를 파헤쳤다. 그리고 곱게 곱게 묻었다. 그가 늘 고향 하늘을 그리던 곳이다. 무슨 소용이랴만 하염없는 눈물이 쏟아져 내렸다. 고개를 드니 그가 향하던 그 하늘엔 구름자락만이 흐리었다.

그 겨울엔 흰 눈이 더 펑펑 내렸다. 앵두나무 무덤에 곱게 쌓여 나리를 고이 잠재웠다.

봄이 왔다.

앵두 눈이 채 트기 전부터 정원 가위를 들고 그 그루터기를 서성였다. 나리의 수줍음도 잊은 양 앵두꽃이 더 만개하더니 무덤 위에 고운 꽃잎들을 떨군다.

봄도 가고 이 여름의 치맛자락을 들추는 지금, 빠알간 앵두가 동네 아이들의 입가를 물들여놓는다. '나리娜女耳'의 마음처럼 붉고 곱게곱게.

나리와 나 그리고 우리 모두의 고향 하늘은 어디에 있을까?

(1991)

◦

그루터기

진찰실 뒤뜰에 추적추적 비가 내린다.

싸늘하고 냉랭하다.

멀리 수리봉을 가리는 안개조차 차갑다.

3월의 봄비 같지가 않다.

은행나무, 감나무 가지들이 죽은 가지들처럼 뒤뜰 공간을 더 암울하게 한다.

악취, 썩은 곰팡이들의 서식처와 같다.

앞뜰 백목련 4월은 너무 멀고, 뒤뜰 자목련수가 이 봄비에 사뭇 호흡을 멈춘 듯하다. 이 봄이 이리도 어둡고 차가우리라곤 지난날까지 예기치 못했다.

자연은 스스로 피고 또 지는 것을, 그 앞에 선 내가 어찌 의연치 못하는가?

병원 뒤뜰엔, 지난 2월 안타까움으로 베어버린 나무의 그루터기가 있다. 내가 직접 톱질한 앵두나무다. 그 나무는 나의 병원 앞 뒤뜰 많은 수목들 중 내가 가장 아끼던 것이었다.

고향에 내려온 봄에도 고운 꽃과 붉은 앵두로 나의 진료활동을 풍요롭게 해주었다. 그렇게 8년간을 나와 같이 있었고, 거슬러 수십 년쯤 뒤뜰의 봄을 꽃 피워왔던 앵두나무치곤 대단한 것이었다.

이른 봄, 자두꽃과 더불어 꽃망울을 터뜨리기 시작한다. 그러면 왠지 마음이 설레기도 한다. '우물가 아가씨'가 찾아올 것만 같다. 그 풍성한 가지들이 일시에 꽃망울을 터뜨리면 복사꽃 능금꽃이 그 화사함을 따를 수가 없다. 소리 없이 지는 꽃잎들을 아쉬워할 필요조차 없다. 꽃이 지면 그 떨어진 자리마다 알알이 맺힌 붉은 앵두들이 꽃보다 더 곱고 풍요롭다. 그렇게 나의 뒤뜰 가득히 피고 지며 맺히던 앵두나무였다.

그러했던 앵두나무가 지난겨울을 나면서 고사하고 말았다. '행여나' 하던 마음도 아랑곳하지 않았다. 꽃망울은커녕 딱딱하고 푸석푸석한 가지에 마음을 졸였다. 하는 수 없이 지난 2월 톱을 들고 나섰다. 하늘을 몇 번인가 쳐다보았다. 그도 지금은 죽어버린 뿌리 곁에 한 줌 흙이 되고 말았을 나의 '나리'를 다시 떠올리며. 꽃 피울 그 가지 아래서 그 봄을 맞이하지 못한 채 향수병으로 떠나간 나리. 고향을 그리며 그가 늘 멍하니 하늘만을 쳐다보던 그의 고향 하늘을. 그렇게 하늘을 몇 차례 쳐다본 후, 밑둥치만을 남겨놓고 톱질해버렸다.

이제 앵두꽃과 앵두는 두 번 다시 볼 수 없다. 목련을 비롯 정원엔 아직도 정겨운 나무들이 많다. 봄은 변함없이 앞뒤뜰 가득 아름다운 꽃들과 풍요로운 잎들을 피워낼 것이다. 하지만 내 마음 뜨락은 온통 텅 빈다. 이젠 영영 꽃열매와 잎도 피우지 못하고 그 허상마저 사라진 앵두나무 그루터기 때문인가.

가는 것은 갈 뿐인데, 그 가는 것에 어찌 마음이 매이는가. 그 가는 것들에 매이는 마음이 인간의 정인가.

지난 수년 동안, 꽃피는 봄마다 난 뒤뜰의 가벼운 우수에 젖곤 했었다. 화려한 앵두꽃과 그 뿌리 곁에 묻은 나리에 매인 마음이었다.

그 나리는 고향에 돌아온 후 처음 맞은 진돗개였다. 온갖 마음과 정성을 다해도 그의 향수병은 깊고 끈질긴 것이었다. 봄을 기다리는 앵두나무 아래서 그는 고향 하늘만을 응시하다, 어느 눈발 흩날리는 날 떠나갔다. 그 겨울엔 유달리 흰 눈이 많이 내렸다. 앵두나무 그루 밑에 묻어준 나리의 무덤을 수북이 덮더니만 앵두꽃을 더 곱게 곱게 피워냈다. 그 꽃이 지고 알알이 맺은 앵두가 넘나드는 이웃 아이들의 입가를 곱게 물들이곤 했었다.

나리의 향수는 그렇게 봄마다 내게 뒤뜰 앵두로 다시 피어나고 맺혀왔었다. 그 앵두마저 이 봄을 맞지 못하게 될 것이다.

추적추적 봄비가 내린다.

뒤뜰이 차갑다.

푸른 잎, 고운 꽃망울도 피워낼 것 같지가 않다.

앵두나무 그루터기 때문인가?

아니다. 그 어린 것도 모두 아니다. 마음이다. 내 마음에 일어나는 것 때문이다.

봄비는 변함없이 온 대지를 촉촉이 적시며 새 생명들을 움틔우는데, 그 봄이 차갑고 어두움은 하나의 영상이다. 마음이 그려내는 나의 영상이다.

저 봄비에 젖고 있는 그루터기가 쓸쓸함도 슬픔도 나의 영상이다.

우리 모든 삶들에는 저마다 그루터기를 간직하고 있다. 베어내 버린 그루터기가 언제나 허전하다. 때로 곪고 썩고 괴로웠던 것일지라도 쉽게 지워지지 않는다. 상흔을 남긴다. 그리고 그 상흔 곧 삶의 그루터기에 매여 괴로움과 고독을 안는다. 그렇게 살아가는 게 인생인지도 모른다. 어두운 중생이어선지 아니면 평범한 삶이어선지, 그 그루터기를 떨쳐버릴 수도 그 삶을 결코 초월할 수도 없다.

장자莊子는 '빈 배'를 노래했다.

오쇼 라즈니쉬는 그 도道를 풀이했다.

하지만 난 쉽게 마음을 비우지 못한다.

다스리려 한다. 대상과 사물을 다스리려 하고, 또 나 자신을 다스리려 한다. 숱한 욕망과 성취로 마음이 가득하다. 행복, 평화, 자유, 진실을 사유하고 논할 뿐, 그 실상을 알지 못한다. 사랑과 아름다움을 말할 뿐 얻지 못한다. 사회적 요구와 자신의 욕구를 스스로 상상하고 창조한다. 이웃과 자신의 욕구를 나의 마음으로 판단하고 평가한다. 그로서 나는 스스로 기뻐하거나 괴로워한다. 그렇게 오늘의 봄비는 내게 차가울 수밖에 없다.

오늘의 내 의식이 어디에서 기원했는지, 그도 내겐 어쩔 수가 없다. 어찌 나뿐이랴. 일국의 재상보다 장자가 되거나, 왕관을 버리고 보리수나무 아래 발가벗은 사람, 그리고 알렉산더보다 디오게네스를 바라는 사람은 결코 흔치 않은 일이다.

평범한 우리는 그저 오늘의 삶에 매일 뿐이다. 그래서 상처 입은 그루터기의 연속이다.

떨쳐버리지 못한다.

초월할 수가 없다.

진정으로 '빈 배'의 빈 마음을 얻을 수가 없다.

오늘은 추적추적 비가 내린다.

어둡고 냉랭한 봄비다.

내 삶의 그루터기에 내리는 비이기 때문이다.

이 봄을 그렇게 맞으리다.

나 비록 그렇더라도, 자연은 변함없이 대지와 수목들에 새 생명들을 움틔울 것이니 말이다.

(1992)

○

전후생 여인

요리가 하고 싶다.

바느질을 하고 싶다.

기다림으로 오늘을 살아간다.

유년부터 철저한 사내장부로 길러진 놈이 왜 이토록 평생에 요리와 바느질을 떨치지 못할까? 내가 생각해도 기이한 일이다.

아무리 생각해도 전생에 여인이었던 것만 같다. 평생 동안 요리와 바느질로 행복하게 살았던. 그리고 늘 사랑채에 찾아오곤 하는 기품 있고 호방한 시인묵객 남정들이 좋아 보여 다음에 환생할 때는 그와 같은 유랑처사 남정네로 태어나게 해주십사 하고 부처님께 빌었을 것이다.

그래 좋다, 소원을 들어주마, 어디 한번 사내장부로 태어나서 맘껏 누려 보거라, 하고 소원을 들어주신 것 같다.

그로 나는 이생에 이곳 남쪽 섬 울돌목 포구 마을 작은 바닷가왕국의 황태자로 태어났다. 대왕마마 할아버지는 말술을 들이키는 호방하신 호걸이시오, 호랑영감님이셨다. 아버지를, 여우를 때려잡으라, 그 굴 속 일본으로 보내셨다. 아버지는 그곳에서 다 배운 후 줄곧 추격하는 일헌들을 따돌리고 요동 만주벌을 줄기차게 말달렸다.

그런 속에서 나는 해방둥이로 정월 초닷새 새벽 첫닭 홰치는 소리를 들으며 태어났다. 나의 탄생은 온 집안의 최대 기쁨과 행복이었다. 나는 온전히 대왕마마 품에서 자랐다. 아버지보다 더 군림하고 할머니까지 집안의 모든 아낙들이 절대적으로 떠받드는 속에서.

도리도리 짝짜꿍 시절부터, 나의 고추는 모두에게 기쁨과 행복을 가득 안겨주었다. 나도, 나도 하는 가족들에게 고추를 따서 입에 갖다 넣어주며 행복을 함께 누렸다. 고모, 이모와 이웃집 새각시들의 눈다래끼를 고쳐주었다. 그 눈을 고추에 비벼대곤 할 때 간질간질 좋았다. 고추가 그렇게 좋고 모든 사람들에게 큰 기쁨이라는 것을 알았다.

이웃집 순이와 소꿉놀이를 하거나 푸른 파도 해변에서 금빛 모래성을 쌓고 허물 때도 순이는 늘 내 말을 잘 따라야 했다. 기왕 태어나려면 사내아이로 태어날 일이었다. 바닷가왕국 유년의 청라언덕은 그런 것이었다.

유년을 마치려던 여섯 살 6·25라는 폭풍 해일이 왕국을 덮쳤다. 더욱 신바람이 났다. 그 병정놀이에 끼어 외가 둥지로 수없이 밤길을 달렸다. 어느 밤중 외가에 죽창 몽둥이패들이 들이닥쳤다. 반사적으로 뒷봉창을 발로 걷어차고 생쥐새끼처럼 잽싸게 그들을 따돌리고 맨발로 줄행랑칠 때 그보다 통쾌한 순간은 없었다.

외가에서 돌아온 늦가을 궁전도 대왕마마, 아버지, 숙부도 온데간데없다. 텅 빈 터에 어머니와 누이들만 덩그렇게 남아 있었다. 더 이상 황태자가 아니었다. 대왕마마가 외가로 보내며 하신 말씀처럼 남은 가족을 책임져야 할 유일한 사내 남정 빈터 집주인이었다. 비로소 바람과 파도 그리고 변화를 보았다.

이듬해 봄 학교에 들어갔다. 보다 넓은 세상과 새로움들의 시오리 산마루 길은 유년보다 더 넘치는 동화전설의 세계였다. 내가 아니면 아이들이며 선생님들까지 즐겁고 웃을 일이 없었다. 재미있는 이야기꾼이요, 장난꾸러기였다. 나는 이미 모두를 기쁘고 즐겁게 할 줄 알고 있었고, 그렇게 나로 인해 모두가 기쁘고 즐거울 때 나 자신이 기쁘고 즐거웠다.

그러나 분명한 것은 유년에 대왕마마 할아버지가 이미 나를 철저한 사내대장부로 새겨버린 것이었다. 남정과 아낙네들의 일을 철저하게 구분 지으셨다.

물 한 그릇을 떠먹기 위해 부엌에 들어가지 않는다. 어머니의 들일을 거들 수도 없다. 다른 아이들처럼, 어머니는 아예 시키거나 바라지도 않는다. 다만 딱 한 가지는 나 스스로 나선다. 봄비와 여름 논물 넘치는 날 긴 삽자루 들쳐 메거나 질질 끌고 물꼬를 보러 가곤 했다. 할아버지와 아버지를 대신해서.

그렇게 굳어진 놈이 어느 때부턴가 아낙들이 하는 바느질과 요리를 하고 싶어졌다. 그럴 리 없어 해도 소용없다. 스스로 생각해도 특별한 일이었다.

왜 그럴까? 이유가 있다면 일곱 살 때부터 대학을 졸업할 때까지 내 몸에 맞고 마음에 드는 옷을 입어본 적이 없다. 어머니는 어른들의 옛 옷을 잘 만들고 바느질 솜씨가 모두 곱다 해도 그랬다. 도저히 불가능한 놈이 대학을 다니는 것만도 감지덕지요, 무엇이든 걸칠 게 있는 놈이 사내와 가장으로 까짓것에 불만을 가질 게 못 되었다. 그러나 내가 직접 옷을 만들고 바느질을 한다면. 그럴 수는 없었다.

장가를 들고 나니 나는 또 각시의 요리실습 실험동물이 되었다. 노총각이 장가들었으니 각시가 오죽이나 이쁠까. 그저 그 맛에 취해 모든 음식이 다 맛있기만 했다.

"어때요?"

"엉, 맛있어, 세상에 이렇게 맛있을 순 없어."

각시는 행복해했다.

그러나 각시가 이쁘고 맛있는 것도 방사성 동위원소처럼 반감기가 있었다. 너무 짧았다. 내게선 3년쯤 될까. 음식 맛이 점점 떨어진다.

"아니, 맛이 왜 이래?"

십 년쯤은 가야 어머니의 기본 손맛을 낼 수 있을 것 같았다. 나는 친절하게 낱낱이 일렀다. 어머니의 손맛을 빨리 익히고, 음식을 만드는 법과 상을 차리는 요령 등을.

상차림은 눈을 속이는 것이다. 눈가림이다. 변화다. 그리움이요, 기다림이다. 그럼에도 아낙들이 정작 그걸 알지 못하고 스스로 맛이 가게 한다. 방법은 매우 간단하다. 새로운 요리나 반찬이 아니어도 관계없다. 아무리 맛있는 것도 두 차례 이상 거듭 상에 올리지 말라. 세 가지 이상 올리지 말고 숨기라. 기다리게 하라.

친절하게 25년 이상 일러주었다. 밑반찬에 대한 기본의 어머니 손맛은 익혀 이젠 제법이다. 그러나 모든 것을 끼니마다 다 올려놓는다. 눈에 매번 같은 것이 있다는 것과, 없다가 불현듯 나타나는 것이 무엇인지를 모른다. 평생 의사생활로 밤낮을 붙어사는 것도 여간 아닌데 밥상까지 그렇다. 그러나 나만의 식탁이 아니라 참는다. 하지만 이제는 단 둘의 식탁임에도 백년하청이다.

어머니가 가신 지도 십 년을 넘는다. 어머니의 별미 특별 반찬 고조리는 두 번 다시 맛볼 수 없다. 그렇게 귀띔하는 말린 감투부침과 마늘잎 절임김치도 가망이 없다. 내년에는 꼭 하겠다고 대답은 잘하나 때가 오면 잊고 만다. 왜 사계절이 있고 계절음식이 있는가를 아직도 터득하지 못한다.

그렇다고 내 각시가 악처거나 나를 미워해서 그러는 것은 아니다. 나이 들수록 나는 죄 많은 청춘을 끝내고 독선도 접었다. 날로 사랑하고 더 귀히 여긴다. 모든 마음 다 헤아려 날마다 기쁘고 즐겁게 해주는 일뿐이다. 그 바람에 아이들까지 아빠가 변해도 저렇게 변할 수 있느냐 한다. 각시는 매일매일 행복하고 내가 이뻐 죽겠는가 보다.

그럼에도 음식과 반찬 그리고 상차림은 여전하다. 그렇다고 내가 부엌의 주인으로 나설 순 없다. 투정과 불만을 표할 수는 더더욱. 국도 내게는 필요 없고 간장, 된장, 깨소금 중 하나만 있으면 맛있게 잘 먹는다. 응, 맛있어, 맛있어 하며. 나 좋고 각시 좋고. 그녀의 기쁨과 사랑을 빼앗지 않는 나를 그녀 각시는 행복해하며 나를 더욱 사랑한다. 그래서 나도 더욱 행복하다.

어찌 내 각시뿐이랴. 대부분의 아낙들이 스스로 맛을 죽인다. 멋을 죽인다. 왜 계절과 변화가 있는지 그 눈가림 눈속임을 모른다. 여성 아낙은 사랑과 아름다움의 표상이다. 그리고 그 어머니이다.

사랑과 인생은 정작 무엇일까?

맛과 멋이다.

그리고 그 실체는 변화다. 그리고 또 그리움과 기다림으로 존재한다. 그리움과 기다림이 사랑을 키우고, 변화가 맛과 멋, 아름다움을 창조한다. 사랑과 인생이 거기에 있다.

결혼하자 각시에게 말했다. 우리가 꿈을 이루었으니 이제는 그 사랑을 눈부시게 키워 꽃피우자고. 그리고 나는 각시에게 많은 변화와 기다림을 안겨주며 그리움을 키웠다. 그리고 이제는 나의 그것이 무엇인가를 각시가 좀 안다.

"이제는 바람의 카오스 상숫값을 좀 알겠나?"

"좀 알겠어요."

"고교 시절 미적분과 삼각함수 풀이 실력이 어느 정도였는데? 내가 보기엔 아직 멀었는걸."

각시는 여전히 인생과 사랑이 그런 것과는 아무 상관도 없는 것인 줄만 알고 있다. 그래도 좋다. 서로 마주보며 환하게 웃는 그 모습이 소녀처럼 이쁘다. 20대처럼 끌어안고 뽀뽀를 해준다.

텔레비전을 보던 중 광고방송에 작고 예쁜 재봉틀이 나온다. 5만 원이면 되는 너무 싼 값이다. 매우 편리하기도 하다. 당장 사서 참으로 긴 날의 기다림과 그리움의 꿈을 누리고 싶다. 내 아들들이 어렸을 때부터 갖고 싶어했던 나의 그 꿈을 각시는 너무 잘 안다.

"하나 사드릴까요?"

망가져버린 클라리넷을 사주고 싶어한 지도 십 년이 넘는데 까짓 5만 원 못 쓰랴. 하지만 청진기와 수술칼날을 놓고 항해의 키를 넘겨받은 그녀에겐 결코 쉽고 가벼운 게 아니다.

"이 사람, 뱃심 한번 좋네."

"너무 싸잖아요."

"재봉틀이 문제가 아니지. 바느질감을 어떻게 다 대고 감당하려고 그러나. 좀더 기다렸다가 봄이 와 황금마차 방울소리가 울돌목 다리를 건널 때 사세나. 지금은 이 원고지와 펜이면 충분해."

봄과 기다림이 있다는 것은 역시 행복하다.

봄은 오리니 저 재봉틀로 나는 넘치리라. 외과의사라는 게 칼로 째고 가위로 자르고 재단하며 떼어내고 꿰매는 일. 여러 원인이 있으나 의사들에 대한 신뢰가 추락할 대로 추락한 오늘, 의과대학 시절 우리를 사회 속으로 내보내시며 마지막 강의시간에 "끝까지 진실하라. 그래도 의사는 결코 굶어죽지 않으리라." 하신 정신과 은사님의 말씀을 굳게 붙들고 살아온 날, 수술대에서 심박과 호흡이 촌각을 다투는 속에 자신의 숨통을 조이며 팔딱거리는 심장에 칼날을 움직이던 그 절박 치열함의 처절함들은 내게 더 이상 없을 것이다. 32년을 바쳤으니 나더러 도피자라 해도 하는 수 없다. 이제는 숱한 멋과 맛의 아름다움들을 각종 비단폭에 맘껏 그리고 재단하며 거침없이 재봉틀로 자동차 달리듯이 들들들 박으리라. 그보다 통쾌한 너털웃음이 어디 있으랴.

그리고 아직도 소녀만 같은 각시에게 기다리고 기다린 그 어머니의 고조리, 말린 감투무침, 마늘잎 김치 맛도 내생을 향해 달음질치리라. 그땐 트로이 병사들이 성벽 아래서 외치던 헬레나, 두 영웅을 한 우물 속에 빠뜨려 죽인 클레오파트라, 시아비와 주지육림 화청지에서 놀아난 경국지색 양귀비보다 더 빼어난 황진이로 태어나리라.

이곳 남쪽 보배섬 바다 뜨락에 수많은 시인묵객 초대하여 못다 한 잔치굿판을 다 벌리리라. 내 손으로 직접 최고의 요리사가 되어 온갖 솜씨 다 부려 산해진미 차리고, 진달래 동백 꽃빛 이슬주 보배섬의 명주도 준비할 것이다.

불타는 감로주잔에 시를 담아 주고받고, 모두가 지필묵 들어 비단폭에 자연과 인생의 연가 시서화詩書畵를 그릴 때 나는 천사 같이 속살 꿰비치는 날개옷 입고 가야금과 호궁을 타고 춤추리라.

신명나는 잔치굿판, 뜨락 가득 초대한 그 많은 시인묵객 남정네들에게 불타는 입술로 낱낱이 입맞춤하리니 그 밤이 어찌 길까. 삼경은하 별들과 달그림자로 눈부시고, 그 밤바다 파도소리도 갯바위들에 처얼썩 철썩 잠들지 못하리라. 그날엔 서화담 선생도 달과 별빛 밤파도에 젖어 박연폭포 되리라.

열무김치 담글 때는 님 생각이 절로나 난다.

그 여심. 내 각시도 비로소 호방한 남정 시인묵객 되어 찾아오리니 버선발로 달려가 맞으리라. 별실에 모셔 서리서리 서려둔 비단옷 입히고 산해진미 밥상 술상에 고조리, 감투무침, 마늘잎김치도 내놓으리라. 그리고 상 물리고 난 밤, 달은 져도 개뜰 봉창에 별그림자 가득한 그 밤 파도소리…….

시인묵객들이여, 어찌 오늘이 오늘만이리오.

우리 모두 내생에 다 그렇게 다시 태어나세. 사내 남정들은 고운 아낙들로, 고운 아낙들은 호방한 사내남정 호걸들로.

그 그리움과 기다림 어찌 넘치지 아니한가.

인생이여, 나를 한번 맘껏 가지고 놀아보게.

전생에 나는 아낙이었던 것만 같다.

그리고 이생을 다 유랑표박하지 못하나 남정으로 태어나 누렸으니 내생에는 다시 고운 아낙으로 다시 태어날 것만 같다. 내 사랑을 모든 남정네들에게 맘껏 나누어주는.

그날의 별빛 뜨락 파도소리 처얼썩 철썩…….

(2004)

○

어머니의 등

신묘년이 저물고 임진년이 밝았다.

두 해를 잇는 접점 여울목은 다시 수많은 빛과 그림자들로 또 하나의 역사를 새긴다.

새해가 밝을 때마다 새로운 소망을 품지만 우리는 그때마다 또다시 속는다.

삶과 꿈에 속는 것도, 역사에 속는 것도 아니다.

우리들 자신에게 속는다.

그렇게 속아오기를 한생, 그리고 또 속을 것을 번연히 알면서도 이렇게 해가 바뀔 때마다 우리는 다시 자신에게 속고 싶다.

그동안 지나온 한생 67년을 돌아보면 나는 줄곧 그래 왔고, 그 자리가 곧 꿈이라는 것이었다. 모든 것이 박살나고 다 무너진 죽음의 빈터가 되고 말지라도 바로 그 "꿈"이라고 하는 것이 없으면 결단코 무덤에서 다시 일어설 수 없는 것이었다. 그리고 그것은 내게 아주 자연스러운 일이었다. 만약 그날이 내게 동화전설로 넘치던 유년의 바닷가왕국이 아니었더라면 나는 결단코 그렇게 태연하고 아무렇지 않게 죽음의 빈터에서 더 큰 꿈의 날개로 일어서지 못하고 말았으리라. 인생에 진정한 신비와 기적이 바로 그 자리에 있었다.

나는 1945년 을유년 정월 초닷새 새벽닭 초명初鳴으로 태어났다. 한반도 서남쪽 바다 끝자리 보배섬 바닷가왕국에서 황태자로. 실로 다 헤아릴 수 없는 무수한 동화전설들이 넘치는 청라언덕을 바람과 파도가 되어 신바람나게 달음질쳤다. 산새가 되어 뒷동산 동백꽃과 진달래 꽃놀이며, 갈매기 물새가 되어 푸른 파도 넘실대는 바닷가에서 금빛 햇살 반짝이는 모래성을 쌓고, 개여울에 하얀 종이배를 띄웠다. 가뭄에 콩 나듯 집에 오시는 아버지와 함께하던 낚시터에 피어오르는 꿈과 약속, 그 내일의 가슴앞엔 '현해탄'이라는 드넓은 바다, 그 바다보다 넓고 언덕조차 없다는 도무지 믿을 수 없는 광활한 지평선의 '요동 만주벌'을 아버지와 함께 줄기차게 말달렸다. 할머니로부터 듣고 나도 가족들에게 들려주곤 하던 그 무수한 동화전설들과는 차원이 다른 아버지의 실제들……. 그 머지않은 '내일'처럼 온통 나를 사로잡는 것이 없었다. 아직 내 눈앞에 나타나거나 나의 두 눈으로 직접 확인하지 아니한 그 헤아릴 수 없는 것들이 모두 다 '내일' 속에 있었다.

그런 6세 여름, 폭풍해일이 바다를 건너왔다. 쌕쌕이들의 폭탄불꽃놀이, 딱콩총소리, 인민재판, 죽창몽둥이패들……. 난생처음 만난 실로 넘치는 새로운 바람과 파도에 나는 그 어느 때보다 신바람이 났다. 모두가 벌벌 떨며 피하는 딱콩총 아저씨에게 홀로 다가가 벗이 되고 원둑에 함께 엎드려 방아쇠를 당기고 마을에서 오직 나만이 소유한 그 특별한 황금구리빛 보물 탄피껍질도 간직했다.

그런 어느 날 한밤중 나는 대왕마마 할아버지의 명을 받고 달도 없는 밤 동촌 외가로 20리 길을 달렸다. 내가 바라던 대로 겨레피아골 그 어른들의 병정놀이에 나 자신도 낀 자리, 넓고 좋은 신작로를 버리고 논둑 밭둑, 길도 없는 어두운 산 숲길을 헤치고 가는 긴장 속에 피어오르는 '내일'들? 아버지가 요동 만주벌에서 일본군 기마부대를 만나 구사일생하던 순간들이 비로소 내 앞에 흥미진진하게 파도쳤다.

외가도 밤이면 우당탕! 즉시 시집간 막내이모 집 마을로 달리고, 그곳이 우당탕거리면 다시 외가로 달리기를 거듭하던 날들. 그리고 비로소 어느 한밤중 기미도 없이 불현듯 외가에 들이닥친 죽창몽둥이패들! 반사적으로 벌떡 깨어나고 외할머니가 벌벌 떨며 어찌할 줄 모를 때 할머니는 건드리지 않을 테니 염려 말라 하고, 즉시 뒤 봉창 문을 박차고 생쥐새끼처럼 잽싸게 끼어 그놈들을 따돌리고 줄행랑쳤다. 이만하면 충분하다 싶을 때 나도 모르게 터져 나오는 난생처음 느낀 통쾌함. 헤헤헤, 그래 가지고 나를 잡겠다고? 어디 한번 잡아서 죽여봐. 이래 봬도 내가 누군데. 어림 서푼어치도 없어. 헤헤헤. 머릿속으로만 그리던 요동 만주벌에 아버지가 구사일생하던 순간의 통쾌함을 비로소 직접 느꼈다. 그리고 조용해진 늦가을에야 비로소 집에 돌아왔다.

비로소 넓은 신작로 길로 돌아오며 궁금한 그 '내일'의 바닷가 왕국? 어느 정도는 짐작했으나 실로 뜻밖이었다. 왕국도, 대왕마마 할아버지로부터 아버지 숙부 등 왕국 남정들은 모두 자취흔적도 없이 사라지고, 말없이 바람 불고 파도치는 텅 빈 바닷가에 풀죽은 아낙 어머니만 홀로 주저앉아 있다. 황태자가 오랜 출타 후에 돌아왔음에도 인사조차 받는 둥 마는 둥. 비로소 대왕마마와 마지막 다짐으로 주고받은 그 말만이 또 다른 '내일'의 오늘로 앞에 선다.

"이제부턴 이 길을 너 홀로 가야할 터인즉 그리할 수 있겠느냐?"

"예, 얼마든지요. 이제 저는 더 이상 어린아이가 아니잖아요."

"암 그렇고말고. 사내장부에겐 너무 마땅한 일이야. 이 할애비가 괜한 말을 물었구나. 그럼 됐다. 지체 말고 당장 떠나거라."

나는 이미 아버지와 숙부를 건너뛰어 대왕마마로부터 직접 왕국을 물려받은 빈터의 유일한 남정네 가장 가주였다. 찬란한 바닷가왕국이 다시 설 그 '내일'을 향해 '홀로 가야 할'. 할머니, 어머니, 숙모, 어린 세 누이들을 보살피며 이끌고서. 바로 다음날 아침부터 할머니와 어머니 두 소복아낙이 할아버지의 방에 차린 상방에서 터뜨리는 눈물콧물 통곡으로 시작되는 날들……. 내가 있으니 울지 말라고 그 무거운 두 등을 다독일 수도 없다.

그 늦가을 텅 빈 바닷가 동산 집은 왠지 썰렁하고, 할머니가 마을 아낙들 불러 모은 물레방 물레가 홍타령들이 긴긴 밤 처량하다. 그 물레방도 끝이 나고, 비바람에 떨어진 하얀 배꽃 한 송이 소복의 베틀아낙 어머니 홀로 베틀에 올라 지새우는 긴긴 겨울밤의 베틀가 홍타령 곡조야. 봄이 와야 끝이 나고 그 끝이 보일 가녀린 한 올의 실날만을 굳게 허리에 동여매고 찰그닥 한 걸음 철그덕 두 걸음 그 느린 걸음으로 홀로 가는 눈보라 하얀 밤길은 파촉 삼만 리 길보다 멀다. 그 슬픔 차마 볼 수 없어 잠든 척 이불 흠빽 둘러쓰고 아낙 몰래 그 등을 다독이며 따라가는 꿈길!

님아 님아, 꿈아 꿈아, 무정하고 야속한 꿈아
잠든 나를 깨우지나 말지
꿈에 꿈, 깨인 꿈도 또 꿈
너도 꿈 나도 꿈 모두가 다 꿈이로다.
꿈에 나서 꿈에 살다 꿈에 죽어 가는 인생
부질없다 깨라는 꿈, 꿈을 꾸어 무얼 하리. 고나 헤.

베틀가 홍타령 '꿈아'에 곧장 이어지는 '눈비 오는 해변가에 엄마 잃은 갈매기'! 그 겨울밤들을 꼭 열 번 보낸 끝에서야 비로소 미당의 〈귀촉도〉에서 확인된 그 하얀 베틀아낙의 "은장도 푸른 날들"을 나는 이미 그 첫 겨울밤부터 충분히 느끼고 알았었다.

그 1950년 첫 겨울의 베틀가는 1951년 봄에야 끝이 나고 뒷동산 동백꽃과 진달래는 더욱 붉게 피었다. 그리고 마당 앞 넓은 포구에 파도는 더욱 푸르게 춤추고 갈매기와 흰 돛단배들이 꿈을 실어 나르던 날 비로소 그 꿈을 향해 학교에 들어가 시오리 산마루길을 달음질쳤다. 그렇게 나의 손을 꼭 잡고 산마루길 넘어 입학식에 다녀온 후 할머니는 그만 목포의 고모 집으로 떠나신다. 의아스럽지만 묻지 않는다. 어른들이라는 사람들에겐 알다가도 모를 점들이 너무 많기 때문에. 세 살 위인 누나가 건잡을 수 없이 눈물을 흘릴 때 가주인 나는 태연하게 잘 가시라 했다. 비록 남은 가족들이 슬프고 더욱 쓸쓸하지만 넘어야 할 고개요, 건너야 할 물길이었다. 그렇게 해서 할머니만이라도 조금이나마 덜 슬프다면 얼마나 좋을 일이랴.

학교라는 곳. 1년 사이에 모든 것이 일시에 확 달라지고 넓어진 세상 앞에 시오리 산마루 길은 넘친다. 고개 위에 올라서면 끝없이 펼쳐지는 바다와 무수한 초록빛 섬들 그리고 돛단배와 기선들 그 모두가 찬란한 '내일'들이다.

그런 3학년 어느 날 학교에서 배가 몹시 아팠다. 선생님께서 그냥 집으로 돌아가라 하신다. 나는 아픈 배를 움켜쥐고 산마루 고개를 넘다가 넘지 못하고 길가 풀섶에 웅크려 엎드리고 말았다. 너무 아파서 주변의 아름다운 것들이 아무것도 보이지 않았다. 수업 첫 시간에 그렇게 돌아오다 길가에 누워 끙끙 앓고 있을 때 어느새 오전 수업을 다 마치고 마을 친구들이 고개길을 올라와 나를 보았다. 그러나 나는 도저히 일어나 걸을 수가 없었다. 마을 친구들이 일제히 집으로 달렸다. 그리고 얼마나 지났을까. 어머니가 뛰어오셨다.

나는 난생처음 어머니의 등에 업혔다.

내가 태어나 어머니 품에 안겨 젖을 빨고 잠들었을 일이지만 정작 내게는 어머니 품엔 안긴 기억이 없다. 나를 낳고 젖을 물린 것은 어머니이지만 나는 줄곧 대왕마마 할아버지의 품에서 자랐다. 때문에 모든 기억이 할아버지로 집중된다. 다만 어머니 말씀에 할아버지가 출타하신 어린 시절 나를 포대기 광주리에 담아가지고 들녘에 나가 눕혀놓곤 하셨단다. 그런 때도 하늘만 쳐다보고 손발 놀리며 싱글벙글 홀로 잘 놀았단다. 그런 갓난아기 때 들녘에서 일하다 젖때가 되어 젖이 부풀면 울까 싶어 즉시 달려오곤 하셨는데 때가 넘고 늦어도 단 한 번도 운 적이 없는 아이였단다.

바닷가왕국이 사라진 빈터에서 다시 출발한 우리 집은 무슨 일인지 가장 가난한 집이었다. 그리고 전후 극도로 궁핍하던 시절 봄 보릿고개를 넘던 날엔 웬만한 부잣집 아이들도 배고프지 않은 경우가 거의 없었다. 그렇게 모두가 배고프다고만 하는 날에 웬일인지 나는 배고픔을 전혀 느끼지 못했다. 내가 생각해도 좀 특별하고 이상했다. 모두가 배고프다 하는데 나는 왜 괜찮을까? 어머니 말씀처럼 당초부터 그렇게 태어난 사람 같았다. 그래서 어머니 홀로 나대는 아침 식전 들일로 아침이 좀 늦으면 나는 아침을 먹지 않고 곧장 학교로 달렸다. 그 점 때문에 어머니의 가슴을 아프게 했지만 정작 나는 아무렇지 않았다. 그리고 학교에서 돌아와도 어머니께 밥 독촉을 하지 않았다. 그래서 어머니는 나더러 이상하게 태어난 아이라 하셨다. 아마도 그래서 나는 키만 덜렁 컸지 몸이 가장 허약하고 자주 앓아누웠으리라. 그러나 그토록 걸을 수 없도록 크게 아픈 적은 처음이요, 어머니의 등에 업힌 적도 처음이었다. 정작 어머니를 위로하고 업어야 할 가주 가장인 놈이 어머니 등에 업혔다는 사실이 어찌 부끄럽지 않을까. 그러나 배가 아파 꼼짝도 할 수 없고 다른 어른 남자도 없으니 어쩔 수 없이 어머니 등에 업힐 수밖에 없었다.

그냥 고개를 넘기도 어려운 길에 나를 업었으니 얼마나 무거우랴. 그러나 뜻밖에도 어머니는 다 큰 나를 업고 고개를 오른다. 고개 위에서 잠시 쉬고 난 후 마을까지 십리 길을 간다.

그렇게 어머니에게 업혀 10리 길을 가는 중 그렇게도 틀어 오르고 아프던 배가 점점 가라앉는다. 그리고 아픈 배가 맞닿은 어머니의 등이 그토록 따뜻하고 부드럽다는 것을 처음 느끼는 순간이었다. 그리고 집에 돌아와선 이미 거의 다 나았다. 실로 신기한 일이었다. 당시엔 읍까지 병원에 갈 수도 없고, 약국도 없던 시절이라 기껏해야 할머니들의 가세점(가위점)밖에 없었다.

대왕마마 할아버지 품에서 '사내대장부' 황태자로 자라던 시절 할머니, 어머니, 숙모, 고모를 비롯한 모든 여자들은 남정들이 보살피고 사랑해주어야 할 약한 '아낙네'들이었다. 대왕마마는 그 아낙들을 백 살을 먹어도 아이와 다를 바 없는 "아그, 지집, 아녀자"라 하셨다. 때문에 황태자인 나를 사랑하는 사람은 오직 대왕마마 할아버지와 아버지뿐이요, 내가 사랑해야 할 사람들이 곧 아녀자들이었다. 그리고 그 아녀자들은 나를 사랑하는 게 아니라 공경하며 받들어 모셔야만 했다.

그렇게만 여기고 있던 날에 어머니의 등에 업히고 보니 그게 아니었다. 비록 어머니가 '아낙' '아녀자'일지라도 '어머니'의 자리에선 나를 향한 그 따뜻한 침묵의 사랑이 바다처럼 넓었다. 그리고 그 앞에 나의 사랑은 메마른 풀잎보다 작고 여리며 초라한 것이었다. 나의 사랑은 어머니의 아픔과 고통을 만 분의 일도 가볍게 할 수 없으나 어머니의 그 사랑은 그토록 길가에 쓰러져 누워 일어서지도 못하고 죽을 것만 같은 병을 당장 낫게 하였다. 그로부터 나는 비바람, 눈보라, 한여름 땡볕 들녘 어머니의 침묵 그 사랑 앞에 젖먹이 아이가 되고 말았다.

(2011)

○

여름비

여름비가 퍼붓는다.

하염없이 퍼붓는다.

모두가 잠들고 죽은 밤, 세상은 온통 캄캄하다.

우당탕 우당탕 추녀 끝 빗소리, 양철지붕 빗소리……

정신을 차릴 수가 없다.

"어머니, 어머니, 어머니……. 쿵쿵쿵……."

그녀는 벌떡 일어나 방문을 박차고 문간으로 뛴다.

뇌성번개가 온 세상을 일시에 쓸어버리고 태초의 날을 다시 세우려는 빗줄기 속을 정신없이 달린다. 대문까지는 불과 5미터쯤, 그러나 3만 리보다 멀다.

"아들아, 아들아, 조금만 더 기다려라. 이 어미가 간다."

저토록 온 하늘과 땅의 차가운 비를 홀로 흠뻑 맞고 아득한 길 정신없이 뛰어와 대문을 두드리고 있는 만신창이 아들. 빗장을 뽑고 대문을 활짝 연다. 그러나 온몸 피투성이로 비를 흠뻑 맞고 서 있을 아들이 없다. 억수 빗소리 칠흑 어두움뿐. 즉시 다시 방으로 뛰어 들어가 호롱불 밝혀 들고 다시 와 문밖 어둠 속을 살핀다. 그러나 여전히 장대같이 퍼붓는 빗줄기뿐…….

"용순아, 용순아 용순아……. 어디 숨었느냐? 어미니라, 어서 나오너라."

목메어 외쳐 부르는 소리마저 빗소리가 삼켜버린다.

그녀는 대문을 붙잡고 한동안 빗줄기 속에 서 있다가 풀썩 주저앉는다. 대성통곡하고 있을까? 그렇게라도 하염없이 아들을 부르며 통곡하고 나야 비로소 맺힌 한이 실끝만큼이나마 덜할지도 모른다. 아니, 눈물과 슬픔 같은 것은 이미 다 말라버렸을 것이다. 그리고 아들이 돌아오기까지는 결단코 일어서지 않으리라. 그 자리를 떠나지 않으리라. 대문을 닫지 않으리라. 언제 아들이 뛰어 들어올지 알 수 없는 날에. 맨바닥에 한동안 주저앉은 채 그대로 있다가 비로소 정신을 차렸는지 힘없이 일어나 대문을 활짝 열어놓고 호롱불을 문간에 걸어놓은 채 다시 방으로 들어온다. 그리고 비로소 전등을 켜고 목탁과 보리수 염주로 고쳐 앉아 빗소리에 맞춰 똑 똑 똑 아제 아제 바라아제 바라승아제 똑 똑 또독……. 하얗게 밤을 샌다. 목포 죽교동 딸 집 문간방에서.

1950년 여름 겨레피아골 폭풍해일이 섬을 덮칠 때 그녀는 생때같은 두 아들을 다 잃었다. 여섯 살짜리 손자까지 없애려는 마을 죽창몽둥이패들을 피해 외가로 밤길을 달려 피신시키고, 집안의 대를 이을 오직 그 어린 씨알하나만을 살리려고 호랑영감마저 스스로 목숨을 끊었다. 영감이 스스로 죽자 비로소 모든 일이 끝나고 외가에서도 이리저리 쫓기던 손자가 비로소 늦가을에 돌아왔다.

이미 잘 알고 있으나 전혀 묻지 않는 침묵의 영리한 손자 녀석. 과연 저 어린 것이 제 할아버지 말씀대로 이 험악한 세상에서 늙고 젊고 어린 아녀자들을 가슴에 안고 가주 가장으로서 무너진 집안을 다시 일으켜 세울까?

그 허무한 늦가을과 유난히 눈이 많이 내린 긴긴 겨울밤 물레방 홍타령과 푸른 치마 며느리 베틀가 홍타령이 지나고 다시 봄이 왔다. 그녀는 이를 물고 빈터에서 다시 불끈 서 손자의 손을 잡고 시오리 산마루 고갯길 달려 학교에 입학시켰다. 손자가 학교에서 받아온 책들. 다시 시작하는 배움…….

현해탄 건너 배움의 길로 떠나보내던 아들의 날들. 배운 후 돌아와 나라를 되찾아야만 한다고 부자간에 한통속이 되어 집안은 팽개치고 요동 만주벌만을 줄기차게 말달리다 가까스로 살아 돌아온 아들의 그 산더미 같은 책들을 아들이 떠난 후 아무리 불사르고 불쏘시개로 썼으나 여전히 많이 남은 책들을 다시 생각한다. 책만 보면 치가 떨리는 가슴, 그러나 영감의 마지막 유언, 결국 그 배움만이 길이다. 이제는 아무 쓸모없는 제 아비의 질 좋은 책장들을 뜯어 손자가 받아온 책들을 곱게 싸주고 학교에 들어갔다고 기뻐하는 손자를 조용히 바라보며, 과연 이 녀석이 영감 말씀대로 누가 말하거나 시키지 아니해도 제 애비처럼 아무리 어려워도 스스로 끝까지 배우려 할까 생각한다.

영감의 뜻을 좇아 그 때문에 오히려 마지막 당부와는 다르게 며느리와 딸과 함께 상의하여 손자를 떠나야만 하는 길. 마음이 못내 착잡하다. 학교에서 달려와 텅 빈 집이 쓸쓸하고 싸늘하기란 어린 그에게도 어찌 다르랴. 결코 아녀자들 속에 있지 않을 녀석이 즉시 찾고 들녘으로 달려와 봄나물 캐는 할미 곁에 붙은 손자. 영리한 그가 벌써 떠날 것을 눈치챘을까? 어디까지 공부하겠느냐고 묻자 당장, "할머니, 나는 아버지처럼 대학교까지 다 배워서 척척박사가 될 거예요." 한다.

더 이상 미루지 말고 떠나야 할 봄, 손자가 학교에서 돌아올 시간을 기다리며 마당에서 집안일을 하고 있을 때 비로소 손자가 돌아와 기뻐하며 다시 할미 곁에 붙는다. 전 같으면 당장 뒷동산으로 뛰어가 동백꽃 진달래 꽃놀이를 하고, 아무리 말려도 이웃 산지기 아저씨 몰래 제각 뒤 추녀 기왓장 들추고 참새 새끼를 내릴 넘치는 봄, 손자는 이미 한풀 꺾인 소년이 되어 할미 곁에만 말없이 붙어 있다.

손자 이름을 부른다.

"심심하냐, 이 할미가 참새 새끼 내려주랴."

"아이 좋아라. 한 마리만 내려주어요. 다 커서 날 수 있는 것으로요."

펄쩍 뛰며 좋아라 하나, 손자 녀석은 이미 어제의 그가 아니다. 한마디 말하지 아니해도 어른들의 속마음까지 이미 다 들여다보는 아이. 그렇게 말하는 할미가 정작 더 쓸쓸하고 슬프다는 걸 먼저 알고 그 마음을 즐겁게 해주려고 짐짓 펄쩍 뛰며 좋아라 하는 것이다. 폭풍해일이 모든 것을 죽음터로 휩쓸고 지나간 자리에서 전에 할미가 이르던 말을 비로소 크게 새기지 않을 아이가 결코 아니기 때문이다. 봄이 오고 참새들 울음소리가 뒷동산집에 우렁찰 때면 손자는 언제나 뒷동산 제각으로 달려 참새 새끼를 고르고 내려 다리에 실을 묶어 기쁨을 누렸다. 이웃집 산지기가 달려오곤 할 때 영감은 제각 기왓장을 들추면 제각이 상하므로 말라고 타이르곤 했다. 그러나 할미는 "저 봐라, 어미새를. 새끼를 잃은 어미새가 얼마나 가슴 아프고 슬프면 저리 하겠느냐. 그러니 너 즐겁고 기쁘다고 그리해서 되겠느냐. 두 번 다시 그리 하지 말라."고 타이르곤 했었다.

그러나 오늘만은 이 할미가 왠지 저 말없는 손자에게 참새 새끼를 내려주고 싶다. 사다리를 놓고 추녀에서 녀석 말대로 새끼들의 소리를 듣고 새집을 가려 다 큰 새끼 한 마리를 내려준다.

비로소 딸 집 목포로 떠나는 날, 손자보다 세 살 위인 손녀가 끝내 하늘이 다시 무너지고 땅이 꺼지도록 엉엉 울음을 터뜨리고 만다. 그러나 손자 녀석은 냉랭하고 무정한 사내처럼 여전히 태연하다.

6세 여름 한밤중 외가로 급히 떠나보내며 제 할아버지가 "이제부턴 너 홀로 살아가야 할 터인즉 그리할 수 있겠느냐?"고 묻자 "예, 할아버지 이제 저는 더 이상 어린애가 아니잖아요. 얼마든지요." 그렇게 당당하게 대답하자 영감이 "암 그렇고말고, 사내장부는 마땅히 그래야지. 이 할애비가 괜한 말을 물었구나. 그럼 됐다. 지체 말고 당장 떠나거라." 그렇게 떠나고 돌아온 늦가을, 저만의 사탕수수밭인 마당 옆 텃밭에 덩그렇게 있는 무덤이 제 할아버지인 줄을 너무 잘 알고도 완전히 박살나버린 텅 빈 집 마당에 천연스럽게 들어선 후 먼저 댓돌에 올라서기 전 제 할아버지가 출타했다 돌아올 때처럼 스스로 큰 헛기침소리를 내고 양어깨에 힘을 주고 마루 위에 올라서 양손으로 문고리를 함께 잡고 안방 문을 힘차게 열어젖히던 녀석. 참새 새끼를 내려주고, 그 자신을 기쁘게 해주려고 억지스럽게 펄쩍 뛰며 좋아라 한 날 손자 녀석은 이미 오늘을 다 알았으리라. 또 비로소 올 때가 오고, 갈 때가 왔다는 것을. 그렇게 의연하게, 가주 가장이 어린 딸을 시집보내듯이 아무렇지 않게 "할머니, 잘 가세요. 그리고 목포 고모 집에서 몸 성히 잘 계십시오." 하고 그냥 돌아선다.

출가한 딸에게 얹혀 살아가야 하는 운명, 그녀는 끝없이 파도치는 긴 뱃길에서 혀를 깨문다. 그러나 그 길은 오직 하나뿐. 남쪽 섬 바닷가왕국의 황태자로 태어나 대왕마마 품에서 도도한 사내장부로 어느새 훌쩍 다 자란 그의 말대로 "이제 더 이상 어린애가 아닌" 무너진 왕국의 가주 가장의 길이다. 스스로 끝까지

배울 아이, 그러나 아무리 스스로 힘을 주어도 초라하고 쓸쓸할 수밖에 없는 소년, 그 황태자의 지존을 털끝만큼이라도 잃지 않게 해주는 길뿐이다.

때문에 그녀는 비록 목포에서 살지만 수시로 섬 집을 자주 찾는다. 그리고 손자 녀석이 유년에 아버지 꿈을 좇아 요동 만주벌까지 철길을 달릴 수 있는 목포, 그 넓고 화려한 세상의 꿈을 안겨주기 위해 2학년 여름방학 때 데리고 직접 배를 탔다. 밤이 없는 그 화려한 꿈의 현실 앞에 그리도 즐겁고 기뻐하는 손자 녀석. 그로부터 여름과 겨울 방학 때면 할미가 데리러 가지 않아도 목포에 와서 방학을 보내게 했다.

할미는 딸과 함께 누구보다도 손자를 잘 안다. 가장 큰 말없음의 자리와 가장 활기찬 말의 기쁨 그 서로 다른 두 자리를. 그 녀석이 오는 날은 비로소 목포 집이 새로운 활기의 행복들로 넘친다. 그 녀석은 비록 아직 어리지만 할미에겐 영감이자 아들이요 손자이다. 딸에겐 아버지요 오라버니이자 아들이다. 고 녀석도 그걸 이미 잘 안다. 그리고 세 사람은 아무도 알지 못하는 그 자리들을 오직 말없는 침묵으로 서로 잘 통하고 있다. 때문에 세 사람은 어떤 슬픔과 눈물과 한숨을 서로와 가족들 앞에서 내보이는 일이 없다. 항상 넘치는 기쁨과 행복과 찬란한 날의 꿈뿐이다.

손자는 목포에 올 때마나 제 아비가 만주벌을 오갈 때 기차를 타고 내린 역전, 섬을 오고 간 연락선들이 섬들로 떠나고 돌아오는 항구, 유달산, 화려한 불빛 시내, 시장터까지 모든 곳을 누빈다. 그리고 이미 유달산을 누비며 식물채집과 여치 잡이를 다 끝내고 가보지 못한 삼학도를 외친다.

그러자 4학년 여름방학 때 비로소 딸이 푸짐한 도시락을 싸주며 늘 셋이서 붙어다니는 딸 손녀 둘도 함께 데리고 삼학도 소풍을 다녀오란다. 세 녀석들에게 더할 수 없는 기쁨, 작은 배를 타고 삼학도에 내렸다. 삼학도는 선창 앞바다에 있지만 고향 섬만 같은 곳, 한여름 참외 수박밭들이 질펀하고 밭둑가와 산에 풀숲들이 많아 한여름 매미소리와 여치 울음소리들이 싱그럽다. 한 원두막에 자리를 잡고 고향 섬에 온 듯 기쁨에 젖어 있는 동안 세 녀석들은 밭둑들과 산의 억새풀숲들을 쏘다니며 여치를 잡느라 여념이 없다. 그보다 행복한 모습, 행복한 날이 없다. 세 녀석들은 그렇게 한나절 뛰어다니며 여치들을 많았다. 그리고 이미 한여름 햇살 땡볕에 얼굴들이 벌겋게 다 익었다. 참외, 수박과 싸준 점심밥이 그렇게 모두에게 맛있는 날도 처음이다. 점심을 마치고 돌아가자 했으나 아이들은 해가 질 때까지 여치를 잡겠다고 한다. 저토록 재미있고 기쁠까.

해가 유달산을 넘자 다시 배를 타고 목포항으로 건너 집에 돌아왔다. 세 녀석들이 소리치며 들어서자 딸이 달려나와 모두의 그 기쁨과 행복에 더 기뻐한다. 그리고 "워메나 내 새끼들, 세 놈 다 새빨갛게 아주 다 익었네. 이 땀들 좀 봐. 자, 어서 당장 시원한 샘물로 먼저 씻자." 하고 세 녀석을 데리고 뒤 돌샘가로 간다.

세 녀석들은 손자가 중간에 끼어 위아래로 1년 터울, 여름이면 세 녀석들을 샘가에 함께 발가벗겨놓고 목욕을 시키는 게 자신과 딸에게도 가장 큰 기쁨 중 하나이다. 3, 4, 5학년, 아직은 그들도 함께 목욕하지 않겠다고 하지 않는다.

딸이 최고의 저녁상을 차리겠다고 부엌에서 분주한 동안 손자 녀석은 좋은 솜씨로 댓가지를 곱게 자르고 깎아 누나와 여동생 것까지 세 개의 여치집을 곱게 만든다. 그리고 "누나 한 마리, 나 한 마리, 동생 한 마리" 하며 낱낱이 세어 셋이서 똑같이 그 많은 여치를 똑같이 나누고 호박꽃잎을 듬뿍 넣고 마루 추녀 아래 나란히 매달아놓는다. 한참 후에 놀란 여치들이 긴장을 풀고 여기저기에서 찌르르찌르르 울기 시작한다. 세 녀석들이 비로소 여치가 운다고 들여다보며 손뼉을 치며 기뻐한다. 한껏 기쁨에 젖은 세 녀석들의 그 행복에 자신도 딸도 더할 수 없이 행복한 여름저녁이다.

그 기쁨과 행복으로 둘러앉은 저녁밥상이 지금껏 보지 못한 그야말로 진수성찬이다. 자신은 언제나 딸과 마주앉는다. 그리고 그 좌우로 손자와 세 손녀가 앉는데 손자는 언제나 할미 곁에 앉는다. 밥상을 보는 순간 네 녀석들이 와 하고 일제히 행복한 탄성을 터뜨리고 식사가 시작되었다.

모두가 가장 행복한 밥 수저를 뜨고 있던 순간, 몇 번 수저를 뜨던 옆자리 손자 녀석의 뜬 수저가 입으로 가다가 중간에서 잠시 멈춘다.

그것을 할미가 목격하는 순간, 불현듯 슬픔의 피가 거꾸로 솟는다. 그동안 어느 한구석에도 그런 일이 없던 녀석, 그러나 말없음과 태연함 속에 어찌 그러지 않으랴. 목포에서도 손꼽는 부자인 딸집에 자신이 오는 순간부터 밥상을 받을 때마다 더욱 커지는 슬픔과 불행. 가난하고 초라한 시골집 저녁밥상머리 가족들의 얼굴과 새카만 깡보리밥과 된장국이 그 하얀 쌀밥 수저와 고기국물들에 어찌 겹치지 않으랴. 오냐, 사랑하는 손자야, 너는 우리 모든 가족의 가주 가장이요 도도한 사내장부가 아니냐. 이 할미도 이미 그러하니라. 그 수저를 삼켜라. 삼켜야 한다. 이 가족들 앞에서 어떤 눈물을 보여선 아니 되느니라.

할미가 못 본 듯이 손자와 그 물길을 건너려 할 때 아뿔싸 건너편의 딸이 그만 무심결에 토하고 만다. "지금 시골집 생각하고 있구나." 하고. 왜 자신과 딸은 똑같이 그 녀석의 모든 자리를 털끝만큼도 놓치지 아니하고 살필까? 그런 딸이 아닌데 그만 실수하고 말자 손자는 그때야 비로소 정신을 차리고 "고모, 아니에요." 하고 중간에 멈추어 떠 있던 그 수저를 얼른 입속에 넣으며 태연하려 한다.

그러나 가주 가장 사내로서 결단코 6세 늦가을부터 지금까지 단 한 번도 내보이지 않으려던 그 자리를 그만 고모에게 들키고 그로써 할미인 자신과 모든 가족들에게 노출시키고 만 고 녀석이 그 자리를 무사히 넘기는 어려운 노릇이다. 몇 차례 아무렇지 않은 듯 식사를 하다가 결국 욱 하고 먹은 것들이 죄다 다시 밖으로 쏟아지려 하자 두 손으로 입을 감싸고 밖으로 뛰쳐나간다. 그리고 마루 끝을 내려가 도랑에 다 쏟는다. 그리고 그 마루 끝자리 제 방으로 들어가 밥상으로 돌아오지 않는다. 그러자 딸이 즉시 그의 방으로 뛰어가 울음소리를 내지 않으려고 이불을 둘러쓰고 참고 있는 녀석을 끌어안고 함께 울음을 터뜨리고 만다. 할미도 더 이상 밥상머리에 앉아 있을 수 없어 일어서 마루를 내려서 문간방으로 건너가버린다.

다시 찢어지는 가슴. 하염없이 맺힌 슬픔을 손자와 함께 토하며 외친다. 사랑하는 손자야, 그래 함께 원 없이 쏟아보자. 이를 우리가 어찌 다 참고 숨기고 살 수 있단 말이냐. 이 같은 목포집 행복이 아니라면 어찌 네가 그토록 북받칠 수야 있었겠느냐. 이 할미에게, 고모에게, 누이들에게, 나약한 아녀자들에게 너의 그 도도한 자존에 먹칠을 했다고 결단코 생각하지 마라. 너의 할아버지와 아버지와의 약속을 어기고 포기했다고 여기지 마라. 너는 아직도 똑똑하고 강한 대장부이니라. 이 할미가 이미 다 잘 안다. 너와 나 우리 모든 가족들의 진정한 행복이 어디에 있는 무엇이라는 것도 너만큼 일찍 스스로 깨치고 아는 아이도 아마 없으리라. 오늘 저녁 우리 그렇게 함께 다 쏟아 울고 비로소 개운한 마음으로 다시 서자.

자신이 아직 다 쏟지 못하고 있을 때 손자는 어느새 퍼붓던 울음을 그치고 문간방으로 건너와 할미에게 죄송하다며 다시 밥상으로 돌아가자고 일으켜 세운다. 밥상으로 돌아가자 손녀들이 날벼락을 맞은 듯이 모두 수저를 놓고 멍하니 앉아 있다. 손자는 다시 가장 즐겁고 행복한 저녁밥상을 망쳐서 미안하다고 말하고 다시 즐거운 마음으로 어서 저녁을 먹자 하여 본 자리로 모두 돌아갔다. 그로써 더욱 행복한 여름밤, 찌르르찌르르 추녀 밑 여치들의 울음소리.

(2011)

○

섬에 살리라

섬이 좋아 나 섬에 살리라.

섬이 부르니 우리 모두 섬에 가자.

그는 뭍이 떨어져나간 끝자리, 넓은 바다가 홀로 파도치는 끝자락. 그 끝자리 끝자락을 사랑하므로 섬에 살리라.

그는 뭍에서도 바다에서도 홀로 멀리 떨어져나갔다. 그러나 이미 모두를 품은 그들 태초의 침묵과 언어이다. 그 침묵의 언어와 고독을 더 사랑하며 그도 자유하고자 하므로 나는 그와 함께 살리라.

그는 또 언젠가는 우리 모두가 돌아갈 영원한 본태의 자리. 우리들 마음의 고향에 먼저 돌아가 그로 살리라.

한반도 서남단 황톳빛 바다가 대양의 길을 재촉하는 길목에 섬 하나가 있다. 그가 곧 보배섬 진도이다.

그가 태어나던 날은 접어두고, 빗살무늬 고운 섬. 대륙의 머나먼 서쪽에서 아침해를 바라보며 길을 재촉했던 선사인들이 멀고 긴 유랑 끝에 그 유랑을 접고 영원한 정착을 다진 곳이다. 따뜻한 남쪽나라, 산 높고 물 깊으며 비옥한 들이 넓은 섬. 수렵 채집 목축 유랑을 끝내고 논밭 갈아 씨 뿌리기에 좋았다. 기원전 이미 농경문화를 정착시키고 꽃 피워, 황금빛 유자가 숲을 이루고 살찐 말들이 들을 누볐다. 물 밖 사신들의 왕래도 끊이지 않았으니, 말 그대로 보물의 광이자 재물의 곳집이었다.

오늘엔 그 출발의 대륙과 인류의 대양을 함께 가슴에 품고, 한반도에 봄이 오는 첫 길목이다. 대륙의 서북풍이 눈보라 속에 태고 적 음성을 실어오고, 들고나는 조수가 넓은 바닷길을 재촉하며, 수많은 백조 무리들이 사랑과 꿈을 속삭이는 바다비원이다.

그 갯바위에 앉아 대끝 하나 드리우면, 그 갯바람 파도소리와 먹구름 속에서도 어찌 은비늘 퍼덕이는 하늘강의 별들을 낚지 못할까. 나는 그 청태 푸른 빈 대끝의 섬이다.

사랑하는 벗들이여, 섬에선 역사도 세월도 묻지 마라. 다만 가슴으로 느끼라.

그대도 어디 한번 초동이 되어 지게통발 낫자루에 풀피리 사철가들 부르며 산길에 나서보라. 오르는 산마루 솔솔 푸른 능선에서 잡초 무성한 왕과 왕자를 만나리라.

그 하얀 억새꽃 능선길을 지나 오른 산정의 잡목 숲터에선 돌무더기들 속에 세월을 잊은 기왓장 조각들이 그대를 맞으리라. 그 발걸음 어느새 한 짐 가득 지고 내려서는 어부와 갯촌 아낙들의 파도치는 길가에서 그대는 잠시 작대기 받쳐놓고 땀을 식히며 쉬어가게 되리라. 그 해안 진성의 옹기 주둥이, 옹문, 무너진 성곽, 옹벽을 기어오르는 오늘의 담쟁이, 동문 밖 해자 개울가에 서 있는 한 그루 노송 등……. 그들이 바라보는 산과 들밭과 개포는 평화롭기만 하다. 그렇게 땀을 식히고 휘파람 불며 지나는 들길, 그 산발치며 들밭가에 널브러진 무심한 고인돌들을 또 어찌 그냥 지나칠 수 있을까. 그 메마른 돌이끼며 천년 푸른 정수리 달빛을 어제와 오늘이라고만 아무도 말할 수 없으리라. 이만하면 그 무엇을 묻지 않고 단 하루를 살아도 천년보다 짧지 않은 날들, 나 오늘 세상 떠나도 섬에 살리라.

사랑하는 이들이여, 우리 모두 섬에 가자. 문명에 찌들고 삶에 지친 이, 고요한 그리움과 맑은 영혼을 꿈꾸는 이 그 모두 섬에 가자. 그 동안 삶의 진리라 하는 것들이 우리에게 안겨준 모든 번민 갈등과 절망을 부려놓을 수 있는 곳이 곧 섬이다. 그대가 과연 모든 것의 중심이라 하는 오늘의 그곳에서 진정한 행복을 누리는가? 또한 영혼의 옷깃이라도 직접 만져본 적이 있는가? 그대는 결코 그곳에서 죽음과 함께 어깨동무하고 덩실덩실 춤출 수 없다. 사랑하는 이를 떠나보내는 들길 산길에서 북 장구 꽹과리로, 그 마지막 밤샘다방에서 넉살좋게 웃음극 다시래기판을 펼칠 수도. 그 모두가 섬과 섬사람들만의 것이다. 그대 또한 섬에 오면 영혼이 사후에나 있는 것이 아님을 보리라. 그대도 흥겹게 춤추며 '어서 가세, 어서 가세' 그 길을 재촉하고, '나무여, 나무여'를 외치며 동으로 남으로 뻗은 가지들을 헤면서 그 나무나무 푸른 숲길 등성이를 함께 넘으리라. 동백꽃 눈 속에 흐드러지게 피는 골, 그 산과 거기에 조용히 눕는 이가 어떤 누구인가를 알리라. 그것은 삶과 죽음이 문턱 하나 사이에 넘나드는 순간과 영원의 한 자리! 나는 죽어도 그 섬과 섬사람들 속에 살리라.

사랑하는 벗들이여, 섬에 오라. 그토록 영혼이 삶으로 춤추고 노래하며, 그 삶과 영혼이 하나의 붓끝 묵향으로 피어나는. 또한 그대는 지금껏 자연의 풀잎에 맺힌 붉은 이슬도 본 적이 없으리라. 그 풀뿌리가 하얗게 눈 쌓인 겨울산을 진달래 꽃빛으로 곱게 물들이는 것을. 그도 섬만의 것이요, 그 자연을 술로 곱게 빚은 것이다. 섬에서야 비로소 그대는 죽음이 삶으로 노래하고 춤추며, 삶이 영혼의 맑은 옷을 갈아입고 시서화 붓끝으로 피어나며, 그 모든 것이 자연과 인간의 하나인 설산홍로雪山紅露의 잔에 함께 취하리라.

그러고도 만약 그대가 아직도 무엇인가 갈증과 고독에서 벗어나지 못한다면 더욱 좋은 섬이다. 그 갈증과 고독을 나는 안다. 그것은 중심을 찾고 구하는 큰 사랑 그리움이다. 맑고 굳게 서고자 하는 영원한 침묵의 언어들이다. 그대가 오늘의 그 중심에서는 중심을 얻을 수 없다. 이 홀로 떨어져나간 끝자리에 와야 한다. 홀로 파도치는 끝자락이어야 한다. 거기에야 진정한 침묵의 언어들이 있기 때문이다. 그 자유를 누리고자 하면 이곳에 와야 한다. 고독 끝에서야 그 사랑을 깨치고 그 언어들을 얻으리라. 그리고 그대 또한 그 중심에 서게 되리라.

밤은 고요한 바람 한 점 일지 않는데
차가운 만상의 빛 그림자만 흐르는구나.
이 푸른 강물 한 줌 가득 쥐어내어
옷깃 풀어 젖히고 나그네 됨을 씻노라.

이는 국운이 다해가던 여말에 한 젊은 의인이 스스로 송도를 떠나 땅끝 나루터에 이르러 이곳 섬과 물목을 바라보며 읊은 서정이다. 그는 다시 부름에 손을 젓고, 송도의 가족을 불러 섬사람들과 농사를 지으며, 북향 개뜰 언덕에 작은 초정草亭 하나를 지어 압구정狎鷗亭이라 하여 갈매기와 시를 벗 삼다 갔다. 그의 시두 수만이 남아 그가 건넜던 물목 나루터의 벽파정碧波亭에 오래오래 걸려 있다가 그 정자마저 사라진 오늘 나에게까지 전한다.

시정으로 한자리하는 순간의 그와 나는 하나요, 그날이 오늘의 나와 지척이다.

그대도 그 한 줄기 푸른 강물과 영원한 고도가 될 수 있다. 그러면 또 천년 세월 지척이듯 누군가 그대와 함께하리라.

사랑하는 벗들이여!
우리 모두 함께 그 섬에 가자.
오늘에 다시 태어나, 죽어도 죽지 않을.
나 섬이 좋아 섬에 살리라.

(1999)

○

비가 새는 지붕

비가 새는 지붕엔 별이 뜬다.

나는 이 말을 반세기 만에 비로소 얻었다.

간밤에는 비가 내렸다.

차를 몰고 먼 길 갔다 돌아와 지쳐 잠들었다. 곤히 잠든 밤, 꿈결 빗소리에 벌떡 일어났다. 꿈속에 뚜렷이 잡힌 말 "비가 새는 지붕엔 별이 뜬다"는 그 사실 때문이다. 그로 이처럼 새벽 창가에 앉는다.

"비가 새는 지붕엔 별이 뜬다"는 말에 이어지는 말이 잡힌다. "진리라고 하는 말과 생각은 억지를 부린다. 그러나 삶은 억지를 부리지 않는다. 아니, 그것은 옛일, 오늘엔 삶들도 억지를 부린다. 여전히 억지를 부리지 않고 억지가 없는 것은 오직 삶의 자리뿐이다." 지금, 나의 이 펜은 빗소리 잠과 꿈에서 얻은 그 말을 좇는다. 이는 결코 말장난이거나 몽상이 아니다. 내가 반세기 동안 풀지 못했던 비바람의 카오스 상숫값이다.

1963년 나는 서울 거리에 있었다. 당시 서울은 모두의 꿈, 고교를 졸업한 나 또한 그 꿈길에 들어섰다. 대학 입학금이라도 벌어볼 생각으로.

군자동에서 아침을 맞는다. 강둑을 지나고 강을 건너 뚝섬 채소밭에 나선다. 리어카에 채소다발을 가득 싣고 끌어 시장터에서 하루해를 보낸다. 예쁜 서울 아낙들이 만지작거리다가 그냥 지나간다.

안 되겠다. 구로동 공사판 막노동판으로 달린다. 그도 빽이 있어야 가능하다. 비 오는 날이면 공치는 날, 밥집 추녀 밑에 들어앉아 추녀 끝 빗줄기를 헨다. 공치는 날의 밥값도 모자란다.

그도 안 되겠다. 구두닦이통을 멜까? 아이스케키통을 멜까? 짜장면 그릇을 나를 곳도 없다.

그래, 어쩌면? 이 가방을 들자. 신제품 고체 알코올 시판을 위해 여학교만을 찾아다닌다. 그러나 가사 실습 담당 여선생님을 만나기조차 별 따기다. 가까스로 만나고 열심히 설명하고 나면 "우리 학교는 안 써요." 한결같은 허탕이다.

그래도 아침엔 여전히 힘차다. 군자동 강둑을 걷는다. 더러는 답십리 종점에서 버스를 타고, 청량리역에서 2원 50전 전차를 탄다. 콩나물시루 속에 흔들림도 즐겁다. 오늘은 종각쯤에서 내리자. 아직 찾지 않은 학교를 점찍고 하루 목표를 세운다.

오전 한나절 모두 실패, 아침 깡냉이죽 한 그릇이 등짝에 달라붙어 힘이 빴는다. 이런 때, 안성맞춤이 실업자들의 파고다공원.

벤치에 앉아 생각, 생각하노라면 다리에 다시 힘이 붙는다. 그러나 오후 한나절도 실패, 벌써 해가 기울고 거리엔 불빛이 밝다.

호주머니를 뒤져보니 전차표가 하나도 없다. 걷자. 왕십리 강둑길로 접어든다. 하루 한 끼도 적응이 되었건만 역시 깡냉이죽은 힘이 없다. 강둑에 잠시 쉬어간다는 것이……. 눈을 뜨고 보면 하늘에 무수한 별들이 반짝인다. 얼마쯤 되었을까 물을 때, 강물도 은하도 강 건너편 닥지닥지 살 맞댄 불빛들도 모두가 서울의 꿈속에 들어앉은 고향 시골의 별들이다. 청년의 가슴 창가엔 어느새 유년의 황태자 시절 청라언덕이다.

소년의 시골 섬 청라언덕은 눈부시었다. 그가 태어나던 날부터 그 자신이 가족의 모든 행복이자 꿈이었다. 그 행복 속에서 청라언덕을 달음질치던 소년은 비바람이 좋아 비바람을 부르곤 했다. 비바람에 넘쳤다.

햇살 좋은 날엔 쳐다보고만 있던 마당과 뒷동산 키 큰 나무들의 동백꽃이며 풋감, 대추 들이 마당 질펀하게 모두 소년의 것이었기 때문이다. 비바람은 소년에게 분명코 기쁨과 즐거움이었다. 그렇게 세찬 비바람이 집을 덮치고 지붕이 벗겨져 날아가며 장고방의 뚜껑들이 깨어지면서 할아버지, 아버지와 할머니, 어머니가 허겁지겁 달려 다니는 게 더 재미있었다. 바람아 더 세차게 불어라. 물난리야 나거라. 손뼉을 치며 뛰어다녔다. 지붕이 다 날아가고, 집이 떠내려가면 그 다음은 어찌 될까? 그게 궁금하고 보고 싶었다.

그토록 비바람을 부르던 여섯 살 여름, 정말이지 뜻밖의 신나는 비바람이 몰아쳤다. 육이오라 하는. 쌩-하고 번개처럼 지나가는 하늘 쌕쌕이 은빛 날개, 졸졸 따라다니던 인민군 아저씨 딱콩 총소리, 바다 건너편 불기둥, 인민재판 등…….

대왕마마 할아버지의 명에 따라 외가로, 이모댁 마을로, 달도 없는 밤길을 수없이 도망쳐 다닐 때도 어른들의 신나는 병정놀이에 끼어들었다는 사실이 기뻐 죽창몽둥이패를 한번 만나고 싶었다. 그런 어느 한밤중 외가에 들이닥친 몽둥이패를 생쥐새끼처럼 잽싸게 따돌리고 작은 뒷봉창을 끼어 맨발로 골목길을 이리 돌고 저리 돌며 도망칠 때 헤헤헤, 헤헤헤. 왜 그리 통쾌할까?

신나게 뛰놀다가 늦가을에야 집에 돌아오니 텅 빈 집, 어른들은 아무도 없었다. 황태자 시절이 끝남과 자신이 즐기며 부르던 비바람이 무엇인가를 비로소 알았다.

그러나 신비는 다시 겹쳤다. 지붕도 기둥까지 모두 날아가버린 집, 이제는 과연 어떻게 될까? 이듬해 봄부터 넘는 시오리 산마루 길은 그 궁금증과 새로움들로 오히려 더욱 넘치는 초록빛이었다. 퐁당퐁당 돌을 던지고, 초록빛 바닷물에 두 손을 담그며 산마루 들길을 달렸다. 어머니 홀로 나대는 들길은 허기져도, 소년은 결코 배고프지 않았다. 그게 거짓 없는 소년의 마음이었다. 신비의 끝자리를 보고 싶은 궁금증 그게 바로 소년의 꿈이라면 꿈이었다.

벌떡 일어난 왕십리 강둑엔 별들이 빛난다. 별들의 강물이 흐른다. 강물 따라 강둑을 걷는다. 바람아 불어라, 비야 쏟아져라. 비바람을 부른다. 우산 없이 걷던 덕수궁 돌담장 길과 몇 번이고 배회하다 돌아가던 삼각지 로터리, 그 비에 흠뻑 젖는다. 그 가슴에 여전히 별들이 곱다. 그 가슴 강물 강둑을 어찌 우수라고만 할까? 사랑과 행복이 피어오른다.

홀로 간다는 것은 알 수 없는 사랑이다. 터벅터벅 강둑을 간다. 아무리 나서봐야 넓은 서울에 갈 곳 없는 발걸음, 하염없이 걷는다. 기억 이전의 전후생 길목만 같다. 주책없는 뱃가죽 등짝에 찰싹 달라붙어, 배고픔은 없으나 발걸음은 휘청휘청……. 어디로 가고 있을까?

참으로 신비한 일이다. 가만히 보니 그 발걸음 어디면 어떠랴만 꾸역꾸역 끈질기게 군자동 추녀 밑을 기어든다. 하룻밤 끼워 누울 집! 그보다 안온하고 포근한 행복이 없다. 아무리 주리고 허기져도 하룻밤 추녀와 어찌 바꾸랴. 누군가는 이 밤도 강둑에서 아침을 맞는 이가 있으리니…….

청년의 발걸음은 반사적으로 군자동을 향한다. 눈부신 서울 은하도 강변 벌 끝자리다. 군자들만이 사는 곳일까? 어둑어둑한 강둑 낮은 자리에 서로 살 부비며 맞대고 닥지닥지 들어앉은 판자천막집들. 그 낮은 지붕들 위에는 별들이 더욱 곱게 빛난다. 그 지붕들 아래 작은 풀꽃들의 사랑이 핀다.

연탄 화덕을 방 가운데 들여앉히고 둘러앉은 애기들과 드러눕는 사람들……. 날이 밝으면 또 누군가 거적때기에 둘둘 말려 산길을 간다. 고향산천도 잊고, 나무 나무를 외치는 북장구며 호곡소리도 없이. 그런 집들이다. 비바람 몰아치는 날 밤에는 양철동이 받쳐놓고 더 이상 물러날 수 없는 자리에서 옹골옹골 날을 새도 아무 소용없이 강물 빗물이 방까지 차오른다.

그 비 그치고 물도 빴는 날, 밤은 변함없이 다시 오고……. 바로 누우면 비가 새던 낮은 지붕 틈새에 별들이 뜬다. 그 별, 엇그제 낯선 산에 간 영혼일까? 다 키워 막노동판 식모살이 제 밥벌이라도 할 참의 큰놈 작은 연……. 보내는 어미 가슴 은하에 다시 비가 내리고 강물이 철썩거린다.

엇그제까지도 골목 지나다 말없이 마주친 눈빛이 더욱 곱다. 그 일렁이던 가슴 느닷없이 지붕 틈새 별에 다시 일어 스친다. 그대 아니야, 너는 내 사랑 누이! 어느 날엔 가는 나도 그렇게 가 너를 꼭 껴안아 입맞춤하리니……. 네 어미 환하게 웃어다오. 이 밤 새고 나면 저 별 끝 사랑 쌍무지개로 피어라. 군자동 닥지닥지 낮은 지붕들 위에 밤하늘 별들은 유난히 영롱했다.

날이 밝으면 군자동은 다시 부산하게 벌떡 일어나 갈 곳 없는 서울거리 그 어디론가 종종 나선다. 시집갈 나이 다 큰 소녀의 집, 아무 일도 없었던 것처럼 태연하고 평온한 그 집 앞을 흘끔 지나 다시 강둑을 간다. 나서봐야 매번 뻔한 날들, 그 불확실성 속에 꿈과 사랑의 추녀 밑이 있어 군자동의 지붕 위엔 별들이 곱다. 그 군자동 손에서 놓고 당장 기차를 타면 그만일 청년은 왜 그러지 못할까? 끝내 그 신비 카오스값을 풀지 못하고 서울을 끝냈다.

세월 세월 비바람 어언 40년.

말과 생각이 자꾸만 억지를 부리던 날들, 오늘엔 삶들까지도 점점 억지를 부린다.

그러나 역시, 여전히 억지를 모른 것은 1960년대, 삶의 자리 군자동뿐이다.

꿈결 빗소리에 벌떡 일어나고 보니 이제는 눈을 감아도 너무 좋은 날이다.

그러나 아직도 이 세상 별 끝자리엔 군자동이 있어……. 비의 사랑에 젖는다.

비가 새는 지붕엔 별이 곱게 뜬다.

(2002)

○

용마람

몇 십 년 만일까?

용마람(용마름의 방언)을 틀자니 잘 되지 않는다.

숙과 나는 병원 뒷마당 쓰레기 소각장 곁에 닭집을 짓고 초가 지붕을 이기로 했다.

평생을 좁은 진찰실에 매이고 갇혀 사는 내게 가장 큰 기쁨과 활력 중 하나가 쓰레기를 태우는 일이다. 그래서 소각장을 둥근 지붕을 얹은 작은 집처럼 지었다. 얼른 보면 소각장 같지 않다. 가슴이 답답하고 클클할 때는 쓰레기들을 태우며 그 불길과 연기를 바라보며 모두 재가 될 때까지 그 앞에 서 있다. 그래서 쓰레기를 태우는 것은 순전히 내 권한이자 몫이다.

그와 나란히 닭집을 짓고 초가지붕을 얹게 되었으니, 이제 내 영원의 불길은 더 크게 홰치며 활활 타오르리라.

초가지붕의 요체는 용마람과 지시럭(처마의 방언)이다. 용마람을 단단하고 꼼꼼하게 잘 틀어야 하고, 지시럭을 단단하게 잘 매야 한다. 그래서 지시럭을 맬 때는 볏짚 새끼줄 대신 칡넝쿨이나 비바람에 잘 썩지 않는 들풀 낫가리를 베어다 그 새끼줄을 쓰곤 한다.

또 용마람은 아무나 트는 게 아니다. 유년의 할아버지처럼 반드시 경험 많은 집주인이 튼다. 다른 마람 엮기는 일꾼들에게 맡기고. 늦가을 지붕철이면 그 용마람 할아버지가 우리 집 용마루 대왕마마이심을 여실히 증명했다.

그러나 여섯 살 여름 육이오가 터지고 우리 집 용마루 대왕마마는 아버지, 숙부와 함께 죽었다. 남정이라곤 스물아홉 아낙의 치마 끝을 붙들고 가까스로 살아남은 나 하나 그 작은 씨알뿐이었다.

"영남아, 이제부터는 너 홀로 살아가야 할 터인즉 그럴 수 있겠느냐?"

"할아버지, 전 이제 어린아이가 아니잖아요. 얼마든지 그럴 수 있어요. 심려치 마십시오."

"암, 그렇고말고. 사내장부는 마땅히 그래야지. 이 할애비가 괜한 말을 물었구나. 그럼 됐다. 자, 지체 말고 어서 떠나거라."

"예. 할아버지, 그리하겠습니다. 편히 계십시오."

그렇게 달도 없는 밤 외가로 피신했다가 늦가을에야 돌아와 보니 텅 빈 동산집. 용마루 주인은 침묵으로 마당 옆 텃밭에 봉분으로 누워 계셨다. '아, 이제는 내가 이 텅 빈 집 용마람을 틀어야 할 유일한 남정이구나!' 그 가슴뿐이었다.

이듬해 봄 학교에 들어가 시오리 산마루 길을 달음질치던 소년 시절, 늦가을 지붕철이면 어머니는 일꾼들을 불러 지붕을 해 이곤 하셨다.

누가 우리 집 용마람을 맡을까? 뜻밖에도 가장 헤부작한 김용현 씨다. 하필이면 그 어른일까? 그러나 어머니는 줄곧 그 어른을 크게 여기고 믿으셨다. 힘 좋고 젊은 남정들 다 두고, 아낙이 할 수 없는 일들을 맡기셨다.

용현 씨 어른은 체격이 작고 힘도 없어 보인다. 나이도 드셨다. 얼마나 가난하고 슬픈 운명 속에서 태어났을까? 어려서부터 남의 집 깔담살이(꼴머슴)로 살았다. 그리고 뒤늦게 아낙을 얻어 아직 어린 두 아들을 얻었다. 인생의 가장 큰 행복을 얻은 것이다.

그러나 젊은 아낙은 절름발이 몸이라 품일은커녕 동냥바가지를 들기조차 어렵다. 텃밭 한 뙈기 없는 집, 용현 씨 그 홀로 봄, 여름, 가을, 겨울 없이 등골 빻는 등짐, 남의 집 일로 풀칠한다. 아직도 남의 집 일을 벗지 못했다.

그 가족들은 마을에서 좀 벗어난 곳, 바위산 절로 들어서는 산발치 들밭 길가 토담집에 산다. 토담집은 아주 작고 낮다. 기어 들어가고 기어 나온다. 흙 툇마루조차 없고, 금방이라도 쓰러지고 주저앉을 것만 같은 그런 토담 초가집이다.

하지만 거짓과 꾀, 큰 욕심도 없이 남의 일을 자신의 일로 삼고 그처럼 성실하고 믿음과 정분이 도타운 사람은 아직 세상에 없다.

우리 집 일을 하실 때마다 사실 가슴이 아팠다. 쟁기질 같은 건 재미있어 보이나 똥장군, 거름일, 보리와 나락뭇(볏단) 등 하루 종일 무거운 등짐을 작은 몸에 끙끙 짊어질 때는.

그러나 들일 모두 끝나고 늦가을 지붕철이면 내가 먼저 기쁘다. 따뜻한 햇살 아래 마당 짚더미 속에 차분하게 앉아 마람을 엮는 모습이 편안하고 평화롭다.

만약 그때 배꽃 아낙 어머니의 긴긴 겨울밤 베틀 위에서 흥얼이시던 베틀가 같은 흥타령 곡조가 그 입가에서 흥얼흥얼 흘러나올 수만 있다면……. 그러나 어려서부터 그 산길 물길이 얼마나 벅찼으면 섬 들녘사람들 모두가 즐겨 부르는 그 흥타령 곡조 하나쯤도 익히지 못했을까…….

그래도 어머니와 내게는 그 어른이 늘 좋았다. 할아버지 같으면 당장 여러 일꾼 불러 하루 이틀 새 후다닥 해치우고 말 지붕일을 배꽃 아낙은 바쁠 것 없는 늦가을 쉬엄쉬엄 며칠이고 어른 홀로에게 다 맡기신다.

아낙은 물론 나에게까지 토담집 어른이 그토록 늦가을 우리 집 마람 마당에 좀더 오래 계시는 게 좋고 행복했다. 아낙은 술참(새참)을 내오고 밥상을 차리는 행복, 어른은 텁텁한 막걸리 사발을 쭉 들이키는 행복, 소년에겐 그 아낙과 토담집 주인의 행복과 용마람을 트는 신기함을 살피는 게 행복이다. 유년엔 건성으로 지나치던 그런 꿈들이.

중학생이 되자 용마람을 틀 수 있을 것만 같았다. '용마람은 본시 자기 집 남정이 트는 법, 이제는 나도 이만큼 컸으니…….'

"어머니, 이젠 제가 직접 용마람을 틀겠어요."

"아니다. 금방 할 것 같아도 쉽지 않다. 용마람은 어른들도 아무나 트는 게 아니다. 좀더 커서 후에 하거라."

'어른도 아무나? 벌써 할아버지를 잊으셨나?…….' 정말이지 아낙에겐 용마람이 특별한 것이었다. '용마람! 용마람?' 배꽃 아낙을 쳐다보며 빙긋 웃었다. 용마람을 틀겠다고 나선 나는 아낙에게 여전히 아이일 뿐 남정이 아니었다. 그 더욱 아낙의 아들인 바에야. 그토록 용마람 마당은 이래저래 행복했다.

시골 섬에서 중학까지 마치고 뭍에 올랐다. 어린 섬소년이 그처럼 꿈의 날개를 펼 때 세월은 섬 용마람 마당 남정과 아낙의 가슴에 무엇을 안겨주었을까? 고향 섬을 생각할 때마다 금방 주저앉을 것만 같은 토담집이 늘 가물거리곤 했다.

그리고 의과대학 첫 여름방학 때 고향집에 내려와 아낙에게 토담집부터 물었다. 그러자 어른이 늙고 병들어 집에 드러눕고 말았다 한다.

"그럼 식구들은요?"

"염려 마라. 애들 어미가 절에 들어가 산단다. 이제 마을 사람들도 모두 한시름 놓게 되었다."

"그래요?"

즉시 바위산으로 뛰었다. 인사도 드릴 겸. 길가 토담집에 먼저 들어섰다. 어른 홀로 어두운 방에 기동조차 어렵게 초췌한 모습으로 누워 계신다. 깜짝 놀라시며 할아버지와 아버지의 얘기를 꺼내신다. 다 컸다는 말씀이시다. '한 생이 또 이렇게…….' 눈물이 쏟아질 것만 같았으나 참았다.

절마당에 들어서자 토담집 아낙이 먼저 깜짝 반기며 스님을 부르신다. 스님께서 마당까지 내려와 인사를 받으시며 변함없이 맞아주시고 칭찬이 대단하시다. 저쪽에서 놀던 토담집 어린 두 아이들도 달려와 인사를 한다.

모든 게 아낙의 말씀대로다. 유년부터 빤히 쳐다보며 들어왔던 바위산 전설, 한 가닥 의문을 품곤 했던 마애여래 부처님 쌀배꼽 기적이 현실로 나타나 있었다.

모두가 허기진 봄의 보릿고개를 넘으며 토담집 가족들이 굶주리던 어느 날이었다. 바위산 절 스님께서 몸소 쌀가마를 짊어지고 산을 내려오셨다. 그리고 토담집에 부려 들여 주시며 토담집 영감님께 무엇인가를 말씀하셨다. 그러자 누워 있던 영감님께서 벌떡 일어나 앉아 눈물을 흘리며, 죽어서도 그 은혜 잊지 않겠다며, 스님과 부처님께 크게 합장을 한 것이다. 그로 토담집 아낙은 당장 두 아이들을 데리고 스님의 뒤를 따라 절에 들어갔다.

스님께는 분명코 토담집 아낙이 젊고 팽팽했다. 그날 밤부터 아낙은 밤마다 바위산 산부처 밤공양에 자신을 다 바쳤다. 늙은 스님의 목탁소리는 바위산의 밤을 쩌렁쩌렁 울리고……. 토담집 가족들은 아사 직전에 살아나고 굶주림에서도 완전히 벗어났다. 전답깨나 가진 이들보다 더 푸짐하고 온통 하얀 쌀밥만의 세 끼

날들이었다. 토담집 영감의 평생 등골 빴는 등짐으론 단 한 끼도 누려보지 못한 복과 기적이 너무 쉽고 간단하게 이루어진 것이다. 토담집 용마람 영감님의 가슴과 마음 단 그 하나에!

마을 사람들은 모두 기뻐했다. 그리고 그 봄 초파일엔 더 많은 사람들이 모여들고, 연등 행렬이 바위산을 밝혔다.

그 바위산과 벌의 날들, 홀로 들길만을 숨차게 달리고 밤이면 끙끙 앓는 배꽃 아낙에게 어쩌면 토담집 절 아낙이 더 행복해 보였을지도 모른다.

세월은 또 침묵으로 흐르고 흘러…….

병원 뒤뜰 닭집 지붕 용마람을 트는 마당에 다사로운 볕이 내린다.

닭집 용마루 지붕에 흐르는 흰 구름 속에 가물가물 꿰비치는 토담집 하나! 용마람 영감님이 떠나신 지 오래이다. 그 길가 토담집도 자취 없이 사라지고.

바위산 산부처 스님께서도 떠나셨다. 스스로 쌓아 마람을 이어놓았던 장작더미 활활 타는 불길 속에. 그토록 자신의 모든 것을 사르고 태워 극락왕생하셨으리라.

늦가을 지붕철이면 토담집 어른 용마람 트는 마당의 행복을 누리곤 하던 배꽃 아낙도 인생 칠십을 채우지 못하고 산에 갔다. 하얀 눈 속에 동백꽃 붉게 피고 새들 우짖으며 뒤란 대숲에 녹우 춘풍 어우르며 춤추는 곳, 아들보다 젊고 잘난 고운 님 곁에.

토담집 절 아낙도 바위산을 떠났다. 젊은 날의 붉디붉은 어미새 꽃가슴 절름절름……. 침묵으로 다 큰 두 아들 뒤를 따라, 그 아무도 모르는 섬 밖 멀리멀리. 바위산 부처님 기적의 품에서 자란 그 두 소년은 지금쯤 어느 하늘 어느 땅 어느 햇살 아래 자신들의 용마람을 틀고 있을까? 결코 지을 수도 잊을 수도 없는 고향 섬 바위산 아래 길가 토담집 그 아버지의 용마람을.

비가 쏟아지는 날엔 자신도 모르게 진찰실을 차고 일어나 뒷마당 닭집 앞에 선다. 용마루, 용마람을 쳐다보고 닭장 속을 들여다본다. 아직 비가 새지 않는다.

바람 세찬 날에도 닭집 지붕 지시럭 앞에 바보처럼 한동안 서 있다. 지붕이 까지거나 날아가지 않는다. 아직은.

숱한 세월과 또 세월……. 아무래도 나는 할아버지처럼 손수 우리 집을 짓고 그 용마람을 틀어 이어보지 못하고 떠날 것 같다. 하물며 토담집 어른과 같이 남정 없는 아낙의 이웃집 용마람을 생각이나 할 수 있을까?

아낙들에게 최대 행복은 무엇일까? 아마도 자기 가족들의 용마람을 트는 남정이 있고, 그에게 상을 차리는 것이리라. 그리고 남정들의 최대 행복은 용마람을 틀어줄 아낙이 있고 그녀의 상과 술참을 받는 것이리라.

햇살 좋은 날보다 비바람 치는 그런 날, 나는 또 한 가지를 잊지 않는다. 초가지붕 닭장 곁 소각장에 쓰레기들을 태운다. 늘 그렇지만 "이제 더 이상 태울 쓰레기가 없나? 오늘은 모두 이것뿐인가?" 묻고, 병원 쓰레기통들을 날라 소각장 안에 쏟아부어 쌓고 불을 붙인다. 불길이 한번 크게 붙으면 생목이나 웬만큼 젖은 것도 타지 않는 쓰레기는 없다. 그들이 다 타고 재가 될 때까지 그 앞을 떠나지 못한다.

해방둥이 닭띠, 정월 초닷새 엄동설한의 첫 새벽닭 홰치는 날개와 목청으로 이 땅에 태어난 한 사내의 생生이 활활 탄다.

소각장 안의 온갖 쓰레기들 어느 하나 남김 없고 거침없이 모두 탄다. 굴뚝 연기 힘차고 세월, 세월 용마루를 휘감아 구름안개로 끝없는 시공에 흐른다. 장닭 홰치는 날개와 목청, 시도 때도 없이 용마루 하늘에 드높고…….

비바람 후두둑후두둑……. 장닭도 후두둑후두둑……. 쓰레기 불길 또한 후두둑후두둑…….

천 년보다 길고 큰 하루, 용마람 용마루 위에 활활 탄다.

(2002)

○

길과 집 그리고 문

이제 나는 32년 동안의 의사생활, 그 문을 닫고 새 문을 연다.

고향 섬 병원 자리에 누구나 쉽게 드나들 수 있는 작은 밥집을 차리는 것이다.

이름을 설하雪河라 한다. 인생 나그네길에 본향으로 돌아오는 길목의 하얗게 눈 내리고 쌓인 조용한 개여울이다. 그 고향집 여울을 뜻한다.

지루한 문을 닫고 새 문을 여는 것은 새로운 흐름이요, 기쁨이다. 이 10월로 병원문을 닫고 눈 내리는 계절 12월에 새 문을 열고자 하는 우리 가족들은 희망에 부풀어 벌써 일을 시작하고 있다.

집안이며 이웃들 그리고 가까운 동료의사들이 만류한다. 농담을 즐기는 사람이라 농담인 줄 알았다가 사실로 확인되자 도무지 알 수 없단다. 왜 그리 좋은 기술과 직업을 버리느냐고? 그게 우리 현실이요, 또 집단의식이다.

그때마다 나는 미소하며 대답해준다. 변화와 흐름 속에 산다는 것은 기쁨이자 새로운 활력이지, 지금껏 국민의 눈에 비친 만큼 엉터리 의사 노릇을 했으니 이제라도 늦지 않지 않겠나, 진정한 의사가 되고 싶어서 가운을 벗고 청진기와 수술칼날을 손에서 놓는 것일세. 사실 그게 나의 진실이다. 설혹 믿는 사람이 가족 이외 아무도 없을지언정.

우리 집은 3백 평의 대지에 병원과 안집이 함께 있는 숲속의 집이다. 병원 건물은 2층 목조로 일본시대에 일본사람이 지었다. 그것을 약간 손봐 그대로 써왔다. 이제 다시 좀 손보아 쓰려 한다.

당초 집주인인 일본사람은 나무를 사랑하여 많은 나무들을 심고 가꾸었다. 다른 곳에서 쉽게 볼 수 없는 희귀종들이 많다. 그 후 주인들도 한결같이 나무를 아끼고 사랑했다. 고향 섬에 돌아올 때 그 나무들이 좋아 택했다. 결국 옛 주인들 덕분에 나는 나무들과 함께 살며 그들을 더욱 사랑하며 알고 전정가위를 들게 되었다. 그 전정가위와 펜이 아니었다면 아마 나는 여태껏 무변정체의 나 자신을 더 이상 버티지 못하고 이미 저 세상 사람이 되고 말았을 것이다.

나의 진찰실 겸 원장실 책상 위에는 언제나 원고지가 있다. 쓰지 않고 넘어가는 날은 없다. 그리고 책상서랍에는 전정가위가 있다. 진찰실 틈틈이 그것으로 병원 앞뒤 뜰의 행복을 누리는 것이다.

그러나 이제 설하의 새 문을 세우려고 뒤뜰 뒷마당을 온통 주차장으로 개조했다. 철책 울짱과 다른 구조물 그리고 정원을 다

철거했다. 수령 반세기가 넘는 희귀 거목들까지 거침없이 베어냈다. 17년간 잡초 하나까지 애지중지하던 그 사랑의 팔둑들을 다 잘라낸 것이다. 가족들까지 깜짝 놀란다. 그렇지 않고서야 새 문이 될 수 있을까.

자연동굴로부터 주거를 시작한 인간은 집을 지었다. 그리고 집이 있는 곳에 길을 내고 문을 만들었다. 문은 집과 길, 길과 집을 오가는 연결통로요, 그 접점이다.

삶에 집이 없는 사람은 유랑자 나그네요, 길이 없는 이는 고립된 고독자이다. 길을 찾아 정처 없이 먼 길에 나서는 나그네는 해가 기울 때 하룻밤 묵어갈 노을빛 추녀 밑을 찾는다. 반면 제아무리 화려한 궁전에서 부족할 것이라곤 없는 행복을 누리는 왕자라도 불현듯 먼 길을 무작정 떠나고 싶은 것이다.

이토록 우리들 인간은 유랑과 정착의 두 자리를 가지고 태어났다. 길에 나선 유랑자는 깃들 집을 찾고, 집에 들어앉은 정착자는 길에 나서고자 한다. 어느 한쪽만으론 그 자신을 다 채울 수가 없다. 그 양자 사이를 넘나들고자 한다. 결국 인간은 나서고 들어서며, 들어서고 나서는 문의 존재이다.

해방둥이로 끝자리 섬 포구마을 동산집의 황태자로 태어난 나는 더할 수 없는 행복한 유년을 보냈다. 그런 여섯 살에 6·25 큰 비바람을 만나 집이 폭삭 내려앉았다. 더 이상 황태자가 아니었다.

그로부터 말없는 소년이 되어 신기루처럼 끝없이 피어오르는 먼 길을 떠났다. 그 길은 슬프지 않고 넘쳤다.

열여섯 살에 나루 건너 '빛고을'이라는 남도 제일의 화려한 도시 뭍에 올랐다. 그러나 깜짝 놀랐다. 빛고을의 문은 특별했다. 문이 특별하니 길과 집들도 특별할 수밖에 없었다.

집은 모두 크고 화려하다. 그 집들을 에워싼 담벼락들은 높고 튼튼하다. 그 더욱 담장 위에 깨진 유리, 가시철망, 철창꽂이 들이 즐비하다. 찔레꽃이나 장미 울타리는 찾기 어렵다. 대문들은 모두 빗장을 안으로 걸어 잠근 견고한 철대문들이요, 그것으로도 부족해 '개조심'을 써 붙인 것들이다.

길들은 모두 반듯반듯하고 넓으며 좋다. 밤은 더욱 화려하고 아름답다. 지게꾼이나 된장단지를 들고는 지나갈 수 없는 길들이다. 그러나 그 길들은 어느 집으로도 막 통할 수는 없다.

그 빛고을엔 열린 문이라곤 없는 저마다 견고한 성채의 울과 벽의 세계였다. '우리'는 존재하지 않는 오직 '나'만의 세상이었다. 크고 높고 화려하고 아름답고 빠르고 앞서 달리며, 꿈과 희망의 길이라 하는 것일수록 더욱 그러했다. 시골 섬과는 전혀 다르고, 청라언덕에서 바라보던 것과도 전혀 다른 세계였다. 그 신기루 허상을 본 것이다.

대학 시절 점점 고향의 섬길을 굳히며 길을 재촉할 때 그 길을 좀더 분명히 하기 위해 많은 빛의 문들을 두드렸다. '찾으면 구할 것이요, 두드리면 열릴 것이다'라는 신념에 불탔다. 그리고 찾고 달려가 들어선 문 안에서 또 새로운 사실을 보았다. 문밖에서 모두 하나이던 빛들이 문안에 들어서고 보니 제각기 다르다. 저마다 자신이 유일한 빛이라 한다. 길과 진리와 생명, 사랑과 믿음과 소망, 구원과 부활이라 하는 것이다. 그 자신이 아니면 모두가 나락에 떨어질 존재들이라 한다. 그리고 자기 자신을 버리고 오직 그만을 따르라 한다.

그들 모두가 철옹성들이었다. 오직 그 길은 들어서는 문 하나뿐 밖으로 통하는 문은 없었다. 웬만한 뱃심과 두꺼운 얼굴 그 자기 자신의 진실이 아니면 그 안으로 걸어 잠근 빗장을 뽑고 성 밖으로 나올 수가 없었다.

하지만 양가죽 허상을 본 바에야. 빗장을 뽑고 뚜벅뚜벅 그 철옹성을 빠져나왔다. 뒤통수에 빗발치는 야유와 저주의 화살들……. 또 맞은편 성채에서 성문을 활짝 열고 손짓하는 환호들……. 이미 바람을 본 나는 미소와 너털웃음만을 함께 지었다.

사실 우리 모두가 젊은 날에 길과 문으로 얼마나 고뇌 갈등했던가? 결코 선택이 아닌 선택들로.

결국 나는 길과 집 그리고 문을 다 보았다. 그것들은 결코 저 밖 화려한 곳에 있지 않다. 어서 달려오라고 손짓하는 이가 아니다. 자신이 만든 환영이다. 자신이 불러 외친 목소리 그 산울림이다. 그리고 그 문은 자신의 빗장으로 채워진 것이다.

비로소 모든 게 마음에 있고一切唯心造, 모든 법이 하나萬法一如라는 사실과 장자의 '빈 배'와 '나비', 진정한 인간자연과 '무위無爲'

의 인위人爲가 어디에 있는 무엇인가를 알게 되었다.

우리는 저마다 자신의 집을 짓고 길과 문을 낸다. 그리고 울타리로 울을 친다. 왠지 너무 견고한 성채와 빈틈없는 담벼락들이다. 안팎으로 통하는 문을 찾기 어렵다. 모처럼 찾아도 안으로 빗장이 채워졌다.

이제 우리 집 '설하'엔 울타리 담벼락이 없다. 마당이 길이요, 길이 마당이다. 문이 있다면 있는 것이요, 없다면 없는 것이다.

이보다 시원 통쾌함이 없다.

길도 문도 자신에게 있다.

우리 집은 모두에게 더욱 가까우리라.

(2001)

2장 ◦ 눈을 잃어야 비로소 보이는 세상

○

어중금침

오늘의 시대를 무어라 할까? '공포의 시대'라 하고 싶다.

현대인들에겐 그 마음속에 달이 뜨지 않고 초가지붕 흰 박꽃이 피지 않는다. 별빛 고운 하늘이 없고 은하의 전설도 잃어버렸다. 견우와 직녀성의 별자리도 알지 못하며 아이들조차 답안지 작성을 위해 별자리본에서 기억할 뿐 고운 밤하늘을 보려 하지는 않는다. 오늘의 우리에게 이것은 무서운 공포다.

오늘의 우리 마음속에선 지구와 인류의 종말이 다가서고 있다. 인간이 만들어내고 보유하고 있는 핵만으로도 '불의 심판'을 받기에 충분하다. 우주의 신비 저 무수한 별들이 반짝이는 밤하늘의 은하에는 '블랙홀' 같은 무서운 것들이 수없이 존재하고 있음도 알고 있는 사실이다. 그중 단 하나만 균형이 무너져도 지구는 흔적조차 없이 사라져버린다. 이러한 우주 속에 처한 인류는 개미보다 작은 미립집단에 불과하다. 숲속을 거니는 코끼리가 개미집을 밟지 않으려고 애쓰지는 않을 터이니 우리는 공포 속에 있다. 차와 배를 타고 여행길에 나서거나 비행기를 타는 것조차 편하지가 않다. 어느 때 자기 몸에 간염과 에이즈균이 침투하고 암세포가 자라나고 있는지 알 수가 없다. 이러한 오늘의 우리 마음에 어떤 행복과 아름다움을 피워낼 수 있을까.

내가 어려서 고모로부터 들은 우화가 있다.

옛날 중국의 천자 목덜미에 혹이 자라고 있었다. 김일성의 혹처럼 생겼는지 모른다. 어의가 자르고 나면 하룻밤 사이에 그만큼 다시 자라나버리는 큰 변고였다. 서양의학사 이전에 밝혀진 '암'의 시초라고 할 만하다. 궁중은 이를 극비에 부치고 중국 각처에서 명의란 명의는 다 불러들였으나 결과는 마찬가지였다. 결국 도처 속국에서 명의 한 사람씩을 들라 명하여 조선에서도 어전회의가 열렸다. 병을 고치지 못하면 살아 돌아오지 못하게 되므로 난감한 일이었다. 어쩔 수 없이 어의 대신 어느 산골 이름 없는 의원을 불러 어의로 가장시켜 중국으로 떠나보냈다.

그 무명의는 어명을 받고 중국으로 가는 길에 어느 산골 주막에 묵게 되었다. 이슥한 밤 삼경에 뒷간에서 뒤를 보고 있으려니 집채만 한 호랑이가 쌍눈에 불을 켜고 그 앞에 어슬렁어슬렁 다가선다. 어차피 죽을 목숨 호식해갔다 함이 나라의 명예를 지키기에 잘됐다 싶어 그대로 태연했다. 그러나 웬걸 호랑이는 딱 벌린 입을 그 얼굴 앞에 들이댈 뿐 해하려 하지 않는다. 필유곡절이려니 싶어 입속을 들여다보니 큰 짐승뼈가 목에 걸려 있지 않은가. 팔뚝을 걷어붙이고 뼈를 뽑아내자 호랑이가 엎디어 등에 타라는 시늉을 한다. 그야말로 비호였다. 나는 듯 달려 멈춰 선 곳은 산중 연못이다. 적막 삼경 산중에 못이 달빛을 받아 거울처럼 빛나고 있다. 못가에 그를 내려놓고 호랑이는 못 주위를 빙글빙글 돌며 못을 응시한다. 한순간 못을 가로질러 날더니 앞발로 무엇을 낚아챈다. 비단 같은 잉어다. 발톱으로 그 배를 가르고 꺼내는 것이 달빛에 찬란하게 번쩍인다. 금침金針이었다. 그 금침을 그에게 주고 다시 주막에 데려다주고 몇 번인가 꼬리를 저으며 사라졌다. '이 금침이 무언가 뜻이 있으렷다.' 맘먹고 길을 재촉했다.

궁궐에 당도하니 조선에서 명의가 왔다고 융숭한 영접이다. 각국에서 도착한 명의마다 궁중에서 열흘쯤 대접을 받으며 자기 차례를 기다린다. 한번 천자 앞에 들어간 의원마다 감감무소식이요, 매일 새로운 의원이 들라 명을 받는다. 조선 의원도 대기 중이다. 숨통을 조이는 대기며 기다림이다. 천자 앞에 한번 나서서 시술하고 난 하룻밤이 자신의 최후가 아닌가. 이미 조선 땅에서 호식해감만 같지 못하다. 하지만 도대체 천자의 병은 무엇일가? 의인으로서의 기본적 자세가 발동한다. 그가 대령할 날이 밝았다. 다시 융숭한 조반상을 받았다. '하늘에 맡긴 몸'으로 식사 도중 느닷없이 한 줌 흙이 밥상에 뚝 떨어진다. 기이한 일이다. 천장을 쳐다봐도 모를 일이다. 그가 다시 생각에 잠기다 먹던 밥 한 술을 떠서 떨어진 흙과 허리춤 쌈지에 넣고 천자 앞에 들었다.

천자와 단 둘이다. 난생처음 보는 혹이다. 어떤 묘방이 있을 리 만무하다. '옜다, 모르겠다.'고 호랑이가 준 금침으로 혹을 냅다 잘라버리고 아침 밥상에 떨어진 흙과 밥을 이겨 만든 고약 덩치를 환부에 덥석 붙여놓고 나와버렸다.

뜬눈으로 날을 새려니 갑자기 밖이 대소동이고 가마꾼이 들이닥친다. 지금껏 수백의 명의들이 실패한 것을 조선의 명의가 고쳤다는 천자의 부름이다. 후한 상이 내려졌다. 금은보화 비단과 각종 특산품을 수십 필의 말과 나귀 등에 싣고 압록강 나루터에 이르렀다. 꿈같은 일이며 자신도 이해되지 않는 일이다.

그런데 중국에서부터 졸졸 따라붙어 성가시게 하는 의원이 있다. 서역 쪽에서 온 명의란다. 그가 지금껏 알지 못하거나 고치지 못한 병이 없었거늘 단지 운이 조선의 명의에게 닿았을 뿐이라 한다. '도대체 무슨 병이더냐?'고 압록강변까지 따라붙어 애걸복걸이다. 애타는 노릇이다. '이제 나루만 건너면 그만인데.' 맘먹고 병명을 생각해본다. 강변을 죽 둘러보니 때는 봄인지라 춘색이 완연하다. 꽃들이 피어난다. '음, 그렇지!' "만화창萬華暢이다, 만화창." 하고 병명을 읊어댄다. 그러자 그가 즉시 되묻는다. "만화창이면 어중금침魚中金針으로 자르고 낙반낙토落飯落土로 이겨 바르면 되는 것이 아닙니까?" 기가 막힐 노릇이다. '진짜 명의는 그대요.' 하고 탄복했다. 병명을 조르던 그가 거기에서 물러서지 않는다. "낙반낙토야 구할 수 있으려니와 그 어중금침을 어찌 구하며 어떤 것인지 한 번만 보여주시오." 하며 나룻배에까지 따라 올라와 다시 보챈다. 하는 수 없는 노릇이다. 허리춤 쌈지를 풀어 어중금침을 꺼냈다. "자. 이것이요." 두 의원의 눈앞에 어중금침이 햇빛을 받아 번쩍 하는 순간 느닷없는 일진풍파가 일고 배가 기우뚱하더니 금침이 손에서 빠져나간다. '아차!' 때는 늦었고 금침이 강물에 떨어지는 찰나 압록강 수면을 가르고 잉어 한 마리가 튀어올라 금침을 삼켜버린다. 그로 어중금침은 중국 천자의 '만화창'을 고치고 제자리로 되돌아갔다.

나의 할머니와 고모는 천생 이야기꾼으로 이야기책을 늘 옆에 두었고 한번 꺼냈다 하면 흥미진진했다. 이 우화도 그런 이야기책에서 나온 것이다. 그 이야기를 들으며 어린 나는 '어중금침' '낙반낙토'와 '만화창'을 잊지 않으려고 확실히 기억해두었다. 어쩌면 할머니와 고모는 내가 의사가 되기를 바라셨을 게다. 의인의 길도 뜻만으로는 되지 않고 명의가 됨에도 하찮은 술術에만 있지 않음을 은연중 암시하였을 것이다.

그 이야기를 함께 듣던 할머니는 목암으로 일찍 가셨다. 할머니를 진찰하시던 그리고 후에 나의 은사가 되신 교수 의사의 모습을 부럽게 보시며 아직 어린 손자의 모습을 떠올리셨단다. 자신의 병도 오직 어린 손자가 아들만큼 성장한 후라야 고칠 수 있는 것임도 헤아리셨을 것이다. 할머니가 지닌 기나긴 기다림의 세월이 목암으로 터진 것이니 먼저 젊음에 가신 아버님이 아니고서야 설혹 어중금침을 얻었다 한들 소용없는 일이었다. 내가 아버님만큼 성큼 자라 흰 가운을 걸친 모습만으로도 할머니의 목암은 씻은 듯 치유될 수 있었다.

한데 지금은 할머니 시대보다 더 놀라운 공포의 시대다. 누구에게나 어느 때 덮칠지도 모르는 코끼리 발걸음을 의식하고 있기 때문이다. 행복을 위해 확실성을 추구하는 인간이 그 밝혀진 확실성에 의해서 오히려 더 놀라운 불확실성에 처하게 된 것이 오늘의 삶이다. 확실성의 과학이 자연과 인간의 신비를 점차 무너뜨리고 있다. 자연과 인간은 신비적 존재다. 그 신비 속에 생명과 아름다움이 있다. 하늘거리는 치맛자락에 비칠 듯 말 듯한 여인네의 속살이 더 곱고 그 윤곽이 아름답다. 라이브쇼장의 완전 드러냄엔 신비와 아름다움이 없고 꿈을 무너뜨린다. 신비가 없는 곳엔 아름다움도 감동도 없다. 신비가 무너지면 냉랭한 가슴에 남는 것은 싸늘한 공포와 주검뿐이다.

그래서 오늘도 나는 내 삶과 주변에서 늘 새로운 신비를 찾으려 한다. 신비 속에 아름다움을 가꾸려 함이 있고 새 생명을 회복하고 일깨우려는 창조가 있기 때문이다. 그것은 감동이다. 나와 내 주변 삶의 감동이다. 삶에 감동이 없으면 규범에 매인 타성이다. 그 타성은 확실성이 만들어낸 더 큰 불확실성이며 공포다. 그 공포는 내게 참으로 견딜 수 없는 것이다. 확실성이 던져주는 공포보다 무서운 것이다.

감동! 내 맘속에 일어나는 삶의 감동, 바로 그것만이 그 공포를 직선으로 날아 꿰뚫고 무너뜨린다. 그것은 우리 삶 속에 우화

같은 것이다. 엉터리 의술 '어중금침'이다.

오늘도 나는 그 '엉터리 의술'로 나의 진찰실을 지킨다. 이곳 남도 섬에서 그 어느 누구도 시도해본 바 없는 시골 돌팔이 노릇을 하고 있는 셈이다. 그런데 왜 내 진찰실이 법석대는 것일까? 그들에게도 나와 같은 공포가 있고 나와 같은 삶의 고독 그 무엇이 있기 때문인가? 나와 그들이 모두 어중금침을 얻으려는 망상이래도 우린 그것을 버릴 수가 없다.

(1992)

○

피의 울음

1979년 피를 몽땅 쏟아버린 응급환자가 병원에 들어선다.

고등학교 학생이다. 피와 응급수술이 필요하다. 그런데 시내 유일의 혈액원 적십자병원의 피가 이미 동나버렸다.

KBS, MBC에 급보를 의뢰한다. 전파가 헐떡이며 시내 바닥을 줄달음치고 있다.

피는 정말이지 생명이다.

가슴이 방망이질이다.

피로 결코 울지 않으려 했더니만 다시 피로 운다. 피는 패배도 절망도 아니라 했던 내가 다시 피로 패배와 절망에 빠져든다.

아주 어린 시절, 개나리 꽃잎 물고 달리는 병아리를 쫓다 넘어져 울었다. 무릎 정강이에 맺힌 피를 보고 운 것이다. 피를 보고 운 나의 첫울음이다.

또 초등학교 시절엔 코피로 울었다. 싸움의 승패는 코피가 가름했다. 그래서 피는 울음이었다. 패배와 절망이었다. 피로 울지 않은 애들은 대단해 보였다. 타고난 애들이었다. 패배도 절망도 없는 그들이 부러웠었다.

그 응급환자에게 대체 혈액을 공급하며 피를 기다린다. 아무런 연락이 없다. 절망과 패배의 순간은 너무나 조급하고 지루하다. 그 순간 헐레벌떡 뛰어 들어오는 사람들이 있었다.

아리따운 아가씨들이다. 알코올 분자가 피에 젖어든 이들이다. 동명동 골목, 으슥한 밤을 술과 노래로 지새우는 꽃들이다. 억센 팔과 가슴팍 뱃사나이들의 완력에 짓눌리는 철새들이다. 지친 몸, 취한 마음으로 지는 듯 잠들어 있는 야생초들이다.

하나 둘 셋 넷……. 너도나도 앞을 다툰다. 혈액형 ABO RH+, 매독반응검사 음성……. 검붉은 피가 채혈 백을 가득 채운다. 뜨겁고 짙은 피다.

한 방울의 건강한 피는 곧 생명이다.

과거 한때 혈액원은 매혈자들로 득실거렸다. 그들이 피를 뽑는 것은 이웃의 생명을 위함이 아니었다. 피 값을 구함이었다. 피로 피를 사는 것이다. 생명인 피를 팔아서 생명을 유지하는 삶을 지탱함이었다. 피가 곧 삶이며, 삶이 곧 피임을 가장 분명하게 깨치고 있는 생명은 오직 그들뿐이었다. 참으로 짙고 뜨거운 피였다.

그러나 신神은 그들의 피를 묽게 했다. 오만 잡동사니 불순물로 가득 채웠다. 매독균과 간염 바이러스, 그리고 요즘 낯선 에이즈균들로 우글거리게 했다. 농축된 알코올 분자와 마약으로 채웠다.

그 때문에 맑은 피의 판정을 받지 못함이 더 많았다. 맑지 못한 피가 어찌 감히 생명이랴. 버림을 받는다. 애걸복걸한들 무슨 소용이랴. 스스로 발길을 돌이켜야 한다.

인간의 생명은 인간의 피라야만 한다. 그들의 피는 이미 인간의 것이 아니다. 동물의 피에 불과하다. 그 피로써 어찌 인간의 피 값을 받을 수 있으랴. 그래서 그들의 생명은 인간이 아니며, 삶도 인간의 것이 벌써 아니 되었다. 이미 낙원에서 쫓김을 받은 더러워진 피, 더럽혀진 삶이다.

그러므로 그들의 영혼은 다시 어두워진다. 지독한 고독이다. 패배와 절망이다. 무엇으로 피를 사랴? 아직은 버리지 못하는 생명, 삶. 양식과 땔감을 무엇으로 사랴. 뜨겁던 피가 일시에 식어 버린다.

나서는 문밖엔 '하늘의 영광' 흰 눈이 대지에 펑펑 쏟아져 내린다. 캐롤송 넘치는 거리, 기름진 얼굴들의 환한 기쁨과 '땅 위의 평화'가 넘친다. 그 기쁨과 평화가 그들에겐 비수보다 날카롭다.

지금은 사랑이 헌혈인 시대다.

사랑만이 피다. 깨끗한 피만이 생명이다. 값없는 순수 헌혈만이 사랑이다. 그러나 아직도 받는 자는 그 피 값을 지불하고 있다. 과연 그 누구에게 지불하여야 하는지?

차갑고 묽은 피, 더럽혀진 피는 피가 아니다. 건강한 삶, 거룩한 생명에는 오직 건강한 피, 맑은 피라야 한다. 한 방울 생명의 피는 성스러운 사람들의 것이다. 이제 지난날의 그들의 피는 영원히 잊힌 것이다. 버려진 것이다. 말斗로 쏟아 준들 썩어버린 생명이다. 삶조차 이방지대가 되어버린 지 오래다.

나의 피는 어떤가?

뜨거운가 차가운가, 맑은가 더러운가, 묽은가 짙은가, 내 스스로 뜨겁고 맑다고 여겼던 시절이 있었다. 그러나 이제 세월 따라 나의 피는 차갑고 묽어지며 온갖 것들로 더러워지고만 있다.

물은 흐를수록 맑아지는데, 피는 세월 따라 어찌 더러워져가고만 있는가. 더러워져가는 피로 어찌 고운 꽃을 피우려 하는 것일까?

생명과 삶이 온통 피의 울음이다.

숨을 헐떡거리며 뛰고 거리를 헤매는 전파, 피의 울음에도 거룩한 삶, 성스러운 피는 모두 듣지 못했나 보다. 피로에 지친 삶들만이 들었다. 이미 버림받은 이방지대의 사람들은 귀의 문을 열어놓았던 것이다. 차가운 피, 묽은 피, 더럽혀진 피들만이 찾아왔다. 자신들이 더럽혀진 생명들임을 채 알지도 못하고서.

진정 피 값을 필요로 할 그들은 결코 피 값을 받지 못했다. 아니 그보다 피 값을 바라지도 않았다. 그런 것쯤은 아예 염두에도 없었다. 자기 삶의 고독과 허무 속에서도 무엇인가 새로운 것을 응시하고 있었다. 살아가는 방법이 어떠하든 완전한 절망과 패배는 있을 수 없다. 완전히 버려진 것도 아니다.

쓰러질 듯 모두 수술실을 버티면서 소생하는 한 생명을 지켜보았다. 수술대 위에 배를 갈라놓은 학생, 그 피투성이 속에 심장이 다시 요동치는 소리를 그들은 들었다. 모두 벅찬 새 생명의 감동이었다. 그 새 생명의 맥관 속에 뜨겁게 흐르고 있는 자신들의 피를 보았음이다.

패배와 절망 속에서 새 생명의 꽃이 피어남을 확인하고 깨친 것이다. 아니 어쩌면 죽음 같은 절박의 벼랑이 아니고서는 결코 순수와 아름다움을 피워낼 수 없음을 깨쳤는지도 모른다.

그리고 그들은 돌아갔다.

그야말로 말없이 갔다.

다시 그들의 이방지대로.

그렇지만 그들의 발걸음은 들어설 때보다 가볍고 활기로 넘쳤다. 그것이 그들의 피다.

(1992)

○

별들의 고향

하늘을 본다.

별들이 반짝인다.

우리 모두의 별들이다.

'그분의 별이 다시 태어났을까?'

오늘도 맑은 밤하늘 무수한 별들을 보고 있으려니…….

1974년 그 병동.

"선생님! 상태가 어떻습니까?"

여러 동료 목사님들이 우울하고 초조한 가운데 무언가 부지런히 서두르기 시작한다.

그분이 누워 있는 병실은 8명 정도가 함께 거의 침대를 맞대다시피 밀집되어 있는 최하위 병실이다.

3동 병실.

지체 높거나 재력 있는 분들에게는 거부감을 주는 곳이기도 하다. 산만하고 너절 누추하며 소란하다. 그러나 나나 대부분의 의료인들이 더 애착을 갖는다. 어쩌면 양동시장 바닥과 같은 서민 생활의 순수하고 다정다감한 진면목이 있고, 서로 아기자기한 일과 끈끈한 정들로 관계 지워지기 때문이다. 갇혀 분리 소외된 특등이나 일등 병실과는 판이하게 다르다. 동병상련의 정이랄까(?) 서로의 누추함과 부끄러움을 덮고 옆자리에 누워 있는 이의 병고를 오히려 측은하게 여기는 마음으로 자신의 병고를 이겨내며 고독을 잊는다.

누구나 병실에 누워 있으면 고독해지고 스스로 초라함을 느끼게 된다. 이러한 때 소위 같은 처지의 사람들 속에 함께 있음은 자기 삶의 빛바랜 절망과 허무를 쉽게 승화하게 한다. 한정된 공간과 여건 속에 병상의 이런 분위기를 제공해주는 곳이 실은 특등이 아닌 3등 병실이다.

이러한 3등 병실에선 옆사람의 볼기짝을 나누어 보며, 신음소리에 함께 잠을 설치고도 불평불만이 없다. 위독한 환자에게는 자신의 상태를 잊고 연민과 걱정을 보낸다. 수술실로 가는 환자에게 위로와 격려를 아끼지 않으며 자신의 수술 경과와 상태를 열심히 설명하기도 한다. 서로가 삶의 가장 심각한 순간에 담당의사나 간호원보다 더 자상하고 다정한 위로와 동반자가 되어준다. 마지막 호흡을 거두는 이에게는 그 영혼이 높은 천사의 별나라에 이르기를 기원한다. 그 어떤 감동적인 예불이나 종부성사보다도 입술과 언어를 빌리지 않은 깊고 뜨거운 기도이다.

그분이 누워 있는 곳이 이러한 3등 병실이다. 백혈병 진단을 받은 것이 채 일주일도 되지 않았다. 극심한 빈혈을 보강하기 위해 수혈을 하는 정도 이외 생명을 건질 만한 의료적 방법은 아무것도 없다. 마치 하늘의 별 하나가 마지막 빛을 깜박이고 있음 같다.

나는 인턴 담당 주치의 곁에 늘 붙어 있어야만 했다. 그날 저녁 식후였다.

“선생님, 상태가 어떻습니까?”

모두 초조하고 불안하다.

“오늘밤이 아무래도 고비가 될 것 같습니다.”

초조와 불안은 마치 그분의 침대 주변에만 국한된 양 병실은 식사 직후라 아직도 산만하고 소란하다. 그러한 가운데 동료 목사님들의 행동이 빨라진다. 녹음기를 대동하고 엄숙한 예배 준비를 갖춘다. 부인과 두 따님도 함께였다.

그분은 이북에서 태어나고 성장했단다. 6·25로 이남으로 왔다. 피난생활의 모든 고난을 겪었다. 굶주림과 고독의 역경에서 신학의 길을 마쳐 성공을 이루었다. 인자한 부인과 결혼하여 두 따님까지 둔 눈물겨운 행복이다. 큰딸은 벌써 대학생이고 작은 딸은 고교생이다. 본인은 교도소 교목으로 양림 사회에서 존경과 사랑을 받고 있다. 참으로 행복한 가정과 사회 그리고 믿음의 소망으로 가득한 삶이다. 주변엔 동료 목사들과 그중 함께 남하하여 각고 끝에 오늘을 이룬 벗들도 있다.

생각하면 분단된 국토와 민족의 아픔이 이들보다 더한 사람이 없다. 고향땅에 발걸음을 옮길 통일에의 염원이 이들보다 더한

이가 없다. 현실의 민족과 내일의 소망이 이들만큼 뚜렷하고 감동적인 삶도 흔치는 않으리라.

그런데 어느 날 갑자기 행복과 소망의 작은 울에 악마의 손길이 뻗쳤다. 이 슬픔과 분노를 어쩌랴. 자리를 같이 한 모두가 감당키 어렵다.

"목사님! 우리의 과거 컸던 고달픔을 어느 누가 알겠소."

"이 슬픔을 우리 서로가 어찌 차마 다 감당하겠소."

"그러나 우리는 주님의 세계를 마음에 간직하고 있으니, 이 땅에서의 모든 고뇌를 잊으시고 평화로운 천국을 맞이합시다."

지난날의 고난을 같이 했던 목사님이 먼저 말문을 열었다.

"곁에 부인과 따님이 있습니다. 우리도 모두 여기 함께 있습니다."

"이 땅에서 목사님을 위한 마지막 예배가 준비되어 있습니다."

"가족과 우리에게 남길 목사님의 기도와 음성 그 모든 준비가 되어 있습니다."

"함께 예배를 드립시다."

모든 목사님들이 저마다 설득에 나선다. 모두에게 고통스러운 순간이었다.

"그럼? 제가 지금 죽는단 말입니까?"

"아니오! 저는 지금 죽을 수 없습니다."

"이런 예배는 받아들일 수 없습니다."

"어서 물러서 주시오."

불안과 공포라기보다는 분노에 찬 목소리, 완강한 의지와 분명한 자세이다. 목사님들의 표정이 굳어진다. 난처함이 숨죽은 정적과 침묵을 한동안 병실에 가득하게 한다. 다른 환자와 가족들의 표정이 침울하게 전율한다.

"목사님, 진정하십시오. 여기엔 고통을 같이 하는 다른 환자와 가족들이 있습니다. 이들을 위해서도 우리 믿음의 세계를 보여줍시다."

궁여지책처럼 설득이 거듭된다.

"안됩니다. 절대로 저는 지금 죽을 수 없습니다."

더욱 완강하다. 설득과 거부 그리고 부자연스러운 고통의 침묵 또한 가족의 소리 없는 오열……. 이러한 것들의 반복과 중첩으로 뒤죽박죽 시간만 덧없이 흐르고 있었다.

끝내 종부성사 예배는 실패하였다.

모두가 말없이 지켜보는 침묵 속에 한 많은 생을 풀지 못한 채 마지막 숨을 분노와 함께 한껏 몰아 내쉬었다.

이러한 허무가 있으랴.

그 순간을 맞이한 나는 하늘나라가 보이지 않았다. 아무런 의미도 주지 못했다. 삭풍에 부대끼다 견디지 못하고 떨어지는 마지막 마른 잎새, 허무하고 서글픈 사멸의 현상만이 크게 부각되고 있었다.

무겁고 가누기 힘든 침묵과 비탄 속에 시신이 시체실로 운구되었다.

시체실 밖은 맑은 하늘이었다. 하지만 별을 잃은 하늘은 아무런 흔적이 없다. 무수히 총총한 별들의 세계다. 어느 사이 새로운 별이 자리를 메웠을까?

오늘도 맑은 밤하늘을 본다.

무수한 별들이 반짝인다.

마치 우리 모두의 별과 같다.

저 맑고 고운 하늘은 별들의 고향인 것을…….

(1991)

○

소록도 탐방

의사들의 아버지는 고대 그리스 히포크라테스요, '밀림의 성자' 슈바이처에 대해선 초등학교시절부터 귀에 닳도록 이미 안다. 당초 오대양을 유랑하는 마도로스가 꿈이었던 내가 의사의 길에 들어서리라곤 미처 생각지 못했다. 의사란 평생 동안 자신의 자유를 누리지 못하고 한 곳 한 자리에 붙들리고 박혀 다람쥐 쳇바퀴 돌 듯 같은 일만 반복할 뿐 아니라 오직 생명을 위해서는 죽음도 불사하고 헌신해야 하기 때문에 내 기질과 성격에는 전혀 맞지 않았다. 그러나 고교를 졸업하고, 내가 6세이던 1950년 겨레피아골 총성 앞에 스러지고 만 아버지 때문에, 우리 사회에서 나의 모든 길이 막히고, 처참하게 무너진 빈터에서 그동안 헐벗고 주린 가족들을 먹여 살리기 위한 나의 길은 오직 사상, 정치, 다른 무엇이나 타인으로부터 간섭을 일체 받지 아니하고 나 자신의 양심과 자유의지로써 살아갈 수 있는 의사의 길밖에 없었다. 더불어 그 길이 어려운 만큼 고귀하고 사회로부터 사랑과 존경을 받기에도 충분했다.

그렇게 의대에 들어선 첫봄, 당시 우리 사회 모든 젊은 꿈들이 꿈꾸는 저 서유럽 화려한 현대문명 사회의 한 시인이 내게 은밀하게 말했다. "현대문명 사회와 그 현대인들의 모든 병리는 저마다 자신의 마음의 고향을 상실한 데 있다."라고. 이미 남쪽 고향섬을 탈출하고 아메리칸 드림의 돛폭을 올렸던 나는 비로소 병든 나 자신의 허상을 보았다. 보통 의사들보다 보다 근본적이고 큰 병리를 통찰하는 시인들이야말로 정작 큰 의사들이었다. 그토록 그 동안 내가 굳게 믿고 꿈꾸며 사랑한 모든 실상과 허상이 일시에 뒤바뀌는 앞에서 비로소 내가 스스로 버린 섬과 나 자신이 다시 보인다. 그 자리가 바로 석가모니가 실존현실의 자아를 다시 보고 깨친 개오각성과도 같은 것이었다. 그로써 나는 즉시 나 자신의 원점 섬으로 항로를 다시 돌이켰다.

그렇게 시인의 진단 앞에 다시 태어난 직후 또 큰 의사가 내게 다가와 의사의 길을 조용히 귀띔해 준다. "보통의사는 몸의 병을 고치고 좀더 나은 의사는 마음의 병을 치유한다. 그러나 정작 그보다 나은 의사는 병든 사회 속으로 뛰어든다."라고. 당초 의사였던 그가 왜 삼민주의 혁명의 길에 몸을 바쳤던가를 비로소 알았다.

그러한 자리는 붓다나 슈바이처의 실존자아의 끝없이 자애로운 사랑과는 크게 다른 불의들에 대한 '분노의 사랑'이었다. 공자가 강조한 실천적 역사인식주체 유학자 선비들의 "칼날보다 강한 붓"의 길이요, '양가죽과 회칠한 무덤'의 모세유럽주의자들을 '불의 혀'로써 지옥 불에 내던지는 분노의 사랑으로 죽음을 향해 달리는 길이다. 실존구원의 사랑에선 같은 하나이나 그 실천적인 두 길은 서로 다르다. 자비로운 사랑의 길은 해를 입지 않으나, 분노 사랑의 길은 스스로 죽음을 향해 달리는 길로서 죽음을 벗지 못한 실존은 불가능하다. 할아버지와 아버지는 '백두산 호랑이'로서 스스로 죽음의 길을 달렸지만, 허약한 나는 그 길에 나설 만한 그릇이 못 되었다. 그러나 사회현실을 외면하고 거기에서 도피하는 비굴한 실존은 아니다.

그런 첫봄, 중학 때 천주교 신부님들이 사냥놀이를 즐기는 것을 본 후부터 기독교를 배척한 나는 기독교 모임에 나갔다. 1년 위인 이무석 선배를 보고 그의 권유에 의해. 그리고 나는 비로소 기독교 성채 안에 들어갔다. 그리고 역사 속의 기독교가 그들이 구세주로 믿고 따르는 나사렛 예수의 실천적 사랑과는 전혀 다른 사실들을 낱낱이 알았다. 중세 천 년 로마로부터 기독교는 인류 사회의 가장 큰 범죄자이다. 이스라엘 모세 율법을 파기하고 '사과나무' 대신 '포도나무'를 세운 메시아 예수를 저버리고 다시 이스라엘 모세 율법보다 더 가증스러운 '양가죽과 회칠한 무덤'이 되어 전 유색인류를 자신의 노예와 짐승으로 만들어 버렸다. 그게 그들이 스스로 외치는 만민평등자유 인권 평화공존의 인본주의요 이성주의이다. 때문에 모순된 나는 이미 그 성

채 안에서 역사 속의 기독교엔 가장 분노하고 반면 나사렛 예수의 실존만을 가장 고귀하고 아름다운 실천적 사랑과 꿈으로 굳게 붙들었다. 그리고 그런 자리에서 학교 당국은 의사의 길에 우리 사회에선 가장 크고 필수적인 소록도 탐방에 나섰다.

의사가 되겠다고 나선 의예과 84명이 버스에 분승하여 고흥반도 끝자리를 향한다. 간밤에 그렇게도 가갸 거겨 하고 울던 밤 들개구리들의 울음소리! 설레는 창장에 흐르는 남도 강산과 들녘과 마을들에 '전라도 황톳길'이 한없이 멀다.

아무리 목석이라도 울먹이지 않을 수 없는 황톳길 전라도 길이다. 할아버지와 아버지의 날부터 오늘의 내게로 이어지는 긴 세월 속의 모든 침묵의 영상과 언어들이 빠른 속도로 모두 보리문둥이 시인 한하운의 자리로 거듭거듭 중첩된다.

한하운 시인은 나의 아버지와 같은 1919년 함경남도 함주군에서 태어났다. 본명은 한태영. 함흥제일공립보통학교와 이리농림학교를 졸업하고 일본으로 가서 고등학교 2년을 다녔고 다시 중국으로 건너가 1943년에 북경농학원을 졸업했다. 귀국한 후 한때 함경남도 도청 축산과에서 일하기도 했으나 이전부터 앓던 나병이 심해져서 그만두고 서점을 경영한 적도 있다. 1948년에 월남하여 유랑 생활을 하기도 했고 보육원을 설립하고 나환자 구제사업을 벌였으며 출판사를 경영하기도 했다.

그는 학창 시절부터 시를 썼지만 문단 활동을 한 것은 1949년에 《신천지》에 〈전라도 길〉 등 시 12편을 발표하면서부터였다.

그해에 첫 시집 《한하운 시초詩抄》(1949)를 간행하여 나병시인으로서 화제를 낳았다. 이어 제2시집 《보리피리》(1955)와 《한하운 시전집》(1956)을 출간하였고 자서전 《나의 슬픈 반생기》(1958)와 자작시 해설집 《황토黃土 길》(1960)을 냈다. 그 후 거의 시를 쓰지 않고 나환자 구제사업 등에 힘쓰다가 1975년에 세상을 떠났다. 유해는 경기도 김포군 장릉공원묘지에 안장되어 있다.

그의 시는 나병환자라는 절망적 상황을 바탕으로 하면서도 감상이나 원망으로 빠지지 않았고, 한국 시사에 기록될 만한 서정적 가락으로 생명과 건강한 삶에 대한 염원을 노래하고 있다. 그 자신의 말에 따르면, 자기에게 시는 "제2의 생명, 아니 생명을 지배하는 것"이었다고 한다.

멀고 먼 전라도 황톳길 달려 녹동에 닿았다. 배를 타고 바로 코앞의 소록도로 건넌다. 나환자들이 곱게 잘 가꾼 소록도공원에 들어서며 먼저 미카엘 대천사가 나균癩菌을 퇴치하는 소록도 사람들의 소망이 하얗게 선 구라탑救癩塔을 마주한다.

무거운 발걸음으로 병원, 교회, 시설들을 돌아보고 또 들길 산길과 해변 길을 걸어 마을들과 삶의 모습들을 돌아본다. 가도 가도 모든 것이 '손가락 발가락'뿐이다. 치유하기가 가장 어렵고 몸이 점점 문드러져 죄지은 사람들의 천형으로 알려지고 그로써 사회로부터 버림받은 숙명의 죄인들로서 아무 이웃도 없이 저들끼리 서로 끌어안고 살아가는 격리된 삶과 영혼의 섬 소록도! 피고름으로 문드러지고 떨어져나간 손가락 발가락들이 조성한 미카엘 천사 구라탑의 아름다운 소록도공원이 들어서는 모든 사람들에게 먼저 인류사회 역사현실의 가장 비인간적인 실존모순을 변증하는 비애의 미학을 안겨준다. 모든 역사현실을 침묵에 묻고서 오직 "한센병은 낫는다."는 한마디로 선 소망! 그 소록도의 푸른 하늘과 들녘과 넓은 바다의 바람과 파도는 다음과 같은 부분들로 구성되어 있다.

—소록도의 영원한 기원 소망인 구라탑의 공원.

—직접 나병치료에 임한 무수한 의료진들이 평생 헌신적으로 혼신의 열정을 바친, 그리고 바치고 있는 의료기관인 국립소록도 중앙병원과 별도의 자혜의원.

—나병을 안고 살아가는 숙명적인 그 길이 정작 어떤 무엇인가를 나병이 완전히 퇴치된 후에도 모든 인류가 직접 확인할 수 있는 영원한 역사의 자리로서 그들의 '생활 자료관' '나병 자료관' '갱생원'과 '역사관'이 있다.

그중 가장 가슴 아프게 하는 자리가 갱생원이다. 오늘엔 '갱생更生'이라는 말을 피하고 '자립自立'이라 한다. 과거 6·25 직후 전쟁고아들을 모아 그들을 키우며 가르치는 복지재단으로 목포에 '고하도 고아원'과 유달산 뒤편 해변에 '목포 갱생원'이 있었다. 내 초등학교 시절(1951~56년) 여름과 겨울방학 때면 목포 고모 집에서 지내며 유달산에 식물과 곤충채집에 뛰어다니며 한껏 행복을 누리던 날, 그 갱생원은 내게 가장 큰 슬픔이었다. 그리고 배를 타고 고하도 용머리를 돌아 목포로 들어오고 나갈 때면 언제나 가장 먼저 눈에 잡히는 고하도 용머리 끝 고아원과 그 머리를 돌아 지나가는 하얀 배들을 향해 천진무구한 사무사思無邪의 곱고 하얀 손들을 흔드는 어린 천사들! 그 뱃길이 내 인생에 가장 아름다운 행복의 동요들과 동시의 정리情理를 새겨주었다.

그리고 1957년부터 대도시 광주를 드나들고 광주에서 배울 때 남도 무등벌 중심인 빛고을엔 더욱 많은 고아원과 갱생원들이 있었다. 그 시절 나는 고아원과 갱생원을 같은 곳으로 여기면서, 왜 그토록 서로 다르게 말을 붙일까 의아스러웠다. 그리고 의대를 졸업하고 1971년 기독병원 인턴으로 근무할 때 기독병원 의사들이 차례로 교대하며 '무등갱생원'의 진찰과 치료업무로 나서면서 비로소 '갱생원'이 어떤 곳인가를 알았다. 말은 가장 아름다운 '자립갱생'이나 실제는 사회가 이미 치료불가 판정을 내리고 사회로부터 격리시켜버린 이른바 '불구폐질자들의 짐승만 같은 돼지 울의 처참한 수용소'이다. 그들은 삶이 무너지자 몸에 이어 마음과 정신까지 피폐하게 무너진 사람들, 마치 예수 시절에 귀신 들린 사람들과 같다. 예수와 같은 능력이 없는 한 정신심리 치료의 대상들인데 사회는 왜 그들을 포기하고 기껏 나 같은 인턴들이나 형식적으로 파견할까? 동물적 본성만 남고 말이 통하지 않는 그들과 말을 주고받을 수도 없다. 심한 사람들은 철창

우리 속에 있기 망정이지 만약 그 철망이 없다면 당장 흰 옷을 보고 달려와 우리를 가르친 김성희 은사님처럼 눈알을 빼내고 말리라.

바로 그 역사현실을 소록도 갱생원의 시설들에서 먼저 확인하고 있는 것이다. 거기엔 '본부건물'과 함께 '검사실'과 '감금실' 감옥 그리고 그들이 죽으면 그들의 영혼을 모시는 '신사神祠'가 함께 있다. 당시로선 의료적 한계를 넘어버린 그들을 검사한 그 검사가 과연 어떤 것들이었을까? 아무리 생각해도 감금실 감옥에 단순히 감금한 것은 아니다. 검사라는 명목으로 비인도적인 각종 처치들을 단행한 것만 같다. 오늘의 우리 사회가 내세우는 '자유' '평등' '인권' '구원' 등 가장 원초적이고 고귀한 말들이 얼마나 가증스러운 '양가죽'과 '회칠한 무덤' 들인가를 '소록도 갱생원'의 기 역사와 현실로써 확인하는 비통함의 바로 그 '천형'의 현장이다.

다음은 해변에 서 있는 '식량창고'와 얼마 되지 않은 들녘과 그 마을들의 삶의 모습들이다. 자연이 아무리 아름다우면 무슨 소용인가? 소월의 〈초혼〉보다 더 가슴 절절한 한하운의 〈전라도 길〉 〈보리피리〉와 같은 시들을 남겨 후세인들에게 감동을 안겨준들 정작 그들의 현실은 무엇인가? 크고 작은 초록빛 섬들로 눈부신 드넓은 바다비원이 있어도 손가락 발가락이 다 떨어져 나가버린 손발로써는 그림의 떡, 오직 흙에 의지할 수밖에 없다. 소록도의 전답들은 내 고향 섬 진도에 견주면 모두가 작은 뙈기

옹타리뿐이다. 손가락 발가락 없는 손발들로 그곳에 씨 뿌리고 가꾸어 추수한 알곡들을 함께 저장하는 공동체 삶의 그 붉은 핏빛 식량창고야말로 그냥 지나칠 수 없는 자리. 소록도 건축물 대부분이 그 핏빛 벽돌집들인 것도 특징이다.

다음 자리는, 사회로부터 격리되어 모든 통로가 차단되고 만 그런 비참한 삶 속에 2세들을 잘 가르쳐 모든 '이웃'들에게 '선한 사마리아인'의 사랑을 실천하게 하려는 소망의 집 소록도초등학교와 중고등성경학교이다. "태초에 말씀이 계셨으니 곧 하나님이요, 그 말씀이 천지만물을 창조하셨느니라."는 사실! 그를 알고 모든 소통이 단절된 역사현실에서 자신들이 못다 한 나사렛 예수의 '한 톨 썩은 밀알' '포도나무' 사랑을 실천하는 영원한 생명언어의 소망이다.

다음은 그러한 삶과 죽음의 사랑과 꿈이 현실적인 축복과 감사 찬송으로 만개하는 그들 영혼의 집들이다. 천주교 성당과 신교 교회 그리고 원불교 교당이 함께 하나로 선 자리이다. 이는 인류사회 다른 그 어디에도 아직 없는 유일한 소록도만의 특별한 역사현실의 가장 고귀하고 아름다운 꽃이요, 열매이다. 현실에 대한 모든 사상과 이념을 넘고 영원한 영혼을 향한 신앙까지 음양의 빛과 어두움, 생사, 애증, 미추 등 정반正反 대립 갈등과 투쟁이 존재하지 않는 일체일여一切一如인 우리 겨레 원초 천도天道 신앙 '인내천人乃天 홍익인간弘益人間' 천리자연天理自然의 역리易理 소망이다. '오직 구원의 나와 이방의 너'로 분리된 자리에 '모두가 하나인 우리'의 자리이다. 나사렛 예수께서 "매사에 감사하고 기뻐하라." 하신 실제이다. 곧 영원한 복락의 하늘 천국과 그 영혼이 오늘의 현실 지상에 존재하고 만개한 자리이다. 그러한 역리역설逆理逆說과 모든 실상實像과 허상虛像이 환치換置 역치逆置되어버린 변증辨證 실제가 다른 그 어디에 실재할 수 있단 말인가? 그 자리가 곧 공자가 강조한 민본民本 풍류風流의 바람길이요, 우리 겨레가 모든 한恨의 자리들을 춤추고 노래하는 신명 굿판잔치 흥興바람으로 환치 역치시켜버린 삶의 실제이다. 그 자리가 그들이 문드러진 손과 발로 이 지상에서 가장 아름답게 세워 가꾸고 있는 현실의 구라탑 공원이다.

그로써 갱생원에 감금되어 죽은 영혼들의 '신사'와 더불어 이미 1만 개가 넘는 유골들이 잠든 '소록도 유골탑'과 그 모든 애환들을 담아 세운 '애환의 추모탑'이 우리들의 길 앞에 영원한 역사현실의 탑으로 우뚝 서 있다.

(2014)

○

두 마리 토끼

섬으로 태어난 사람의 꿈과 길은 좀 다르다.

그 더욱 가장 화려하고 큰 행복의 바닷가왕국이 하룻밤 사이에 잿더미가 되고, 바람 불고 파도치는 바닷가 텅 빈터에 홀로 우두커니 서고 만 황태자, 아니 가장 초라하고 쓸쓸한 6세 누더기 소년에게 그 길과 꿈은 분명코 일반과는 다를 수밖에 없다.

빈터 섬에서 꼭 10년. 강산과 삶은 변한 게 없지만 6세 소년은 중학을 마치고 16세 청소년이 되어 섬을 탈출했다. 뭍의 화려한 대도시 고교 교정에 들어선 1960년 4월 첫봄, 일제히 노도가 되어 교정을 박차고 나가 거리와 광장을 질주하던 꿈들 앞에 6세 그날처럼 다시 총성이 터지고 벗들이 쓰러졌다. 그렇게 생때같은 푸른 잎새와 망울진 붉은 꽃잎들의 꿈, 그 자유의 피로써 쟁취한 민주국민과 국가의 길도 바로 이듬해 봄 오월 다시 지축을 울리는 캐터필러 바퀴 아래 깔려 허무하게 무너지고 말았다.

그야말로 "길이라 하면 이미 길이 아니요", "꿈이라면 너도 꿈 나도 꿈, 꿈속에 꿈, 꿈 깨어도 또 꿈, 이것저것 모두가 부질없는 꿈"이었다. 6세 때 모두 딱콩총 아저씨가 무서워 다가서지 않을 때 홀로 신바람이 나서 아저씨에게 달려가 다정한 벗이 되고 함께 원둑에 엎드려 방아쇠를 당기고 나만이 소유하고 간직했던 마을에서 유일한 황금구리빛 보물, 그 탄피껍질만이 다시 꿈이요, 길이었다.

바람과 파도가 되어 오대양을 마음껏 유랑 자유하며 시도 쓰고 그림도 그리는 영원한 바다집시가 되려던 꿈. 그 꿈도 뛰어넘을 수 없는 벽 앞에 좌절하고 다른 길이 없어 평생을 다람쥐울 속에 갇히고 사로잡힐 길에 나섰다. 좀 다행스럽게 그 꿈과 길이 가장 고귀한 생명을 붙잡고 병을 치유하는 자리이기 때문이었다.

대학 교정에 들어서자 검은 피부 아프리카 정글과 무수한 동물들이 열대초원 사바나를 질주하다 맹수들에게 잡혀 먹히고 강물을 건너다 악어 밥이 되는 인류 어머니 땅이 보였다. 16세기로부터 5세기 동안 지속되는 흰 얼굴 그 가면 이성 폭력 식민제국주의 앞에 노예와 짐승으로 전락하고 만 유색인류들의 만신창이 역사 쓰레기장들이 보였다. "그렇지. 바로 그거야. 나는 떠날 수 있어. 그 세계 도처 어디로나 자유롭게 떠나고 누비는 유랑자가 될 수 있어. 청진기 하나만 거머쥐면. 그렇게 인류역사 대양에 날개의 돛폭을 펼쳐라." 꿈과 길은 다시 넘쳤다.

대학 교정에 들어선 첫봄, 가장 화려한 세상 중심을 향해 돛폭을 활짝 펼친 모던 드림마저 검은 대륙 아프리카 시원의 땅으로 돌린 시절. 그러나, 이 또다시 무슨 이변일까? 그 첫봄 교정에서 아주 낯선 저 서구 시인이 내게 아직 서툰 말로 조용히 귀에 속삭인다. “현대문명 사회와 현대인의 모든 병리는 저마다 그 자신의 마음의 고향을 상실한 데 있다.”고.

그 짧은 한마디는 분명코 유년의 딱콩총 소리와 쌕쌕이들의 폭탄 불꽃놀이 그리고 텅 빈 바닷가에 홀로 우두커니 섰을 때 내 마음의 손에 꼭 쥐어져 있던 녹슨 탄피껍질! 순간에 천둥번개 섬광이 뒤통수를 후려쳐 그만 의식을 잃고 모든 것이 캄캄한 길바닥에 엎드리고 말았다. 얼마 동안 그렇게 어둠 속에 있었을까. 그리고 비로소 눈을 다시 떴다.

그동안 꿈꾸던 길은 이미 길이 아니었다. 섬을 버리고 탈출하고 보니 비로소 섬이 보인다. 원점 자신과 그 사랑을 버리고 나니 비로소 그 영원한 자존이. 스스로 병든 자가 되어 어찌 병을 치유하랴. 그동안 바라보고 달린 모든 꿈과 길과 사랑 그 모든 실상과 허상이 6세 때처럼 다시 일시에 뒤바뀌고 마는 신비와 경이 기적! 내가 바라보던 자리가 의사가 아니었다. 실존 병리를 바로 보는 시인이 진정한 의사였다.

마치 다메섹 도상에 눈을 다시 뜬 바울처럼 그렇게 눈을 다시 뜨자 바로 앞에 이미 낯익은 의사가 서 있다. 내가 눈뜨기를 기다렸다는 듯이. 그리고 말한다. 마치 시인처럼. “보통의사는 몸의 병을 고치고 좀더 나은 의사는 마음의 병을 치유한다. 그러나 정작 그보다 나은 의사는 병든 사회 속으로 뛰어든다.”고. 왜 그가 평생 그토록 무소유자로 겨레 삼민주의 혁명의 길을 줄기차게 달렸는지 비로소 보였다. 그 가슴에 뜨거운 실존 리얼리티 역사 현실의 시심이 아니고서야 어찌 그럴 수 있었으랴.

그 두 사람을 만나자 비로소 평생을 빵 한 조각에 매달린 빅토르 위고도 보였다. 《레미제라블》에서 "말없는 소녀가 홀로 터벅터벅 걸어가는 이 뒷골목에 모든 파리가 있다."라는 그 가슴엔 분명코 "말없는 아이"가 어떤 꿈과 길의 누구라는 사실을 가장 잘 알고 있는 시심이었다. 바로 그 자리에 7세 봄부터 말없는 가슴의 손에 이미 녹슨 보물 탄피껍질 하나만을 꼭 움켜쥐고 시오리 산마루 길을 달리고, 학교에서 돌아오면 현해탄 건너고 요동만주벌 줄기차게 말달린 아버지를 만나기 위해 유년에 함께하던 바람 불고 파도치는 바닷가 낚시터로 홀로 터벅터벅 걷던 그 긴 원둑길의 "말없는" 소년이 다시 보인다.

당시 파리는 세계의 중심, 그 "파리의 모든 것이 말없는 소녀가 홀로 터벅터벅 걷는 파리 빈민가 뒷골목". 아프리카 검은 대륙과 모든 유색인류 쓰레기장이 다름 아닌 이미 무너지고 더 크게 무너질 한반도 서남해역의 침묵, 무수한 초록빛 섬들, 곧 가장 작고 초라한 나 자신의 원점에 이미 있었다.

보통 꿈과 길은 자신의 숙명을 떨치고 넘는 것이라고들 하지만 사실은 원점의 자신을 향한 것이었다. 섬에서 태어난 나만이 아니라 모든 사람이 이미 어머니의 넓고 푸른 바다에서 태어난 작은 섬이요, 그 사랑과 동경의 자신을 다시 먼 바다에 던져놓고 그 섬을 다시 찾아가는 실존이었다.

그로써 그 첫봄 교정에서 주저하지 아니하고 즉시 모든 벗들을 뒤로 하고 말없이 홀로 항로를 돌이켰다. 유년에 다정한 이웃집 소녀와 종이배를 띄우던 갈대밭 무성한 개여울로. 푸른 파도가 일제히 흰 물보라들을 머리에 이고 끝없이 달려와 모래톱을 쏴- 쏴- 곱게 빗질하는 해변에서 모래성 쌓기 경쟁을 벌이며 파도가 되어 나의 금빛 모래성을 쌓고 걷어차 허물며 기쁨을 누리던 포구로.

그 길과 꿈은 내게는 가장 절실한 "시골 섬 돌팔이" 만능의사. 그리고 무엇보다 먼저 들녘과 갯벌과 바다에서 맹장이 곪아 터지고, 밥통이 터지고, 창자가 꼬이고 막혀 썩고, 삶의 가슴앓이로 쓸개와 콩팥에 돌이 생긴 이들의 배를 가르고 다시 일으켜 세울 작은 칼이 필수였다. 더불어 팔다리가 부러지는 등 외상을 입은 사람들, 내과 영역, 산부인과 영역, 이비인후과와 피부과 영역 그 모두를 다 해야 했다. 빠진 이빨을 만들어주진 못할망정 줄줄이 썩은 이빨들도 뽑아주어야 한다. 그리고 유럽과 미국 사람들 그리고 우리 사회에서 잘 먹고 잘 사는 화려한 도시사람들에게나 있다는 마음의 병들! 그 자리가 호강에 초친 자리라면 앞으로 점점 무너질 들밭과 바다 사람들에게 그 자리는 참으로 처절하고 더 큰 자리가 분명했다. 성질이 괴팍하고 꼬락서니가 더러워서 덜렁 농약을 들이마시고, 세찬 물길 울돌목에 뛰어내리는 게 아니다. 저만 죽지 어찌 어린아이들까지 데리고 함께 죽는가.

그 어미 가슴이 정작 매정하고 독사 같은 것인가. 바람 불고 파도치는 이 꿈과 길 앞에 나의 생명론은 히포크라테스와 같을 수 없다. 가난하고 무지할수록 아이들이 줄줄이 사탕이 아닌 죽음! 부득불한 경우 더 큰 생명들을 위해 그 태아들도 살해할 수밖에 없다. 때문에 나는 자신의 전공과목이 아니면 모두가 버리고 잊는 그 모든 영역을 다 했다. 바람이 불면 뭍으로 달릴 수도 없는 섬에서 "나는 할 수 없고 나의 영역이 아니므로 즉시 뭍으로 가십시오."라고 어찌 그런 너구리가 되겠는가. 아예 섬으로 오지를 말든지.

섬으로 돌아가는 길이 탈출하던 길보다 더 벅차고 어려웠다. 그로 39세 때 비로소 뭍을 끝내고 원점 섬으로 돌아왔다. 그러나 2년 만에 과로에 지쳐 병들고 죽음 앞에 서고 말았다. 그동안 죽음의 자리를 서너 번 넘은지라 죽음이 두렵거나 안타깝진 않았다. 그리고 그렇게 죽음 앞에 서고 만 것이 육체적 과로가 아니라는 것을 어찌 모를까. 대학 첫봄 교정의 시인들! 바로 그 언어의 끝없는 바다에 나서지 못하는 갈증이었다. 그때 어머니께서 비로소 유년의 바닷가 낚시터 아버지의 빈 대끝 자유를 허락하신다. "하나밖에 없는 너만 믿고 살아온 날! 제발 나 먼저 죽지만 말고 무엇이든 너 하고 싶은 대로 마음껏 다 하고 오래 오래만 살아다오!" 하고 긴 세월 새벽 뒤뜰 샘가 정화수로 빌고 빌던 그 비손이셨다.

그 말이 떨어지자 당장 무덤을 떨치고 벌떡 일어났다. 거짓말처럼. 사랑의 여신이 나를 그렇게 다시 살린 것이다. 그런 극단적인 처방이 아니면 내가 결단코 삶의 어머니 손에서 언어의 자유를 얻을 수 없다는 것을 알고. 그로 나는 당장 병원 문을 못질하고 동서 문명과 문화가 끝없이 교차하고 마주치며 바람 불고 파도치는 망망대해로 나아갔다. 그리고 그 뜨겁게 바람 불고 파도치는 적도바다를 45일 동안 자유 유랑하는 뱃길 바다에서 40여 년 긴 세월의 실존생명 그 침묵언어의 펜으로 다시 태어났다. 그 항해일지가 나의 첫 언어 수필집《적도바다에 들려오는 영혼의 모음》이다.

그로부터 그 펜이 나를 충분히 다람쥐 쳇바퀴 진찰실과 수술실에 잡아놓았다. 진찰실 책상은 물론 피로한 하루가 끝나고 해가 지면 비로소 생체 에너지가 활기에 넘쳐, 별 가득하고 비바람 눈보라치는 창가의 넓은 거실에서 전 세계 인류 시원의 날로부터 먼 역사 미래와 우주공간을 마음껏 자유하며 아침을 맞곤 한다. 그리고 그 창가는 이미 섬의 모든 진찰실이다.

수련의 시절부터 나 홀로 정신심리 치료를 위해 개별적으로 탐구하고 계획적인 임상실험을 통해 확인하고 치험治驗 사례들을 확보한 자리에서 터득한, 프로이트를 중심으로 하는 현대 정신분석치료와는 전혀 다른 우리 겨레와 섬사람들에게 합당하고 맞는 나만의 독자적인 방법으로 삶이 무너진 사람들을 만난다. 서구 인식논리와 그 언어들과 우리의 것은 전혀 다른 자리. 저들이 표면언어라면 우리는 침묵언어이다. 곧 시詩의 언어들이요, 나아가선 불교 선禪의 침묵언어이다. 좀더 나아가선 언어마저 떨쳐 버린 한마당 굿판이다. 그 자리는 결단코 현대 정신분석과 심리치료가 제시하고 규정한 표피논리로 진행되지 않는다. 시시각각 변화무쌍하다. 그 모든 자리를 굳이 하나의 길과 질서로 말한다면 지극히 간단한 역리易理이다. 나사렛 예수가 죽은 지 나흘이나 되어 무덤에 누워 있는 문둥이 나사로에게 "나사로야, 일어나라." 고 하자 그 한마디에 나사로가 일어났다. 구미사회와 기독교를 믿는 사람들 모두가 그 말을 믿는다. 그러나 정작 우리 일상에서 다반사로 실재하는 "언어가 생명"이라는 사실을 시를 사랑하고 읽는 사람들조차 실체감각으로 느끼지 못한다. 언어가 곧 생의 실체인 그 자리가 바로 역리이다.

솔직히 고백하거니와 목포에 있을 때부터 서울로부터 유명한 병원과 의사들을 다 찾아다니고, 정신과치료를 받은 사람들이 오히려 악화되어 아는 사람들의 말을 듣고 고개를 갸웃거리며 세상 끝자리 항도와 시골 섬 이름 없는 의사, 그도 가장 무식하다는 칼잡이 의사를 여차로 찾아와서 치유된 경우가 의외로 많다. 무엇이 다르기 때문인가? 언어가 다르기 때문이다. 그 이전에 바라보는 자리가 다르다. 좀더 구체적으론 병을 붙잡는 게 아니라 실존 그 삶과 환경을 붙잡는다. 그리고 그 자리엔 그나 내게 "나"와 "너"가 아닌 "우리"의 자리이다.

나의 말을 지배하는 것은 계획 준비된 나의 말이 아니라 뒤엉킨 그의 말이다. 무녀에게 하나님 말씀으로 말할 수 없고 목사

부인에게 무녀나 우리 신의 말로 할 수 없다. 어부에게 농부의 말로, 농부에게 어부의 말로 할 수 없다. 말을 중심으로 볼 땐 말 잔치 굿판이다. 그 저변의 침묵 숨결을 따라 함께 눈물을 흘리고 함께 탄식하고 분노하는 자리들이다. 그렇게 한동안 무릎과 가슴을 맞대고 마주앉아 길을 함께 가노라면 어느 순간 그가 여전히 젖은 눈시울로 벌떡 일어서며 환희를 터뜨린다. 이미 정신과 치료를 받은 사람들은 스스로 말한다. "선생님 이제 비로소 저는 다 나았어요. 이제는 더 이상 죽고 싶지 않아요."라고.

삶의 각종 누적된 스트레스에 의한 신경증 노이로제, 암공포증, 좀 지나쳐서 그 마음의 고통이 몸의 고통으로 바뀐 심신반응, 우울증, 조울증, 편집증, 좌절과 절망 앞에서 열등의식이 피해망상으로 발전하여 망상과 환각에 시달려 스스로 생명을 끊어버리려는 정신분열과 인격해리 등 실로 경우마다 서로 다르고 변화무쌍한 자리들이다.

특히 과도한 피해망상, 가령 굳게 맹세한 연인에게 배신당하고 몸까지 망친 젊은 여성들은 생의 모든 의욕을 상실한 채 죽고만 싶다. 또한 말 못할 사연들이 너무 많고 각자 다르다. 그 자리에서 현대 정신심리치료—구미사회 텍스트가 말하는—는 한마디로 그의 괴를 온통 발가벗긴다. 그래야만 원인을 알고 병을 고칠 수 있다고 그들은 말한다. 곧 가장 큰 과오를 범하는 것이다. 마치 가톨릭 기독교가 사제에게 성사고백을 바쳐야 죄 사함을 받고 구원받을 수 있다는 자리와 다르지 않다. 그러나 신교는 그를 부인한다. 직접 하나님과 마주하면 된다는 만인제사장의 자리이다. 그러한 정신분석치료는 마치 르네상스로부터 서구 미술이 실오라기 하나 걸치지 않은 리비도 에로스 욕망을 충족시키는 아프로디테 비너스를 인본주의처럼 오늘까지 끌고 오는 자리와 같다. 물론 인간에겐 그토록 “엿보는 기쁨”의 본성이 있다. 그러나 그럴 자리가 따로 있지 그래선 결코 안 될 자리에서 그렇게 하기 때문에 오히려 악화된다.

그로 이미 정신과치료를 받은 사람들은 내가 말하기 전에 스스로 먼저 벗는다. 그때 그가 겉옷을 벗으면 나는 이제 됐으니 그만 벗으라 한다. 그리고 나머지 부분은 그 자신만이 무덤까지 가지고 갈 가장 고귀하고 아름다운 진실임을 주지시킨다. 정작 모든 사람이 각자 아름답고 고귀한 자리가 자기만의 그 은밀한 자리요, 그게 바로 인간의 본체가 아니겠느냐고. 고통 때문에 당장 신뢰하는 사람 앞에서 홀랑 다 벗고 싶고 그렇게 다 벗고 나면 우선은 개운하고 좋지만, 돌아가서는 마치 자신이 어디론가 사라져버리고 빈껍데기 허수아비만 남아 있는 공허감에 사로잡힐 수밖에 없다는 사실을.

결국 겉옷조차 벗지 않고도 우리가 애정을 가지고 서로 집중하며 보편적인 삶의 대화를 주고받으면 다 보인다. 그가 역리의 천리나 시어의 원리 같은 것은 전혀 알지 못해도 통한다. 그 화법의 기술이나 요령이 있다면 시인의 자리와 같고, 좀더 나가선 소크라테스와 같은 “예, 그래요. 예, 예.”라고 그가 계속 대답하게 하는 산파술이다. 그렇게 얘기를 함께 진행하면 그가 스스로 꼬인 의식과 감각의 실마리 끝을 스스로 찾아 비로소 환희로 벌떡 일어선다. 그리고 주사나 약 한 톨도 필요치 않다. 언어의 기적이 바로 그런 자리이다. 즉 그 자신이 스스로 치유하는 것이요, 나는 잠시 그의 길을 동행하는 말벗인 것이다.

따라서 언어 중심에선 "문학"이요, 침묵언어에선 "선禪의 길벗"이고, 총체적으론 "한마당 굿판"의 자리이다. 그런 자리가 보통 1시간 전후이지만 가장 긴 시간이 3시간이었다. 그러니 밖에서 기다리고 있던 환자들이 모두 떠나며 어찌 툴툴거리고 욕하지 않으랴. 또 암 공포증에 걸려 자궁을 떼어 달라고 보채는 여인에겐 연속적으로 3년이 걸렸다. 그리고 노인성 피해망상 우울증 아주머니 경우는 그 자체는 수개월 이내에 끝났지만 그로 인한 신체 질환은 지금까지 7년째 계속 치료중이다. 빈 대끝 낚시터의 꿈과 기쁨을 누려본 사람은 그 자리가 어떤 무엇이란 걸 잘 알리라.

이 이야기를 하는 동안 나의 길에 아니 "우리"의 길에 만났던 그리고 잠시 길벗 동무가 되었던 헤아릴 수 없는 사람들의 얼굴이 차례차례 다시 앞에 선다. 내가 그들의 손을 잡아준 게 아니라 그들 모두가 그때마다 주저앉는 나의 손을 잡아 일으켜 세워주곤 한 것이다. 만약 그들이 아니었다면 유랑자로 태어난 내가 어찌 부랑아가 되지 아니하고 오늘까지 섬으로 남아 있고, 또 진찰실 붙박이로 자리를 지킬 수 있을까. 그 더욱 이토록 비바람 치고 별 하나 없는 섬 창가에서 미친놈처럼 홀로 가장 큰 기쁨과 행복으로 꿈과 길을 쓸 얘기들이 있으랴.

“사랑하는 다정한 벗들이여!
그대들은 나더러 두 마리 토끼를 좇는다 하지만
내게는 결단코 두 마리 토끼가 아닐세.
굳이 둘이라 한다면 두 연인일세.”

그 큰 침묵언어 안톤 체호프의 그날이 오늘이듯 새롭다.

(2011)

○

눈을 잃은 외과의사

음악가가 청각을 잃고, 화가가 눈을 잃으면 어떻게 될까?

베토벤은 청력을 완전히 잃고도 교향곡 9번 〈합창〉을 작곡하고 직접 지휘까지 했다. 그러나 시력을 잃고 계속 그림을 그린 화가나 눈을 잃고 그 칼을 계속 사용했다는 외과의사가 있었다는 말을 아직 듣지 못했다.

1951년 초등학교에 들어가서 글씨와 노래도 처음 배우고 그림도 처음 그리기 시작한 나는 그림을 가장 잘 그렸다. 당시엔 그림 그리기를 가르치는 선생님이 없었다. 그런 가운데 중학교 때까지 그림 그리기에서 나를 따라올 학생이 거의 없었다. 교내 백일장대회 때마다 최고상을 거의 독차지할 수밖에 없었다. 당시 소질과 적성검사라는 게 있었는데 거기에서도 나는 미술가로 이미 태어났었다. 사람들은 그런 나를 "아버지를 닮아서" 그런다고들 했고, 알고 보니 아버지는 화가가 아니었지만 학생시절 그림의 천재였다고 한다.

그런 아버지가 왜 화가가 되지 않았을까? 퍽 궁금했다. 화가가 되었더라면 진도가 낳은 조선 후기 겨레 문인화(남화)를 완성하고 꽃피워 그 맥을 오늘에까지 이어준 최고의 화가인 소치와 같은 화가가 되었을지 모르고 또 죽지 않았을 게 분명한데도.

생각해보니 아버지가 화가가 되지 않은 것 또한 이미 타고난 운명만 같았다. 나라를 일본에게 빼앗기고 기미독립선언과 태극기 물결이 2천만 겨레의 가슴과 삼천리 방방곡곡에 펄럭인 1919년 3월에 태어났으므로. 할아버지는 40에야 결혼하여 얻은 첫 아들인 아버지를 네 살 때부터 서당에 보내어 가르치고, 진도에 일본학교가 세워져 신교육이 시작되자 그곳에 다시 보내어 가르친 후 아버지가 16세 때(1934년) 가장 증오하는 일본에까지 유학을 보내 다 가르치셨다. 요사스런 여우를 때려잡으려면 여우 굴속으로 들어가서 그 모든 것을 직접 다 보고 새 시대의 학문을 다 배워야 한다고 그렇게 하셨다 한다.

그리고 일본이 만주사변(1931년)에 이어 중일전쟁(1937년)까지 일으키고 대동아공영권과 내선일체를 외치며 정복전쟁에 더욱 혈안이 되자 할아버지께서 스스로 며느리감을 정해놓고 배움을 마친 아버지를 즉시 불러 결혼시켰다. 아버지가 21세요 어머니가 18세인 1939년 겨울이었다. 일본이 진주만 기습(1941년 12월 7일)과 함께 미국에 공식적으로 선전포고를 하기 불과 2년 전이다. 그리고 할아버지와 아버지의 뜻이 일치하여 아버지를 결혼시키고서 할아버지께선 가정을 맡고 아버지는 비로소 겨레독립전

선인 요동 만주벌로 달려가 그곳을 줄기차게 말달렸다. 1945년 8월 15일 일본의 항복으로 겨레광복을 맞기까지 약 6여 년 동안 요동 만주벌을 누비며 고향집 진도를 가뭄에 콩 나듯이 다녀갔다고 한다. 이미 체포령이 내려 전국에 쫙 깔린 일헌들의 추적검거망을 뚫고 그들을 따돌리며. 그런 가운데 1941년 누나가 태어나고 뒤이어 1945년 1월 5일(양력 2월 17일) 내가 태어난 것이다.

아버지가 진도 고성공민학교를 졸업할 무렵 일본인 학교장이 집으로 할아버지를 찾아왔다고 한다. 자신이 그동안 학생들을 가르친 자리에서 아버지와 같은 그림의 천재는 처음 보았다며, 졸업 후 자신이 일본 미술대학에 장학생으로 입학시켜 가르치게 해주기를 허락해 달라고 정중하게 요청했다. 아마 아버지께서 할아버지의 허락 없이는 불가능하다고 말했기 때문이었으리라. 그러자 할아버지께서 비록 가장 증오하는 왜놈이지만 아들을 가르치는 스승이므로 대단히 감사하다며 술대접으로 예를 갖추고 정중하게 그럴 뜻이 전혀 없다고 돌려보냈다. 그러자 일주 후에 다시 찾아와서 부탁하자, 조선의 장부들은 일언중천금이라며 냉수한 사발로 다시 좋게 돌려보냈다. 그러나 또다시 일주 후에 찾아오자 모두가 "호랑영감"이라고 하는 별호처럼 당장 수염이 거꾸로 치솟으면서 담뱃대 장죽을 추켜들어 내리치려 하면서 "네 이놈, 보자보자 하니 네 놈이 나를 어찌 보고 그러느냐. 그래, 나라를 빼앗은 네놈들에게 내 아들을 맡겨 그 따위 환쟁이나 만들자고 내가 아들을 가르치겠느냐. 당장 물러가지 못할까." 하고 당장 삼킬 듯이 벌컥 화를 터뜨리자 먼 길 달려온 교장이 물 한 그릇도 대접 받지 못하고 혼비백산 그대로 도망치고 말았다고 한다. 그 세 차례 일을 아버지 바로 아래 고모께서 소상하게 말씀해주셨다. 할아버지와 뜻이 같았던 아버지께서도 아무리 자신이 모두에게 공인 받는 그림의 천재라 하더라도 그것이 결단코 자신의 길이 아님을 가장 분명하고 확실하게 안 사람이다.

나야 아버지만 못할 테지만 초등학교시절 모두가 "아버지를 닮아 그렇다."는 바로 그 말이 정작 내게는 그림보다 더 크고 넘치는 행복이었다. 더불어 글씨를 잘 쓰고 지도도 잘 그리기 때문에 선생님께서 학급환경정리를 모두 내게 맡기셨다. 중학교 땐 원사지 줄판글씨로 학교신문 발간의 주필과 편집자가 되었다. 웅변과 만담대회도 늘 학급대표로 나가야만 했다. 또한 학급 놀이시간이나 전교생 소풍날 같은 때 선생님들의 호출에 따라 더러 하고 싶지 않은 때라도 모두 모여앉은 자리에서 모두가 신바람나는 노래와 익살 등의 굿판잔치를 벌이는 어릿광대 사회진행자가 될 수밖에 없었다. 남녀노소 선생님들 할 것 없이 모두를 뱃살 쥐고 즐겁게 웃기는 재미있는 익살담 얘기들에 있어서도 나를 따를 학생은 아무도 없었다. 곧 말과 얘기를 가장 잘하는 학생이기는 그림 그리기와 같았다. 그러나 그건 타고난 자리라기보다는 유년에 무수한 동화 전설들을 조르고 할머니로부터 듣고 또 할머니의 가르침에 따라 할머니와 경쟁을 벌이며 그 얘기들을 교대로 가족들에게 들려주며 기쁘고 즐거웠던 자리이다.

그러나 공부엔 게을러 셈본(산수, 수학)을 제외하곤 학과성적이 별로여서 초중학교시절 우등상은 꼭 한 번밖에 받지 못했다. 재미있지 않으면 내게는 공부도 공부가 아니었기 때문이다. "공부"라고 하는 것이 내게는 왜 그리 재미가 없었을까? 그럼에도 산수는 또 왜 그리 쉬웠을까? 다른 학생들은 산수가 가장 어렵고 하기 싫은 공부라 하는데 그게 좀 이상했다. 당시 초등학교시절 내가 생각해도 그림과 산수는 서로 전혀 다른 자리인데 서로 같은 게 어디에 있을까만 싶었다.

중학을 마치고 섬을 떠나 뭍으로 고등학교에 들어서면서부터 나는 내가 가장 좋아하고 잘하는 미술을 스스로 포기했다. "아버지를 닮았다"는 바로 그 또 하나의 자리와 길을 위해서. 아버지는 비록 1950년 여름 겨레피아골 폭풍해일 속에 할아버지 숙부와 함께 돌아오지 못할 영원한 길을 떠났지만 나보다는 행복한 사람이었다. 젊은 날 아버지의 그 푸른 꿈은 겨레와 나라와 그 역사의 큰 길이었기 때문이다. 그러나 나는 기껏해야 한순간에 모두 사라져버린 바닷가왕국의 빈터에서 할머니, 어머니, 숙모, 누이들 그 모두 아녀자들만을 이끌고 그 가족만을 위한 왕국부터 다시 세워야만 하는 작고 초라한 꿈길 운명이었기 때문이다. 그 길은 내게 가장 분명하고 엄숙한 현실이자 곧 역사였다. 결단코 유년에 넘치던 동화전설이나 초중시절 나와 모두에게 즐겁고 행복한 그림과 노래와 재미있는 얘기의 놀이잔치 마당이 아니었다. 이미 할아버지와 아버지의 때까지 넘어 특히 그림은 역사적으로 진도에서 가장 큰 길이기도 하지만 여전히 "그림은 밥 먹기 어려운" 불확실한 자리였다. 때문에 우리 가정에선 가장 어렵고 불가능했던 그러나 우선 "밥 먹기"에 가장 확실한 의사의 길을 택했다. 히포크라테스 선서의 순수와는 좀 거리가 먼 게 분명하다. 목표와 수단의 우선순위가 뒤바뀌고 말았으므로. 결국 세상에 이미 다 공개되어 솔직한 장사치의 길보다 더 부끄럽고 초라하며 결단코 할아버지와 아버지가 바라는 길과는 좀 먼 짜잔한 사람이 되고 말았다.

그런 나의 길은 정작 눈먼 장님의 길과 같았다.

1950년 텅 빈 바닷가에서 다시 태어나 세웠던 꿈을 15년 만인 1965년 비로소 초라한 섬을 탈출해 의대에 들어섰다. 그리고 당장 가장 눈부시게 화려한 현대문명사회 중심인 대양 저편으로 돛폭을 활짝 펼쳤다. 그런 새 출항의 날 첫봄, 한 오라기 순수일까? 양심일까? 가장 큰 사랑을 스스로 버린 날에야 비로소 그 사랑이 보인다. 섬을 버리고 나니 섬이 보인다. 몸의 병과 마음의 병을 고치는 것만이 의사가 아니다. 의사 손문처럼 병든 사회 속으로 뛰어드는 게 그보다 나은 의사이다. 어느 시인처럼 그 병든 사회를 바로 보는 눈이 그보다 큰 의사의 길이다. 모든 진실, 그 사랑과 믿음과 꿈의 실상과 허상이 6세 때처럼 다시 일시에 뒤바뀌고 마는 봄, 비로소 원점 섬으로 다시 항로를 돌이켰다. 그리고 세상 모든 것의 끝자리요, 신산업화로 날로 무너지고 텅텅 비어가는 가장 초라하고 쓸쓸한 그 섬 길엔 모든 것을 홀로 감당해야만 하는 만능의사 곧 "시골 돌팔이"가 필연이었다. 그 자리에서 모든 것은 스스로 배우고 익힐 수 있지만 생체를 수술하는 칼날만은 엄격한 수련과정을 거쳐야만 했다. 그로 결국 칼잡이 의사 외과전문의가 되었다. 다행스럽게 유년부터 인간의 탄생 비밀과 사람의 그 뱃속을 찾아 스스로 할 수 있는 개구리실험을 거듭하고, 미술시간의 공작 등을 통해 손재주를 인정받고, 학과에서 언제나 수학을 가장 잘한 자리가 크게 도움이 되었다.

수련 5년, 군복무 3년, 고향 섬 길목 남쪽 항도 목포개원 5년을 거쳐 40세가 된 1984년에야 곧 20년 만에 비로소 고향 섬 돌팔이가 되었다. 밤과 낮 구분 없이 병들기까지 칼날의 모든 열정을 쏟던 날 꿈을 꾸었다. 나는 알 수 없는 마치 저승사자만 같은 시커먼 사람에게 아무 이유와 근거도 없이 쫓겼다. 그가 시퍼런 칼을 들고 나의 심장을 정확하게 찌르려 하기 때문이다. 마치 6세 때 피신했던 외가에 한밤중 느닷없이 들이닥쳐 나를 잡아 죽이려는 죽창몽둥이패들에게 쫓기듯이 정신없이 우거진 숲속을 달리다가 가심덤불에 걸려 쓰러지고 말았다. 그러자 그가 덮쳐 큰 칼로 나의 심장을 찌르는 순간 으악 비명을 지르며 잠에서 깨어났다. 죽은 줄만 알았던 내가 아직도 살았다니 그때의 기쁨이란, 보통 악몽이라 하는 자리가 정작 길몽임을 처음 알았다. 수술한 환자의 생명이 위기에 처해 촌각을 다투고 밤을 지새우는 때 지쳐 잠시 눈을 붙일 때마다 그런 악몽의 길몽들이 거듭 나를 죽음의 어두운 골짜기에서 구출해주곤 했다.

그런 길몽들에서 나는 또 이유 없이 두 손을 잃기도 하고, 두 눈을 잃기도 한다. 외과의사의 두 손이 잘리면 그 생명은 이미 끝이거늘 하물며 두 눈을 잃는다면 차라리 심장에 칼이 꽂혀 죽은 것만 같지 못했다. 그런 꿈들을 자주 꾸는 나 자신의 무의식 심리의 역동기제를 들여다보곤 했다. 그것은 절망적인 현실들 앞에서 피해망상이기도 하나 그보다는 그 현실에서 나의 생명을 다시 일으켜 세우는 경이로운 각성의 자리요, 어떤 예시적 시사이곤 했다.

칼은 칼로 끝이 나고 죽을 수밖에 없는 자리. 나의 그 칼 앞에 놓인 또 하나의 새로운 칼날을 비로소 보았다. 섬으로 돌아서던 1965년 봄에 이미 보았으나 그 칼의 길을 걷지 못하고 "밥줄"이라는 육신의 칼에만 스스로 사로잡히고 만 깊은 갈등과 갈증에서 비롯된 자리였다. 그 현실 앞에서 비로소 육신의 칼을 거두어 칼집에 넣고 당초 칼날을 향해 당장 병원 문을 못질하고 인류의 동서 문명이 끊임없이 교차하고 마주치는 망망대해로 나아갔다. 그리고 45일간 그 뜨거운 바람과 파도 속에 나 자신을 붙잡고 끝없이 유랑한 뱃길 바다에서 비로소 다시 태어났다. 그 언어가 수필집《적도바다에서 들려오는 영혼의 모음》이다.

그렇게 펜이라는 언어 칼날로 다시 태어난 진찰실은 당장 새로운 활력으로 넘치기 시작했다. 손만을 잃어도 이전의 칼은 눈을 환히 뜨고도 아무 소용이 없지만 새 칼날은 손과 눈을 다 잃는다 해도 자유자재롭다. 조용히 스스로 눈을 감아야 오히려 더욱 빛난다. 그 자리가 바로 초중등 시절 모두를 기쁨과 즐거움에 넘치게 하던 자리, 어떤 슬픔과 불행과 절망도 없는 모두 한마당 굿판잔치였다. 곧 영원한 고향 섬 진도이다. 삶터 들녘의 진도아리랑과 흥타령이요, 정든 님들을 떠나보내는 자리에서도 북, 장구, 징, 꽹과리로 모두 함께 덩실덩실 춤추며 가는 길 씻김굿, 다시래기, 만가이다.

진찰실만이 아니라 섬의 마당 전체가 이미 그 칼날의 자리가 되어버린 후 나의 꿈도 전혀 달라졌다. 과거의 길몽들은 모두 사라졌다. 그런 꿈을 꿀 근거가 이미 사라졌기 때문이다. 그 대신 스스로 자유自遊하는 언어들을 좇는 꿈이다. 눈뜬 현실에선 찾지 못하던 실존언어들을 잠든 영혼 속에 묻혀 있는 끝없는 역사 벌의 강물 속에서 비로소 발견할 때 경이로운 그 환희 앞에서 벌떡 깨어나 모두가 잠든 별빛과 바람 창가에 홀로 앉곤 한다.

섬에 돌아와 27년을 함께하는 사이 고향 섬사람들은 진찰실에서의 나를 더 좋아한다. 약간 실성한 사람이요, 엉뚱한 의사라 하면서도. 더러는 노골적으로 당골네 무당 점쟁이라 한다. 사실이 그러하고 나 자신이 그들을 좋아하고 사랑하므로 그런 호칭들이 내겐 더욱 좋다. 초상집 밤샘마당에서 굿패들의 리더가 되어 마을 사람들로 가득 찬 한마당에서 깨진 냄비뚜껑을 뒤집어 쓰고 오만 쪽구질로 춤추고 노래한다. 도시에서 사는 고향 후배 의사가 그 모습을 보고 자신이 부끄럽고 민망해서 만류한다. 품위 있는 의사가 그리해서 되겠느냐는 뜻이다. 그가 과연 한여름

해수욕장에서도 의사 가운을 걸치고 물속에 들어가려는가?

유명하다는 정신과의사들을 그토록 찾아다닌 사람들이 왜 치유되지 않을까? 찾아간 사람들이 끝자리 섬 괴죄죄하고 가난한 시골사람들이기 때문일까? 말로 고치는 의사들이 무슨 놈의 약들을 그리도 한 보따리씩 안겨 보낼까? 그리고 더러는 병세가 더욱 악화되고 말까? 도무지 납득되지 않는 일들이 비일비재하다. 그럼에도 그들이 진찰실에서 나와 무릎과 가슴을 맞대고 앉아 한 시간이고 두 시간이고 세 시간쯤 미친놈들의 굿판을 벌이고 있으면 그들이 왜 스스로 넘치는 새 생명의 환희로 벌떡 일어설까? 주사 한 방 약 한 톨 필요 없이. 정작 그 이유를 의사의 자리와 언어로는 나 자신도 알 수 없다. 그 더욱 어떤 치유법이라고 붙일 말이 없다. 굳이 붙인다면 실성한 놈들의 "굿판잔치"이다.

어언 끝자리 섬에 저녁노을이 곱게 불탄다.

1950년 6세 늦가을 빈터에서 섬을 탈출하는 것만이 모든 꿈이었던 그날로부터 꼭 60년 세월. 이제 남은 날이 얼마나 될까? 적도바다로 떠나는 날이 멀지 않으리라.

오늘의 세상에선 분명코 눈을 잃은 끝자리 시골 섬 돌팔이 외과의사.

그러나 그 한생이 결단코 헛되지는 않으리라. 비록 영원한 낚시터 빈 대끝 아버지처럼 큰 꿈은 아예 꾸지도 못한 채 끝나고 말지라도.

눈을 잃어야 비로소 보이는 세상 그리고 그릴 수 있는 그림.

언어 칼날이 내 인생과 생명의 전부이다.

이 끝자리에서 불현듯 삿갓 시인의 칼이 다시 보인다.

괴테는 마지막 날에 "아, 빛을 더!" 하고 버둥치며 떠났다. 그러나 삿갓 시인은 "사랑하는 벗이여, 저 빛마저 꺼주오." 하고 어두운 밤 타다 남은 등촉의 마지막 심지마저 끄고 조용히 떠났다. 그가 금강산 절묘한 경이 앞에서 시 한 수를 읊었다.

一步二步三步立 山靑石白間間花

若使畵工模此景 其於林下鳥聲何

한 걸음 두 걸음 세 걸음 가다가 서니

산 푸르고 바윗돌 흰데 그 사이사이 꽃이로다.

화공을 부르면 이 경치를 그릴 수 있으나

저 숲속의 새 울음소리를 어찌하리.

(2011)

○

무덤터 진찰실

오늘도 무덤터에서 고독한 하루를 보냈다.

60세가 되면 가운을 벗고 펜으로 남은 인생을 정리하고 살고자 했었다. 그러나 현실이 나를 여전히 진찰실에 묶어놓고 만다.

또 앞으로도 얼마나 더 매이고 갇혀야 될지 기약조차 없다.

정년이 확실한 공직자들이 이토록 부러워지는 때가 없다.

고귀하고 보람 있는 직업을 갖는다는 것은 분명코 행복하고 축복받은 인생이다. 그러나 그런 직업일수록 그 만큼 일반인들이 겉으로 바라보는 것과는 다르다. 무덤 속 긴장의 연속이요, 끊임없는 자신과의 고투이다. 특히 칼잡이 의사에겐 살얼음판을 딛고 자신의 칼날 위를 걷는 자리요, 고공의 외줄타기이다. 발을 헛딛지 않아도 어느 때 어느 순간 어느 쪽에서 돌풍이나 광풍이 불어닥칠지 알 수 없다. 밑에서 바라보고 있는 구경꾼들에겐 스릴 넘치는 기쁨과 즐거움이나 그 자체가 그에겐 긴장과 불안 초조, 두려움과 고독 그 연속이다.

그 자리가 예술이라면 광대 자신이나 관중 모두에게 넘치는 기쁨이다. 그 광대 노릇은 재질에 따라 누구나 다 할 수 있고, 자신의 마음이 동하고 내킬 때만 그 마당을 펼칠 수 있기 때문이다. 그러나 의사는 그리 할 수가 없다. 그야말로 공중에 나는 새도 깃들 곳이 있고 여우도 제 굴이 있건만 자신 하나 그 어디에 머리 둘 곳이 없는 처절한 고독의 연속이다.

그렇다고 나사렛 예수처럼, 병을 고치겠다고 몰려오는 군중과 그 길을 함께 가는 제자들까지 다 물리치고 아무도 없는 빈 들이나 바닷가며 한적한 산 위에 올라가서 한동안 쉬었다 돌아올 수조차 없다. 슬퍼도 눈물을 흘릴 수 없고 분노가 치밀어도 표정을 찡그릴 수가 없다. 항상 환한 얼굴 따뜻한 미소로 맞이하여 다정한 대화와 뜨거운 가슴으로 마주해야만 한다.

몸이 병든 경우는 쉽다. 그보다는 삶이 무너져 마음도 함께 무너지고 미소와 말까지 잃어버린 침묵들에겐 더욱 그렇다. 그런 사람들에겐 그 무너진 삶을 도와 스스로 일어설 수 있는 길이 보여야만 치유된다. 그렇지 않고선 어떤 뜨거운 가슴으로 그의 절망 속에 뛰어들어 함께 고통하고 눈물을 흘려도 아무 소용이 없다. 그런 사람들에게 주사와 한 보따리의 약이 무슨 소용이랴. 직접 도울 수 있는 힘과 길이 있다면 얼마나 좋으랴. 그러나 내겐 그런 힘이 전혀 없다. 그때 더 고통스럽고 절망적이다. 사실은 그보다 나 자신의 현실이 더 크게 무너진 때가 한두 번이 아니기 때문이다. 그러나 난 그들에게 그 나를 말할 수 없고, 그들 모두가 나는 항상 삶이 넉넉하고 행복한 줄로만 안다. 또 그렇게 두어야 한다. 그 더욱 의사가 환자들 앞에서 어찌 자신의 고통과 병을 말할 수 있으랴.

얼마 동안 고향을 떠나 인천 부평에서 근무할 때 휴식시간에 바로 병원 앞 대로의 가로수 아래서 가운을 걸친 채 잠시 휴식하며 거리에 버려진 담배꽁초들을 줍고 있었다. 그때 술에 만취한 한 사내가 질주하는 차량들의 도로를 가로질러 건너려 했다. 즉시 뛰어가 팔을 붙들어 세우고 건널목 신호등의 자리를 가리켰다. 팔을 붙들자 "누구야?" 소리치며 뒤돌아보더니 "이 돌팔이 자식이!" 한다. 난 즉시 돌아본 그에게 "예, 그렇습니다. 그러나 돌팔이가 그렇게 나쁜 건 아닙니다." 다정하게 웃으며 그가 안전하게 건널 곳으로 안내했다. 그가 휘청휘청 안전하게 다 건너더니 건너편에서 한 번 돌아서서 나를 바라본다. 그리고 제 갈 곳으로 가는 것을 보고서야 진찰실로 돌아왔다.

의사의 자리가 별다르거나 특별하지 않은 바로 그런 자리이다. 모두가 죽든 살든 옆은 돌아보지도 아니하고 제 갈 길만 가기에 바쁜 세상에서 작은 신호등이자, 위험한 자리에 처한 이웃의 손과 팔을 붙들어 안전한 자리로 안내하는 손이다. 그런 이들을 가장 많이 스치고 같은 길을 함께 가는 사람들로 인산인해를 이룬 곳이 서울이다. 그러나 그런 이들의 팔을 붙잡는 사람은 아무도 없다. 모두가 그냥 보고도 아니 본 듯 스치고 지나간다. 더러는 스스로 피해 간다.

다음날 한 젊은 부부가 찾아왔다. 환자는 부인인데 별 것 아닌 간단한 비염이었다. 알고 보니 그 비염 때문에 온 것이 아니었다. 그녀의 남편이 사복 차림으로 와서 얼른 알아보지 못했는데 부대원들과 함께 병원에 자주 오는 잘 아는 바로 인근 군부대 하사관이었다. 어제 그 술 취한 사람과의 현장을 지나가다 목격했단다. 그리고 지나가던 많은 사람들이 그 장면을 보고 모두 함께 웃었단다. 그리고 부인에게 그 웃기는 얘기를 하자 꼭 어떻게 생긴 돌팔이 의사인지 얼굴이라도 꼭 한 번 보고 싶다고 해서 온 것이었다. 우리는 진찰실에서 다시 한 번 크게 웃었다.

내가 의과대학에 들어선 1960년대도 우리 사회엔 "돌팔이 의사"라는 말이 많았다. 특히 내가 태어난 섬을 비롯하여 한반도 서남해역의 무수한 섬들의 무의낙도들에. 의대 6년 동안 여름과 겨울방학 때마다 1주간씩 무료봉사단에 참여하여 의사선생님들을 모시고 흩어져 있는 무의낙도들을 찾아다니며 진료활동을 통해서 그 현실들을 낱낱이 다 파악했다. 그때 그 무수한 섬들엔 모두 돌팔이 의사들이 있었다. 말하자면 의사 면허가 없는 사람들이다. 그들의 의료행위는 모두가 불법으로 처벌받을 수밖에 없는 일, 그러나 그 무수한 섬들의 위기에 처한 생명들을 정작 구하는 진정한 의사가 바로 그들이었다. 이미 섬놈이라 너무 잘 알고 있는 사실이지만 그 우리 사회 무수한 무의낙도 질병과 의료현실의 실태를 보다 구체적으로 파악할 수 있었다. 그런 이유는 나 자신이 섬에서 태어나 섬을 탈출했으나 정작 의사의 길에 들어서자 그동안의 꿈이 망상과 환각이 만들어낸 허상임을 보고 항로를 원점 섬으로 돌이킨 때문이다. 그리고 나 스스로 결심하기를 한반도에서 가장 낙후되고 신산업화 시대에서 버림받은 서남해역의 섬 돌팔이의사가 되는 것이 진정한 나의 꿈길이 된 때문이다.

이미 그랬거늘 인천의 술 취한 한 사람으로부터 돌팔이란 말을 들은 게 내 의사생활 중 처음 만난 가장 진솔한 말의 자리로서 오히려 통쾌한 순간이기도 했다. 대학시절 나 스스로 나를 "만능 돌팔이의사"라고 자칭하고 나선 것은 우리 사회가 그 당시에도 이미 그러했기 때문이다. 우선 법과 현실이 격리되고, 의술과 의사에 대한 우리 사회 시각의 표리가 분리되고, 의술도 점점 인격과 분리되어 산업화되고, 그에 따라 의사 및 의술에 대한 국민의 신뢰가 이래저래 내면에서 점점 무너져 불신 풍조로 이어지고 있었기 때문이다. "이 돌팔이 자식!" 하고 흰 가운만 보고 당장 내뱉은 그가 만약 술에 취하지 않았다면 그 진실을 내뱉을 리 만무하다. 그가 그렇게 술 취한 무의식 속에서 토한 그 진실이 이미 2000년대 우리 사회의 국민과 의료 전반을 잘 반영하고 있는 자리였다. 특히 그 오늘의 우리 사회의 모든 중심인 경인 지역은 내 고향 남쪽 섬과는 비교할 수조차 없었다. 때문에 나는 당장 다시 섬으로 돌아왔다.

의사가 평생 처참한 칼날 고공 줄타기 광대로 살아갈 수 있는 것은 결코 돈이 아니다. 내가 대학을 졸업할 때 정신과 주임

교수이신 김성희 은사님께서 마지막 강의실에서 우리 모두에게 신신당부하셨다. 앞으로 더 크게 도래할 의료직업화 산업화 속에 의사와 의료에 대한 국민의 불신이 점점 가속화되는 사회 속으로 우리들을 내보내시면서. "끝까지 진실하라. 그것만이 의사의 생명이요, 의료 불신을 회복하는 길이다. 나 하나쯤이야 하는 그 마음을 버리라. 모든 것은 자신 그 하나로부터 출발한다. 그래도 너희는 이 사회에서 결코 주려 죽진 않으리라." 하셨다.

그러나 오늘의 의료 현실은 그렇지 못하다. 어느 직업보다 피땀 쏟는 노력과 자기투쟁 속에서 의사가 된 사람들이 오늘엔 밥 먹기조차 어려운 경우들이 의외로 많다. 그러나 의사들은 자신의 소명과 자존 때문에 그 자신을 말할 수 없다. 업무과중보다는 그 정신심리적인 고뇌 갈등과 절망이 너무 크기 때문에 스스로 목숨을 끊는 일이 생기고, 특히 외과의사의 평균수명이 모든 직업별 통계 중 가장 짧은 43세이다. 그러나 난 어느덧 66세이고 보니 가장 장수한 외과의사 중 한 사람으로서 축복받은 행복한 사람이다.

하지만 이 남쪽 섬도 오늘엔 의사와 의료에 대한 불신이 법률과 국가행정적인 차원뿐만 아니라 국민 일반의 차원에서도 서울과 별다르지 않다. 시골 섬 장터 촌구석에 있는 가장 초라하고 늙은 나를 아직도 크게 신뢰하고 매일 매일 출근하듯 찾아오는 환자들 속에서도 그 내면의 깊은 속마음은 정도 차이뿐이다. 60

년대 군사혁명 독재정부의 의사 불신에서 비롯된 의료정책으로부터 뿌리 내린 밑자리이다.

이제는 대수술의 칼날을 놓았고 맡길 사람도 없어 그 점에선 참으로 다행이다. 직업적으로 밥이 되건 아니 되건 그 자리에 매인다는 것은 의사에게 당초부터 참으로 비참한 현실, 스스로 목을 매다는 것과 같아 아예 지우고 가장으로서 가족들이 정년을 명할 때까진 죽도록 최선을 다할 뿐이다.

그 모든 것을 넘을 수 있게 해주는 것은 오직 신뢰뿐! 그러나 너무 뻔한 거짓 낯들 속에서 하루하루를 보내야 한다는 것은 영원한 갈증이다. 어둡고 무거운 짐이요 고독이다. 가족들조차 알지 못하고, 알아서도 아니 되는.

의학 의술이 발달하는 만큼 질병도 발달한다.

과거 의사들은 오직 그 질병들과만 싸웠다.

그러나 오늘의 의사들은 불신과 싸운다.

곧 오늘엔 불신이 가장 큰 병이요, 날로 발전한다.

그 질병은 헤아릴 수 없는 자기생존 전술전략을 스스로 갖추고 의사들을 치고 들어온다. 하나를 겨우 알았는가 하면 곧장 새로운 변형들과 돌연변이종들이 태어난다. 사실 의사들은 그 모두를 낱낱이 개별적으로 대처할 능력이 없다. 특히 나와 같은 시골 섬 돌팔이들은 그들의 밥이다. 때문에 진찰실에 있는 한 스스로 자신의 숙명부터 각오해야 한다. 고공의 줄에서 떨어져 박살이 나고 죽을 때 비로소 그들은 넘치게 그들 자신에 환호하기 때문이다. 결국 의사는 불신으로 온통 가득 찬 사회현장에서 자신의 숙명적인 진실과 싸우는 것이다. 자신의 불안 공포 좌절 절망 고독과 싸워야 한다. 고공의 외줄에서 떨어지는 순간이 바로 최후의 승리 비상으로 여기고 믿는 망상 환각의 넘치는 즐거움과 행복의 자유自遊로 살아야 한다. 곧 진정한 광대의 자리이다. 의술은 인술이요 예술이라 하는 자리가 바로 거기에 있다. 그러나 정작 현실적으로 자신을 넘어 현실을 환치 역치시키는 그 자리에 들어서기가 어렵다.

이 자리가 과연 의료만의 자리인가?

언어예술인 문학의 자리는 과연 어떠한가?

미술 음악과는 엄격하게 다른 언어의 자리인가?

언어가 신뢰를 회복했을 때 문학은 눈부시게 꽃피리라.

문학에만 그치지 아니하고 우리 사회의 모든 분야가 비로소 건강한 면역력을 확보하여 어떤 질병도 설 자리를 스스로 잃고 말리라.

그러나 1960년대로부터 시작된 신산업화와 자유자본주의가 생산한 눈부신 거짓 언어가면들 속에서 춤추고 속기만을 거듭해 왔으니 이제는 그에 대한 방어 면역력을 충분히 갖추었을 법한데, 그 질병에 대한 면역력보다는 거꾸로 그에 편승하는 적응력들만 날로 눈부시게 발전하고 있다.

어느 날 어느 세상에야 우리의 언어들이 신뢰를 다시 회복할 수 있을까?

그 현실의 절망 앞에 오늘도 나의 진찰실은 무덤이다.

(2010)

○

몽유

왜 우리는 꿈속에 새가 되어 몽유夢遊할까?

유년 시절 나는 꿈속에서 한 마리 물새가 되어 바다하늘을 끝없이 날았다.

그러다 좀더 성장하자 꿈속 새가 사라지고 만다.

아무리 그 꿈을 다시 꾸고 싶어도 되지 않는다. 왜 그럴까?

나에겐 '날개가 없다'는 사실을 분명하게 알고 있기 때문이리라.

그게 곧 성장한다는 것이었다.

'내'가 곧 점점 '우리'가 되어가고 있는 증거였다.

그로써 스스로 유년의 동화전설을 잃은 것이었다.

사회 속에서 홀로 떨어져 나가고 싶지 않은 마음에서.

이토록 새가 되어 날고 싶은 마음은 모두에게 똑같다. 그러나 그 속에 함께 있고 싶은 마음이 내 꿈 안에서 서로 분리되어 다투기 시작했다. 그로써 성장하고 '우리'가 되어가는 과정은 이미 가장 큰 모순이다. 사춘기를 넘어서도 홀로 새가 되어 푸른 바다와 하늘을 마음껏 날아다닌다면 얼마나 좋을까만, 만약 그때도 그렇다면 그 꿈은 이미 허상이요 망상이다. 사회에서 아무도 상대해주지 않는 홀로 미친놈이 되고 만다. 그토록 우리는 성장하면서 "내 안에 네가 있고, 네 안에 내가 있는" 한 그루 '포도나무' 사랑과 꿈이 되어간다. 곧 객관적인 사실과 사리를 부인하지 못하는 합리적 이성에 스스로 사로잡히고 굳어진다. 때문에 그때 꿈의 날개는 유년과는 완전히 다르다.

그럼에도 참 이상한 일이다.

아무리 성장하여 배우고 모든 사리와 이치를 다 알아도 마음속엔 여전히 청라언덕을 달음질치던 날의 꿈속 새가 남아 있다. 그 새를 결코 포기할 수가 없다. 세상에선 비록 아무도 인정하지 않을지라도, 고요한 밤 창가 침묵 속에 홀로 앉아 있으면 다시금 그 새가 되곤 한다. 그때가 자신에게 가장 행복하고 아름답다. 다른 어떤 현실적인 꿈이나 행복과도 바꿀 수가 없는. 그 허상과 망상에 빠지면 홀로 외톨이가 되고 말지라도 말이다.

결단코 포기할 수 없는 유년의 한 마리 새!

그게 정작 무엇일까?

어찌 보면 '장자의 나비' 같고, 어찌 보면 슈만의 〈어린이의 정경〉 중 작은 꿈 '트로이메라이' 악상 같다. 유년의 천일야화 왕자와 신밧드요, 손오공이다. 곤충들의 신비를 찾던 소년 파블로프요, 사람 대신 개구리들을 잡아 면도칼로 배를 가르고 속창들을 들여다본 꿈이다.

만약 그 환각 망상의 새가 아니라면 과연 미술, 음악과 문학이 존재할 수 있을까? 예술에 빠진 사람들은 사실 모두가 그런 몽유자夢遊者들이다. 삶과 현실에 존재하지도 아니하고 아무 쓸모도 없는 것들에 홀로 매이고 사로잡혀 모든 열정과 신명을 다 바치니 말이다. 그럼에도 그 몽유에 젖어 있을 때는 더없이 자유롭고 행복하다. 그러다가 깨고 나면 허망하기 그지없다. 때문에 한순간도 그 꿈에서 깨어나고 싶지 않다.

현실의 무엇이 그리 당치 않고 못마땅하며 또 답답해서 그럴까? 그를 낱낱이 말하자면 한이 없어 아예 침묵한다. 어차피 그들은 세상과 절연한 외톨이들이다. 끝없이 넓고 푸른 바다하늘을 날고자 하는 자유自由와 자유自遊의 새들이다. 만약 그들을 새장 속에 가두어둔다면 끝까지 그 울을 탈출하려고 철망 울타리에 돌진하여 머리를 들이받고 죽는다.

참 이상한 일이다. 의학을 배우고 익힌 지 11년, 의료임상에 임한 지 40년이 된 지금 나의 몽유는 점점 커진다. 그동안 내가 무슨 꿈과 사랑으로 어떻게 살았는지 도무지 갈피를 잡을 수가 없다. 엄연히 서로 분리된 현실과 몽유 사이에서? 하루 일과의 진찰실과 수술실에선 털끝만큼도 몽유가 용납되지 않는다. 그러나 그 일과를 마치고 모두가 잠든 밤 고요한 별빛 창가에 홀로 앉아 펜을 잡고 있노라면 수많은 시정의 악상과 영상들에 사로잡히는 나는 더 할 수 없는 환각 망상으로 자유하는 몽유자이다.

지금은 좀 가라앉았지만 40~50대엔 밤 창가에 몽유하다가 귀신에게 홀린 듯이 갑자기 자리를 박차고 일어나 홀로 차를 몰고 밤새도록 섬의 온 들길, 해변 길과 산길을 주유한다. 아무도 보지 못해서 다행이지 만약 누군가 그런 나를 본다면 어찌 나의 병원을 찾으랴. 그러한 나는 분명코 낮과 밤이 분리되어 따로 춤추고 서로 뒤바뀐 인격해리 이중인격! 둔주遁走의 몽유병자이다.

그러나 헤아릴 수 없는 사람들을 진찰실에서 만나다 보니 나처럼 밤과 낮, 삶과 꿈이 분리되고 뒤바뀌어 삶과 마음과 몸이 함께 무너지는 사람들이 많다. 그 가장 좋은 표본이 나 자신이므로 그들에게 나 자신을 고백한다. 그러면 비로소 나와 가슴과 무릎을 맞대고 앉은 그들이 스스로 환희로 벌떡 일어나 제자리로 다시 돌아가곤 한다. 굳이 팜므파탈 뭉크의 그림들을 보여주거나, 보들레르의《악의 꽃》구름을 낱낱이 말하지 않아도 된다. 밀레의 〈이삭줍기〉와 〈만종〉을 보여주고, 탕아 페르귄트의 〈솔베이지의 노래〉, 슈베르트의 〈겨울 나그네〉, 가극 〈춘희〉와 〈나비부인〉의 아리아, 모차르트의 〈레퀴엠〉과 무수한 야상곡夜想曲들을 들으라고 말할 수 있는 사람들도 아니다. 우리 겨레의 흘러간 유행가 가락이 제격인 사람들이다.

이토록 환유 몽유의 미친놈들이 주저앉고 무너지는 무수한 실존들을 다시 벌떡 일으켜 세우는 게 놀라운 사실이다. 인간에게 가장 큰 신비기적이 있다면 바로 이 자리이다. 때문에 우리는 몽유자들을 미쳤다고 할 수 없다.

요즘 들어 갑자기 꿈을 더욱 자주 꾼다.
그리고 새가 되어 바다하늘을 마음껏 날아다닌다.
유년을 되찾은 것이다.
그동안 내가 유년에서 너무 멀리 날아와버린 때문이리라.
이보다 큰 다행이 없고 행복하기 그지없다.

(2015)

○

존재와 질병

인간의 행복과 불행은 존재 자체에 있다.

불행은 곧 존재 자체가 비정상적인 존재이다. 정상적이지 않은 그런 상태를 비정상abnormal 또는 질병disorder or disease이라 한다. 모두가 똑같이 함께 가는 정상적인 길常道, 規範, 秩序, 法規 : normal road, rule, oder, social law에서 벗어나고 이탈된 존재이다. 자신이 바라는 꿈도 아니요 의지로 선택한 것도 아니다. 바라거나 원하지 않음에도 그렇게 타고나거나 살아가는 중 불행하게도 발생한 자리이다. 그를 바로잡아 고치거나 치유하지 아니하고선 평생 그 병을 안고 살아가야만 하고 그로 죽어야 한다.

우리가 삶에서 보통 생각하는 불행은 바로 그러한 육체적인 질병이라 한다. 이것이 불행이니 저것이 불행이니 해도 몸만 성하고 아무런 이상이 없이 건강하면 그보다 행복한 자리가 없다고들 말한다. 곧 건강한 생명이 무엇보다 크고 먼저이고 때문이다. 따라서 행복은 맨 먼저 그 대전제 위에서 출발할 수밖에 없다. 따라서 정신 심리적으로 아무리 고뇌 고통하고 번민하는 실존이라도 정작 죽을 암癌 등에 걸려 극심한 고통으로 하루하루를 살아가고 있는 사람보다 불행할 수는 없다. 강력한 마약 진통제에도 소용없는 극심한 통증 앞에서 죽음이 두렵거나 절망일 수는 없다. 그런 때는 사유와 정신 우위의 존재요, 영적인 존재인 인간의 나약한 부끄러움을 어찌 할 수가 없다. 정신과 영혼으로 이 육체적인 통각 하나를 넘어설 수 없단 말인가 하고.

그럼에도 각종 질병들을 몸에 안고 그와 투병하거나 또는 그와 함께 살며 그 불행하고 고통스러운 삶을 오히려 고귀하고 아름답고 낭만적으로 마치는 사람들이 점점 많다. 그런 경우들이 종교적인 신앙인들과 예술가들에게 많을 수밖에 없지만 의사들도 많다. 그런 의사들은 그동안 무수한 환자들을 치료하며 평생을 사는 동안 그러한 실존병리현상 또한 큰 자리에서 보면 우주자연 만유의 존재와 현상변화의 정상생리현상 법칙의 항상성恒常性이라는 사실을 가장 먼저 확인하기 때문이리라. 그 항상성이 곧 우리 동양사회가 말하는 태극太極-태허太虛 유무순환有無循環 법칙의 역易=周易=易經=易理이다.

인생 칠십에 갑자기 대장암이 발생했다. 그럼에도 확인치 아니하고 삶의 가정적인 여건 때문에 복통과 불편을 참고 1년 여 진찰실을 지켰다. 그리고 암에 의한 복통과 요통이 극심해져 더 이상 견딜 수 없게 되지 비로소 확진을 받았다. 대장 우측Cecum과 좌측Splenic flexure에 발생하여 소장과 유착되어 떡이 되어 있는 말기이다. 의사로서 이보다 어리석고 창피한 일이 없으나 이도

다 삶의 자리이다. 그로 막내아들이 근무하는 서울 원자력병원에서 암종과 떡이 되어 있는 소대장 부위를 완전히 절제하고 항암제 투여 치료를 위해 수술 후 회복단계에 있다.

가족과 친지며 이웃들은 완치되기만을 소망 기원하며 안타까운 연민들을 보여준다. 그러나 사실 나는 아무렇지 않다. 어느 외과의사의 말대로 "인생 말년은 암과 공존 공생하는" 자리이다. 더불어 나는 이미 젊은 날에 죽음에서 벗어났다. 죽음에 대한 일체의 절망과 불안과 두려움이 없다. 내게 있어서 그 자리는 종교적인 신앙의 자리가 아니다. 인간 원점의 순수정신과 꿈과 믿음과 사랑이자, 태극-역리와 같은 우주자연의 원리이다. 그 실체를 좀더 구체화 시킨 자리가 곧 '역사'요 '역사실존'이다. 광대무비한 대우주자연에서 나는 티끌 먼지보다 작은 것에 불과하지만 그 사랑과 꿈과 믿음의 정신과 영혼이 품고 있는 '역사현실과 그 인식주체'는 불사조의 날개이다.

따라서 앞으로 내게 몇 년 주어질지 모르는 날들이야말로 내 인생에서 가장 자유롭고 화려한 절정이다. 그 동안 내 인생을 정리하는 자리와 이 끝자리에서 새롭게 창조될 글들이 스스로 그립고 궁금하다. 더불어 인간 두뇌의 정신심리가 신체반사기능들—극심한 통증을 비롯한 각종 반사 증상들—을 얼마든지 조절할 수 있다는 사실을 잘 알고 있는 자리에서, 과연 언제쯤이나 복부 암통이 사라질까 생각해보니 꼴뚜기 새끼가 어전을 망친다더니만 암통이 아직도 일어날 때면 거대한 역사행복과 평화를 망친다. 생각건대 수많은 선인들이 이같이 작고 하찮은 '손톱 밑의 배접'이 큰 자리들을 망쳤을 법하다.

의사들이여!
극심한 통증으로 암과 투병하는 이들에게
그 인격과 정신과 영혼을 도말시키지 말지어다.
그 마지막 날개를 고귀하고 아름답게 펴게 하라.

(2015)

3장 ◦ 사그라들지 않는 유월의 총성

○

아버지 초상화

오늘은 왜 또 이렇게 고독할까?

그리고 아버지가 그리울까?

자정을 넘은 새벽 2시, 벽면을 쳐다본다.

변함없이 조용하시다. 미소 짓지 않으셔도 다정다감하신 모습. 안경 속에 빛나는 눈. 인생의 진실, 삶의 지혜로 가득하다. 그러나 결코 말하려 하지 않는 깊고 조용하신 모습이다. 그 깊은 침묵 속에 삶의 고독이 흐르고 있다.

안방에 모신 지 벌써 8년이다.

그러니까 8년 전의 일이다. 환자 가족 한 분이 내게 다가섰다. "선생님께서 제일 존경하는 분이 누구십니까?" 불쑥 내민 질문이었다. 초상화를 선물하겠단다. 그 순간 아버지가 다시 그리워졌다. 아버님의 얼굴을 마음속에서 그리고 있었다. "……." 답이 없이 나의 세계에 빠져 있을 때, 슈바이처냐고 다그친다. "아니오." 얼른 답하며 정신을 차렸다. "체호프, 안톤 체호프를 그려주십시오."

6·25전란으로 나는 아버지를 잃었다. 내가 아직 어린 6세 때였다. 숙부와 할아버지도 함께 가시었다. 평화롭고 행복했던 우리 가정도 민족 공동 운명으로 함께 풍비박산이 난 셈이다.

아버지는 일본에 유학하였었다. 신학문을 닦으며 급변하는 세계와 국가 민족 비운의 소용돌이 속에서 젊은 꿈을 키우셨다. 당시 젊은 지식 계층에 일었던 강한 시대적 정신 사조를 타고, 항일 독립정신과 사회주의 개혁사상에 정열을 불태우고 있었던 것으로 믿는다.

태평양전쟁의 와중에서 시달리고 빼앗기는 민족 민중의 고통과 분노를 지켜보고 있지 않으셨다. 호랑영감 할아버지도 아버지의 길을 탓하고 막지 못하셨다. 만주벌을 누비는 등 가정 가사와는 관계없는 생활이었다. 그래서 집에 계셨던 일은 극히 드물었다. 그러므로 아버지에 대한 나의 기억도 극히 한정되어 있고, 얼굴조차 알 수가 없다.

아버지는 일인들이 물러가는 마지막 순간까지 일헌의 추적을 받았다. 그러나 아버지의 행적에 관해서는 가족을 비롯 어머님까지 자세히 알지 못한다. 그만큼 아버지는 주의 깊게 자신의 꿈을 실행하셨다. 그로 아버지가 일헌의 추적을 받는 가운데도 우리 가정은 안전했었다. 가족에 대한 기본의 책임감이었으리라. 그러한 때 아버님의 고독이 어떠했을까?

8·15 민족해방도 아버님께는 커다란 혼란이었다. 현실은 이상과는 먼 거리에 있었다. 남한만의 단독 정부 수립도 뜻이 아니

었다. 친일파 일색의 이승만 정권은 더 큰 구역질을 토해내게 했다. 그 정권 동참 권유를 어찌 받아들일 수 있으랴. 권세도 명예도 물리친 아버지는 홀로 표표히 고독하셨다. 조국 광복을 맞은 아버지에겐 광복이 아니었다. 다시 조국 경찰의 추적감시를 받고 더러는 체포 구금되기도 했다. 그때마다 쉽게 풀려나셨으니 아버님의 세계는 어떤 것이었을까?

6·25가 다시 조국의 지축을 흔들었다. 피신의 권고를 받았다. 그러나 아버지는 거절했다. 꿈도 모든 것도 무위임을 아셨다. 꿈을 먹고 살아왔던 인생 다시 꿈으로 간다 해도 가족만은 염려스러웠다. 그래서 아버지는 스스로 꿈의 길에 나서 고향 어느 바닷가에서 산화하셨다. 할아버지도 두 아들의 뒤를 따르셨다. 새 생명을 위한 염낭거미 어미와 같은 통절의 섭리였다.

참으로 처참했던 혼돈의 세상. 32세의 젊음을 바친 아버지의 이상. 그리고 그 깊은 고독. 아버지의 역사는 나와 우리 가정의 역사 이전에 우리 국가. 민족의 역사이다. 의와 불의, 선과 악이 흑백논리 선상에 섰던 때를 증명하는 우리의 아픈 역사이기도 하다.

내게 사진 한 장 남기지 아니하신 아버지. 얼굴조차 기억해내지 못하는 이 아들에게 무엇을 가르치려 하심인가? 성장함에 따라 아버지의 얼굴, 그 목소리를 나만의 깊고 또 깊은 침묵의 오랜 세월 속에 그려내곤 하였다.

대학을 졸업하던 해 어느 날.

우연한 기회에 살아 계시는 아버지의 모습과 얼굴을 찾게 되었다. 내 생의 최고의 기쁨이었다.

어느 잡지에서 아버지를 찾았다. 다름 아닌 바로 안톤 체호프이다. 몇 편의 일기와 편지 그리고 간단한 생애였다.

술, 마약과 매음의 소굴. 모스크바 빈민가 단칸방에서 한 가족이 뒹구는 극빈의 생활 속에서 모스크바 의과대학을 졸업한 체호프. 의사국시를 치르고 난 그가 일기를 썼다.

"이젠 나도 의사가 되었다. 사회로부터 존경 받고, 러시아 귀족사회 사교 모임에 자유로이 드나들며 명사들과 사귀고 어울리게 되었다. 부를 이루며 가족 모두 굶주림이 없는 풍요롭고 행복한 삶을 누릴 수도 있게 되었다. 가족과 내 주위 모두가 그러한 꿈과 기대로 들떠 있고, 그들이 진정 내게 바라는 모든 것이다. 그러나 어찌 나의 마음은 이들과 다른가?"라고 자기 내면의 깊은 고독을 토해냈다.

이러한 체호프의 고뇌는 바로 아버지의 고뇌였고 나의 고뇌이기도 했다. 6년 동안 고뇌하던 나의 마음에 횃불이 되었다. 꿈에 대한 새로운 확신과 용기를 불어넣어 주었다.

이미 문인으로 더 크게 인정받은 체호프는 의업에도 열정을 쏟았다. 문우들로부터 집요한 권고를 받는다. 두 마리의 토끼를 쫓지 말라고. 작가로서의 역량과 위대성을 인정하고 건강을 염려하는 우정이었다. 그러할 때라도 체호프는 자기 진실에 더 충실하며 자기 확신을 지켰다. 그리고 벗에게 답신했다. 두 마리의 토끼를 쫓음이 아니라, 두 연인을 둠과 같이 서로서로 더 불타는 열정과 보탬이 된다고.

타간로크 바닷가에서 갈매기의 꿈을 키우며 자랐던 체호프. 격변의 러시아 소비에트 소용돌이 속에서도 자신의 꿈과 행동적 실천에는 일호의 변함이 없었다. 결코 떨쳐버릴 수 없는 진정한 휴머니즘에 불타는 정열은 의료와 작가활동에 쏟아졌다. 돌아오지 못할 영원한 사지 사할린도 그에게는 멀지 않았다. 사재를 털어 학교와 도서관을 세우고 농민 상대 무료 진료 등 교육, 의료 활동을 계속하던 메리호보는 그의 영원한 꿈의 고향이었다. 작가로서의 열정은 그곳에서 희곡의 첫발을 내딛기까지 한다. 그의 첫 희곡 〈갈매기〉는 지금도 모스크바 하늘 예술극장에 날고 있다.

이상과 자기 진실에 몰두하며 모든 열정을 불태웠던 체호프의 삶은 명예와 부귀영화와는 멀었다. 좌절과 고독, 그리고 피를 토하는 질고의 연속이었다. 40대 만혼의 행복도, 휴양지 얄타에서의 달콤한 사랑도 잠시뿐 그의 모든 열정과 고독은 44세로 막을 내려 모두의 곁을 조용히 떠나갔다.

"참으로 고독이 두려운 사람은 결코 결혼하지 말라"고 한 그의 고독을 헤아리면 가슴이 저려온다. 체호프만큼 고독하고 그 고독을 초월했던 사람이 있을까? 그로부터 안톤 체호프는 나의 살아 계신 아버지가 되었다.

여러 날이 지나서 그분이 체호프의 초상화를 완성해 가져왔다.

안방에 정중히 모셨다. 드나드는 부인 친구들의 눈길이 미친다. "저분이 누구시니?" "애들 아빠가 가장 존경하는 분이셔!" "시아버님이시구나." 모두 그렇게 믿고 있어 내겐 더 큰 기쁨이다.

1970년, 의사에의 길 나의 기본 좌표를 결정해준 사람은 빅토르 위고였다. 그로 인해 일반외과를 전공하고, 지금 우리나라 최서남단의 섬에 있다. 반면 나의 길에 신념과 용기를 불어넣고 늘 나의 현실에 대한 자성과 자책을 갖게 하는 분은 아버지이며 안톤 체호프이다.

역사는 시대적 상황 즉 변증적 상호모순 속에서 발전해 나가고 있다 해도 오늘의 나는 작은 진실 앞에도 움츠리고 나약해지는 것일까? 의사 생활 어느덧 20년. 아버지보다 14년을, 체호프보다 2년을 더 살고 있으면서도 이 모양 이 꼴인가? 모든 것이 어설프니 이 나약성을 어찌할까?

이 밤은 그래서 더 고독하다.

다시 벽면의 아버님을 마주한다.

"고독은 진실이다. 진실하라. 그리고 그 진실로써 고독하라. 그리하면 그 고독은 자유와 영원한 아름다움이다."고 이르신다.

(1993)

○

3대 비가조와 나

비가조悲歌鳥의 울음소리 속에 3대의 세월이 간다.

마르셀 프루스트는 실존적 절망과 고독 앞에서 비로소 긴 세월 동안 《잃어버린 시간을 찾아서》 나섰다. 제1부가 출간한 1913년부터 죽음 직전에 7부를 완성했으므로 그의 인생 말년의 10년 이상을 그는 '잃어버린 시공간' 속에 살며 행복을 누리고 51세를 일기로 떠났다.

섬에서 태어난 나는 유년 시절부터의 꿈을 좇아 중학을 마치고 1960년 비로소 섬을 탈출했다. 그리고 더 넓고 푸른 세상 중심을 향해 꿈의 돛폭을 펼쳤다. 그런 1965년 봄 불현듯, 1950년 여름 6세 때보다 더 큰 총성이 울리고 그 총탄이 나의 뒤통수를 치고 지나갔다. 난 의식을 잃고 아무것도 보이지 않는 어둠 속에 가던 길바닥에 엎드리고 말았다. 그러자 어둠 속에서 목소리가 들렸다. 그는 다름 아닌 내가 돛폭을 편 세상 시인이었다. 그는 내 귀에 대고 속삭이듯이 "현대문명사회와 그 현대인들의 모든 병리는 저마다 그 자신의 마음의 고향을 상실한 데 있다." 그렇게 짧게 말하고 사라져 버린다. 비로소 섬이 보였다. 내가 보였다. 사랑과 꿈을, 나 자신의 원점을 버림으로써 비로소 그 길이 보인 것이다. 그로써 나는 다시 눈을 뜨고 다시 태어나 즉시 항로를 원점 섬으로 돌이켰다. 시인이야말로 진정한 의사였다.

섬으로 돌아오는 길이 떠나던 날보다 더 어려웠다. 그로 모든 뭍을 끝내고 40세가 되어서야 비로소 섬으로 돌아왔다. 그러나 청진기와 수술칼날 언어의 고향 섬은 진정한 고향 섬이 아니었다. 침묵의 고도 그 언어를 찾아 병원 문을 못질하고 망망대해로 나아갔다. 그리고 대한해협, 동지나해, 필리핀해, 남지나해, 자바해, 남태평양, 인도양, 안다만해를 돌아 부산항으로 돌아오는 45일 간의 유랑항해 뱃길 바다! 인류 동서 문명문화가 끊임없이 교차하고 마주치는 뜨거운 적도바다에서 비로소 나의 무의식 속에 잠들어 있는 침묵언어 《적도바다에 들려오는 영혼의 모음》으로 또다시 태어났다.

그 적도바다에 끊임없이 바람 불고 파도치는 침묵의 언어들! 그 시공간이 다름 아닌 영원한 생명의 '역사현실'이었고, 그 자리가 내게는 프루스트와 전혀 달랐다. 프루스트는 '잃어버린 시간'을 찾아 나섰다. 곧 이미 '지나가버린 날들'을 찾아 나선 것이다. 그러나 나의 그 시공간 속엔 모두가 '이미 죽고, 묻히고, 지나가고 사라져 버렸다.'고 하는 그 모든 것들과 그 시공간이 나 자신의 '오늘 지금'으로 나와 함께하기 시작했다. 그리고 그 '오늘'은 다름 아닌 '영원한 꿈의 내일'이었다. 곧 모든 어제가 영원한 내일의 오늘로 실재하기 시작했다. 바로 그것이 펜으로 다시 태어난 최대의 기적이었다. 과거엔 사유와 상상으로만 바라보던 모든 것들이 감각실체로서 물아일체였다. 장자莊子의 무한한 기쁨의 자유自遊 그 호접몽의 나비가 그런 자리만 같았다. 결국 나 자신의 원점 고향 섬을 찾은 것이다.

그러자 모두가 잠든 침묵의 밤이야말로 잠든 나의 모든 영혼의 숨결이 깨어나 파도치는 순간이다. 달과 별빛 찬란하고, 비바람 눈보라 치는 넓은 창가에서 홀로 미친놈이 되어 날을 새는 날이 다반사가 되었다. 그러다 계절 따라 펜의 자리를 박차고 나가 몽유병자처럼 온 섬 길을 밤새도록 달리며 아침을 맞기도 한다. 섬 산발치 억새며, 개여울에 무성한 갈대, 겨울 길가 푸석푸석 메마른 풀잎들에서 이는 바람과 파도의 숨결들 그 감각들은 어떤 악곡들보다 넘치는 악상들이다.

낮에는 진찰실과 수술실에서 땀 흘리고 밤이면 잠들 줄 모르는 그런 나더러 서울에 있는 한 친한 선배가 "글이 도대체 뭐냐?"며 건강을 생각하라 한다. 말할 수 없다. 말하면 더욱 미친놈이 되고 말기 때문이다. 그러나 선배로서 너무 진진하고 집요하게 캐묻는 바람에 대답할 수밖에 없었다. "형님, 웃지 마세요. 삶과 수명, 건강과 행복을 어떻게 여기십니까? 형님에게 100년은 100년일 것입니다. 그러나 저에겐 이런 하룻밤이 백년, 천년, 억년이 된다면 믿겠습니까? 때문에 말하지 못합니다." 그러자 종교적인 이야기로 받아들인다. "형님, 그런 내생의 이야기가 아닙니다. 바로 지금 오늘의 자리 그 실체입니다. 오감을 비롯한 가슴의 감각 실제로서의 시공간 말입니다. 그 자리는 자신이 직접 체감하지 아니하면 어느 누구도 인정할 수 없는 것입니다." 선배는 고개를 갸웃거렸다. 그런 얼마 후 많은 시를 써 가지고 내려와 봐 달라며 시인이 되겠다고 했다.

모두가 새롭고 특별한 것을 좋아한다. 우리의 동경과 그리움은 분명 그렇다. 예술의 창조성도 그런 자리이다. 때문에 모두가 변화 없는 일상이 권태롭고 피로하다. 그러나 과연 그 모두에게 얼마나 뜨겁게 밀착하여 그들과 함께하며 그들의 침묵 밀어들을 보고 들어보았는가? 그 모든 생명들의 놀라운 변화 신비를 체감하는가? 그들 하나하나가 품고 있는 우주의 시공간을 과연 보고 느끼는가? 그런 실체 실감이 아니었다면 프루스트가 그토록 '잃어버린 시간을 찾아' 긴 날을 바치지 못했으리라. 그에게 있어선 '잃어버린 날'조차 그랬거늘 하물며 그 모두가 영원한 날의 오늘 속에 숨 쉬고 있는 자리에서야. 인간의 사유와 언어의 최고 최대 기적과 신비는 바로 그러한 감각실제의 시공간이다. 보편적인 자리에선 초월인지 인식이라 하리라.

바로 그러한 나의 침묵언어들 '꿈의 역사현실'에 3대 비가조가 있다.

할머니는 봄 뒷동산 두견이이다.

어머니는 섬 개여울 갈대밭 어미새 개개비이다.

그리고 누나는 밤 물가에서 홀로 물을 쪼는 물깍새이다.

이 세 비가조들의 비창이 아니라면 나는 존재할 수가 없었다.

두견이는 1950년 여름에 영감과 두 아들을 보내고, 산 밑 비탈밭에 홀로 목화씨 뿌리는 늙은 홀어미 등 뒤에서 그를 벗하며 계속 울어주었다.

개여울 갈대밭 어미새 개개비는 눈물 아롱아롱 피리 불고 가신 님이 노 저어 오실 오월의 개여울 푸르고 무성한 갈대숲에 숨어서 빼꾸기 새끼 사랑의 둥지를 틀며 연가를 흥얼거린다.

물깍새는 날이 저물면 비로소 개울이나 저수지며 논벌 등 물가에 숨어 홀로 물을 쪼으며 밤새도록 운다. 1951년 초등학교에 들어간 해 여름 어느 저물녘, 누나와 함께 들에서 집으로 돌아올 때 그 물깍새 소리를 처음 들었다. 유년에도 분명 들었을 일이지만 듣지 못했다. 누나에게 그 새를 묻자 '물깍새'라 했다. 몸집이 아주 작고 숨어서 살고 울기 때문에 보기 어려운 이쁘고 고운 새라 한다. 그러나 지금까지도 그 물깍새를 보지 못했다. 더불어 어떤 새인지도 모른다. 다만 누나와 나에게 '물깍새'일 뿐이다.

할머니는 내가 고교에 입학한 해에 떠나셨다. 그리고 내가 고향 섬에 돌아온 봄부터 밤이면 두견이가 철마산에서 집 마당 모과나무에 날아와 울곤 했다. 펜을 잡고 두견이와 함께 밤을 보낸다. 몇 년을 그렇게 하더니 두견이가 그만 발걸음을 끊어버린다.

그렇게 두견이가 오지 않자, 봄비가 보슬보슬 내리는 이른 아침에 알 수 없는 새가 넓은 거실 창 바로 앞 단풍나무에 날아와 울다 간다. 소리가 아주 작고 여리며 곱다. 아무리 보려고 애를 써도 얼마나 작은지 끝내 보이지 않는다. 모습을 보여주지 않는다. 봄비가 내리는 이른 아침이면 반드시 찾아와 꼭 나와 마주한 단풍나무에서 울고 간다. 그를 무어라 할까? '비가조'라고 했다. 맨 처음 개여울 갈대밭의 개개비, 붉은 오목눈이를 확인하지 못했을 때 그를 '갈대새'라 한 것처럼. 그러나 그 비가조는 아직도 확인하지 못했다.

그렇게 또 수년을 보내자 비가조마저 발길을 끊어버린다. 그로부터 나는 오월이면 개여울로 나선다. 빈 낚싯대 하나로. 다시 푸르른 무성한 갈대밭 개여울 수로 물가에 홀로 앉아 대끝을 드리우고 개개비들의 연가에 취한다. 그들도 왜 갈대숲에 숨어서 울까? 여간해선 모습과 얼굴을 보기 어렵다. 또 그들은 왜 자신의 새끼들을 모두 둥지 밖으로 밀어내 강물에 떨어뜨려 죽이고 둥지를 독차지하는 그 의붓자식 뻐꾸기 새끼들을 키울까? 알 수 없는 숙명이다. 그 개개비 어미새들의 갈대밭 연가가 아니면 나의 계절 강물은 흐르지 못한다.

그리고 총성이 다시 터지는 유월 초여름 밤이면 나는 어김없이 차창을 가득 열고 섬 들길을 달린다. 가장 큰 불행과 절망과 슬픔 속에 알 수 없는 평화의 신비! 그 초여름 밤 들개구리들의 합창을 듣기 위해. 그리고 또 빈 대끝으로 들녘 저수지나 둠벙 물가에 조용히 홀로 앉아 밤을 보낸다. 개구리들이야 사람이 있으나 없으나 자기들 세상이지만 물깍새는 다르다. 참으로 없는 듯 조용히 홀로 있어야 한다. 낚시 봉돌 던지는 소리까지 죽여가며.

그렇게 오랫동안 물가에 있으면 개구리들의 울음소리가 좀 줄어들 무렵 비로소 쪽 쪽 쪼족~ 물깍새가 물을 쪼며 운다. 바로 발끝 앞인데 도무지 보이지 않는다. 왜 그는 저토록 숨어서 물을 쪼며 울까? 그 비밀을 알 수가 없다. 다만 그 소리에 이끌려 그 물가에서 날을 새곤 한다.

어머니도 고향 섬에 돌아와 십년, 칠십을 넘지 못하고 그만 훌쩍 떠나신다. 그러더니 평생처럼 그 어머니 뒤따라 물깍새 누나도 훌쩍 떠난다.

어머니와 나 그리고 아내가 키운 아들이 30세로 너무 일찍 떠나자 아무래도 그 아들이 더 보고 싶어 떠나신 것이리라.

별리의 슬픔은 왜 이토록 떠나는 사람보다 보내는 이의 가슴이 더 아플까?

나의 일생은 수없이 떠나고 보내는 연속이다.

그러나 나는 그 아무도 떠나보내지 아니했다.

내가 먼저 떠나기까지는.

그 모두가 여전히 오늘 속에 나와 함께 한다.

오늘도 변함없이 나의 물가엔 계절 따라 두견이, 개개비, 물깍새 운다.

나는 죽어 무슨 새가 될까?

아무래도 슬픔을 모르는 어릿광대 웃음의 새가 되리라.

(2013)

○

석장 길

길가에 말라죽은 나뭇가지 지팡이 하나 없이 평생을 홀로 가는 길. 어찌 고귀한 스님들의 길 그 석장錫杖을 생각하랴.

오늘은 불현듯 엄습하는 고독 속에 혜초 스님을 다시 만난다. 끝없던 침묵의 길, 그 험로의 긴 여정의 언어들로써.

용문龍門엔 폭포조차 끊기고
정구井口엔 뱀이 서린 듯 얼음이 얼었구나.
불을 들고 땅 끝에 올라 노래 부르리
어떻게 저 파미르고원을 넘어 가리오.

그대 서번西蕃이 멀다 한숨짓는가!
나는 탄식하네, 동쪽 길 아득하여
길은 거칠고 설령雪嶺 높은데
험한 골짝 물가에 도적떼 소리치네.
새는 날아가다 벼랑 보고 놀라고

사람도 가다 길을 잃는 곳
한 생애 눈물 닦을 일 없더니
오늘은 천 갈래 쏟아지네.

고향엔 주인 없는 등불만 반짝이리.
이국 땅 보배로운 나무 꺾였는데
그대의 영혼 어디로 갔는가?
옥 같은 모습 이미 재가 되었거늘
생각하니 서러운 정 애끊고
그대 소망 이루지 못함 슬퍼하노라.

누가 알리오, 고향 가는 길을
흰 구름만 부질없이 바라보는 마음
외로운 배 달빛 타고 몇 번이나 떠나갔건만
이제껏 구름 따라 한 석장錫杖도 돌아오지 못했네.

—혜초, 《왕오천축국전》 중에서

혜초 스님의 끝없는 유랑길 고독이 가슴 절절 눈시울 뜨겁다. 아무래도 나도 당초 그런 유랑자로 점지되고 태어난 것만 같다.

1200년 동안 타림분지 타클라마칸 사막의 출입구 돈황석굴에서 잠들어 있었다가 1908년에야 햇빛을 본 자리! 혜초 스님의 그날 그 길의 시정만이 길 앞에 다시 가득하다. 가족들과 온 세상 모두가 잠들고 밤하늘 강에 별빛들만 차갑게 흐르고 창가에 바람과 파도소리만 세찬 길! 어찌 홀로 가슴 벅차고 뜨겁게 눈시울 젖지 않으랴.

당시 동서비단길을 동서로 가로지르고 남북으로 가로막고 선 천산산맥, 파미르고원, 힌두쿠시산맥, 카라코람산맥, 곤륜산맥, 히말라야산맥, 티베트고원과 광활한 타림분지의 타클라마칸사막을 가로지르는 멀고 험한 길을 가며 읊은 시들! 이 자리들이 어찌 성당기 최고 서정시 시선 이백의 고향길 〈촉도난蜀道難〉만 못하랴. 고독한 내 영혼의 모든 실존을 사로잡는다.

신라승 혜초 스님은 15세 때 고국 신라를 떠나 중국 광주廣州에서 인도 승려의 문하에 들어가 밀교를 배웠다. 그리고 스승의 권유로 19세쯤 인도로 구법여행을 떠났다. 4년 동안 인도를 여행하고, 카슈미르, 아프가니스탄, 중앙아시아 일대를 두루 답사하고 다시 장안으로 돌아온 것은 30세 전후였다. 히말라야를 중심으로 하는 지구 최고봉들의 거대한 산맥들의 험준한 고산준령을 넘고 광활한 사막 길을 가는 비단길을 약 10년간 계속 유랑한 셈이다. 장안에 돌아와선 도량을 열고 스승과 함께 경전을 연구하고, 스승이 죽자 780년 오대산으로 들어가 불경 번역을 하다가 787년에 입적하셨다 한다.

혜초 스님께서 살아 있을 때 신라로 귀국한 적은 없다고 한다. 인도의 불교유적지들을 돌아보며 카슈미르와 아프가니스

탄 및 중앙아시아 일대를 멀리 유랑하며 여행한 기록《왕오천축국전往五天竺國傳》은 인도印度의 오천축국五天竺國을 중심으로 답사한 여행기로서 1200년 동안 잠들어 있다가 1908년 불란서 동양학자인 펠리오에 의해 중국의 감숙성甘肅省 돈황燉煌 석굴에서 발견되었다. 당시 인도·서역西域 등의 각국 종교와 풍속, 기타 문화에 관한 기록이 많다. 그때 벌써 불타佛陀의 유적은 황폐했고, 어느 큰 사원에는 승려가 3000명이나 있어 유지하기 어려운 곳도 있다고 했다.

오늘엔 우리 모두에게 영상으로 잘 알려진 동서비단길 천산북로와 남로 그리고 차마고도 등! 나라를 잃은 티베트 구도자들이 오늘도 변함없이 그들 영원한 불전 라사궁전을 향해 오체투지로 그 멀고 험한 차마고도를 넘는 모습은 바라보는 모두의 가슴에 침묵의 영원한 영혼을 더욱 뜨겁고 가장 선명하게 안겨주곤 한다. 그들에게 석장은 오직 하나, 부처님!

늘 푸른 바닷가왕국의 청라언덕을 달음질치던 유년 시절, 마을 서쪽 넓은 벌 끝엔 언제나 웅장하고 거대한 바위산이 우뚝 서 있었다. 할머니는 나와 우리 마을 아이들 모두가 그 바위산 마애여래 부처님 음덕으로 태어났다고 하셨다. 눈만 뜨면 가슴 앞에 우뚝 선 그 바위산 부처님 침묵이 스스로 말을 하며 꿈을 안겨주는 '큰 바위 얼굴'이었다.

그런 유년 1950년 6세 때 폭풍해일이 불현듯 바다를 건너와 왕국과 왕국의 남정 어른들을 모두 쓸어가 버리고, 남정이라곤 나만 홀로 텅 빈 바닷가에 우두커니 서고 말았다. 이듬해에 학교에 들어가 시오리 산마루 길을 넘던 어느 날 집에 돌아와 부처님 전설의 바위산을 향해 곧게 쭉 뻗은 신작로를 무심코 홀로 터벅터벅 걸었다. 그때 바위산 쪽에서 오시는 스님과 마주쳤다. 가까워지자 낯선 스님이라 그냥 고개를 숙이고 내 생각에만 잠겨 지나칠 때 스님께서도 지나치시며 혼잣말로 "나와 같은 산山의 사람으로 태어난 아이가……." 끝말을 잇지 아니하시고 혀만 차시며 가신다. 왜 나를 붙들어 세우고 끝말을 맺지 않으실까?

척 보면 당장 모든 사람의 전생과 후생까지 다 안다는 스님. 비로소 유년의 바위산 마애여래 부처님 전설이 앞에 섰다. 과연 내가 산으로 가야 할 사람으로 태어난 것일까? 할머니 말씀으로 보면 나는 이미 그렇고. 그러나 이제는 남은 아낙들 이끌고 들길을 달려야 할 사람! 스님의 말씀이 옳다. 그러나 왜 혀를 차셨을까? 내가 나의 그 길을 다 가지 못하고 죽고 마는 것일까? 궁금했다.

그리고 석장 하나 없이 홀로 가는 길. 1970년대 20대 후반이 되어서야 그러니까 1951년 7세 그날로부터 20년이 지난 후에야 비로소 내가 산의 사람 피로 태어났다는 사실을 확인했다. 내게 그 피를 주신 조상님이 다름 아닌 고교 시절 겨레역사에서 배운 여말선초 그 유명한 원진국사元稹國師 일명 도연道衍 국사님이셨다.

국사님은 당초 고려 충렬왕과 충선왕 때 시중이요 군君까지 되신 수운 정통水雲 精通 공의 아들로 태어나 공민왕조 때 시중이 되신 청간 조한룡淸簡 曺漢龍 공이시다. 학문이 높고 시와 문장이 신라 최치원에 견줄 만하다는 고려 8학사 중 한 분이셨다.

그런 중 손자인 희직希直이 정언正言으로서 간신을 끝까지 탄핵 상소하다가 고려조에 대대로 고위직으로 국정에 참여한 명문벌족이 일시에 철퇴를 맞고 풍비박산 뿔뿔이 흩어질 때 상소의 장본인인 손자 희직은 남쪽 절해고도 진도로 유배되고, 시중인 창간 한룡 공은 송도에서 멀지 않은 내륙으로 유배되었다.

뒤늦게야 공민왕이 깨치고 간신을 주살한 후 한룡 공만 다시 불러 시중에 앉히고 기우는 고려왕조를 다시 일으켜 세우라 했다. 그로 시중 한룡 공께서 포은 정몽주, 목은 이색 등과 함께 기우는 고려를 다시 일으켜 세우려고 갖은 애를 다 썼으나 이성계 일파에게 날로 피만 부를 뿐 고려의 해는 이미 수양산 너머로 떨어지고 있었다.

그로 한룡 공은 시중의 옷을 벗고 삭발하고서 자신을 '세염洗染'이라 하고 붓을 들어 시 한 수를 써서 자신이 송도를 떠난 후에 포은에게 전하라 하고 조용히 송도를 떠났다. 그리고 유구한 겨레 태백 줄기를 따라 찬란했던 천년신라 서라벌 토함산을 향했다. 청간이 떠난 후 비로소 남긴 시를 받아 본 포은은 "청간마저 떠났으니 이제 고려는 영영 망했구나!" 하고 땅을 치고 통곡하며 곧바로 선죽교 일편단심 고려의 강물이 되었다.

그렇게 포은이 고려의 몸뚱이를 굳게 붙들 때 세염은 삼국시대로부터 겨레백성 속에 굳게 이어진 불교 그 고려의 영혼을 굳게 붙잡고, 고향 땅 나주 벌 불회사佛會寺의 선승禪僧이 되셨다. 불회사는 백제 때 동진승 마라난타 스님이 백제 땅에 최초로 세운 사찰이다. 불회사에 안착하신 세염 스님께서 억불승유의 여말선초에 불업佛業을 다시 크게 일으켜 세웠다. 그사이 고려는 망하고 조선이 들어섰고, 이태조가 신하들의 빗발치는 반대를 무릅쓰고 세염의 불업을 돕고 원진국사 작위까지 내렸다. 그리고 입적하자 태종이 또다시 빗발치는 신하들의 반대를 물리치고 '여충선효麗忠鮮孝'라는 친필을 내려 고향마을 나주 다도면 효자리에 비를 세우라 했다.

한편 진도로 유배된 희직 공은 고려가 망하고 조선 이태조가 거듭거듭 불렀으나 섬 유배정자 '압구정狎鷗亭' 주인으로 넓고 푸른 바다 개뜰의 갈매기와 시의 붓만을 벗하고 고도의 '한 줌 푸른 겨레 강물' 길을 달리고 떠났다. 그 '진도 호장'의 자리에서 진도의 역사는 다시 서고 희직 공 후손들이 조선조 진도 역사와 정신의 중추가 되었다.

이런 역사적 사실들을 다 알고서야 비로소 유년의 할머니와 내게 왕국을 넘겨주신 할아버지 그리고 길에서 마주친 스님의 말씀이 모두 맞고, 내가 이미 도도한 겨레 붓대 유교유학의 선비와 영원한 겨레의 맑고 고운 영혼의 부처님 숨결 그 두 자리 피로 타고난 사실을 알았다.

그러나 어느 하나도 현실적인 석장 없이 홀로 가는 길은 갈수록 벅찼다. 언제 그 길이 끝날까? 그날만을 향해 고산준령들을 넘고 끝없이 바람 불고 파도치는 풍랑의 밤바다를 항해했다. 그리고 그 길 40세가 되어서야 가까스로 끝내 본향섬으로 돌아와 아직도 찾지 못한 넓고 먼 바다에 내던져진 나 자신의 고도를 다시 찾아 병원 문을 못질하고 법정 스님의 '무소유' 그 석장 하나 꼭 붙잡고 인류대망의 망망대해 바다로 나섰다. 그리고 동서 문명이 끊임없이 마주치고 파도치는 뜨거운 적도바다를 45일간 유랑 표류하는 바다에서 비로소 모든 인류 영혼의 모음 그 언어로 다시 태어났다.

그렇게 펜이라는 언어로 다시 태어나고 보니 그때서야 비로소 그 언어들이 석장이라는 사실을 알았다. 그동안 나 홀로 길을 터벅터벅 침묵으로 걸었다고 믿었던 그 자리에 이미 헤아릴 수 없는 석장들이 그토록 나를 주저앉지 아니하고 끝까지 길을 가게 한 자리였다.

그러고 보면 현실로 내 길 앞에 있고 눈에 보이고 직접 손에 잡고 기댈 수 있는 석장보다 그 석장들이 단 하나도 없는 고독 속에 오히려 위대하고 아름다운 석장들이 훨씬 많았다는 사실 앞에서 비로소 나는 진정한 행복을 소유한 사람이었다.

고독한 인생길 나그네들은 한결같이 유년쯤 어린 날에 석장을 다 잃은 사람들이다. 그 자리엔 붓다처럼 어머니인 경우가 의외로 많다. 그렇게 석장 없이 홀로 가는 길처럼 외롭고 고독한 길은 없다. 그러나 바로 그 점이 길에서 훨씬 헤아릴 수 없는 석장들을 만난다. 그 길을 함께 가는 사람들이 그냥 스치고 지나가는 자리들에서. 그리고 보통 사람들과는 다른 꿈과 길을 찾고 만들어낸다. 곧 또 하나의 석장을 만들어내는 것이다. 고독의 고귀하고 아름다움이 거기에 있었다.

길가에 말라 죽은 나뭇가지 지팡이 하나 없이 평생을 홀로 달려온 길에 감히 고귀한 스님들의 길, 그 석장錫杖을 어찌 생각했으랴만, 결국 무수한 석장들이 내가 쓰러질 때마다 일으켜 세워 이토록 칠순 되도록 아무 탈 없이 멀고 험한 길을 다 달려온 것이다. 그러나 고귀한 산길 님들의 만분의 일 석장 길도 못되니, 7세 때 신작로에서 마주친 스님께서 그때 오늘의 나를 보시고 혀를 차신 것이다.

고독한 이들이여 석장 하나 없다고 슬퍼하지 말게나.
외롭고 쓸쓸하다 여기지도 말게나.
그대가 손에 쥐고 의지할 그 석장 하나가 없음으로 그대는 오히려 훨씬 아름답고 고귀하며 위대한 석장들을 더욱 풍요롭게 소유하고서 그대의 길을 활기차게 가리니.
고독은 침묵이요, 석장은 언어!
이제는 당장 훨훨 날아가도 좋은 날
흰 구름만 부질없이 바라보는 마음

외로운 배 달빛 타고 몇 번이나 떠나갔건만

이제껏 구름 따라 반 석장錫杖도 돌아가지 못했네.

(2012)

○

별이 빛나는 밤

로스앤젤레스 산타나 파도 철썩거리는 해변! 밤하늘에 별이 빛난다. 소녀는 모두가 잠든 고요한 밤이면 집 뒤뜰에 나와 은하에 노래를 띄운다. 북두칠성이 바다를 향해 내려앉고, 카시오페이아가 중천으로 올라설 때까지.

소녀는 어언 고교생. 수준급 플루트 연주자이다. 소녀가 언제나 맨 먼저 연주하는 곡은 〈오빠생각〉! 밤 파도소리 드넓은 대양의 어둠 속에 잠긴 저편! 별나라만 같은 멀고 먼 어머니의 나라 작은 섬을 향해. 유년에 어머니에게 어머니 나라의 말로 맨 먼저 배우고 익힌.

뜸북뜸북 뜸북새 논에서 울고
뻐꾹뻐꾹 뻐꾹새 숲에서 울제
우리 오빠 말 타고 서울 가시면
비단구두 사가지고 오신다더니

기럭기럭 기러기 북에서 오고
귀뚤귀뚤 귀뚜라미 슬피 울건만
오신다던 오빠는 소식도 없이
나뭇잎만 우수수수 떨어집니다.

어느 사이 소녀의 눈시울이 풀잎에 내린 밤이슬로 젖는다. 대양 먼 저편 어머니 나라 남쪽 바다 작은 섬이 보인다. 어머니의 소녀시절도 보인다. 그 오빠가 여름방학 때면 큰 도시에서 시골 섬집에 내려와 뜸북새 우는 논둑에서 마른 지심을 주워 지게에 지고 와 초가집 마당에 모깃불 피워놓고 덕석 깔고 저녁밥을 먹은 후 달이 뜨고 초가지붕 박꽃이 달빛과 별빛에 더욱 하얗고 곱게 피는 밤 그 달과 별빛들을 모두 덕석에 들여앉히고 어머니가 오빠와 함께 밤이 새도록 가장 행복하게 불렀던 '오빠생각'의 날들이 파도친다. 그 외삼촌이 어떻게 생겼을까? 왜 자신에겐 그런 오빠가 없을까?

다섯 살 때 비로소 어머니 따라 어머니의 나라에 갔었다. 섬이 아니었다. 남도에서 가장 크고 화려한 대도시 빛고을이다. 그날의 시골 섬 오빠인 외숙은 미국에서도 우러르는 의사다. 그럼에도 외할머니와 외숙 그리고 외숙모가 왜 이토록 너무 작고 초라한 단칸 셋방에 살고 있을까? 그리고 차도 없을까?

외숙모는 아주 귀여운 남동생을 낳았다. 이름이 '창우'다. 그 이름을 아무리 불러도 '차우! 차우!'밖에 되지 않는다. 그래도 아직 말도 못하는 녀석이 누나를 알아보고 부르면 돌아보며 웃는다.

어머니가 입혀주는 오색 무지개 색동옷 입고서 광주공원 놀이터에서 한국 아이들과 신나게 놀았다. 외숙은 택시를 타고 엘에이엔 없는 높고 크고 아름다운 무등산 구경을 시켜준다. 그곳에서도 뛰놀며 신나게 놀았다. 미국보다 가난하지만 더 아름다운 나라다. 만나는 아이들마다 모두가 낯을 가리지 않고 친절하고 즐겁다. 어른들도 모두가 예쁘다고 칭찬하며 머리를 쓰다듬어주는 참으로 행복한 나라다.

그리고 초등학교 시절에 어머니는 다시 동생 마리오와 함께 나를 데리고 울며불며 다시 갔다. 그때는 빛고을 광주가 아닌 당초 남쪽 바다의 작은 섬이다. 외숙이 훌륭한 전문의사가 되어 고향 섬으로 다시 돌아온 것이다. 그런데 외숙이 섬에 돌아온 지 2년 만에 그만 큰 병에 걸려 죽을 고비를 넘기고 퇴원한 때였다. 그사이 외숙모는 두 남동생을 더 낳았다. 희철이와 희준이를.

외숙은 우리 모두를 데리고 낚시터에 간다. 처음 해보는 낚시! 던지는 즉시 파닥거리며 올라오는 '운저리'라는 고기낚시에 마리오는 어쩔 줄 모른다. 외숙은 또 우리 모두를 작은 고기잡이 배에 태우고 드넓고 푸른 바다에 무수히 떠 있는 초록빛 섬들의 바다비원을 보여준다. 이 세상에 이런 나라 이런 섬이 과연 또 있을까?

그땐 차가 있었다. 외숙은 차에 우리를 태우고 섬 곳곳을 누비며 다 구경시켜준다. 그리고 어느 날 바닷가 모래밭을 질주하다 차가 그만 갯벌에 빠져버렸다. 마을에서 털털거리는 경운기가 와서 가까스로 끌어냈다. 그때 외숙이 껄껄껄 웃음을 터뜨리는 모습이 마치 아이와 같다. 수술을 하거나 병원에서는 무서운 호랑이지만, 그렇지 않을 때는 아이와 같고 가장 재미있는 사람이다.

또 외할머니는 하나뿐인 외숙의 병을 빨리 낫게 해주십사 하고 산에 가서 조상님들 무덤 앞에서 성대하게 상을 차리고 무당과 함께 하루 종일 굿판을 벌인다. 엎드려 계속 절을 하며 두 손을 싹싹 빈다. 미국 성당의 예배와 기도를 어찌 여기에 비교할 수 있을까? 이런 산기도 정성의 대 굿판은 다른 어느 나라에도 없으리라. 정말 어머니 나라 사람들은 특별한 사람들이요, 하나님의 축복을 받을 수밖에 없는 나라다. 모두 함께 하나님을 믿으면서 걸핏하면 얼굴 낯빛 차별로 문제를 일으키는 슬픈 나의 나라 미국보다 더 잘살게 되리라. 이같이 두 차례 어머니의 나라 방문은 나에게 아름답고 행복하고 신비하고 충격적인 감동들을 안겨주었다. 나도 외숙처럼 아무리 나이를 먹어도 아이와 같은 사람이 되고, 병으로 고생하는 사람들을 사랑하고 치유하는 사람이 되려고 결심한다.

그러나 소녀가 중학교와 고등학교로 진학할수록 자신의 가무

잡잡한 피부와 얼굴을 본다. 미국이 만민평등, 자유인권과 평화 공존을 외치지만 그것은 '양가죽'과 '회칠한 무덤'이다. 속은 새카맣다. 그런 공동체에서 집안이 엉망진창! 슬픈 모순 덩어리이다. 할아버지는 당초 에스파냐 사람이요, 할머니는 멕시코 사람이다. 그 두 피가 섞여 아버지가 태어나고 미국시민이 되었다. 그리고 그 아버지가 다시 전혀 낯설고 새로운 동방의 나라 어머니와 결혼을 하였다. 그래서 집안이 온통 서로 다른 피요, 그 다른 피들이 섞여 태어난 신종 인류이다. 바로 그런 자리에서 소녀 엔젤라(천사)는 밤하늘에 별이 빛나는 밤이면 홀로 뒤뜰에 나가 플루트 연주를 시작한 것이다. 자신의 깊고 무거운 침묵의 말들을 어찌 다 홀로 주체할 수가 없는 가슴에서.

소녀는 어느 사이 푸치니 가극 〈토스카〉의 아리아 '별이 빛나건만'을 연주한다.

그리고 또 〈나비부인〉의 '어떤 개인 날'도.

그리고 또 이어지는 중남미 라틴아메리카 전체가 스페인의 식민지가 되어 노예 무역선들이 대양을 누비던 시절, 그 무역선들이 수많은 흑인 노예들을 아프리카와 유럽에서 싣고 와서 아바나 시장에서 흰 얼굴들 간에 팔고 사 다시 무수한 카리브해 환초 섬들로 떠나던 날, 스페인 이라디에르가 그곳 아바나 지방의 노예들이 부르는 하바네라 곡에 붙인 '라팔로마-흰 비둘기'를 연주한다.

배를 타고 아바나를 떠날 때 나의 마음 슬퍼 눈물이 흘렀네.

사랑하는 친구 어디를 갔느냐 바다 너머 저편 멀고 먼 나라로.

천사와 같은 비둘기 오는 편에 전하여 주게 그리운 나의 마음을.

외로울 때면 너의 창에 서서 어여쁜 너의 노래를 불러주게.

아-기니타여! 사랑스러운 너 함께 가리니 내게로 오라 꿈꾸는 나라로.

아-기니타여! 사랑스러운 너 함께 가리니 내게로 오라 꿈꾸는 나라로.

눈시울 뜨겁게 젖는 소녀의 연주는 멈출 줄을 모른다.

그날에 쿠바 사계 들녘에 그칠 줄 몰랐던 원주민과 검은 피부 노예들의 노래가.

관타나메라 과히라 관테나메라

관타나모 농사짓는 시골아가씨!

관타나모 농사짓는 시골아가씨!

나는 진실한 청년이라오.

야자수 자라는 시골 출신이랍니다.

나는 진실한 청년이라오.

야자수 자라는 시골 출신이랍니다.

죽기 전에 내 영혼의 시를 쓰고 싶어요.

나의 시는 신선한 초록색이요

불타는 진홍빛 재스민입니다.

나의 시는 신선한 초록색이요

불타는 진홍빛 재스민입니다.

나의 시는 상처 입은 사슴입니다.

산에서 피난처를 찾는.

—쿠바의 아리랑 〈관타나메라〉

이제 소녀도 호세 마르티를 안다. 스페인 식민시대에 가장 위대한 시인이었다는 것을. 그러나 스페인 흰 얼굴들의 노예와 짐승이 되어 사계 들녘에서 땀 흘리는 원주민과 흑인들 앞에 시를 내동댕이치고 그들의 해방독립을 위해 혁명전선의 아버지가 되어 총을 들고 앞장서서 그 전선 관타나모에서 자신을 바쳤다는 사실을. 〈관타나메라〉는 그날에 쓴 시가詩歌이다. 소녀에겐 꼭 어머니 나라 한국 사람들의 〈아리랑〉만 같다.

플루트 소녀는 고교를 마치고 대학에 들어가 간호사가 되었다. 그리고 한 진실한 청년을 만나 서로 사랑했다. 어머니의 결사적인 반대에도 불구하고. 그의 피부는 자신보다 더 검다. 그러나 그가 그만 그 굳은 믿음을 저버리고 떠나버렸다. 사랑의 씨만을 뿌려놓고서.

소녀는 그 사랑의 생명을 낳았다. 그러자 그동안 그렇게도 죽일 년 살릴 년 하던 어머니가 그 핏덩이 생명을 안고 조용히 눈물을 흘리고 나서 키우며 저 깊은 바다 진주보석이네 하늘의 별이네 하시며 애지중지 어쩔 줄을 모른다. 그 딸애의 피부는 아예 숯처럼 검은데도. 그리고 자신을 다시 키우던 소녀시절처럼 사랑하신다.

그런 날 소녀는 저 남태평양 섬나라 밤하늘 십자성을 바라보며 마오리 여인들이 부르는 〈연가戀歌〉를 연주한다.

비바람이 치던 바다 잔잔해져오면
오늘 그대 오시려나? 저 바다 건너서
저 하늘에 반짝이는 별빛도 아름답지만
사랑스런 그대 눈은 더욱 아름다워라.
그대만을 기다리리 내 사랑 영원히 기다리리
그대만을 기다리리 내 사랑 영원히 기다리리

비바람이 치던 바다 잔잔해져오면
오늘 그대 오시려나? 저 바다 건너서
저 하늘에 반짝이는 별빛도 아름답지만
사랑스런 그대 눈은 더욱 아름다워라.
그대만을 기다리리 내 사랑 영원히 기다리리
그대만을 기다리리 내 사랑 영원히 기다리리

그대만을 기다리리 내 사랑 영원히 기다리리

—뉴질랜드 원주민 마오리족 여인들의 〈연가戀歌〉

그러나 이제 어머니가 되어버린 플루트 소녀는 일에 바빠서 별이 빛나는 밤 뒤뜰에 홀로 나가 플루트를 연주할 틈이 없다. 하지만 무수한 날의 그 밤하늘 은하의 별빛이 여전히 풀잎이슬에 반짝인다. 소녀 시절 밤하늘의 별로 반짝이던 꿈과 사랑이 어언 할머니, 어머니, 자신, 딸아이에게 침묵의 노래로 산타아나 해변에 파도친다. 과연 어느 날까지 이어질까? 그대만을 기다리리 기다리리.

(2014)

◦

분노의 세월

기어코 터지고 만다.

이제는 분노를 접고 떠나도 좋을 인생 칠십을 맞은 날에 전혀 엉뚱한 자리에서 차마 가눌 수 없는 분노가 터진다. 푸른 잎새 붉은 꽃잎들이 눈부시고 활기차게 한창 피어나는 봄! 이곳 내 고향 한반도 서남해역 232개 크고 작은 초록빛 섬들의 바다비원에서. 이미 눈물샘은 말라버린 싸늘한 어미 가슴에 다시 또 피지도 못한 생때같은 푸른 잎새 붉은 꽃잎들을 묻어야 할 가슴에 활화산처럼 폭발하는 분노만 치솟는다.

저 다도해 비원의 푸른 해원을 향해 "파도여! 파도여! 아, 또 누구인가?" 하고 청마靑馬와 '광야의 초인'이 되어 홀로 외치던 세월……. 다시금 1950년 6월 6세 그날의 쓸쓸하고 차가운 빈터의 허무! 바람과 파도의 세월이다. 우리가, 우리 사회가, 이 나라가 과연 '한 배를 탄 운명'들인가? 우리는 역사 세월을 너무 쉽게 망각한다. 모두가 이미 지나가고, 죽어 묻히고, 사라졌다고 하는 그 세월들이 왜 내게는 세월 갈수록 더욱 뚜렷하고 분명하게 언제나 오늘 속에 나와 함께 할까? 돌연변이일까? 홀로 실성한 놈일까?

6세 여름, 불현듯 폭풍해일이 울돌목을 건너와 포구마을 바닷가왕국을 휩쓸기 시작했다. 딱콩총소리, 은빛 날개 쌕쌕이들의 폭탄 불꽃놀이, 죽창몽둥이패들, 인민재판 등등 유년의 무수한 동화전설들보다 실감나는 현실에 나는 신바람이 나서 그 바람과 파도 속을 달렸다. 아무 근거와 이유도 없이—당시는 모두가 그랬다.—우리 마을 죽창몽둥이패들에게 쫓겨 달도 없는 밤길을 외가와 또 다른 마을로 수없이 달렸다.

그리고 돌아온 늦가을! 왕국도, 왕국의 남정들 할아버지, 아버지, 숙부 등이 모두 자취흔적도 없이 사라진 텅 빈 바닷가에 사내라곤 참으로 낯선 '어린 거지왕자'만이 홀로 우두커니 서고 만 자리! 비로소 나는 다시 태어났다. 바람과 파도, 바다와 섬, 나 자신이 비로소 보였다.

놀랍게도 그것은 또 하나의 새로운 신비기적! 그동안 무심코 스치고 지나버렸던 그 모든 것들이 비로소 보이고 들린다. 모두가 "지나갔다."고 하는 그 모든 것들이 "나의 오늘 속에 새롭게 피어나는 꿈의 이야기들"이었다. 내가 홀로 직접 만들고 꾸며서 모두에게 들려주어야 할 내일의 이야기들 말이다. 날로 더욱 또렷해지는 그 감각실제들의 꿈이 아니면 나는 모두와 함께 떠난 것보다 못한 참으로 불행하고 슬프고 초라하고 쓸쓸한 존재였다. 내 인생과 모든 꿈은 바로 그 자리에서 다시 출발한다.

나의 아버지를 포함하여 헤아릴 수 없는 젊은 겨레 꿈들이 목숨을 바쳐 쟁취한 겨레 해방의 새 출항부터, 겨레 세월호를 늙은 여우 이승만이 강탈했다. 그런 날에 참으로 작고 초라한 섬의 꿈 이야기가 가까스로 섬을 탈출하여 남도 무등 빛고을 교정에 들어선 첫봄 1960년, 피 끓는 분노의 우리 교정의 꿈들이 4·19 혁명의 노도가 되었다. 미처 목련꽃 그늘 아래서 베르테르의 편지를 읽고 답장을 쓸 틈도 없이 모두가 일제히 교정을 박차고 노도로 질주하던 빛고을 광장과 거리에 6세 그날처럼 총성이 다시 터지고, 꿈의 잎새와 꽃잎들이 푹푹 쓰러졌다. 그날에도 살아남은 자들의 가슴엔 처참하고 공허한 분노의 꿈 이야기뿐이다.

그러자 바로 이듬해 봄 오월 5·16 박정희 군부 총칼이 겨레 세월호를 당장 강탈해 버렸다. 학생들이 피로 세운 제2공화국 대통령 윤보선은 죽음이 두려운 얼간이였다. 군부 총칼 독재자 아래 그가 내주는 '찝차'를 타고 전국을 누비며 첨병이 된 기상나팔수가 《흙 속에 저 바람 속에》(1962)를 외쳐대자, 그 총칼과 확성기 외침 속에 또 수많은 양심과 꿈들이 스러지는 속에 농경사회와 겨레 반만년의 모든 숨결들이 시궁창의 쓰레기가 되고 결국 오늘의 푸석살만 피둥피둥 찐 도살장 돼지들이 되고 말았다.

그 자리가 또 하나 얼간이 최 주사를 거쳐 더 큰 살인마 전두환 집단이 그들의 '화려한 휴가' 놀이로 무등 빛고을 국민들을 총검 기관총과 탱크로 쓸어버리고 5공이 서고, 다시 6공의 물태우로 이어졌다. 그러고서 비로소 헤아릴 수 없는 핏빛 세월 속에 쟁취한 두 김의 자유민주 정권도 국민의 꿈과는 겉도는 허깨비 춤이었다. 자기편 소수의 정경언政經言유착의 가신家臣정치가 꼬리를 문 부패와 불의 속에 노무현과 이명박의 자리도 다를 바가 없었다. 대한민국이 출항한 이래 '한 배를 탄 운명'의 나라와 국민의 세월호에 바로 선 깨끗한 선장은 단 하나도 없다.

그런 세월호의 항해 끝에 '이제는 좀 달라질까?' 하는 날, 그동안 세월세월 속에 헤아릴 수 없이 피의 죽음들을 어미 가슴에 묻은 국민들의 사오월死嗚月 앞에 너무 태연하고 당당하게 "나는 피 빨래를 두 번이나 했다."는 살인마 독재자의 딸을 우리국민은 다시 권좌에 앉히고 말았다. 그런 우리는 과연 어떤 나라 국민들인가? 겨레역사 세월호의 선장을 아직도 우리 손으로 바꿀 수 없단 말인가?

1990년부터 섬진강을 건너고 지리산을 넘어 동쪽으로 달려 우리 진솔한 펜들이 이 망국의 역사현실에 물꼬를 트자고 나섰다. 전북, 광주, 전남, 부산, 대구, 울산 6개 지역 수필가들이 거대한 남도벌 '영호남수필' 문단의 하나가 되어 풍랑의 바다를 항해했다. 그리고 나는 2002년과 2008년 두 차례나 모두를 이곳 섬진도를 불러 꿈을 펼쳤다. 그러나 '피 빨래를 두 번 한' 가증스러운 독선녀獨善女에게 세월호의 조타 휠을 쥐어주고 마는 현실 앞에, 펜의 지성들도 믿을 수 없게 되고 말았다. 모두가 겉도는 가면들이다. 그로써 나는 영호남수필 문단에서 탈퇴했다. 그리고 세찬 바람과 파도의 갯벼랑 끝에 매달린 삶의 고향 섬사람들에게 5년을 더 참고 조용히 기다리자며, 큰 탈만 붙지 않기를 역사 바다에 기원했다.

그러나 비로소 오랜 세월 누적된 자유자본주의의 뿌리 깊은 정, 경, 언, 행정, 사법을 넘어 종교까지 국가경영 권력부 전체가 철저하게 결탁 유착한 '악마의 맷돌'의 곪아 썩은 환부들이 여기저기에서 일시에 터지고 만다. 세계 속에 얼굴을 들 수 없는 나라와 국민! 어미 가슴들이 다시 일제히 피를 토하며 쓰러진다. 통일신라가 무너지던 날의 리비도 이기욕망의 간부姦婦 진성여왕으로부터 고려, 조선이 망하던 날이 다시 앞에 선다.

그동안 우리 겨레 세월호의 역사 이야기들을 다 써 남기려면 내게 먹고 사는 일 걱정 없이 백년을 더 준다 해도 부족하다. 아무래도 이 분노의 뜨거운 '불의 혀'마저 기본조차 쏟지 못하고 또다시 살아남은 자들의 가슴에 남은 세월 속에 침묵의 가슴앓이로 풍랑의 바다를 건널 수밖에 없다.

애꿎은 말단 피라미들이나 처벌하는 가증스러운 욕망가면의 여제女帝!

세월호 선장과 유병언 정도에 한한 환부患部가 아니다.

조도 10군도 다도해해상국립공원의 바다비원을 거느린 진도 '보배섬'의 맹골군도에서 병풍도를 지나 추자도-제주도로 이어지는 뱃길 항로 맹골수로는, 한반도 해역에서 울돌목과 함께 조류가 가장 빠르고 세차다. 울돌목은 좁은 해협이라 양안이 바람을 막고 있기 때문에 파도는 오히려 잔잔하다. 반면 맹골수로는 넓은 바다이기 때문에 바람이 없어 보이는 날에도 외해의 여파가 밀려와 빠른 조류와 함께 파도가 거칠고 높고 세차서 항해가 더욱 위험한 곳이다. 때문에 거대 선박들의 정상항로는 맹골군도 외해 쪽으로 완만한 코스로 항해한다. 그럼에도 세월호는 빠른 길을 위해 항로를 바꾼데다 그 더욱 상식 밖의 항해로 수로를 지나다가 이미 예고된 대로 침몰하고 말았다.

40세 때 본향 섬에 돌아온 나는 그동안 1.3톤 낚싯배를 직접 몰고 232개 섬들의 모든 바다를 다 누볐다. 짙은 바다안개 숲을 헤치고, 달과 별빛 눈부신 밤들 그리고 더러는 태풍이 휘몰아치는 칠흑 어둠 속의 밤바다를 모두 항해했으나 단 한 번도 사고를 낸 일이 없다. 맹골도, 병풍도, 독거도 등 외해 쪽 끝자리 섬들과 인근 신안의 섬들까지 다 누비는 날에. 나 같은 낚시꾼도 그러할진데 하물며 수많은 사람들을 태운 전문 항해사들이 그러하다니 도무지 이해가 가지 않는다. 그 더욱 천인공노할 사후 태도가 국민을 더욱 분노케 한다. 지금 저 순간까지라도 선장과 승무원들이 배에 남아 각자 자신의 책임을 다했다면 대부분 모두가 탈출할 수 있었다. 자신이 죽어야 할 자리를 모르는 사람은 한 가정의 가장도 될 수 없다. 하물며 자신의 배에 '한 운명'의 국민들을 태우고 항해하는 선장이야!

그럼에도 지금 전 국민의 세월호 선장은 눈썹 하나 까딱치 않고 너무 태연하다. 이 분노를 과연 어찌하면 좋을까? 이런 날엔 뜨거운 분노의 사랑과 정의가 그립다. 생명과 실존 구원이라 하는 허울 좋은 허무한 청진기와 펜 앞에 다시 선다. 시詩를 버리고 불꽃 튀는 방아쇠 총구로 나선 푸시킨과 호세 마르티! 의사의 길에서 청진기의 한계 앞에 이르러 그를 당장 걷어차고 기관단총을 들고 아프리카와 라틴아메리카 민족해방전선의 정글 속으로 뛰어들어 한 마리 야수가 되어버린 프란츠 파농과 체 게바라! "추악한 조국은 그보다 강한 폭력 앞에서만이 비로소 그 가증스러운 '양가죽과 회칠한 무덤'의 가면을 벗고 무릎을 꿇으리라."는 야생의 사고! 그 '슬픈 열대'의 분노! 뜨거운 폭력이 그립다. 그러나 이 초라하고 나약한 부끄러움을 어찌하랴.

어린 잎새 붉은 꽃잎 꿈들이여!
맑고 고운 꿈들은 늘 슬픈 것.
이 바다비원의 끝자리, 밤하늘의 별들로 다시 곱게 피어 빛나라.
유년의 하얀 종이배에 섬 풀꽃 한 송이 바다에 띄운다.

(2014)

○

탄피껍질 유월

딱콩! 딱콩! 딱딱콩! 따르르르르 딱콩!

모내기가 한창인 남쪽 섬 유월遊越, 딱콩총소리 터진다.

60년 시공간 그 어제와 오늘이 하나로 압축된 감각 파일의 영상 속에.

밀 보리밭들이 다 익었다.

못자리의 벼들도 다 커 이종 철이 시작된다.

그럼에도 왜 마을사람들이 보리를 거두고 모내기 할 생각을 않을까?

아버지가 갑자기 목총을 메고 마을사람들을 모아 목총 훈련을 시킨다.

"아부지, 도대체 무슨 일이라요?"

인민군들이 울돌목 건너편에서 건너오려 하기 때문이란다.

"헤헤 그 가짜 목총 가지고요."

그래도 주민들이 경찰들과 함께 보초를 서고 망을 봐야 한다며 그날부터 아버지와 숙부는 마을사람들과 함께 당장 밤낮 교대로 울돌목을 나다니기 시작한다.

민방위대원 사람들이 울돌목을 오가던 어느 날 느닷없이 나타난 은빛 날개 쌕쌕이 편대. 굉음을 지르며 바로 지붕 위를 낮게 총알처럼 빠르게 날아 마을 앞 울돌목 건너편 옥매산에 폭탄을 퍼붓는 불꽃놀이가 시작된다. 무슨 비행기가 저토록 빠를까? 아버지는 그 비행기가 빠른 제트기요 먼 남쪽나라 호주 공군의 호주기라 한다. 그렇게 유엔군이 이미 참전했으니 인민군은 울돌목을 건너오지 못하고 곧바로 다시 북으로 쫓겨 갈 것이라 한다.

난생처음 가장 신바람 나는 일이 터졌는데 그냥 쫓겨 돌아간다니? 과연 그렇다면 실망이 이만저만 아니다. 그냥 돌아가더라도 섬에까지 꼭 들어와서 좀 있다가 간다면 얼마나 좋으랴. 인민군과 그들의 총이 어떻게 생겼는가도 볼 수 있을 텐데. 민방위대장인 아버지는 대원들을 이끌고 막으려 하지만 그래도 그들이 꼭 섬까지 건너왔으면 싶다.

그런 어느 날 아침 일찍 울돌목에 나가신 아버지가 잠시 후 곧바로 허겁지겁 뛰어 들어오신다. 인민군이 기어코 건너왔단다. 그럴 줄 알았다. 비로소 신바람이 난다. 아버지는 뒷마당에 덕석을 펴고 앞문을 모두 닫아걸고 가족들을 모두 뒷마당으로 피신시킨다. 그리고 즉시 마을로 가신다.

우리 집은 장시멀 동산집, 본 마을과는 좀 떨어진 동쪽에 산지기 집과 단 둘이 나란히 있다. 바로 집 앞엔 불과 이백여 미터 가깝게 울돌목 넓은 포구가 있고 그 포구를 따라 동서로 긴 신작로가 달린다. 집에서 신작로까진 백 미터 정도이다.

인민군들이 녹진에서 울돌목을 건넜으니 서쪽 끝 원건네에서 마을 앞 신작로를 지나 바로 우리 집 앞 붉은 재를 넘어 읍으로 가리라. 앞마당으로 뛰어나가 그들이 오고 지나는 것을 보고 싶어 안달이 나 대왕마마 할아버지께서 꼼짝 말라는 엄명 앞에 사로잡혀 미칠 지경이다. 어디까지 왔을까? 그들이 오는 모습을 마음으로 바라보며 원건네 쪽에서 총소리가 터지기만을 기다린다.

지루한 시간 끝에 드디어 멀리서 딱~콩! 딱~콩! 딱콩총소리가 터진다. 점점 가까워지는 총소리, 마을 앞에 왔다 싶을 때 마을사람들의 만세소리가 터지고 한동안 지속된다. 마을사람들이 모두 신작로에 나간 모양이다. 그리고 만세소리가 멈추고 딱콩총소리가 바로 집 앞 붉은 재를 넘어 사라져 갈 때 아버지가 다시 돌아오셔 이젠 아무렇지 않다며 평소처럼 하라 하신다. 나는 즉시 인민군들이 지나가고 있을 신작로로 정신없이 뛰고 붉은 재까지 달렸으나 이미 모두 가버렸다. 에이 참, 이렇게 싱거울 수 있을까? 이렇다면 오나 마나지. 아버지가 조금만 빨리 오셨다면 먼 곳에서나마 인민군을 보았을 텐데……. 에이 참.

너무 아쉽고 싱거운 날이 며칠 지나자 비로소 마을에 인민군 아저씨가 나타났다. 할아버지와 아버지는 아무 말씀하지 않으시는데 할머니와 어머니께서 인민군에게 절대로 가까이 가지 말라고 신신당부하신다. 무엇이든 새롭고 낯선 것에는 호기심이 많은 나를 너무 잘 알고 계시기 때문이다. "예, 나도 잘 알아요. 추호도 염려 마셔요. 인민군에겐 절대로 가까이 가지 않을 거예요." 이미 다 아는 마음, 어른들을 불안하게 하거나 걱정하게 한다는 것은 도리가 아니다. 그렇다고 내게 가장 즐거운 것을 포기하는 것도 어리석은 일, 어른들 몰래 하면 된다.

마을로 뛰어가 인민군이 마을에 왔다며 또래들에게 가보자고 했으나 모두가 이미 나와 같이 부모들의 말씀에 따라 벌벌 떨며 물러선다.

"이 멍청이들, 무섭긴 뭐가 무서워? 그 말을 믿어? 그래 너희들은 아무도 오지 마. 그리고 뒤에 후회하지 마."

나 홀로 인민군 아저씨에게 다가가 인사부터 하고 말을 걸어 딱콩총을 보고 만져도 본다. 그리고 졸졸 따라다니며 오리사냥을 가자고 조른다.

"총은 함부로 쏘는 게 아니야."

"사람을 쏘자는 게 아니라 오리를 잡자는데 어때요."

"그게 아니래두, 이 총알 하나는 인민의 피와 땀이기 때문에 사냥놀이에 허비할 수 없는 거야. 알갔서?"

"그럼, 마을 앞 신작로를 지나가면서 왜 그렇게 수없이 딱콩딱콩 공포를 쏘아댔어요."

"하, 요 보래이. 맹랑하고 똑똑한 소년이구만. 네 아버지가 누구래."

"우리 아부진 진즉 죽었어요."

"오 그래, 안됐구만이."

아저씨가 머리를 쓰다듬으며 아주 따듯하게 대해준다. 그런 인민군이 무섭고 아주 나쁜 사람이라니 그런 거짓이 어디 있으랴. 전쟁은 전쟁이고, 사람은 사람 아닌가. 또 일본에게 나라를 빼앗겼을 땐 국방군이나 인민군이나, 군인이 아닌 아버지 같은 사람들까지 남쪽이건 북쪽이건 함께 힘을 합해 일본과 싸웠지 않았던가. 왜 남북 간에 전쟁이 터졌는가를 아버지께 묻고 들어 어느 정도 알고 있지만 인민군은 어떻게 말하는지 궁금하다. 왜 같은 겨레끼리 싸우느냐고 묻자, 잘 사는 사람 못 사는 사람 없이 모두가 똑같이 평등하게 잘 살기 위해 남조선 인민을 해방시키기 위해 내려왔단다. 결코 남쪽 인민들을 죽이기 위한 것이 아니라고. 그럴듯하다. 그 말이 아주 거짓말은 아닌 것 같다. 그래도 아버지께 들은 말과 견주면 왠지 핑계만 같기도 하다.

며칠간 아저씨를 졸졸 따라다니며 이런 저런 얘기를 나누다 보니 우린 아주 다정한 친구가 되었다. 꼭 딱콩총 쏘는 것을 보고 싶다며 단 한번만 오리를 잡자고 조르자 비로소 아저씨가 나를 따라 나선다.

여름에도 오리들이 노는 곳을 향해 신작로에서 논벌을 가로질러 논둑길로 내가 앞선다. 원둑이 가까워지자 마치 분대장처럼 허리를 굽혀 키를 낮추며 뒤따르는 아저씨에게 나처럼 몸을 낮추라 손짓한다. 아저씨도 나처럼 한다.

우리는 살금살금 엉금엉금 원둑에 닿고 엎드린다. 내가 먼저 고개를 살짝 내밀어 원둑 너머를 바라보자 바로 앞에서 오리 떼가 파도를 타며 노닌다. 손가락으로 그들이 있는 쪽을 가리키자 아저씨도 고개를 살짝 내밀어 확인한 후 나더러 총소리에 고막이 터지지 않도록 두 손으로 양 귀를 꼭 틀어막으란다. 내가 그렇게 하자 비로소 아저씨는 오리들을 향해 조준하고 방아쇠를 당긴다.

땅! 천지를 두 쪽 내는 총소리. 카빈 총소리보다 훨씬 세다. 총알이 꽂힌 자리에서 바닷물이 튀고 오리들이 놀라 일제히 멀리 날아가버린다. "에이." 맞히지 못했다. 그런데 왜 딱~콩! 하지 않고 땅! 할까? 그건 뒤로 묻기로 하고, 총알이 빠져나가고 원둑 풀섶에 떨어져 있을 그 특별한 탄피껍질을 찾기에 다른 생각 없이 주변의 풀섶을 여기저기 뒤진다.

"애야, 보래이, 고거야 요기 있지 안카써."

돌아보니 황금구리 빛 탄피껍질이 어느새 아저씨의 손에서 번쩍거리고 있질 않는가. 서로 마주 바라보는 순간 동시에 헤헤헤 기쁨의 웃음을 터뜨리고, 내게 건네주며 하얀 이빨 다 드러내고 환하게 웃는 아저씨가 그렇게도 따뜻하고 좋을 수가 없다. 맞히지 못했으므로 저쪽으로 가서 다시 한 번 쏘자고 하나 이미 나의 마음과 속셈을 다 알고 또 빙그레 웃으며 "고거면 충분하데이" 하고 마을로 돌아온다.

딱콩총 탄피껍질은 마을에서 오직 나만이 간직한 것, 내게 가장 큰 보물이다. 즉시 아이들 속으로 뛰어가 모두에게 보여주며 절로 어깨가 으쓱거려진다. 가족 몰래 감추고 홀로 기쁨을 누리던 날 그만 할머니께 들키고 말았다. 할머니는 당장 빼앗아 뒷마당 넓은 대숲에 던져 버린다. 어떻게 얻은 것인데. 넓은 대숲을 이 잡듯 헤맸으나 두 번 다시 찾을 수 없다. 인민군 아저씨보다 내 마음을 몰라주는 할머니가 그것만은 너무 야속하다.

아저씨를 찾아 나서고 또 더 재미있는 일은 없을까? 그 귀한 보물 탄피껍질을 할머니께 빼앗겼다 말하고 다시 한 방만 더 쏘자고 조를 수는 없다. 그렇게 해줄 아저씨도 아니다. 아침을 먹고 나면 윗동네까지 마을을 누비고 찾아다닐 때 웬걸 윗동네 이장 집 마당에서 인민재판이 벌어지고 있다.

모든 마을사람들이 마당 가득 빙 둘러 에워싸고 있는 자리. 아이들은 아무도 다가서지 못하게 하는 그곳에서도 아이라곤 오직 나뿐이다. 모두가 마당 한가운데를 향하고 있어 살금살금 기어 할머니와 어머니들 치마폭 사이로 고개를 내밀어 살핀다.

댓돌 아래 마당에 대여섯 사람이 묶인 채 일렬로 나란히 마루쪽을 향해 꿇어앉았고, 마루 위엔 인민군 아저씨와 마을 어른들 몇 사람이 함께 앉아 있다. 그들이 재판관들이다. 그리고 완장을 차고 몽둥이를 든 패들이 꿇은 사람들과 울을 친 마을 사람들 사이를 왔다 갔다 하며 고함치며 선동한다. 그러자 마을 사람들이 그들을 따라 "인민의 적을 처단하라, 처단하라"고 소리친다.

'인민의 적'? 그 죄가 무엇일까? 저게 '남조선 인민을 해방'시키는 것인가? 할머니와 아낙네들은 마지못해 따라 외치듯 할 뿐 혀를 차며 그들을 몹쓸 놈들이라 중얼거린다. 알 만하다. 아버지가 말하는 공산당과, 할머니가 깜짝 놀라 나의 보물을 빼앗아 당장 대숲에 던져버린 것을.

그러다 무엇인가 쥐새끼가 치마와 다리 허벅지를 건드리는 것 같아 돌아보고 나를 발견하자 당장 호통 치며 쫓는 바람에 이리저리 쫓기느라 그들을 어떻게 처단하는지 끝을 보지 못한 채 결국 쫓겨나고 만다. 묶여 꿇어 엎드린 사람들이 무슨 죄가 있고 누구이며 또 마루 위에 있는 사람들과 완장 찬 몽둥이패들이 누구인지 낱낱이 확인하지 못한 채.

그 후 좀 조용하다 싶은 어느 날 마을 쪽에서 한 사람이 허겁지겁 뛰어오더니 바로 우리 집 앞 다 익은 보리밭을 질근질근 밟고 가로질러 붉은 재 쪽으로 정신없이 튄다. 곧바로 뒤이어 죽창 몽둥이패들이 "저놈 때려잡아 죽여라." 고래고래 고함치며 그들도 보리밭을 가로 질러 쫓는다. 할머니께서 간혹 한숨 섞인 말로 "무지막지한 놈들"이라 하고, 인민재판장에서 직접 확인한 바로 그 마을 죽창몽둥이패들이다. 그들 중에 제대로 배운 놈은 단 하나도 없다. 깔담살이 등 가난하고 무식한 놈들이다. 아버지 말로는 그들은 공산주의가 무엇인지도 모르고 그들의 선전에 속아 가난하고 무식한 그들의 새 세상이 왔다고 공산당이 하라는 대로 하는 참으로 몽매하고 불쌍한 사람들이라 한다. 그러면 나에게 탄피껍질을 건네준 아저씨는? 말 다르고 속 다른 사람인가?

아이들의 마음까지 다 알고 그렇게도 따뜻한 사람이. 아무래도 그렇진 않으리라.

그 이후엔 인민군 아저씨도 가버렸는지 보이지 않고, 특별히 재미있는 일이 없던 어느 날 밤 대왕마마 할아버지께서 부르신단다. 할아버지 앞에 나아가 무릎을 꿇고 앉자 외가에 잠시만 가 있다가 부르면 다시 오라 하신다.

긴박한 상황이 이미 우리 집까지 밀어닥쳤음을 직감했지만, 어린 날 어머니 따라 그렇게 가고 싶은 외가나 다른 어떤 곳도 할아버지 엄명 앞에 마을 밖을 단 한 번도 나서보지 못한 나에겐, 외가에 가라는 말씀에 그보다 먼저 기쁠 수가 없다. 더불어 기왕 일이 벌어졌으면 나도 어른들의 전쟁놀이 속에 직접 끼어야 더욱 신바람이 나리라. 우리 아이들이 전쟁놀이를 할 때는 그토록 다 익은 밀 보리들을 질근질근 밟고 가로질러 달려본 적이 없던 일. 모두에게 너무 마땅한 것도 그것을 벗어나는 예외는 분명코 신바람나는 것, 나도 그 속에 꼭 한번 끼어보고 싶다. 그렇게 외가에 가 있다가 부르면 오라는 말씀에 취해 있을 때 그를 다짐하고 확인하시듯이 할아버지께서 물으신다.

"이제부터는 너 홀로 살아가야 할 터인즉 그리할 수 있겠느냐?"

"예, 얼마든지요. 이제 저는 더 이상 어린애가 아니잖아요."

"암, 그렇고말고. 사내장부에겐 너무나 마땅한 게지. 이 할애비가 괜한 말을 물었구나. 그럼 됐다. 지체 말고 당장 일어나 어서 떠나거라."

아주 어린 날부터 대왕마마 할아버지의 철두철미한 '사내장부 황태자'로 교육받고 자랐으므로 그 대왕마마께서 내게 바라는 것이 무엇이고 어떻게 대답해야 할 것인가를 가장 잘 알고 있었기 때문에 더욱 그렇다. 그리고 이제부턴 너 홀로 "살아가야 할 터"인즉 하는 자리에서 "살아가야"를 나는 외가에서 "지내야" 쯤으로 들었다.

큰절 올리며 이르신 대로 외가에 있다가 부르시면 오겠다고 하고 즉시 일어서 밖에 나오니 달도 없는 어두운 밤 방문 앞에 할머니가 서 계신다. 넓은 신작로를 버리고 논둑 밭둑과 솔숲 우거진 길도 아닌 산길을 지나는 동촌 이십 리 길, 앞선 할머니도 치맛자락만 따라가는 나도 아무 말 없는 침묵과 긴장 속에 일어나는 알 수 없는 기쁨?

앞으로 모든 것이 어떻게 변할까? 마치 유년의 무수한 동화전설만 같은 자리, 앞으로 달라질 무수한 내일들 가운데 나와 우리 집은 과연 어떻게 변할까? 내게는 알 수 없는 수많은 내일의 궁금증들이 역시 가장 즐겁고 흥미진진한 기쁨들. 왠지 으스스한 밤길 긴장 침묵 속에 일어나는 기쁨은 그런 것들이다.

외가도 낮에는 조용했다가 밤만 되면 갑자기 우당탕! 그때마다 막내외숙과 함께 시집간 막내이모 집 마을로 달린다. 그곳에 있다 보면 그곳 또한 밤이면 우당탕! 다시 외가로 달린다. 그때마다 내가 어떻게 될까 봐 벌벌 떨며 어찌할 줄 모르고 "이러다 하나밖에 없는 이 귀한 새끼 우리 집에서 죽이고 말겠구나." 하시는 외할머니! 그렇게 오고가기를 거듭할 때 나의 손을 놓지 않으려는 막내외숙 그리고 나를 외가로 보내신 대왕마마 할아버지! 각자 그 모두의 가슴이 가장 분명하다.

밤길을 함께 달리는 외숙은 내게서 떨어지지 않으려고만 하지만 내 생각엔 그게 죽창몽둥이패들과 마주쳤을 때 두 사람 다 더 위험하다. 아버지가 나라를 되찾기 위해 요동 만주벌을 말달리다가 일헌 기마부대와 마주쳤을 때 옥수수 밭과 강 갈대밭 때문에 가까스로 구사일생한 그 장면이 눈앞에 있기 때문이다. 만약 그놈들과 마주치는 순간 나 같이 작은 아이는 바로 그들의 코앞에서도 길가 논둑 밭둑 언덕 바윗돌 아래나 큰 나무 뒤나 덤불 속에 살짝 웅크리고 엎드리기만 해도, 바로 곁에까지 와서도 "요 생쥐새끼 같은 놈, 방금 전까지 이곳에 있었는데 어디로 사라졌지?" 하고 왔다갔다하다 다른 곳으로 갈 것이다. 아니면 키가 커서 잘 보이는 외숙을 쫓을 것이다. 때문에 외숙께 만약 그놈들을 마주치면 내 걱정 말고 외숙만 홀로 정신없이 도망치라 한다. 그래야 둘이 함께 살 수 있다며. 그리고 그걸 시험 확인하고 싶어 밤길을 오갈 때마다 주변의 모든 것들을 자세히 살피며 꼭 죽창몽둥이패들을 한번 마주쳐보고 싶다. 그러나 싱겁게도 그러지 못하고 말았다.

밤이 와도 외가가 더 이상 우당탕거리지 않아 바람이 다 지나갔다 싶어 마음을 놓고 신발을 밖에 두고 자던 가을 어느 날 한

밤중, 불현듯 다시 외할머니와 내가 둘이만 자고 있는 큰방 문 앞에서 우당탕! 당장 문 열라며 고래고래 고함치는 소리에 할머니와 나는 반사적으로 벌떡 깨었다. 분명코 우리 마을 죽창몽둥 이패들이다. 웅크리고 벌벌 떠는 할머니께 할머니는 건드리지 않을 것이니 염려 말고 문을 열어 주라 하고, 나는 즉시 뒤 봉창 문고리를 따고 발로 냅다 문을 박차고 생쥐새끼처럼 잽싸게 봉창을 끼어 뒷집 마당으로 나왔다. 그리고 외가와 같은 골목인 골목을 살핀 후 아무도 없어 줄달음질친다. 맨발임에도 발바닥이 아프지 않다. 너무 잘 아는 외가마을 골목들 중 좁고 구불구불한 골목들을 골라 이리 돌고 저리 돌며 달리기를 한참, 충분히 따돌렸다 싶을 때 비로소 절로 터지는 미묘함과 통쾌함. 숨이 헐떡거리고 심장이 방망이질하는 긴박감 속에서 "헤헤헤, 그래 가지고 나를 잡겠다고. 그래, 어서 잡아서 죽여봐. 이래 봬도 내가 누군데, 너희 같은 석두들에겐 어림 서푼어치도 없지. 헤헤헤." 바라던 대로 결국 그들을 만나 난생처음 아버지와 같은 참으로 미묘한 통쾌함, 그 승리 아닌 승리감을 직접 맛본다. 꼭 60년 지났으나 마치 간밤처럼 낱낱이 선연하다. 그 어두운 아니 내게는 대낮처럼 밝은 외가 골목길에 정신없이 콩당콩당 방망이질하던 내 심장이 다시 뛴다.

그것을 끝으로 모든 바람은 지나가고 비로소 대왕마마의 부름을 받고 다시 집으로 돌아온 늦가을. 왕국도 부르신 대왕마마와 아버지와 숙부 등 왕국 남정들 모두가 자취 흔적 없이 사라지고 사내 남정이라곤 오직 나만이 말없이 다시 바람 불고 파도 치는 텅 빈 바닷가에 우두커니 서고 만다. 대왕마마와 마지막 주고받은 말, 동화전설을 쓰는 사람에게 이미 예정된 약속이다. 비로소 바람과 파도를 본다. 그 바람과 파도 속에 가장 친숙하고 가장 낯선 초라한 누더기 거지왕자를 본다.

늦가을 넘어 겨울이 오고, 유난히 온 세상 하얗게 눈이 많이 내리고 가득 쌓여 다시 동화전설을 쓴다. 긴긴 겨울밤 베틀아낙 흥타령 꿈길 속에 뒷동산엔 다시 동백꽃 진달래 더욱 붉게 피고 뻐꾸기가 운다. 가슴 앞에 언제나 넓은 포구엔 다시 파도 춤추고 물새들 우짖고 갈매기와 흰 돛단배들이 꿈을 실어 나르는 봄, 비로소 학교에 들어가 먼 바다와 무수한 초록빛 섬들까지 다 보이는 시오리 푸른 산마루 고갯길을 힘차게 달린다.

그날은 내게 평생 가장 크고 영원한 신비 기적.

만약 그날이 내게 없었다면 나는 결단코 평생 동안 병을 붙들거나 병든 사회 속으로 뛰어들 그런 소년이 아니다.

유월은 피아골 폭풍해일이 모든 것을 휩쓸고 지나가는 계절.

사로잡힌 카프카 숙명의 심판이요, 베케트의 영원한 고도 침묵이다.

봄비 내리는 날 작은 어깨에 너무 무겁고 큰 아버지의 삽자루를 질질 끌고 나아가 죽은 자들을 먼저 매장하고 나서야 할 엘리엇의 황무지이다.

그리고 유월은 또 모든 것을 어화둥둥 춤추며 넘어야 할 섬의 계절이다. 아니 이미 넘었고 또다시 넘는 계절, 탄피껍질 건네준 딱콩총아저씨의 얼굴과 그것을 빼앗아 대숲 멀리 던져버린 할머니의 계절이다.

그러나 이 유월이면 질펀한 섬 모내기철 들길 지나 차마 나서지 못한다. 60년 변함없이 바람 불고 파도치는 저 넓고 푸른 바다, 끝없이 피어오르는 꿈의 약속 그 아버지와 함께 한 유년의 낚시터에.

(2011)

○

보배섬 동백꽃 침묵

한반도 남쪽 보배섬 겨울 동백꽃! 이는 김유정의 소박한 순정의 그런 노오란 봄꽃이 아니다. 수필가 고동주 유년의 애화서정 그 따뜻한 섬의 동백꽃도 아니다. 겨레 영원한 역사 뜨거움의 요동 만주벌 핏빛 눈보라 열정이다. 그는 한겨울 눈보라 속에 피어 더욱 곱다. 정지용이 서리까마귀 우지 짖는 고향의 그 겨울꽃을 왜 그리지 않았을까? 겨울아낙들이 일제히 당산 냇가 빨래터에 나와 봄을 노래할 때 비로소 뒷동산 동백꽃들은 일제히 젖은 마당 질펀하게 떨어진다. 영랑의 모란보다 더 싱싱하고 붉게 제각 마당 가득 뚝뚝 비바람이 휘몰아치지 아니해도 도무지 떨어질 그런 꽃잎들이 아니다.

그렇게 붉은 동백꽃들이 일제히 지고 나면 어느 사이 또 겨울이 오고 시냇가 아낙들은 동지섣달 눈 내리는 긴긴 겨울밤 베틀에 오른다. 올망졸망 토끼 같은 어린 새끼들 다 재워놓고 문풍지 바람에도 꺼질 것만 같은 희미한 등촉 하나로! 금방 끊기고 말 가녀린 실 오직 그 한 올만을 꼭 허리에 감아 붙들고 언제 끝나고 그 실 끝이 보일지 모르는 길. 한 걸음 찰그닥 또 한 걸음 철그덕 파촉 삼만 리보다 먼 하얀 밤 눈길을 홀로 터벅터벅 간다. 엊그제 눈보라 속에 가마 타고 시집오던 날의 그 붉은 꽃가마길! 찬란한 봄꿈은 떠난다는 말 한마디 없이 훌쩍 떠나버린 그 봄밤 달빛 아래 하얗게 핀 배꽃 잎은 이미 가버린 꿈! 그 님과 꿈을 다시 불러 무슨 소용이랴만 어느 사이 떨어진 한 송이 배 꽃잎 입술에 홍얼홍얼 홍타령이 실린다.

님아 님아! 꿈아 꿈아! 무정하고 야속한 님아! 꿈아!
너도 꿈, 나도 꿈! 꿈속에 꿈, 깨인 꿈도 또 꿈! 모두가 다 꿈이로다.
꿈에 나서 꿈에 살다 꿈에 죽어가는 인생
부질없다 깨라는 꿈, 꿈을 꾸어 무얼 하리.
아이고 데고 어허 꿈! 꿈이로다. 고나 헤~

—보배섬 겨울아낙들의 베틀가 홍타령 '꿈아'

눈비 오는 해변가에 엄마 잃은 저 갈매기
엄마 엄마 부르건만 엄마는 간 곳 없고
무변대해에 파도만 치네. 고나 헤~

—보배섬 겨울아낙들의 베틀가 홍타령 '갈매기'

언제나 짝을 이루는 홍얼임의 그 꿈과 갈매기 새끼!

이 자리가 어찌 눈물 아롱아롱 피리 불고 가신 님의 진달래 꽃비 오는 미당의 〈귀촉도〉만 못할까? 초롱의 불빛도 지친 밤하늘에 은핫물 굽이굽이 목이 젖은 새! 그 가슴이 어찌 황성을 버리고 산도 강물도 멀고 험난한 귀촉도를 장쾌하게 훨훨 날던 이백의 날개만 못할까? 당장 붙잡고 싶고 그리 아니하면 함께 가고 싶지만 그럴 줄 미리 알고 말없이 홀로 이백처럼 훨훨 날아가버린 님! 삼단 같은 검은 머리털 싹둑 잘라 곱고 질긴 미투리 삼아 드리지 못함만이 가슴을 치는 우리 겨레 아낙들의 그 '은장도 푸른 날들!'의 〈가시리〉보다 큰 자리가 어디 있으랴. 그 긴긴 겨울밤 잠든 척 이불 흠뻑 둘러쓰고 아낙 홀로 가는 길 지쳐 쓰러질까 봐 몰래 따라가던 길. 그 꿈속에 떨어진 한 송이 소복 하얀 배 꽃잎 베틀아낙의 입술에서 흥얼흥얼 새어나오던 베틀가 속에 6세 소년은 그 아낙 '무변대해 해변가'에서 편히 잠들곤 했다. 몇 년 전만 해도 머리 감아 동백기름 발라 곱게 빗어 옥비녀 낭자 틀어 올리고 새 옷으로 곱게 갈아입고 외가와 장에 가던 날 시집갈까 봐 울며불며 따라가려고 기를 쓰던 그런 어린 소년이 이미 아니다.

유년의 바닷가왕국 청라언덕은 넘쳤다. 바로 담장 하나 사이 뒷동산 요람은 동백꽃 진달래 흐드러진 꽃 대궐이요, 으름나무숲 콩새들과 참새, 멧새, 때까치, 꾀꼬리, 뻐꾸기 등 산새들의 궁전이다. 그리고 바로 집 앞의 넓은 포구엔 푸른 파도 춤추고 무수한 물새들이 우짖고 갈매기들과 흰 돛단배들이 푸른 꿈을 실어 날랐다. 봄이 오면 누나와 함께 뒷동산에서 동백꽃 꽃목걸이 경쟁을 벌이고, 다정한 이웃집 순이와 개여울에서 종이배를 띄우고 바닷가 모래톱에서 금빛 모래성을 쌓고 허물며 기쁨을 한껏 누렸다.

비바람이 쳐야 동백꽃들은 제각 마당 질펀하게 온통 나의 것. 그리고 바람이 불어야 파도는 춤추며 일제히 하얀 물보라를 머리에 이고 달려와 나의 성을 쓸어가는 기쁨! 나는 비바람을 부르고, 애써 쌓은 모래성을 발로 걷어차며 통쾌한 파도가 되곤 했다. 그리고 가뭄에 콩 나듯 집에 오시는 아버지와 함께 낚시터에서 아버지가 배움의 길을 건넜던 '현해탄'이라는 바다를 건너고, 빼앗긴 나라를 찾기 위해 구사일생하며 줄기차게 말달린 그 광활한 겨레 옛 땅 '요동 만주벌'을 함께 말달리며 꿈을 키웠다. 내가 조금만 더 크면 다시 함께 가자고 아버진 약속해주셨다. 배를 타고 남쪽 항도 목포에 가서 기차를 타면 서울, 평양, 신의주, 압록강 건너 봉천, 하얼빈 그 요동 만주벌에 이르고, 그곳에선 중국을 거쳐 손오공이 삼장법사님을 모시고 따라간 서역길 지나 천일야화의 나라 아라비아와 더 먼 지구 서쪽 끝 무수한 나라들까지 다 갈 수 있다고 했다.

그런 꿈의 1950년 6세 여름 내가 그토록 외쳐 부르던 세찬 비바람 폭풍해일이 비로소 바다를 건너와 왕국을 휩쓸기 시작했다. 인민군의 딱총총소리, 쌕쌕이들의 폭탄불꽃놀이, 인민재판, 죽창몽둥이패들 등등 매일 매일 달라지는 난생처음 만난 새로움들 속에 난 신바람이 났다. 모두가 무서워 피하는 인민군 아저씨를 나만 홀로 졸졸 따라다니며 다정한 벗이 되고 기필코 원두에 함께 엎드려 방아쇠를 당기고 그 특별한 탄피껍질을 오직 나만의 보물로 간직했다.

좀더 신바람나게 그 어른들의 병정놀이에 나도 낄 순 없을까 했을 때 비로소 마을 죽창몽둥이패들에게 쫓겨 외가 등지로 수없이 밤길을 달렸다. 그리고 어느 한밤중 불시에 외가에 들이닥친 그놈들을 생쥐 새끼처럼 잽싸게 따돌리고 어두운 골목길을 줄행랑칠 때 비로소 아버지가 요동 만주벌에서 구사일생하던 날의 통쾌함을 맛보았다.

그리고 조용해진 늦가을에야 집으로 돌아왔을 때. 왕국도 왕국 남정네 어른들도 모두 자취 흔적 없이 사라지고, 풀죽은 아낙들만 말없이 주저앉은 텅 빈 바닷가에 유일한 사내남정으로 우두커니 선 자리에서 비로소 무너져버린 왕국의 새 주인으로 다시 태어났다. 비로소 바람과 파도, 동백꽃과 진달래, 섬과 바닷가왕국, 총성과 나의 보물 탄피껍질, 종이배와 모래성, 현해탄과 요동만주벌, 겨레 꿈의 날개 아버지와 피아골 침묵의 골짜기에 버려진 탄피껍질, 소복 아낙네들 등을 모두 보았다.

그 꿈길, 이듬해 학교에 들어가 시오리 푸른 산마루 길을 힘차게 달릴 때 난 아버지를 닮아 나를 따를 학생이 아무도 없을 만큼 그림을 잘 그렸다. 그래서 누구보다 색깔에 예민했다. 그리고 모든 꽃들이 내게는 핏빛 동백꽃이어서 일체 꽃을 그리지 않아 크레용, 크레파스, 물감에서 빨강색은 언제나 새것 그대로 남는다. 그리고 드넓은 바다와 하늘이 맞닿는 그 바다하늘을 가장 좋아하고 자주 그린다. 때문에 파랑색이 가장 먼저 닳는다. 그런 날 배우던 동요에서 "우리들 마음에 빛이 있다면~"과 "초록빛 바닷물에 두 손을 담그면~" 비로소 노랫말이 그림보다 아름답다는 사실을 처음 알았다. 우리들 마음에 빛이 있다는 사실은 내게 기적이었다. 그로부터 나의 그림은 사물을 그리긴 해도 내 마음의 모습과 빛깔을 그리는 자리가 되었다. 바닷물이 초록빛일 수 없으나 왜 내게 '초록빛 바닷물' 그 말 자체처럼 완벽하게 아름다운 말이 없었을까? 아무래도 그 마음은 끝없이 넓고 푸른 아버지의 역사벌 요동 만주벌과 어머니의 한여름 푸른 초록빛 들녘이 함께 들어앉은 마음의 빛깔이었으리라. 늘 영원한 영혼으로 나와 함께하는 대왕마마 할아버지의 꿋꿋한 조선 장부 기개 사철 푸른 거대한 한 그루 소나무도 함께함일 것이다. 그로부터 나의 그림들은 온통 초록빛과 색으로 물들었다. 나무와 풀잎과 숲과 보리밭과 드넓은 들녘 같은 것들을 많이 그렸다. 그러나 드넓은 바다를 온통 초록빛으로 색칠할 만큼 어리석진 않았다. 그것은 내가 일체 빨강색을 쓰지 않는 자리와 같은 나만의 침묵의 비밀일 뿐 모두와 함께하는 자리에 드러내놓을 수 없다는 사실을 누구보다 잘 알고 있었기 때문이다. 나의 진실이라면 바다와 하늘과 땅을 온통 빨강색과 초록색을 다양하게 바꾸어가며 칠하고 싶지만 모두가 함께 살아가는 자리에서 어찌 미친놈이 되랴. 내게는 1+1=1이고 싶지만 1+1=2라고 시험지에 쓸 수밖에 없었다. 그게 곧 한마당에서 살아간다는 자리였다.

그리고 중학교에 들어가 교과로 역사를 배우면서 비로소 나는 아버지 꿈의 겨레 웅혼한 역사 벌에 새롭게 더욱 넘쳤다. 아버지께서 말한 대로 그 광활한 요동 만주벌이 온통 우리 겨레 옛 땅이었다는 사실에. 고조선, 부여, 고구려, 발해 등. 어찌하다 한나라 무제에게 빼앗기고 말았을까? 나는 손을 번쩍 들어 선생님께 그 역사 기록을 물었다. 그리고 나 자신이 바로 그 역사를 묻고 찾아 나서며 묻혀 잠들어버린 할아버지로부터 아버지의 역사를 써야 할 역사주인이라는 사실을 알았다. 그렇지 않으면 영원한 침묵으로 잠들어버리고 말 일이었다.

그 꿈 남쪽 섬 작은 물새 한 마리 섬을 탈출하여 요동 만주벌을 향한 뭍에 올랐다. 그 첫봄 1960년부터 당장 다시 무등 벌에 터지는 혁명과 총성! 광장과 거리를 함께 질주하던 꿈들이 푹푹 쓰러졌다. 그 꿈의 허무 역사벌에서 왜 한 시인의 언어에 버리고 떠난 섬이 다시 보일까? 그 섬은 이미 가장 큰 나 자신의 영원한 존재 구속성이었다. 결단코 탈출하거나 벗을 수 없는 가장 큰 자존이었다. 그동안의 모든 꿈과 사랑과 길의 실상과 허상이 일시에 뒤바뀌는 자리에서 항로를 원점으로 다시 돌이켰다. 그리고 40세가 된 1984년 봄에야 비로소 원점 자신으로 돌아왔다.

돌아오기 전 길목인 남쪽 항도에서 5년 동안 잠시 머물던 동안, 저마다 모두가 꿈을 안고 뿔뿔이 흩어졌던 고향 섬 죽마고

우들이 모두 모아들었다. 그보다 기쁘고 행복한 날들이 없었다. 목포에서 함께 만난 고향 벗들! 하나는 당시 보안부대 고향 섬 진도 파견대장, 그리고 고향 섬에서 그와 가장 가족처럼 지내는 농협중앙회 진도지부 직원과 또 하나는 동진농협 직원이다. 우리가 한창 기쁨을 누리던 날 1980년 오월 또 불현듯 총성이 터지고 군부 살인마 집단이 남도 무등 벌을 더욱 처참하게 무덤터로 쓸어버렸다. 나라와 국민의 봄은 다시 더욱 멀어지고 말았다.

죽마고우인지라 우리 벗들에게 더할 수 없이 좋으나 보안대 진도 파견대장인 벗이 고향 섬에서 5공의 무소불위 전권을 휘두르며 고향 사람들을 마구잡이로 삼청교육대로 보냈다. 그리고 가족처럼 가장 가깝게 지내던 농협지부의 벗을 간첩으로 체포하여 남산 지하 벙커로 보내버렸다. 그리고 5공의 첫 신호탄으로 제1호 법정에 세웠다. 신문은 오통 그 벗 박동운의 대서특필로 요란했다. 5공 살인마 법정은 박동운이 평양을 수시로 드나든 북조선인민공화국 중앙공산당 당원으로서 남조선 적화통일을 획책 암약 활동한 가족 중심 고정간첩단의 수괴라고 방망이로 그의 뒤통수를 내리쳤다. 그리고 어머니, 숙부, 동생, 고숙 등 가족들이 모두 붉은 벽에 갇혀버렸다. 도무지 그럴 리도 없고, 평양을 수시로 오고갈 틈도 없는 모두가 너무 잘 아는 자리에서 어찌 가능하단 말인가? 이승만 때부터 두고 쓰던 빨갱이 소탕의 공안통치! 그때부터 단골처럼 가장 많이 당한 섬이 신안 임자

도라는 것을 모르는 사람이 없다. 그런데 이번엔 진도다. 동운의 아버지도 차라리 그때 죽었더라면 이런 일은 없을 터, 살아서 월북했다가 몇 차례 내려와 가족을 만났단다. 도무지 어디까지가 사실이고 어디서부터 조작인가를 알 수가 없었다. 고향사람들에게 물으니, 중앙에서 요원들이 내려와 1년 이상 작업하여 만들어낸 조작극이라 한다. 그때 보안대장인 벗이 그들의 앞잡이 노릇을 했단다.

18년 동안 붉은 벽 속에 갇혔다가 나온 후에야 비로소 벗을 통해 모든 사실이 거짓 조작극임을 다 알았다. 남산 지하에 끌려가서 온 가족이 말 못할 고문을 다 받았다. 단호한 벗도 어머니의 비명소리에 하는 수 없이 그들이 바라는 대로 그대로 썼다. 고향출신 변호사가 변호를 맡았으나 어찌 믿을까. 벗은 그들이 평양에 갔다고 하는 그 추석에 함께 서울에서 고향에 내려왔던 서울의 벗에게 마지막 희망을 걸고 법정 증인으로 세웠다. 그러나 그 벗은 판사가 묻는 말에 7년 전이라 기억에 전혀 없다고 대답해버렸다. 그로 나는 그 벗에게 따져 물었다. 법정에 서기 전에 요원들에게 이미 협박을 받은 게 분명하다고. 그러자 찾아온 건 사실이나 사실대로만 말하라 했다고 한다. 너구리같은 말, 사내자식으로 법정에서까지 사실을 은폐하고 고향 벗을 영원한 빨갱이 간첩으로 몰아 죽이고 마는 비열한 겁쟁이였다. 벗 동운은 그런 모두를 용서했으나 나는 그 더럽고 비열한 자식을 내쳤다. 그러자 뻰질나게 고향을 찾아다니던 놈이 그 후론

일체 비치지 않는다. 그리고 그를 처넣은 친구는 넉살 좋게 몇 차례 감옥에 있는 벗을 면회했단다. 그리고 불의의 교통사고로 죽었다. 또 간첩조작 조장으로 내려왔던 사람은 작업 도중 아들이 미쳐버려 가장 친하게 지내던 진도사람에게 이 짓 더 이상 못하겠다고 실토하고 돌아가서 옷을 벗었다 한다. 그리고 같은 농협에 근무하며 밥 먹듯이 집에 들러 함께하던 벗은 동운이 끌려가자 일체 집에 발걸음도 비치지 아니하고 길거리에서 마주쳐도 고개를 돌리고 지나갔다고 동운의 처가 내게 고백했다. 1984년 고향 섬에 돌아온 나는 모두가 벗의 가족들을 멀리하고 또 나의 벗들이 만류하는 속에 그 가족들을 챙기며 벗의 아내에게 어렵게 입을 열게 하여 그 모든 과정을 소상하게 알았다. 그리고 18년 후 벗이 나왔으나 이미 가정은 풍비박산이 되고 만 자리에서 그동안 가족을 외면하던 벗이 양심의 가책으로 벗을 가장 잘 챙긴다.

벗은 이미 청춘과 인생을 다 잃고서야 자유의 몸이 되었으나 빈껍데기뿐. 가족까지 다 잃고 홀몸이 되고 말았다. 그도 보호감찰의 대상이 되어. 빨갱이 딱지가 붙은 사람에게 왜 파랭이들을 인우보증인으로 세울까? 어머니야 주저할 게 없지만 또 한 사람이 필요하단다. 평소 벗에 대한 나의 신념을 잘 아는 형 되는 정보과 형사께서 막막해하는 모자 앞에서 즉시 나를 부른다. 왜 벗은 나에게 먼저 말하지 않았을까? 즉시 뛰어가 내 이름을 쓰고 도장을 꾹 찌르니 나 또한 주홍글씨 빨갱이다. 그로부터 벗은 사천리 첨찰산 쌍계사에 들어가 스님께 꿀벌 치는 법을 배운 후 꽃이 피는 봄여름이면 벌통을 짊어지고 겨레피아골 그날의 '부용산 오리길' 터지던 빨치산들의 겨레 등줄기 태백으로 간다. 꼭 함께 가서 한 달쯤이라도 아직도 다하지 못하고 밀린 무수한 겨레 역사 이야기들 다하고, 조정래의 《태백산맥》과 《아리랑》과는 다른 우리들의 고향 섬 죽마고우들의 역사이야기 '동백꽃 섬'과 '보배섬 진도아리랑'을 쓰고 싶으나, 다 늙도록 이놈의 밥줄 삶이 다 무엇이란 말인가?

그 빨갱이놈 태백골짜기에서 꿀 가득 따 가지고 돌아오면 그 첫 병 가지고 찾아오던 날! "이놈아! 빨갱이 주제에 파랭이에게 이 꿀 처먹고 당뇨병 걸려 어서 뒤지라는 거냐?" 함께 박장대소 했더니 진짜 당뇨병이 걸리고 만다.

대물림하는 겨레 섬 동백꽃 역사!

1992년 여름 동백꽃 나라 클램린궁 붉은 성에 들어섰다.

그 붉은 광장을 거닐고 붉은 성벽과 깃발을 또렷이 보았다.

바실리성당의 종소리도 똑똑히 들었다.

아르바트와 야시장터에서 로스케들과 어깨동무하고 춤추며 노래했다.

백야의 노을빛 속에. 그리고 그 '붉은 성 붉은 벽'의 긴 역사편지를 붉은 벽에 갇혀 나올 줄 모르는 벗에게 바쳤다.

이제는 벗의 아들이 아닌 그 큰 녀석이 무슨 그림을 그릴까?

나처럼 붉은 꽃에선 영원히 멀어지고 말았을까?

그래, 초록빛 침묵 그 드넓은 바다하늘을 그려라!

(2012)

○

영원한 아프리카 강물

이 여름 유월, 섬에 다시 총성이 터진다.

다시 바짝 조이는 강물 따라 떠난다.

아프리카로. 아프리카로.

어쩌면 기억 이전부터 내게 새겨진 영원한 자리.

그 끈을 놓지 못하고 평생 떠나기만을 거듭한다.

그 그리움이 정작 아프리카인지 아니면 나를 떠나고자 함인지 알 수가 없다.

그러나 먼저 나를 떨치고 무작정 떠나고자 함이 분명하다.

그리고 그렇게 떠나노라면 그 발걸음은 결국 아프리카를 향하곤 한다.

이는 모든 세상 끝자리 작은 섬에서 총성으로 다시 태어난 필연의 숙명 같다.

싯다르타 왕자처럼 태어난 것일까? 기억 이전의 뜨거운 겨레 붓 유배시인 그 고도의 "한 줌 푸른 강물一勺滄江水"을 피와 생체호흡으로 새기고 태어난 것일까? 끝 날까지 내 가슴에 요동치는 그 한 줌 푸른 강물은 또 19세기 서유럽의 가장 큰 현실적 유혹의 "마돈나"를 향해 가장 크고 절망적인 "고독" "불안" "초조"로 죽음과 "악의 꽃" 자유自遊를 향해 치달린 뭉크와 보들레르 그 팜므파탈의 자리일지도 모른다.

더불어 스페인 식민시대의 쿠바 시인 호세 마르티와 20세기 프란츠 파농의 자리만 같기도 하다. 자신의 "흰 얼굴" 속에서 더 큰 역사현실로 잠든 침묵의 "검은 피부"를 보고 비로소 청진기와 시詩까지 내동댕이치고 검은 대륙 열대우림과 사바나 초원과 열사풍이 휘몰아치는 광활한 사막의 전사로 태어난.

그 앞에 20세기 자유인권주의 최고 최대 실천지성이라던 사르트르야말로 가장 가증스럽고 허약한 양가죽과 회칠한 무덤의 "흰 얼굴". 그 가면에 당장 침을 뱉고 원초인간들의 검은 피부 검은 대륙 "대지의 저주받은 자들"의 정글 속으로 한 마리 야수가 되어 뛰어든다. "한 조각의 빵과 몇 파운드의 밀가루 때문에 동족끼리 매일 매일 살인이 밥먹듯이 벌어지는" 그 역사현실 앞에 청진기와 펜이 무슨 의미가 있단 말인가.

참으로 행복한 환초 섬들의 카리브 작은 섬나라 소앤틸리의 마르티니크에서 태어난 소년에겐 그 유년의 바닷가가 넘쳤다. 넓고 푸른 바다와 무수한 초록빛 섬들을 바라보며 청라언덕을 달리던 유년을 마치고 비로소 학교에 들어가 아직도 보드라운 꼬막손에 연필을 꼭 움켜쥐고서 맨 처음 또박또박 쓴 글씨가 분명코 "나는 프랑스 사람입니다." 그러나 그렇게 자라고 배운 후 세계의 중심이요, 가장 화려한 본국 프랑스에 들어선 대학시절 그가 알제리의 "북아프리카 증후군" 탐사실습에 직접 참여했다. 그때 조국 프랑스의학은 그마저 식민제국주의의 시녀가 되어, 아프리카 검은 피부들이 유럽의 흰 얼굴들보다 태생적으로 열등하게 태어난 존재임을 못박고 있었다. 그로써 파농은 그 모든 역사현실의 실존모순 앞에서 비로소 자신의 원초적 실존분석에 나서 최초로 기나긴 침묵의 독백《검은 피부 하얀 가면》을 써냈다. 그리고 결국 그동안 추종하던 사르트르 흰 얼굴 가면에 침을 뱉고 또 아무짝에도 소용없는 청진기를 내동댕이치고서 그 손에 가장 현실적인 폭력의 기관단총을 거머쥐고 아프리카민족해방전선 속으로 뛰어들어 한 마리 정글의 야수가 되어버렸다. 조국의 의학 그 가면들이 말하는 대로 "그들 흰 얼굴들과 이미 태생적으로 다르게 태어난 짐승들!" "인간에게 가장 고귀한 지성과 사유의 대뇌피질"을 스스로 파괴하고 "오직 살인충동의 간뇌로만 살아가는 한 마리 척추동물"이. 그리고 "식민제국주의 조국 프랑스는 그보다 강력한 폭력 앞에서만이 비로소 무릎을 꿇고 그 가면을 벗으리라." 선포하고 조국 프랑스를 향한 총구의 검은 대륙의 영원한 전사 사령탑이 되었다. 프란츠 파농의 그 자리는 이미 19세기 후반 카리브의 호세 마르티의 맥박이요, 그보다 먼저, 끝없는 북구 러시아 겨울 벌 대 설원을 줄기차게 말달린 "청동기사" 푸시킨의 마지막 방아쇠 총성으로 터져 그 하얀 겨울 벌을 뜨거운 장밋빛으로 가장 곱게 물들였지 않았는가.

에티오피아 왕자가 자신의 나라를 잃고 오스만터키 황제의 노리개 몸종이 되어버린 날, 다시 표트르 대제의 노리개가 되어 러시아 벌까지 흘러들어선 기나긴 역사실존모순! 푸시킨이 유년에 즐겨 찾았던 곳 그리고 흑인노예 소년소녀들과 함께 즐겁게 뛰놀던 외할머니의 교외농장. 그때마다 할머니께서 들려주시고 모두가 즐거워했던 먼 아프리카 동화! 부자관계를 맺어버린 그 아프리카 검은 피부 흑인노예 소년과 흰 얼굴 러시아 황제 표트르 대제가, 자라고 보니 동화전설이 아니었다. 할머니께서 왜 그토록 흑인노예들과 그 아이들을 자신과 가족처럼 극진하게 사랑하시며 모두에게 그 이야기를 들려주셨는지 비로소 푸시킨은 알았다.

내 유년에 저 머나먼 아라비아 천일야화까지 무수한 동화전설을 들려주시던 할머니께서 봄이면 뒷동산 제각 추녀에서 참새 새끼를 잡아 가지고 노는 나에게 그러면 안 된다고 하시며 "너는 기쁘고 즐겁지만 그때 이 어린 새끼를 보고 저토록 주위를 맴돌며 울어대는 어미 참새의 마음이 어쩌겠느냐? 당장 어미 품에 돌려주어라." 하셨다. 다 크고 보니 유년의 그 할머니 마음이 곧 우주자연의 역리易理가 아닌가. 모든 것이 상대적인 관계 속에 자리하는.

겨울 벌 시인은 유년에 가장 즐겁던 그 동화전설이 다름 아닌 자신이 스스로 안고 있는 태생적 기나긴 역사현실의 실존모순임을 비로소 보았다. 가장 존귀한 자존의 왕자와 가장 비참한 노예소년이 이미 하나의 피가 되어버린. 그 현실의 침묵 피 앞에 어느 날 불현듯이 "내 얼굴은 희지도 검지도 않은 이상한 원숭이"라 선언하고, 비로소 귀족들과 함께 취해 마시고 춤추며 노래하던 허깨비들의 가장무도회장 그 황제의 겨울궁전을 박차고, 모든 강물과 대지가 꽁꽁 얼어붙고 긴 겨울의 눈보라만 끝없이 휘몰아치는 대 설원 벌 겨울사람들에게 달려가버렸다. 그 "청동기사"는 표트르 대제의 기마상을 세운 당대 최고 조각가 프랑스의 에티엔느 팔코네의 진정한 불후명작 작은 조각상 "겨울"과 온전한 하나였다. 온 대지가 꽁꽁 얼어붙은 겨울 벌에 얇은 홑치마 차림 맨발로 홀로 서서 그 홑치마 자락으로 세찬 겨울바람을 막고 서서 그 치마폭 속에 가녀린 장미 한 송이를 피우고 있는 침묵의 겨울 여인. 그로 겨울 벌 시인은 결국 모두의 봄을 향해 "때가 왔노라." 외치고 겨울궁전 밖 '머나먼 가장자리' 네바 강 지류인 "암흑강" 눈보라치는 강 언덕에서 최후의 방아쇠를 자신의 가슴팍에 당겼다. "탕!" 눈보라 속에서 마주 선 표적이 비척비척……. "비로소 내가 맞혔어! 맞혀! 으하하하 으하하하!" 천진무구한 아이처럼 양팔을 추켜들고 가슴을 딱 벌린 채 눈보라 속에 통쾌하게 기쁨을 토하는 시인. '진정으로 네가 나탈리아를 사랑하고 내게서 빼앗아 소유하고 싶다면 자 어서 나를 쏘아!' 하고 단테스를 촉구하며 표적이 되어주는 시인. 그러자 곧바로 "탕탕!" 터지는 속사 속발음의 총성! 시인은 비로소 하얀 언덕에 푹 쓰러졌다. 자신이 그토록 바라던 소망대로 영원한 사랑 나탈리아를 겨울궁전의 젊은 귀족 단테스의 품에 안겨주며. 나탈리아의 가슴에 영원한 자유를 안겨준 그 사랑이 어찌 모든 겨울 벌 사람들의 봄으로 환치된 자리가 아니랴. 떠남을 그토록 푸시킨과 호세 마르티 그리고 프란츠 파농처럼 통쾌하고 영원케 하는 자리는 아마도 없으리라. 내가 태어난 남쪽 섬 한 마리 겨레 갈매기 조용순白頭松 曺龍純, 1919~1950도 다를 바 없는. 어쩌면 인류 역사가 출발한 이래 실존에 대한 화두가 가장 절박하고 치열한 20세기에 태어난 실존들의 현실 앞에 그 자리는 분명코 내게 "떠남과 새로운 만남"이다. 붓다와 달마, 노자와 장자의 떠남과 만남보다는 푸시킨, 호세 마르티, 프란츠 파농과 헤밍웨이 그리고 내 아버지의 자리로 더욱 분명하고 통쾌한. 그럼에도 여전히 이 한반도 남쪽 작은 섬에 평생 사로잡혀 있으니 이 초라하고 못난 자신에게 어찌 분노치 않으랴.

유년 시절 아라비아 왕자를 내게 심어주시던 할머니는 그때 검은 피부 검은 대륙 아프리카 동화를 왜 말하지 않았을까? 빼앗긴 나라를 되찾기 위해 요동 만주벌을 줄기차게 말달린 아버지! 우리 배달겨레 아사달인 심양, 봉천, 장춘, 하얼빈 다 누비고 겨레 송화강 흑룡 아무르 건너 바이칼을 향하고 또 눈빛 자작나무 숲과 끝없는 툰드라 스텝 동토 시베리아를 향하던 날의 무수한 이야기들, 그 아버지도 왜 검은 피부 검은 대륙을 말하지 아니했을까. 그리고 내가 유년을 마치던 6세 때 겨레피아골 총성 속에 나를 외가로 보내놓고서 모두가 훌쩍 그 역사 벌로 떠나버리고 말았다.

7세로 학교에 들어가 푸른 시오리 산마루길 달리던 시절 왜 또 선생님은 모든 학급 환경정리를 내게 맡기셨을까. 골백번 우리나라 지도를 그릴 때 나의 남쪽 섬은 너무 작았다. 무수한 산맥과 강물들과 평야며 큰 도시와 산물, 유적명소들을 다 그려 넣기엔 한반도마저 너무 좁고 작다. 압록 두만을 건너 자꾸만 아버지 말달린 만주벌로 뻗는 마음의 눈길, 그러나 언제나 그 넓은 대륙의 북쪽을 다 잘라내고 아무 말 없이 빈자리로만 남겨두고 마는 침묵. 어느 날엔가는 헤아릴 수 없는 그 침묵들을 나 스스로 다 확인하고 낱낱이 그려야만 했었다.

그렇게 무수한 침묵언어들로 중학에 들어가서야 비로소 교과를 통해 "역사"를 다시 본다. 아니, 만난다. 고대 겨레 기원의 역사가 온통 요동 만주벌이라니. 그 기적보다 크고 벅찬 가슴을 어찌하랴. 아버지가 벌떡 다시 일어나 유년에 파도치는 마을 앞 넓은 포구 바닷가 낚시터에서 약속했던 대로 다시 나와 함께 말 타고 요동 만주벌을 휘젓고 누빈다. 이미 오랜 세월이 지나버려 모두가 잊고 사라지고 묻혀버린 무너진 성터와 잡초무덤 속에 버려진 깨진 기왓장과 메마른 겨울풀잎들 하나하나에 넘치는 그 무수하고 구체적인 언어들을 도대체 어느 누가 다 찾아내어 이토록 말한단 말인가? 너무 의아스러워 손을 번쩍 들어 선생님께 물었다. "선생님, 이 엄청난 역사를 과연 어느 누가 어떻게 해서 이토록 낱낱이 다 기록합니까?" 그러자 선생님께서 좋은 질문이라며 예로부터 우리 겨레의 도도한 선비 붓대 사관들을 말하고 나서 "역사기록자가 따로 있는 것이 아닙니다. 역사는 자신을 묻고 찾는 이에게 스스로 대답합니다. 그토록 역사를 묻고 찾는 사람이 역사를 쓰는 것이요, 그 역사 주인이 다름 아닌 오늘 이 자리 여러분들입니다."라고 대답해주셨다. 내가 고교에 들어선 1960년대 초 "역사란 무엇인가?" 하고 스스로 묻고 대답한 미국의 역사가 에드워드 헬렛 카가 "역사란 과거와 현재의 끊임없는 대화"라고 정의하고, 그게 20세기에 비로소 역사를 다시 바라보는 신기원이 되었다고들 하지만 중학 시절 내게 대답해주신 시골 섬 나의 선생님의 그 눈과 자리만 못하다. 역사는 과거와 현재가 주고받는 대화가 아니다. 역동적으로 파도치는 만남이다. 새로운 창조의 거대한 강물이다. 그리고 그 강물엔 "과거"와 "현재"와 "미래"가 따로 없다. 그 세 자리의 모든 것이 한데 어우러져 스스로 창조적 변환의 끊임없는 '오늘 지금'으로 파도치는 흐름이다. 굳이 그 세 자리가 따로 존재한다면 모든 과거가 미래를 향해 가장 분명한 오늘의 구체적이고 실천적인 각성자아의 현실로 역동치는 강물이다. 때문에 모두가 '어제'요, '지나가버린 날'로 여기는 언어 그 "역사"는 내게 너무 부족했다. 그도 좀 부족하지만 그 언어를 나는 "역사현실"이라는 말로 대신하게 되었다. 겨울 벌 시인이 '우리 모두는 꿈의 내일에 살고, 오늘은 모두 순간에 지나가나니, 지나고 나면 그날이 다시 그립고 더욱 벅차게 찬란하고 아름다울 것'이라는 그 자리가 정작 '지나가버린 것은 단 하나도 없다.'는 변증 환치된 언어가 아닌가.

그토록 나 자신에게서 역사를 구체적으로 느끼고 확인한 중학 시절, 비로소 아프리카가 내게 가장 큰 그리움으로 크게 들어앉았다. 당시 모두에게 가장 인기 높은 '타잔'이나 한창 사춘기 시절에 영국탐험대가 찾아나선 그 황홀한 '동굴의 여왕' 때문이 아니다. 나 자신에게서 언제나 떠나지 아니하는 6세 때 완전히 무너져 사라져버린 바닷가왕국의 허무가 모두 아프리카 역사 실체로 뻗는 자리였다. 콜럼버스가 대서양 횡단 항해에 성공한 그 1492년부터 시작된 유럽 흰 얼굴들의 식민시대가 20세기까지 무려 5세기나 끊임없이 지속되는 역사현실 앞에 이미 스러지고 사라져버린 무수한 제국과 왕국들이 내게는 왠지 검은 대륙 아프리카로 집중되었다. 아무래도 흰 얼굴 그 피부와 가장 분명하게 대립되는 증오와 분노의 사랑이 아프리카이기 때문이었으리라.

그때 나는 동틀 녘 찬란한 아침햇살보다 붉게 타는 저녁노을과 밤하늘 은하에 눈부신 별들을 더 사랑하고 좋아했다. 학교에서 돌아와, 새벽부터 하루 종일 들녘에서 홀로 땀 흘리는 어머니께서 아직 돌아오지 않은 자리, 그 어머니의 질펀한 땡볕 들녘을 바라보며 마루에 우두커니 홀로 앉아 서쪽 산마루를 넘는 해를 바라보노라면, 산 그리매 땅거미와 함께 석양노을이 대지와 맞닿은 하늘에 붉게 탄다. 그러면 이미 땅거미에 휩싸인 실루엣의 그 산과 구릉의 능선들은 광활한 아프리카 열대우림의 원시 정글. 그 정글의 나무와 풀잎들로 지은 집들로 울을 친 마을 공동마당에 모닥불이 피어오르고, 남녀노소 할 것 없이 어른들은 풀잎으로 사타구니만 겨우 가린 채 여자들은 아무 부끄러움도 없이 모두 젖통 털렁거리고, 아이들은 모두가 홀랑 발가벗은 채 춤추고 노래하는 활기찬 잔치마당에 북소리가 둥둥둥 울린다. 내게는 너무 분명하고 뚜렷한 그 자리 그 평화의 기쁨이 어찌 환각 환청이랴. 지루한 땡볕 들녘 그 하루가 불타는 노을 속에 저문다는 것은 어머니 들녘을 향하는 나의 가슴에 바로 그런 것이었다. 먹고 입는 들곡식들을 모두 망치든 말든 한여름 억수비가 쏟아지는 날이 내게는 행복이었던 것도 그렇다. 그렇게 아프리카는 내게서 점점 뚜렷하고 크게 자랐다.

사막과 울창한 수목들의 열대우림, 우기와 건기가 분명하게 교체되며 생명들이 시들고 다시 자라는 풀잎들의 광활한 대평원 사바나 열대초원. 무수한 동물들이 구름처럼 군집을 이루고 먹고 먹히는 먹이사슬의 생사 갈림길 속에 강물을 건너는 헤아릴 수 없는 무리들의 질주 그 사바나로 각인된 아프리카. 대륙을 남북으로 동서로 가로질러 흐르는 나일, 콩고, 니제르, 잠베지, 오렌지강 등 헤아릴 수 없는 강물들을 따라간다.

중앙아프리카 가장 작은 나라, 그래서 대부분 그런 나라가 있는지 없는지조차 잘 모르는 사람들이 더 많은 부룬디 산맥에서 근원한 카게라 강물이 빅토리아 호수로 흘러 북쪽 사막지를 향하여 빅토리아나일과 앨버트나일을 지나 수단 땅에 이르러 서쪽 사막지에서 흐르는 바르알가잘강과 만나 비로소 백나일이 되고, 그 백나일이 에티오피아 고원에서 흐르는 청나일 및 아트바라강과 만나고 합류하여 북쪽 지중해를 향하여 드넓은 사하라 사막길을 외줄기로 줄기차게 달리는 6,671km 나일. 그 장쾌한 여정은 아무리 인간이 짓고 만들고 파괴하는 문명과 역사가 변해도 변함이 없다. 그 근원도 끝자리와 방향도 바꿀 수 없고 그 흐름을 아무도 멈추게 할 수 없다. 아프리카 최고봉 킬리만자로와 세렝게티 원초자연의 대파노라마도 빼어놓을 수 없는 땅, 탄자니아로 들어선다. 빅토리아 폭포가 쏟아붓는 강물 그 잠베지의 근원을 찾아 잠비아로부터 그 강물이 흐르는 땅의 나라들을 모두 돌아본다. 가는 곳마다 다정하고 순박한 사람들, 그러나 모두가 왜 이토록 아직도 처참하게 헐벗고 주리는가? 그 침묵의 그늘 속에 빗나간 역사, 추악한 욕망의 흰 얼굴들이 겹친다. 본시 자신들의 언어를 거의 다 잃고 흰 얼굴들의 언어로 태어나고 자란 아이들의 그 말똥말똥한 별빛 눈망울들 속에 작열하는 햇살과 쩍쩍 갈라지는 대지에 메말라 죽어가는 대초원의 갈증, 비가 내린다. 그 앞에서야 오늘의 우리 땅 우리 겨레 우리 사회를 꺼내 무엇하랴.

모든 인류 시원의 어머니 땅!

푸시킨, 호세 마르티, 프란츠 파농과 잠들지 않은 겨레역사 요동 만주벌 아버지!

겨레피아골 62주년을 맞는 이 유월 여름, 총성이 다시 터진다.

분명 그 피로 태어났음에도 그 벌로 뛰어가지 못하는 못나고 허약한 놈.

날로 벅찬 역사 강물 앞에 실로 너무 짜잔하고 초라한 이 낡은 청진기와 이미 녹슬어버린 수술 칼날. 그나마 움켜쥐고 왜 아직도 아프리카로 달려가지 못하는가.

중학 시절부터 굳게 새긴 약속의 역사.

아무것도 이루지 못한 채 여전히 뜨겁고 벅찬 침묵으로 '기억 속에 흐르는 강물'!

그 강물 앞에 누구를 탓하고 그 길을 누구에게 떠맡기랴.

사랑하는 아내와 나의 아들들아.

내가 죽으면 아무짝에도 쓸모없는 이 몸뚱이를 아프리카 강물에 던져다오.

그때야 비로소 인류 영원한 어머니 땅에 한 살점이라도 악어밥이 되리니.

(2012)

4장 ◦ 천년 같은 하룻밤

◦

가시풀꽃 여인

내 곁엔 가장 아름답고 고귀한 가시풀꽃 여인이 있다.

지칠 줄 모르고 폭풍해일의 바다를 달려 황혼의 노을빛 짙은 날에 그녀를 만난 것은 마지막 항해에 다시 솟는 열정, 가장 큰 기쁨과 행복이다.

이 순간 나는 시인 괴테. 그가 74세 때 19세인 소녀 울리케 폰 레베초를 못 견디게 사랑하고 청혼했으나 '망령한 노인'이라 손가락질 받으며 거절당한 바로 그 괴테이다. 그가 그날에 쓴 '비가悲歌'를 읊는다.

오래 전부터 나를 매혹시킨
가시풀꽃 여인
난 이제 새로운 인생을 느끼네.

꽃이 모두 저버린 이날
다시 만나기를 희망할 수 있을까?

천국과 지옥,

네 앞에 두 팔을 벌리고 있다.

사람의 마음, 이 얼마나 알 수 없는지!

그러나 절망하지 말라.

그녀가 천국의 문으로 들어와

두 팔로 너를 안아 주리니.

—괴테, 〈마리앤바더의 비가〉 중에서

그녀는 매일 아침 가장 먼저 일찍 일어나 나의 문을 연다.

그리고 맨 먼저 나의 방을 깨끗하게 정돈하고 담뱃재로 시커먼 놋쇠 재떨이를 번쩍 번쩍 윤기 나게 닦아 책상 위에 단정하게 놓고서 나머지 모든 진료 준비를 마치고 나를 다정한 미소로 맞는다.

그녀가 그러할 때 나는 아침을 서둘러 먹고 12.5km 섬 들길을 달리며 그녀의 모습을 바라보며 콧노래를 부른다. 그러면 그녀는 반갑게 맞아 먼저 커피부터 내 입맛에 꼭 맞게 타서 가져오고 그 잔을 내가 비우면 곧바로 하루 일과가 시작된다. 그 하루 동안 명령권자인 나의 주인은 오직 그녀요, 난 철저한 그녀의 종이다. 그렇게 그녀는 나를 불러 자신 곁에 앉히고 내 곁에 바짝 붙어 매일 150~250명의 환자를 맞아, 내가 처방하는 내용을 빠른 속도로 피아노 연주하듯 컴퓨터 진료기록부에 친다.

털끝만큼도 오차가 없는 그녀는 지금껏 내가 만난 모든 여인들 중 동작이 가장 기민하고 빠르다. 그만큼 머리회전이 빠르고 영리하다. 그보다 정작 뛰어나고 나를 사로잡는 것은 나의 침묵을 이미 다 아는 마음, 침묵언어를 아는 여인이다. 하물며 매일매일 만나는 그 수많은 사람들의 마음까지 나보다 먼저 더 잘 안다. 눈에 보이지 않는 자리에서 병원문을 열고 들어서는 사람들의 말소리와 발자국 소리만으로 이미 그 모두를 다 알고서 그들의 진료부를 열고 이름을 부른다. 그래서 우리 병원가족 중 단연코 최고의 인기를 독차지한다.

그토록 헤아릴 수 없는 시골사람들의 침묵, 날로 삶이 무너지고 인생이 허물어지는 사람들의 아픈 마음들을 속속들이 다 아는 건 결단코 그냥 얻어지는 자리가 아니다. 그녀가 이미 가시풀꽃 베를 짜는 여인이기 때문이다. 그녀가 그토록 어느 누구보다 삶의 고난과 고통이 큰 자리에 있음에도 그녀는 언제나 환한 얼굴과 따듯한 미소를 모두에게 잃지 않는다. 그리고 매사에 적극적이고 긍정적이며 활기차다.

의료임상에 임하는 모두가 예술 극마당의 광대보다 더한 평생어릿광대라는 사실을 모르는 사람은 아무도 없으나, 정작 그렇게 하기가 쉽지 않다. 그 더욱 옛날과 달리 의료 불신과 시비가 팽배해져 버린 오늘에. 그럼에도 그녀는 추호도 거짓이나 흐트러짐 없는 진실로 모두에게 따뜻한 가슴 환한 미소로 정성을 다한다. 그러한 가시풀꽃 여인이야말로 고대 그리스 미의 여신 아프로디테 비너스도 따를 순 없다. 그 더욱 남편인 스파르타 왕을 버리고 트로이 성 파리스 왕자를 따라가 그로써 트로이 성을 멸망시키고 만 헬레네와 같은 "거품의 여인"이 아니다. 진짜배기 순결한 백합송이 여인이다. 그런 그녀를 어느 누군들 사랑하지 않을 사람이 있을까.

그러나 나는 그녀의 무수한 날 밤 창가에 그림자처럼 홀로 서 있다. 가족들이 모두 잠든 깊은 밤 비로소 그녀는 홀로 일어나 하염없이 눈물을 흘린다. 단 한 번이라도 소리쳐 엉엉 울고 싶으나 그러지도 못한다. 숨통 막히는 인형의 집에서 당장 노라처럼 뛰쳐나가고 싶으나 차마 그러지 못한다. 몽유병자라도 되어 아무도 없고 보는 이도 없는 산천을 좀 마음껏 쏘아 다니다 오면 좋으련만 그때마다 그녀는 골고다 언덕길을 바라본다. 엘리 엘리……. 십자가상의 가시관을 바라본다. 뜨거운 모래폭풍의 사막 길을 가장 고독한 자가 되어 끝없이 걸은 그 님의 모래 흙먼지 투성이 발에 몰래 감추어둔 고급 향유 나드 한 근을 다 쏟아붓고 삼단 머리털 풀어 씻기는 마리아다. 어쩌면 그보다 깊이 서로 사랑한 마리아 막델리나이다. 그게 설혹 그녀에게 환상과 환각일지라도 그녀에게 그보다 큰 현실은 없다. 그녀를 어둠 속에서 몰래 지켜보는 나 또한 환각 망상에 휩싸여 이미 울안에 있는 아흔아홉 마리를 다 떨치고 당장 십자가에서 훌쩍 뛰어내려 그 한 마리 잃어버린 양을 꼭 안아주고만 싶다. 이런 밤들이 얼마나 더 지나야 할까? 그러나 나는 안다. 그녀를 그 현실에서 깨울 수가 없다. 숨소리도 죽이고 지켜보다가 그냥 물러서기만을 거듭하며……. 나 또한 나의 밤 창가에서 그녀에게 부치지도 않을 편지만을 무수히 쓴다.

그러한 그녀가 아니라면 나는 오늘의 진찰실을 이토록 넘치게 지킬 수는 없으리라. 새삼 누군가를 사랑한다는 자리가 이토록 지친 항로 끝자리에 다시 새로운 힘을 용솟음치게 한다는 사실, 비로소 '노망한' 괴테와 헤밍웨이의 가슴을 본다.

그러나 내 이 마음은 분명코 그들과는 아무래도 조금 다르다. 그녀를 향한 나의 사랑은 오히려 겨울 벌 청동기사 푸시킨에 더 가깝다. 사랑하므로 113명의 그 모든 사랑에게 그녀들이 사랑하는 그 사랑의 자유를 허락한 자리 나탈리아에 대한 사랑처럼. 만약 나탈리아가 자신과 같이 흰 얼굴들 속에서 저 아득한 아프리카의 검은 피가 아니었다면 푸시킨은 결단코 그녀가 단테스에게 달려갈 수 있도록 마지막 방아쇠를 자신의 가슴팍에 당기지 않았으리라.

이성 간에 느끼는 사랑에 리비도가 없다는 것보다 큰 거짓이 없으려니와 그것만이 결단코 전부는 아니다. 그보다 큰 실존 전체를 보다 크게 품은 가슴만이 스스로 리비도를 극복하고 넘어 그 사랑을 더욱 곱게 하리라.

남성에게 리비도를 넘는 것은 다분히 가장 큰 고뇌요 고통이다. 더불어 고뇌 고통만큼 가장 넘치는 행복이다. 그리고 오늘의 나는 젊은 날의 항도 시절처럼 자신이 있다.

'저 구름 흘러가는 곳'으로써 가장 취했던 항도 시절 수많은 밤들의 술잔 '이브' 여인! 그러나 그녀의 뜨거운 삶의 침묵 그 실제를 보았을 때 리비도는 당장 저절로 물러갔다. 그토록 사랑했거늘 그녀는 왜 삶의 그 고개를 다 넘지 못하고 지금도 가파른 언덕길 오르는 세월의 '늙은 느티나무'로 서 있을까? 그보다 내게 큰 슬픔도 없다.

하지만 오늘은 다르다. 다시 항해할 '저 구름 흘러가는 곳'! 가시풀꽃 여인과 내가 매일매일 바짝 붙어 있으니까.

그 동안 어떻게 하면 하루 빨리 옷을 벗고 탈출할 수 있을까만을 생각하며 겉껍데기 항해를 마치려던 날에 그녀가 나의 배에 올랐다. 그리고 나를 자신 곁에 꼭 붙들어 자신의 종으로 삼고 이토록 하루하루를 기쁨과 행복으로 넘치게 하고 있으니 말이다. 그러므로 나는 분명코 그녀가 가시풀꽃을 좀더 가볍게 짜며 행복한 나라로 항해할 수 있도록 불타는 나의 사랑을 바칠 수 있다. 새롭게 넘치는 기쁨과 행복으로. 내가 항해를 마치는 날 젊은 그녀의 항해가 새 바람 앞에 활기찬 돛폭을 펼칠 수 있도록. 그동안 기나긴 항해를 나와 함께한 여인에게 그 사랑을 고백하자 더 크게 기뻐하는 그녀 또한 어찌 아니 고우랴.

그래도 여전히 리비도와 삶이 다투는 사랑!

가시풀꽃이 그 침묵을 어찌 다 알랴.

그 침묵만은 몰라야 한다.

(2011)

○

열무김치

실로 넘치는 열무김치 철이다.

온 산하가 푸르름으로 넘치고 따가운 햇살 땡볕 속에 찌는 무더움이 함께하는 이런 계절이면 열무김치가 그립다.

하지만 혹 이제나저제나 하고 아무리 기다려도 열무김치가 밥상에 오를 줄을 모른다. 왜 나의 아낙은 열무김치를 담그지 않을까? 늘상 부엌에서 일할 때마다 각종 노래들을 흥얼거리는데 열무김치타령은 단 한 번도 흥얼거리지 않을까? 도무지 알 수가 없다. 내가 시장에 나가 열무를 사와 직접 열무김치를 담그지 않는 한 어쩔 수가 없는 노릇이다. 누군가 남자라고 하면 안 되나 할지 모르지만, 다른 것은 몰라도 열무김치만은 당초부터 아낙들이 담그는 것이요, 그 노래 또한 아낙들의 노래이기 때문이다.

봄이 오고 다시 여름이 와도 열무김치를 담글 줄 모르는 나의 아낙을 처음 보는 사람들은 더러 몇 번째 아낙이냐고 묻는 때가 있다. 그럴 때마다 나는 세 번째라고 한다. 그러면 그들은 "그러면 그렇지" 한다. 그러나 정작 그녀는 나의 첫 번째요, 나이 차이가 불과 7년밖에 되지 않는 같은 시대의 아낙이다. 그럼에도 무슨 일인지 시골 끝자리 섬에서 나와 함께 25년을 산 아낙이 아직도 제철음식을 모르고 이런 여름 열무김치 담글 줄을 모른다. 기껏 제 맛을 안다는 게 갈치 배쨴데기 속창이다. 만약 그녀가 아무리 내가 싫고 제 비위에 맞지 않아 버리고 섬을 떠나고 싶어도 그리하지 못하는 것은 아무래도 갈치 배쨴데기 속창 때문이리라.

우리 겨레에게 가장 기막힌 음식문화가 제철음식이다.

봄 여름 가을 겨울 사계절마다 제철음식이 있어, 그 음식들은 역시 제철에 제 맛이 난다. 그러나 오늘엔 꽃들마저 제철을 잃은 만큼 음식들 또한 국경이 없고 제철이 없다. 그로 제철음식으로 성장한 세대들에겐 아무리 화려한 오늘의 진수성찬이라도 과거와 같은 제 맛을 느낄 수 없다. 새삼 밥상 앞에 앉을 때마다 세월이 빠르게 가고 이미 모든 것이 다 변하고 있다는 사실을 느낀다. 그러나 그런 세월의 흐름과 변화 속에서도 여전히 변함없는 자리가 곧 입맛과 창자 속이다. 세계를 휘저으며 아무리 자신을 감추고 속이려 해도 그럴수록 속일 수 없는 것이 곧 혀끝과 배속 그 속창이다.

우리말의 "속창"이 무엇일까? 배 속에 있는 창자이다. 그러나 말의 쓰임은 그 창자를 뜻하지 아니하고 제 맛을 보고 아는 자리로서 아무리 감추고 속여도 제 맛을 속일 수 없는 속 자리를 뜻한다. 그럼에도 그 쓰임은 그리 썩 좋지 않다. 긍정적인 경우가 아니라 부정적으로 쓰이곤 한다. "예끼, 이 속창 없는 사람." 그런 경우 그 "속창"은 "소갈머리(속 알머리)"와 같다. 곧 알맹이 심지心志가 없다는 말이다. 따라서 "속창"은 "철"과 같은 뜻이기도 하다. 때문에 어릴 적엔 "철없는" 시절이라 하나, 성인이 되면 "철이 들어" 스스로 제철을 알아야 함에도 여전히 철이 없고 철을 모르는 경우를 "속창 또는 소갈머리 없다."고 바꾸어 말한다.

농경시대가 이미 지나가버린 오늘의 현대문명 속에서 태어난 신세대들이 우리 같은 구닥다리 낡은 세대들의 "철"과 "속창 맛"을 어찌 알 수나 있을까. 모르는 게 너무 당연하다. 아무리 성인이 되어도 아버지 앞의 아들, 어머니 앞의 딸은 언제나 "철"과 "속창" 없는 사람이요, 반대로 아들과 딸에게 아버지와 어머니는 이미 철이 바뀌었음에도 제철을 모르는 낡은 구세대인 것처럼.

긴 겨울이 가고 새 봄이 온 대지에 새 생명들을 탄생시켜 여름을 향해 푸르름이 무성한 철이면 과거 우리 겨레에게 가장 맛있는 제철음식이 곧 열무김치이다. 봄여름 밥상에 오르는 그 열무김치의 맛이야말로 최고다.

"열무"는 한창 자라는 어린 무를 말한다. 그러나 그 철의 배추에 대한 "열배추"라는 말은 없다. 그런 봄철에 씨앗을 뿌린 무와 배추의 맛은 가을의 것과 전혀 다르다. 가을채소는 온통 그것으로 한 밭 가득 씨 뿌리고 재배하여 거둔다. 그러나 봄에 씨 뿌려 봄여름에 김치를 담가 먹는 무와 배추는 주로 다른 곡물들의 밭 가장자리나 두둑 사이 고랑에 조금씩 뿌린다. 정식이 아닌 간식용이라고 할 수 있다.

그중 특히 열무를 가장 많이 심는 자리가 명(목화) 밭이다. 그리고 그런 열무를 진도에선 특별하게 "명 밭의 열무"라 하여 김치뿐 아니라 상추쌈에서도 최고로 친다. 그런 그 명 밭 열무는 가을무와는 달리 좀 특별하다. 우선 잎사귀 뒷면에 까실까실한 작은 가시털들이 많다. 그래서 상추쌈이나 김치를 담아 입속에 넣었을 때 까실까실한 감촉부터 다른 것이다. 그러나 다 자리기 전 어린 것이라 그 잎은 매우 부드럽고 맛이 특별하다.

또한 그 열무는 가을무들과는 종자부터 다른 만큼 무의 생김새도 전혀 다르다. 보통 "알타리무"나 "총각무"라고 한다. 매우 우람하게 다 자란 가을무에 비하면 이제 무로서 모양을 갖추고 한참 자라는 총각과 같기 때문에 그렇게 말했으리라. 그리고 그 모습은 우람한 가을무보다 생김새며 크기가 오히려 제 것과 꼭 같다. 한데 "알타리"란 어원이 무엇일까? 제법 한입 가득 먹음직스럽게 "알이 토실토실 졌다"는 말일까?

바로 그러한 알타리 총각 열무로 김치를 담는 아낙들은 매우 흥겹다. 열무김치를 담그며 스스로 흥에 겨워 흥얼흥얼 노래한다. 그런 아낙들의 일터 노래들을 보통 홍타령이라 한다.

열무김치 담글 때는 님 생각이 절로나 나
걱정 많은 이 심사를 흔들어주나

논두렁에 맹꽁이야 너는 왜 울어 음

안타까운 이 내 마음 달래여주나

맹이야 꽁이야 너마저 울어

아이고대고 이 맹꽁아 어히나 하리

이 같은 우리 겨레 일터 아낙들의 민요들엔 여러 가지 "타령"들이 있다. "타령"의 일반적인 말뜻은 같은 것을 자꾸 되풀이하여 뇌까리는 것을 말한다. 그런 자리가 음악적으로 나타나는 대부분의 판소리나 잡가들을 "타령"이라 한다. 그러한 겨레의 대표적인 타령이 아리랑으로부터 방아타령, 도라지타령, 몽금포타령, 산아지타령, 신고산타령, 노들강변, 천안삼거리, 토끼타령, 물레타령, 베틀가, 장끼타령, 변강쇠타령, 그리고 여러 가지 흥타령과 육자배기 등이다.

이처럼 같은 것을 자꾸 되풀이하여 뇌까리며 노래하는 곧 "흥얼거리는 / 흥얼이는" 그 타령의 자리는 절로 흥겹다. "흥얼이는" 자리에서 보면 모두가 "흥타령"인 셈이다. 그러나 그 흥겨운 "흥"의 자리는 단순하지가 않다. 굉장히 폭이 넓고 다양하다.

한겨울 모두가 잠든 고요하고 깊은 긴긴 겨울밤 베틀에 올라 한 걸음 찰그닥 두 걸음 철그덕 보두질로 베를 짤 때 자신도 모르게 가슴의 현 울림 그 심금心琴의 파장이 구음 가락에 실려 입가에 흥얼흥얼 새어나오는 자리로부터 모두가 함께 힘차게 부르는 물레방의 물레가나 들녘의 풍년가며 명절마당의 신바람 나는 한마당 잔치굿판의 노래, 하물며는 진도 상가 씻김굿 밤샘마당에서 영가靈歌로 터져 나오는 슬픔과 기쁨이 함께하는 미묘한 심정의 노래들까지 그때마다 매우 다양하고 변화무쌍하다. 그토록 서로 다른 정감 정리情理의 자리는 극단적인 슬픔 애상의 원怨과 한恨으로부터 극단적인 신바람 흥취興趣까지 다양하다. 그러한 한과 흥으로 배치되는 두 자리는 서로 분리된 두 자리가 아니라 사실 하나의 자리이다. 때문에 그 심금의 울림을 우리 겨레가 애상 쪽에선 '한'이라 하고, 흥겨움 쪽에선 '흥'이라 할 뿐 같은 하나의 자리로서 '한흥'이라 한다.

그러한 언어 상징은 '산'과 '물' 그 자연을 '산수'라고 함과 같다. 불교적인 시각에서 보면 "공즉시색 색즉시공"이요, 겨레 남화 붓끝에선 시와 서와 화가 서로 다르지 않은 하나로서 "시즉화 화즉시"의 자리와 같다. 또 다른 자연현상원리에서 보면 "역지사지" 그 역리의 자리이자, 노자가 이른 "길이라 하면 이미 길이 아닌" 길이다. 바로 그런 자리에서 성철 스님은 "산은 산이요 물은 물"이라 했으나 그 말을 놓고 불교의 진리를 좀 안다는 세상 사람들은 그 말뜻이 "돈오돈수"네 "돈오점수"네 하고 한동안 시비를 벌였다. 따라서 '한흥'의 자리를 좀더 분석적으로 깊이 보면 한이 흥으로 전환되는 자리이다. 곧 흥興의 가장 큰 동인動因이 한恨이다. 불교의 모든 인식논리가 바로 그 인과因果 필연의 자리요, 나사렛 예수의 구원논리 거듭남 또한 그렇다. 그리고 그 실제를 현대정신 심리학의 실존분석학에서 빅터 프랭클이 가장 분명하게 밝힌 고난의 자아 의미각성이다. 문학실존들에선 더욱 많고 비록 서로 다른 다양성들로 극화되었으나 그 모두가 같은 하나의 자리이다. 호세 마르티, 푸시킨, 체호프, 헤밍웨이 등 헤아릴 수가 없다. 그런 실제들을 언어로 가장 잘 표현한 자리가 헨리크 입센의 에필로그인 〈우리 죽은 자들이 깨어날 때〉이다. 곧 우리가 죽음에 이르러서야 비로소 깨어난다는 사실이다.

우리 유교유학의 조선조 농경시대의 우리 아낙들은 고난과 한의 가장 큰 중심에 있었다. 그러나 바로 그 자리에서 겨레 생명과 역사의 영원함이 꽃피웠다. 그토록 영원한 생명의 봄은 아낙들 곧 어머니 물가 그 겨울강변에서 온다. 바로 그 침묵의 노래가 겨레 흥타령들이다. 만약 그 '한흥'의 힘찬 노래들이 없었다면 우리 겨레는 생명력을 잃고 말았으리라.

그 모든 흥타령들은 님을 향한 가슴들이다. 님을 만나 누리는 넘치는 흥겨움의 순간들이다. 그 은유 상징들 중에서 가장 노골적인 자리가 방아타령이다. "한두 뿌리만 캐어도 대바구니가 스리살살 넘치는 심신산천의 백도라지", "장산곶 마루의 북소리와 몽금이 개암포의 만남", "신고산이 우르르" 넘어지는 소리, "노들강변의 봄버들", "천안 삼거리 능수야 버들", "아리아리 서리서리 아라리가 났네" 진도아리랑 등 그 모두가 다 그렇다. 그런 자리에서 '열무김치 타령' 또한 기막히다.

나의 할머니도 어머니도 열무김치를 심고 담그며 이 타령을 흥얼거렸고 내 누이도 그랬다. 그러나 이제는 그 노래가 그만 끊기고 말았다. 다른 노래들은 부엌에서 늘상 잘 흥얼거리는 내 아낙 마저 그 흥겨운 열무김치타령을 모른다. 그러니 어찌 사랑을 제대로 알며, 고개도 아닌 삶의 하찮은 고갠들 찌푸린 낮 불평불만이나 돈타령 없이 즐거운 노래로 넘을 수 있을까? 제 딴에는 나사렛 예수의 사랑을 깨치고 그 거듭남으로 영원한 생명의 구원을 얻었다고 하나 내가 보기엔 어림 서푼어치도 없다. 이 여름 단 한 번이라도 밥상에 열무김치를 내어놓았다면 혹 모를까. 이 여름 내내 제철도 아닌 맹숭맹숭 밀건 조갯국이나 먹는 놈에게 어찌 님 생각이 절로 날까?

이미 모두 별나라로 가신 할머니, 어머니, 누이의 겨울강변!
그 사랑 열무김치 담글 적 흥타령이 그립다.
푸르고 무성한 여름이 간다.
어언 밤 창가엔 가을 풀벌레들의 노래.

(2009)

○

설녀와 설하

강나루 구름에 달이 간다.

새 천년 두 번째 추석달이다.

저녁을 먹고 나서 커피잔을 들고 앞마당에 나와 벤치에 앉는다. 담배도 뽑아 물었다.

30년 만의 행복, 이 기쁨과 행복을 누가 다 알 수 있을까?

가족들 다 집으로 간 병원 건물도 이처럼 느긋하고 편할 수가 없다. 문이 닫히고 불이 꺼졌다는 게. 넓은 뜨락, 정원수들도 모처럼 느긋한 숲속의 집이다. 어찌 넓은 이 공간뿐일까. 세월 세월의 시간들마저도 새록새록 넓고 넉넉하게 숨 쉰다.

30년 만에 처음 느끼는 집, 바로 이런 게 집이다.

가장 불행한 사람을 과연 얼마나 알고 있을까? 배고픈 사람, 입고 나설 옷이 없는 사람, 들어가 잠들 집이 없는 사람일까? 권력, 재산, 명예를 잃은 사람, 건강을 잃은 사람이라 할 것이다. 그런 게 아니야, 정작 불행한 사람은 고독한 사람이라 할 사람도 있으리라. 희망을 잃고 꿈이 없는 사람이라 하기도 하리라. 그토록 저마다 자신의 불행을 가장 크게 느끼며 간직하고 사는 게 인생이리라.

그러나 정작 엉뚱한 불행이 있다. 삶의 마차를 끄는 마부, 삶을 노 젓는 뱃사공이 홀로 말없이 간직하는 불행이다.

사람은 삶의 길에서 자기 홀로만의 조용하고 차분한 공간과 시간을 바란다. 치열한 삶의 벅참 속에서, 그러한 순간의 자신 속에서 그는 충전 받는다. 그러지 못하면 쉽게 지친다.

그래서 오늘과 같은 시대와 사회 속의 마부, 뱃사공들은 쉽게 지쳐 쓰러진다. 좀 주리고 헐벗어도 농경시대와는 달리. 쓰러지기 직전까지는 쉼 없이 땀을 흘리고, 좀 쉬고 싶다고 가족에게 입을 열지도 못한다. 결국 삶의 짐을 그렇게 말없이 끌고 가다가 푹 쓰러진다. 그런 경우는 병명도 없다. 공직자인 경우 국민을 대신해서 보상금을 지불해야 할 같은 처지의 사람은 왜 사체검안이 아닌 사망진단이며, 선행 사인이 어찌 업무 과로와 스트레스냐 하고 따진다. 그 또한 오늘의 세태요, 인심이다. 의사를 믿지 못한다. 죽은 동료를 앞에 놓고. 물론 가뭄에 콩 나듯 못된 의사들이 있기 때문이다.

그렇게라도 죽음의 값을 남기고 가는 마부 뱃사공들은 사실 행복하다. 그러나 그러지도 못하는 시장터 사람들이 눈을 감는 순간 그 눈이 어찌 감아지랴?

하지만 그러한 시장터나 들밭 갯가며 강나루 마부 뱃사공들에게도 그리 작지 않은 행복이 있다. 그것은 흐르는 구름과 바람 강물이요, 가고 오는 길이다. 새벽 별빛과 아침 햇살에 집을 나서는 길, 노을빛 곱게 물드는 속에 더욱 또렷하게 트인 길이다. 돌아오는 길이다. 그 길 끝엔 집이 있고, 그 집은 설혹 초가지붕 단칸 토담집이라도 그보다 따뜻 포근 행복할 수가 없다.

그런 마부, 사공이 비록 저 밖에서는 가장 작고 초라하며 하찮은 존재일지라도, 헛기침 한번 하고 들어서는 순간은 제왕이다. 다음날 새벽 다시 밖으로 나서는 순간까지는. 또 그렇게 새벽 아침마다 나서는 순간은 자신이 어떤 누구라는 것을 가족들보다 자신이 더 잘 안다.

그 마부, 사공들은 강나루 구름의 달이다. 밤이 좋다. 달이 차고 밝기를 소망한다. 구름숲 구름밭 구름길을 달리면서도 그 구름을 탓하지 않는다. 그들은 설혹 달이 없고 어두워도 그 밤이 길기를 더 바란다. 사실 달이 없는 밤도 달이 있다. 더 큰 말 없음의 침묵으로.

그 밤이 있기 때문에 그 달들은 대낮 길바닥에서 아무 말 없이 스러져도 행복하다.

그러나 그 밤조차 누리지 못하는 달이 있다. 이우는 하현 낮달들이다. 그에겐 바람과 구름과 강물, 나서고 들어오는 길도 없는 마부 사공들이다. 집도 시장터, 들녘도 없는 사람들이다. 일터가 있으나 일터가 아니요, 집이 있으나 집이 아니다. 나서고 들어오거나, 흐르고 말 것도 없는 늘 한 제자리 붙박이들, 집과 일터가 함께 붙어 있는 마부, 사공들이다.

아! 이제야 집과 지붕 그리고 구름의 달이려고…….

30년 만의 달, 아니 좀더 분명하게 말하자면 6살 때부터이니까 51년 만의 달이다. 철없이 청라언덕을 달리던 초, 중 9년을 제하더라도 42년 만의 달이다.

그래도 구름과 달을 아는 사람은 아내, 좀 쉬라 한다. 구름에 달이 되라 한다. 밤을 맘껏 자유自遊하며 사랑하라 한다.

말고삐 노를 건네는 마음이 좀 아프다. 미안하고 부끄럽다. 짜잔한 남정 만나 마음 한번 제대로 편할 날 없이 고생 고생 끝에 고삐 노까지 손에 쥐었으니…….

시장터로 들어서기로 했다.

밥집을 뭐라 할까?

구름에 달 그 길손 나그네들의 추녀 밑이 아닌가?

길손, 나그네, 추녀 밑, 유랑자, 집시, 구름에 달……. 어떤가?

그러면 섬과 바다요, 섬사람들의 삶터이고 보니……. 섬집바다, 바다의 집시, 섬그늘, 달그림자, 바다밭, 개여울은 어떤가? 내 맘에는 개여울 갈대밭도 좋고, 차라리 '개밥집'이 좋을 것 같은데? 특이하고 신선하며 눈에도 번쩍 띄지 않겠나? 또 개들의 섬이고 하니……. 너무하다고. 아니야, 다 생각이 있지. '개' '밥집'을 크고 또렷하게 하고서 그사이에 작고 희미하게 '여울'을 끼어 넣는 거야. '개'하면 모두가 멍멍 개만 생각하는데, 바다의 '개'도 있잖아. 그 '개'는 땅과 바다가 서로 만나는 곳이라고. 필연코 여울도 있는 것이고. 그 여울은 비록 작아도 세차게 흐르는 게 여울이라고. 내가 자네의 여울에 그만 퐁당 빠졌지 않아. 핫하하…….

그래, 그래, 알았어. 그럼 이 이름은 좀 어떠냐? 눈 설雪에 여울 물 하河 '설하雪河'가? 한겨울 높은 산자락이나 이 같은 끝자리 섬 개여울 갈대밭 무성한 곳에 펑펑 내리고 하얗게 쌓인, 그러나 얼지 않고 겨울새 노래처럼 졸졸졸 맑고 조용하게 흐르는 눈여울물 말일세…….

비로소 그녀가 가장 신선하고 좋다며 얼른 그 이름 '설하'를 집는다. 역시 자신에게 꼭 맞는 것을 쥔다. 그녀는 사실 '설녀雪女'이기 때문이다.

그렇게 두말할 것 없이 '설하'를 얼른 집는 순간 그녀는 분명코 무등無等 산정을 다시 떠올리고 있었으리라. 그날은 유난히 눈이 펑펑 쏟아져 온 세상 하얗고, 무릎까지 풍풍 빠지는 눈길을 걸어 산정 눈밭에 나란히 앉았다. 그리고 내가 물었다.

"가난한 꿈을 꾸는 사람을 어떻게 생각해?"

"그런 것은 단 한 번도 생각해본 적이 없어요."

그녀는 그렇게 대답했다. 꿈에도 가난과 부자가 다 있고, 설혹 그렇다 해도 그런 게 무슨 상관이냐는 듯. 별놈의 질문 같지도 않은 질문을 다 하네……. 하는 것 같은 어투와 표정이었다.

사실 나는 그보다 기쁘고 행복할 수가 없었다. 내심 '하, 요것 봐라. 제법인데. 진짜배기를 잡았군. 내숭은 아니겠지. 아직 어린 것이?' 아무리 훑어봐도 있는 자신 그대로였다.

나는 더 이상 다른 말을 할 필요가 없었다. 그녀는 이미 무등

설녀無等雪女였기 때문이다. 그 빛고을의 높은 산이 왜 하필이면 '무등'이며, 그 산이 과연 졸졸졸 또 뚜벅뚜벅 어디로 걸어가고 있는 것이냐고 묻지 않았다. 그 산이 가서 닿는 끝이 어딘 줄 알며 혹 가본 적이 있느냐고? 어린 소녀가 어찌 알까? 내가 말하고 싶어하는 말인데. 그러고 나서, 이 산은 말야 진즉부터 내려서고 있어. 저 나주 벌을 지나 강물 끝 해변에서 배를 타고 뚜뚜 뱃고동 울리며, 이 같은 눈 내리고 가득 쌓인 계절의 초록빛 바닷물에 수많은 하얀 물새떼들이 내려앉아 옹기종기 사랑을 속삭이는 곳. 저 남쪽 끝 바닷가왕국이야! 나는 그 꽃대궐 새들의 궁전 황태자였었어. 이제는 이 청진기와 수술칼날을 손에 쥐었으니 가야 해. 푸른 파도 끝없이 달려오고, 물새들이 우짖으며, 갈매기와 흰 돛단배들이 꿈을 실어 나르는 바닷가왕국! 해당화 피는 모래톱 그 바닷가에 파도가 휩쓸어버린 나의 모래성 모래궁전을 다시 쌓고 지어야 해. 같이 했었잖아. 너는 그때 나의 순이야. 어서 함께 다시 가자고. 그렇게 말하려고 눈길에서부터 생각했으나 말할 필요조차 없었다. 순이보다 더 맑고 투명한 무등설녀였기 때문에.

조용한 소녀는 결혼한 뒤에서야 말한다. 그 겨울 그 눈길, 그도 내 코트 호주머니에 손을 넣을 때 그 손이 너무 따뜻하고 좋았었다고.

그러나 그도, 살고 또 살다 보니 어찌 손뿐일까. 온몸이 숫제 불덩이라는 것을 알게 된 것이다. 내가 맑은 소녀를 속이려 한 것은 단 하나도 없었음에도…….

아! 이제는 영원한 설하.

진정한 무등의 설녀와 그녀의 집 설하!

이 또 하나 강나루 밀밭길, 구름에 달이 간다.

바람과 구름보다 그 달보다 더 아름다운 것은, 눈 하얗게 쌓인 어머니 같은 산정이 끝자리 끝자락에 이토록 조용히 흐르는 개여울 갈대밭 설하!

눈아! 펑펑 쏟아져라.

설하 지붕 위에 달이 간다.

(2001)

○

꽃에게 자유의 날개를 달아준다면

꽃을 사랑하지 않는 이가 있으랴.

꽃과 함께 있으면 즐겁고 기쁘다.

바라보고만 있어도 행복하다.

만약 사랑하는 꽃이 날개 되어 훨훨 날아간다면 얼마나 더 아름답고 기쁠까.

모두가 잠든 밤 별빛 눈부신 창가에 홀로 앉아 펜을 잡고 생각에 잠겨 내 곁에 고이 잠든 꽃에게 날개를 달아주곤 한다. 마치 젊은 날 첫사랑에게 했던 것처럼. 그러면 사랑하는 꽃은 날개를 활짝 펴고 푸른 바다 푸른 하늘을 날아 비로소 넓은 세계로 자유롭게 훨훨 날아간다. 마치 젊은 날 나 자신의 꿈과 사랑처럼. 그 모습을 바라보며 난 더할 수 없는 기쁨과 행복을 누리곤 한다. 비로소 이상李箱의 날개와 나탈리아에 대한 푸시킨의 영원한 사랑 그 자유自由, 自遊를 느낀다. 사랑은 결단코 소유가 아니라는 사실을. 사랑에게 자유의 날개를 달아줌으로써 더욱 기쁘고 행복한 사랑이라는 것을.

어느 누구인들 과연 하나의 꽃만이 아름답고 그 꽃만을 사랑할 수 있을까? 어떤 숙명적인 근거나 목표에서라도 아무도 그럴 순 없으리라. 우리 모두에겐 헤아릴 수 없이 많은 꽃들이 모두 아름답다. 꽃마다 제각각 그 자신만의 독자적인 아름다움을 지니고 있기 때문이다. 때문에 우리는 살아가면서 수많은 꽃들을 사랑하며 산다. 할 수만 있다면 제각각 아름다운 꽃들을 모두 자신의 뜨락에 들여앉혀 놓고 살고 싶어한다.

그러나 그렇게 모두를 소유할 수는 없는 일. 오직 하나의 꽃만을 자신의 뜨락에 심는다. 그리고 그 하나가 모두려니 굳게 마음먹는다. 하지만 아무리 굳게굳게 마음먹고 또 먹으며 자신의 꽃에게 온갖 천사의 날개옷을 입히고 또 입혀도 그게 결코 쉽지 않다. 아름다움을 향한 꿈과 사랑의 눈길은 자꾸만 울 밖만을 두리번거리며 서성인다. 그 뜨거운 가슴 눈길은 마치 2천 년 전 나사렛 예수만 같다. 아흔아홉 마리 양이 이미 울안에 있으나, 날이 뉘엿뉘엿 저물고 어둠이 내리면 잃어버린 울 밖의 한 마리 양을 찾아 나선다. 그 어두운 울밖엔 이리 떼들이 우글거리고 어둠 속에서 그 한 마리가 밤새도록 주인을 부르며 맴맴 울기 때문이다.

도무지 알 수 없는 모순의 사랑, 그 신비가 무엇일까?

대부분의 사람들이 그 자리를 인간의 욕심이라 한다. 가장 큰 원초본능 리비도라 한다. 좀더 노골적이고 솔직한 사람들은 그 자리를 '주린 이리'라 한다. 다시 말해 아무리 먹고 또 먹어도 배가 차지 않고 점점 더 배고프고 주린 늑대이다. 그는 마치 수컷 사마귀와 같다. 황홀한 기쁨을 누리는 순간 자신의 몸을 그곳에서 채 떼기도 전에 목이 댕강 떨어져 죽는다는 것을 너무 잘 알면서도 그 죽음을 향해 질주한다.

어떤 무엇으로도 떨쳐버릴 수 없는 그 매혹적인 유혹을 타고난 숙명 "팜므파탈"로 가장 잘 표현한 사람들이 19세기 유럽의 팜므파탈 예술가들이다. 미술에서 죽음의 유혹인 뭉크의 '마돈나'와 문학에서 보들레르의 〈악의 꽃〉으로 대표되는 몽환의 자유自遊로.

사람의 본능이 설혹 동물과 같다고 할지라도 도대체 왜 그럴까? 그 생태적 본성의 생체원리가 궁금하다. 생물학에선 너무 쉽고 간단하게 말한다. 종족유지본능이네, 유전자법칙이네 라고. 그렇다면 자신을 스스로 조절할 수 있는 힘, 그 인간은 어디에 존재하는가? 초월적 자아 인식능력의 영혼은 과연 무엇인가?

가만히 생각해보니 뜻밖에도 경제원리에서 보인다. 효용가치라고 하는 자리에서. 목마른 자에게 첫 컵의 물과 열 번째 컵의 물맛이 같지 않다. 하나로써 일단 갈증이 가시면 그 시선은 곧장 자연스럽게 다른 꽃을 향한다. 아직 꿀맛을 보지 못한 쪽으로. 일단 누린 아름다움은 그 아름다움의 감각이 무디어지고 아직 누리지 못한 쪽으로 옮아가고 그 감각은 매우 예민하고 강렬하며 유혹적이다. 인간의 꿈과 사랑이 움직이는 역동 원리가 바로 거기에 있었다.

이런 일화가 있다. 한 청년이 진리를 구하기 위해 선방禪房에 들어가 아무리 정진해도 되지 않아 선사禪師 앞에 나아가 여쭈었다. "제가 어찌하여야 이 먹고 입고자 하는 것에서 벗어날 수가 있습니까?" 하고. 그러자 선사께서 즉시 대답해주셨다. "정녕코 네가 그 먹고 입고자 하는 것에서 벗어나고자 한다면 이제라도 결단코 늦지 아니하니 지금부터 당장 그 먹고 입는 것에 더욱 열심을 다하라."라고. 충족되어야만 비로소 그 자리에서 벗어날 수 있다는 말이다. 일단 충족되면 그 자리에 머물러 있으려 해도 저절로 그로부터 탈출하여 새로운 곳으로 달려간다. 꿈과 사랑과 아름다움과 행복은 본질적으로 그토록 낯설고 생소한 것들 속에 이미 자리하고 있다. 그 자리가 곧 인간의 내면에 이미 자리하고 있는 영원한 그리움과 동경! 그 자리는 서로 다른 정착과 유랑으로 존재한다. 머물면 떠나고 싶고, 떠돌면 정착하고 싶은.

결혼 후 그러한 변화가 나 자신에게서 어떻게 일어나는가 하고 조용히 관찰해보니 퍽 재미가 있었다. 내 뜨락에 심은 한 송이 꽃에 대한 나의 누림과 감각의 변화가 마치 물리학에서의 방사성 동위원소들의 질량 에너지 법칙과 같았다. 원소들마다 반감기는 다르거니와 가장 짧은 것이 탄소로서 약 5,700년이요, 칼륨은 약 13.5억 년이고, 가장 긴 토륨은 약 140억 년이다. 사람도 그와 같으리라. 우리 인간의 수명을 100년이라고 할 때 그 반감기를 가장 짧은 탄소로 견준다고 해도 그 감각 질량에너지는 거의 평생 동안 유지될 것만 같았다. 그러나 뜻밖에도 나 자신에

깜짝 놀랐다. 꽃에 대한 리비도 감각의 반감기가 나에게 겨우 3년 정도에 불과하기 때문이다. 나 홀로 "과연 이럴 수가 있단 말인가?" 하고 놀라, 그로부터 나는 꽃에게 스스로 가면을 둘러쓸 수밖엔 없었다. 그리고 사실 그보다 벅차고 괴로운 일도 없었다.

자신에게 당초 가장 아름다웠고 가장 소중하고 고귀한 꽃에게 어찌 가면으로 살 수 있고 또 그런다 해서야 되겠는가. 만약 그렇다면 그보다 가증스럽고 스스로 부끄럽고 초라한 실존모순이 없으리라. 철이 든다고 하는 인격성장 성숙의 자리를 바라보고 꿈꾸며 나 자신에게서의 그 변화를 다시 줄곧 지켜보았다. 그러자 비로소 조금씩 다시 보이기 시작한다.

난 이미 첫사랑을 소유하지 아니하고 그가 바라는 넓고 화려한 자유의 세계로 고이 떠나보냈거니와 그만큼 그녀가 내게 소중하며 아름답고 고귀했고 내가 그녀를 영원히 사랑하고 있는 자리였다. 그리고 그 자리가 이상이나 푸시킨의 사랑과도 다르지 아니했다. 진정으로 사랑하는 이에겐 자신만큼 그에게 사랑의 자유를 허락하는 게 마땅하다. 결국 우리 모두가 이미 사랑하는 무수히 많은 사람들에게 그때그때마다 그 자유를 허락하고 그들을 고이 떠나보내며 살아가고 있는 것이다. 그리고 그렇게 떠나는 사랑들에게 말없이 고이 자유의 날개를 달아주고 손을 흔들며 기뻐하고 행복할 수 있을 때 비로소 사랑의 자유를 스스로 누릴 수가 있었다. 결국 사랑은 소유가 아니다. 사랑을 소유하면 손에 움켜쥐는 순간 마치 마술사의 연기처럼 펑 하고 곧장 사라져버리고 말기 때문이다. 소유하지 못하거나 아니하고 그 자유를 지켜보며 그 행복을 함께 누리는 날에야 비로소 그 사랑은 긴긴 날 동경과 그리움으로 영원하다.

그런 날 나 자신의 제 5계절 속에서 불현듯 오직 나에게만 사로잡혀 내 뜨락 울안에만 갇혀 있는 꽃에게 자유의 날개를 달아주고 싶어졌다. 내가 사랑의 자유를 누린 만큼 그녀에게도. 내 평생의 원수가 될 수밖에 없는 사람들도 이미 사랑하거니와 하물며 내게 가장 소중하고 고귀한 사랑에게 그 자유를 허락하지 못한다 해서야 어찌 사랑이라 하랴. 아직도 내게 고운 그 꽃이 하물며 울 바깥에서 기웃거리는 이들에게야 얼마나 더 곱고 짜릿하랴. 만약 우리 모두가 사랑의 소유에만 집착하지 아니하고 그 자유의 기쁨과 행복을 누린다면 사랑의 날개는 진정으로 모두에게 눈부시고 아름다우리라. 그럼에도 내 뜨락의 꽃은 왜 아직도 나를 반신반의하는 가운데 기뻐하고 즐거워할까?

이제야 처용을 깨치나 보다.

새발 발긔 다래 밤 드리 노니다가
드러사 자리 보곤 가라리 네히어라
둘흔 내해엇고 둘흔 뉘해언고
본대 내해도 뉘해도 아닌 것
뉘해도 밤 드리 노님을 아노매라

(2010)

○

첫사랑, 끝사랑

사랑은 과연 영원할까?

그리고 유일할까?

사춘기시절 스스로 생각했으나 대답할 수 없었다.

사랑이라고 하는 것은, 유년 시절 탄생의 비밀 그 모든 배 속이 궁금해 오직 내가 할 수 있는 개구리만을 잡아 그 배를 면도칼로 가르고 초기소년 시절까지 실험을 거듭했던 것처럼 나 자신이 직접 확인할 수가 없는 것이었다.

유년 시절 난 무엇이든 충분히 납득될 때까지 꼬치꼬치 물었다. 너무 신기하고 아름답고 그래서 궁금한 것들이 너무 많았기 때문이다. 어머니, 할머니, 할아버지까지 손을 번쩍 들고, 바깥으로만 나도는 아버지가 오시면 물어보라 하셨다. 그러나 아버지는 가뭄에 콩 나듯 오셨다가 곧바로 떠나시곤 한다. 때문에 하나둘 쌓아놓은 궁금증들이 점점 많아진다. 아버지는 다 배운 만큼 역시 척척박사, 모르는 게 없고 당장 속이 시원했다. 그런 어느 날 비로소 아버지께서 가장 큰 비밀의 열쇠를 내 손에 쥐어주고 영원히 떠나버리셨다.

아버지는 나에게 이르셨다. 그렇게 모르고 궁금하다고 그것들을 차곡차곡 쌓아두고 아버지가 오시기만을 기다리지 말라 하셨다. 모든 것을 아는 것은 무작정 묻고 배워서만 되는 게 아니라, 자신이 먼저 그것들을 스스로 자세하고 깊이 관찰하고 생각하기를 거듭하면 자연히 스스로 알게 되고, 그것이 다른 사람에게 묻고 배워 아는 것보다 더 바르고 잘 아는 진짜라 하셨다. 그로부터 유년의 개구리실험은 시작된 것이다.

닭이 병아리를 까기까지와 개, 돼지, 소 등이 새끼를 낳는 과정이 서로 다른 점들을 깊이 관찰했다. 사람은 정작 어떠할까? 네발 짐승들 쪽이 분명했다. 서로 어떻게 붙고 어디로 어떻게 태어난다는 것은 이미 분명한데 물어선 안 된다는 사실을 이미 충분히 알고 있었다. 직접 볼 수 있으면 좋으련만 그럴 수도 없었다. 때문에 그 비밀을 캐고 싶어 개돼지가 새끼 낳은 장면을 할머니께 졸라 승낙을 받았다. 그러나 할머니는 약속을 지키지 아니하고, 내가 잠든 사이 새끼를 이미 낳아버렸다. 투정을 부리자 할머니께서 둘러대셨다. 만약 새끼 낳는 것을 사람이 보면 어미가 새끼를 물어 죽인다고. 할머니는 그들이 새끼 낳는 것을 곁에서 직접 돕는데 아무렇지도 않고, 나 같은 아이가 보면 그런다는 사실은 새빨간 거짓말, 나는 처음으로 사람들 사이에 거짓말이 있다는 사실을 알았다. 특히 탄생의 비밀에 대해서는 모두가 침묵이요, 그때마다 적당히 둘러대는 거짓말들이라는 사실을.

도대체 개들은 저토록 자유로운데 왜 사람들은 숨기고 거짓말할까? 이해되지 않았다. 이유가 있다면 딱 한 가지, 사람은 짐승이나 기타 동물과 다르기 때문이었다. 그럴수록 비밀과 궁금증은 더욱 쌓이고, 가장 큰 신비가 먼저 암수가 서로 붙는 방법이 동물들마다 서로 달랐다.

우선 닭과 개, 돼지, 소가 다르고, 다음은 개와 돼지, 소가 달랐다. 돼지와 소는 금방 끝나고 마나 개는 오래 붙어 있어 가장 재미있어 보였다. 그때마다 우리 아이들은 그놈들을 서로 떼어놓으려고 작대기를 들고 쫓아다니는 즐거움을 누렸다. 어른들은 야단쳤으나 우리들의 그 즐거움을 막을 수가 없었다. 정작 사람은 개 쪽일까? 돼지, 소 쪽일까? 궁금했으나 내가 커서 장가들기까지는 알 수 없는 일이었다.

그러나 정작 가장 궁금하고 신기한 것은 새끼가 태어나는 순간이었다. 아무리 관찰해도 개, 돼지, 소의 그 작은 구멍으로 그 큰 새끼가 나올 수는 없었다. 개, 돼지가 새끼 낳는 순간을 꼭 보고 싶은 이유가 바로 거기에 있었다. 그러나 볼 수 없으니 생각에 맡길 수밖에 없었다. 가능성이라곤 태어나는 순간은 그 구멍만큼 작게 태어나고, 태어난 직후 꽈리나 고무풍선처럼 확 부풀어 오르는 것일 수밖에 없었다. 그래서 개, 돼지가 새끼를 낳는다고 하면 즉시 달려가곤 했다. 그때마다 새끼는 이미 크게 부풀어 있곤 했다. 도대체 그토록 얼마나 빠르게 부풀 수가 있을까? 그토록 고무풍선처럼 부풀 것이라는 추측을 가능케 한 것은 개구리들의 배를 갈랐을 때 맨 먼저 분홍빛 부드럽고 고운 숨통(허파)이 배 바깥으로 확 크게 부풀어 올랐기 때문이다. 그리고 칼끝으로 그 표면을 찌르면 다시 피식 하며 쭈그러드는 것으로. 사실 그 탄생의 신비는 의과대학 시절 산과강의 때 교수님께서 여성의 골반뼈와 실제보다 작은 아기인형으로 출산과정을 낱낱이 설명할 때까지도 의문이 다 풀리지 않았다. 그리고 인턴 시절 산실 근무 중 매일 밤낮 잠을 이루지 못하고 매월 100명 이상 출산의 전 과정을 도우면서 비로소 다 풀린 것이다.

13세로 중학교에 들어간 2차 성징이 나타나기 시작한 사춘기 시절, 인간의 성과 사랑이야말로 정말이지 가슴 두근거리고 짜릿한 최대 관심사였다. 갓 입학한 봄 하굣길에 서너 살씩 더 먹었으나 기껏 1년 먼저 배운 2학년 두 선배가 느닷없이 우리 1학년들에게 묻는다. 아주 으스대며. "야, 이 귀때기에 피도 마르지 않은 새끼들아. 너희들 황체호르몬을 아느냐? 또 여자들에겐 거기에 위·아래 두 구녁이 있는데 그 구녁이 어느 쪽인 줄 알아? 이놈들아, 잘못 들어가면 큰일 난다. 그런 것도 모르면서 앞으로 어떻게 장가들 갈래. 좀 배워라 배워...." 우리 1학년들은 기가 팍 죽고 말았다.

그러나 그동안 내가 유년부터 짐승들을 관찰한 바로는 하등 염려할 필요가 없었다. 모두가 아주 자연스러웠기 때문이다. 혹 사람은 좀 다르다고 할지라도, 마을에서 배운 것이라곤 아무것도 없고 낫 놓고 기역자도 모르는 똥바가 장가를 가서 귀여운

딸까지 낳았기 때문이다. 다만 알아야 할 것을 모른다는 사실이 부끄럽고 창피했다. 그러나 얼마 후 생물 시간에 그 내용을 배우면서 알고 보니, 두 선배들이야말로 엉터리였다. 남성 호르몬, 여성 호르몬 중 난포호르몬과 황체호르몬의 서로 다름은 물론 남성의 정액과도 혼동하고 있었다. 어처구니없어 웃음이 터졌다.

그로부터 마치 유년의 동화전설 속의 선녀와 백설공주며 영국 탐험대가 목숨을 걸고 아프리카 원시림을 헤치고 찾아간 "동굴의 여왕"들만이 무수히 꿈으로 떠오르는 환상의 짜릿한 행복감이 끝없이 지속되었다.

그리고 인턴 시절에 비로소 첫사랑을 크게 느끼는 여인을 발견하여 만남을 이루었다. 빛고을 한여름 푸르고 무성한 무등산 계곡 맑은 물에 함께 손과 발을 담그고 서로 사랑을 확인하며 찬란한 미래의 꿈을 약속했다. 너무 기쁜 나는 즉시 그녀의 손을 꼭 잡고 철길에 올랐다. 남도 비단 별 영산 강물 굽이굽이 뱃노래 따라 닿은 종착역 남쪽 항도, 새 출항의 뱃머리에 닿았다. 정지용의 "향수"처럼 "꿈엔들 차마 잊힐 리야." 영원한 본향 섬 뱃길, 뚜뚜 갯바람 파도 뱃고동소리 울리며 떠나가는 배들. 그 뱃길을 가리키며 우리가 함께 갈, 6세 때 무너져 텅 빈 터가 되어버린 바닷가왕국, 그러나 여전히 푸르고 영원한 섬나라를 말해주었다.

"저 푸른 물결 외치는 오 오 거센 바다로 떠나는 배, 내 영원히 잊지 못할 님 실은 저 배는……."

"배를 타고 아바나를 떠날 때, 오 사랑하는 친구여 내게로 오라. 바다 건너 저편 멀고 먼 나라로 함께 가리니. 사랑스런 너 함께 가리니 내게로 오라. 꿈꾸는 나라로……."

갯바람 파도로 떠나가는 배들의 뱃고동소리에 흥얼흥얼 노래했다.

그러자 그 맑고 고운 순정의 소녀가 불현듯 말했다.

"저는 저 바다와 섬들이 왠지 두려워요……."

끝내 나는 내 가슴 벌 역사를 가득 적시며 변함없이 줄기차게 흐르는 영원한 침묵의 님을 그 사랑 앞에 떨칠 수가 없었다. 소녀는 여전히 뜨거운 눈빛과 슬픈 가슴으로 나의 소맷자락 붙들고 매달려 이미 거머쥔 저 화려하고 큰 꿈의 멀고 먼 나라로 바다를 건너자고 애원했지만, 나는 불현듯 쓸쓸한 소녀의 등을 다독이고 상하고 젖은 가슴을 어루만져 소녀가 그토록 바라는 꿈나라로 고이 떠나보냈다. 떠나보내며 밤을 지새우던 시골과 다를 바 없는 병원기숙사 뒤뜰엔 하늘 강 별빛들이 더욱 눈부시고, 밤이슬 촉촉이 젖는 풀잎들 웃자란 가을 풀숲에서 귀뚜리들이 앞다투어 울었다. 새벽열차로 떠나고 보내야 하는 시간까지. 그 시간이나마 좀더 길었으면 좋으련만 새벽달 구름 헤친 시각 시내로 달려 택시를 잡아 소녀의 집 앞에 세우고 초인종을 누르기도 전 부산히 떠날 채비 가족들까지 문밖에 나온다. 우리의 사랑을 굳게 믿는 가족들……. 함께 택시를 타고 달려 빛고을 새벽 플랫폼에 들어서 떠나는 새벽열차를 타기 직전 시월 달은 왜 그리도 차갑게 밟았을까? 침묵의 소녀는 비로소 입을 열어 "이토록 달 밝은 날에 다시 돌아오겠어요." 한마디를 남기고 열차에 올랐다. 그러자 비로소 떠나가는 새벽열차, 불현듯 보얗게 드리운 새벽안개 속으로 순식간에 숨어버리고 아무 흔적도 없는 긴 평행선 두 철길만이 점점 멀어지는 그녀와 나 사이를 다시 새롭게 잇는 여전한 연속선……. 그 떠나고 보냄은 항구보다 너무 빨라 별리가 더욱 허무하고 쓸쓸하나 그만큼 또 그 사랑은 끊긴 불연속선이 아니다.

차마 텅 빈 자리를 떠나지 못하는 마음에 "가시리" 소월의 "진달래", 만해의 "님의 침묵"과 포우의 "바닷가왕국의 애너벨 리" 그리고 또 엊그제 밤 근무시간에 함께 읊조렸던 영시 "편지"며 함께 불렀던 노래 "얼굴"과 "저 구름 흘러가는 곳" 등이 꼬리를 물까.

동그라미 그리려다 무심코 그린 얼굴…….

저 구름 흘러가는 곳…….

님은 갔지마는 나는 아직 보내지 아니했습니다.

소유하지 아니하고 먼 나라로 고이 떠나보냈으므로 사랑은 더욱 고귀하고 아름다우며 영원한 것이었다.

그 후 이 지상에서 가장 넓고 먼 바다 건너편 나라에서 날아온 그녀의 마지막 엽신의 짧은 한마디!

"왠지 외로울 땐 나도 모르게 롱비치를 거닐고 있어요."

그렇게 그녀를 떠나보내고 전혀 다른 새로운 모습으로 다가서는 또 첫사랑, 눈雪빛 같은 눈빛 그 "작고 가난한 꿈"의 소녀 설녀雪女와 비로소 무너진 바닷가왕국의 배를 탔다. 첫사랑 소녀와 그 떠나는 뱃길을 보여주던 남쪽 항도를 거쳐.

그러나 무슨 조화일까? 술 취한 항도 밤거리에 모두가 첫사랑 연인들뿐이다. 커피와 술과 노래와 미소와 몸까지 파는 그 모두의 누이들이. 실낱같은 생명이 꺼져가는 순간 피를 외쳐 부르며 두 방송사 전파가 온 거리를 헐떡거리며 달리고 있을 때 그 혈색 좋고 화려하게 거리를 누비는 헤아릴 수 없는 시민들은 다 어디로 갔을까? 헐레벌떡 뛰어온 이방인들은 함께 술과 노래에 취하곤 하던 나의 누이들! 선창가 밤집에 모두 모여 들어앉아 파도와 싸운 억센 사내들에게 눈물 마른 미소와 몸을 팔아야 가족이 함께 먹고 사는 파도 세월의 누이들……. 더러는 술의 가면을 뒤집어쓰고 스스로 정신분열을 일으켜 죽은 자를 매장하는 황무지에서 봄비에 욕정을 뒤섞기도 하는 비인간의 개판 가증스러운 칼잡이에게 그 붉고 고귀하며 유일한 생명의 피를 보탤까? 대여섯 달려온 그 누이들이 아니었으면 그 중학생 섬놈은 뜨겁고 붉은 생명을 다시 얻을 수 없었다. 모두가 짐승 잡듯 벌려놓은 피투성이 배 속 앞에 설 사람은 아무도 없으나 가능한 것은 그 누이들. 보여주어야 했다. 촌각을 다투는 어린 생명의 피투성이 피비린내 속창을 모두가 학생 손끝만 꼭 움켜쥐고 강물 같은 침묵의 눈시울로 자신들의 뜨겁고 붉은 피가 양 팔뚝으로 줄달음질 치는 것을 바라보며 처음부터 끝까지 미동조차 없이 지켜보는 침묵의 사랑하는 나의 누이들! 학생이 눈을 뜰 때 모두가 영원한 환희 새 생명 천사들이 된다. 이 세상에 어떤 무엇 하나 두렵고 거칠 게 없는 영원한 꿈 날개의.

그렇게 또 숱한 사랑 누이들의 밤 항도거리를 누비고 비로소 영원한 바닷가왕국 섬에 돌아왔다. 이미 스스로 분열증을 일으켜 욕정과 사랑이 뒤엉킨 밤거리를 누비고 누렸으니 이제는 그 바람과 파도가 자리라. 충분히 먹고 입었으니 가증스러운 가면을 벗고 떨칠 수 있으리라 믿었다. 그러나 여전히 젊은 테스토스테론의 두 쌈지가 순수 사랑의 정신을 넘는다. 분명코 스스로 죽음으로 생명을 내놓는 무소불위 사마귀 수컷! 무엇이 사탄의 아비 바알세불이고 영혼의 성령인지를 알 수 없다.

여전히 어느 선사의 말을 믿어야 하나? 아직도 좀더 부지런히 먹고 입어야 그 옷을 떨칠 수 있단 말인가? 그렇다면 당초부터 저 수많은 무소유의 성자들은? 나의 젊은 날 첫사랑 그 무소유의 무정은 무엇이요, 어디로 갔단 말인가? 유년의 아버지가 계신다면 시원하게 답할 수 있을까? 전생이나 내생만 같은 "이름 없는 시인 산골 여인"을 사랑하는 것도 가릴 수가 없다.

"길이라 하면 이미 길이 아니다."

“산은 산이요, 물은 물.”

“꿈속의 나비가 나인가, 내가 꿈속의 나비인가.”

“공즉시색 색즉시공, 반야불이 만법일여, 일체유심조.”

잡힐 듯 말 듯 가물가물했다.

그렇다면 그건 내게 “산이 바다요, 바다가 산, 그 산과 바다가 모두 들녘”일 수밖에 없다. 비록 그 들녘이 죽은 자를 매장하는 황무지요, 아무리 기다려도 돌아오지 않는 침묵의 고도요, 이유와 근거를 알 수 없는 단발 총성의 심판대 법문의 팜므파탈이라도, 봄비 내리는 날엔 욕정을 섞어 새 생명을 잉태시켜야만 하리라. 그리고 비로소 스스로 묘비명을 새기고 무덤에 누우며 “장미! 오, 순수한 모순이여, 누구의 잠도 아닌 눈시울 아래, 이 열락이여”라고 외칠 수밖에 없다. 그 영원한 침묵의 날만을 굳게 믿었다.

그렇게 먼 날을 조용히 기다리며 50대 후반에 이르러서야 비로소 스스로 잔잔해지는 욕정의 바람과 파도. 가증스럽고 스스로 부끄러운 욕망의 날들은 물러서고 맑고 고운 사랑들만이 가슴 벅차게 파도쳐 몰려온다. 늦게 된 자가 먼저 되고, 먼저 된 자가 늦게 된다더니만, 유년부터 묻고 설치며 나섰던 놈이 너무 늦게야 안다. 아무리 관찰하고 생각하며 판단하거니 무한한 상상의 날개를 펴도 “신”과 “영”과 “사탄”처럼 보이지도 잡히지도 않는 사랑, 그것은 몸과 마음의 감각실체가 아니면 모두 다 허상일 뿐이다. 욕정은 결단코 악마가 아니었다. 영혼의 사랑을 실체로 감각하고자 함의 필연이었다. 끝없는 유랑자로 떠돌며 그 감각 실체를 충분히 누리고 확인했을 때, 아니면 욕정의 몸 그 감각의 문턱이 둔화되었을 때 비로소 바람과 파도는 스스로 가라앉는 것이었다. 곧 사랑이 스스로 소유와 지배 욕망을 떨칠 수가 있다. 때문에 노쇠한 괴테와 헤밍웨이가 어린 소녀를 사랑했던 그 사랑이 그동안 우리가 추측 상상했던 것과는 다르게 어떤 사랑이었던가는 다시금 분명해진다. 또한 푸시킨이 고작 37세로써 영원한 사랑의 동반자 나탈리아에게 자신보다 젊은 단테스와의 사랑에 영원 자유를 헌납할 수 있었던 것도 그 자신이 이미 열정적인 사랑의 연인들을 113명이나 누리고 간직했었기 때문이리라.

첫사랑과 끝사랑!

이는 결코 같을 수가 없다.

소유 지배와 무소유 자유로써.

그러나 왜 내게선 왠지 여전히 그마저 하나인 것만 같을까?

신과 진리는 어렵지 않으나, 작은 가슴속에 들어앉은 아름다움 그 사랑은 여전히 다 알 수가 없다.

모든 생명이 사랑으로 와 사랑으로 간다.

(2009)

○

개여울 갈대밭

나는 갈대를 사랑한다.

그는 흐르는 물가에 있다.

바람과 구름, 눈보라도 거기에 있다.

개여울을 사랑함이 또 거기에 있다.

그 흐름과 변화 그리고 그 흔들림을 더 사랑하는 것일지도 모른다.

종달새 우짖으며 하늘 높이 날아오르는 내 고향 섬, 초록빛 보리밭 강변이나 포구 개여울가에 무리 지어 푸르게 피어나는 것이 갈대이다. 그 강심은 사랑을 포시락거리는 물고기들이 산란을 꿈꾸고, 거기에 빈 대끝 낚시를 드리우는 길손도 있다. 한여름 강물을 갈대들이 더 푸르고 무성하게 한껏 채색하고 나면, 어느샌가 가을바람이 찾아온다. 그러면 그들은 벌써 흰빛 미소를 머금은 갈색 꽃밭으로 춤춘다. 그 가을도 가고 겨울이 오면 비로소 그들은 계절의 주인이다. 푸석푸석 메마르고 거친 겨울 풀잎들의 밭, 아무도 찾지 않는 물가에서 홀로 새 봄의 채비를 서두르고 있는 것이다. 강물 눈보라 함께하는 그 모습, 겨울만큼 따뜻한 계절도 없다.

나더러 우리의 아리랑을 그림이나 영상으로 빚으라면 바로 그 개여울 갈대밭이다. 마치 서편제를 맺음 하던 그 끝장면과도 같은. 기나긴 흐름과 그 여운의 끝없는 곡선들이 아닐 수 없다. 눈보라 강물과 그 물가 갈대밭 여로, 숱한 바람과 변화, 끝없는 흐름 속의 영속 같은 것들을 떠나서는 아리랑도 갈대도 생각할 수 없다.

파스칼처럼 자신이 생각하고 있다는 사실 그 자체에 기쁨과 자유를 누린 사람도 없으리라. 그가 세상을 떠난 뒤 남긴 메모장이 인류 정신사에 한 획을 긋는 큰 빛을 남겼거니와 '생각하는 갈대'로서의 한 인간, 그 자신을 빼놓고서는 아무런 의미가 없었을지 모른다.

로댕의 '생각하는 사람'에 대해 자신의 느낌을 말하는 사람을 만나기 어렵다. 그 앞에서 나는 왠지 당장 파스칼을 느끼곤 한다. 그리고 그 느낌은 또 오슬로 프로그넬 조각공원의 '떼쓰는 아이' 앞에서와 같은 것이기도 하다. 인간의 가장 원초적인 모습의 감동이라고나 할까? 서로 다름이 있다면 아이와 어른이라는 것뿐이다. 그 아이는 때 묻지 않은 인간 욕구 불만의 분출이다. 곧 살아 있음을 뜻하는 인간의 근원적인 힘을 내게 보여준다.

반면 '생각하는 사람'은 거기에 그 어떤 갈등, 고뇌, 고독 같은 것들이 스며들어 있다. 마치 '떼쓰는 아이'가 성장하여 다 익은 모습 같다. 거기에서 나는 절망적 자포자기랄지 강압에 의한 인내 같은 점은 느낄 수 없다. 그 단계를 이미 넘어섰다. 그 모든 것이 수용 정화된 절대고독과 자유自由, 自遊의 세계만 같다. 머지않아 그 입가엔 붓다의 미소가 흐를 것 같기도 하고.

언어와 조각으로 나타낸 파스칼과 로댕의 세계가 내게 하나로 느껴지는 이유가 어디에 있을까? 그 점은 아무래도 그들이 각자 자기 자신을 통해서 인간의 가장 깊은 원초적 내면세계를 투시하고 또 그러한 실존체로서의 고뇌, 갈등, 고독을 거쳐 수용과 정화에 이른 결과에 있을 일이다.

'생각하는 사람'의 애당초 발상은 까미유의 것이라 한다. 그녀는 정신병동의 삶을 살다 갔다. 보편적 삶의 사람들과 다른 자신의 그 무엇엔가 미쳐버린 것이다. 따라서 그 조각품엔 자기 발견의 구체적 한 실상으로서 까미유가 이미 함께 호흡하고 있다. 곧 인간실존의 근원과 현실에 대한 한 공감대로서 까미유, 로댕의 세계인 것이다.

파스칼에게도 까미유와 같은 부분이 있었다. 늘 몸이 허약하고 병들어 병상을 벗어나지 못했다. 홀로 창가에서 생각에 잠기곤 한 것이다. 남들처럼 햇빛 쏟아지는 거리와 불빛 찬란한 무도회장을 맘껏 활개칠 수 있었다면 과연 그 세계를 우리 앞에 열어놓을 수 있었을까? 몸이 따를 수 없는 자유를 마음으로 누린 것이요, 그 뚜렷한 모습이 곧 '생각하는 갈대'였던 것이다.

몸과 마음, 그리고 현실과 또 다른 무엇?

한 실존체로서 우리는 저마다 자기 모습을 어떻게 생각하고 또 그려낼 수 있을까?

나 자신의 작은 기억소자를 잠시 따라가본다. 그림 그리기를 좋아하고 또 타고난 나는 소년 시절 눈앞의 사물들과 또 마음 속의 빛깔들에 온통 빨려들어 있었다. 그리고 그것들은 또 언어 및 가락들과 함께 어우러져 넘치는 세계였다. '우리들 마음에 빛이 있다면…….' '초록빛 바닷물에 두 손을 담그면…….' 하는 것들의 노래와 노랫말들이다. 그런 중에 불현듯 혼란이 생겼다. 마음을 마음으로야 얼마든지 '파랗고' '하얗게' 또 '초록빛'으로 채색하고 그릴 수 있었으나 정작 그것들이 손과 도화지로는 불가능했다. 내 가슴을 가득 채우는 초록빛 바다! 그러나 내 도화지 위의 손은 순전히 눈에 의지하고 있었다. 언젠가는 멀고 넓은 바다에 나아가 그 물빛 바다를 만나게 되리라는 믿음뿐. 나의 그림은 결국 그 초록빛 바다를 손으로 직접 단 한 번도 그려보지 못한 채 끝나버렸다. 그리고 20년이 지난 후 병원선 의사로 수많은 섬들을 찾아 돌아다니던 고향 앞바다에서 드디어 한여름 태양빛 아래 눈부신 초록빛 바다를 만나게 되었다.

당장 그 속에 첨벙 뛰어들었다. 그 경이와 기쁨 속에서 나는 웃었다. 사물의 실제와 현장의 실재, 그 눈과 가슴과 믿음을 동시에 본 것이다. 가슴에 넘치는 세계는 이미 실재하는 것이요, 또 믿지 않은 바로 내 곁에 있는 것이었다. 인식전환이라 할까, 나 자신에게 있어서는 실로 놀라운 변화였다. 섬을 탈출하고 나서야 비로소 더 크게 다가섰던 섬! 꿈과 현실이라고 하는 실상과 허상이 뒤바뀌고, 그로써 대양의 항로를 고향 섬 옅은 개여울 갈대밭으로 이미 돌이킨 나 자신에게 한번 더 확고한 믿음과 행복을 함께 새겨준 일이었다. 그로부터 나는 사실 그동안 열심히 배우며 쌓아왔던 눈의 세계에서 나 자신의 가슴에 파동 치는 세계와 그 자리로 자리바꿈하여 그를 더 믿고 그 흐름을 따라온 것이다. 그 흐름과 변화 그리고 그 흔들림의 나를 더 사랑하며 소중하게 여긴다.

그렇게 다시 본 나는 애당초 의사가 될 사람은 아니다. 초록빛 바다를 맘껏 떠도는 나그네의 피가 더 짙게 흐르고 있는 것이다. 황량한 툰드라 벌이 더 좋다. 말과 낙타 등에 천막집을 싣고 철따라 가다가 별이 쏟아지는 강가에 모닥불을 피워놓고 모두 함께 노래하며 춤추고 싶다. 표류 같을지라도 그 유랑과 표박이 좋은 것이다. 내내 청명 화창한 날보다는 더러 천둥번개 비바람과 눈보라의 날들이 좋다. 변화와 흐름의 자유, 파도치는 격정과 사랑, 미지의 동경과 그 불확실성들에 첨벙 뛰어들고자 하는 모험과 호기가 나의 체질일지 모른다.

산이 제아무리 좋다 해도 그 산이 내게 바다만 같지 못한 것은 그가 늘 거기 제자리에 있기 때문이다. 사랑 또한 그렇다. 늘 거기 제자리 살구꽃 피는 산마을 순이는 곱고 포근하나 넘치지 못한다. 오늘은 이 항구 내일은 또 저 어느 포구, 비록 사랑을 이루지 못해도 그리움의 발길과 도도한 떠남, 그 떠돎이 더 좋다. 그렇게 구름과 바람과 파도로 가다가 노을도 잠시 들어서는 추녀 밑 막걸리 한잔 일야숙이면 어찌 족하지 않을까. 서산에 해 떨어지며 둥둥둥 북소리 울리는 길에도 나에겐 주막이 있다. 그 길에 들어선 주막의 주모가 나를 붙들어 한 열흘만 쉬어가라 해도 사흘밤을 넘기진 않으리라.

그날의 자유를 위해 아직은 아주 떠나지 못하는 것일까? 아주 떠남이 물을 떠난 물고기 그 메마른 박제에 불과하다는 믿음이거나 아니면 아주 떠나고 나면 그 뒷전에 남을 그 어떤 연민들 때문인지도 모른다. 단지 붙들림과 흔들림들 속에서 스스로 파도치며 순간순간 떠도는 척이라도 할 수 있는 것, 그 자유가 전부이리라.

바람과 구름과 물가의 갈대.

홀로이면서도 그는 이미 무리 지은 밭이다.

나는 그 개여울을 사랑한다.

오늘도 그 갈대밭 행복과 자유, 변화와 흐름을 따라가는 것이다.

(1998)

○

데카르트에게

데카르트, 그대는 생각하므로 존재했었지.

그러나 나는 그렇지 않다네.

생각하기 전에 먼저 느끼므로 존재하고,

그 느낌 때문에 나와 모든 존재현상을 생각한다네.

그대가 "나는 생각한다. 고로 나는 존재한다."고 자신의 존재를 확인한 자아 정체성을 나는 충분히 알고 있네. 곧 모든 것에 대한 인식주체가 더 이상 신神이 아닌 바로 자기 자신이라는 사실을. 그대의 그 일성을 그대들의 사회는 마치 기적적인 역사의 인식혁명처럼 생각하나 그런 정도야 우리 동양사회에선 이미 기원전부터 아이들도 아는 사실이야. 일체유심조一切唯心造 곧 모든 것이 자신의 마음먹기에 달려 있다는 말로써. 그러나 그렇게 말한 그대야말로 서구역사에서 가장 큰 인식오류를 범하고 인류역사 현실을 망쳤다는 사실을 이제는 보고 아는가? 물론 이제 와서야 모른다고 말할 수는 없겠지. 만약 사람의 낯가죽을 쓰고 있다면 말일세.

그대가 나보다 더 잘 알고 있듯이 그 자리는 이미 그대들의 사회에서 중세천년 유아독존 유일신의 도그마 가면율법을 박차고 새 역사를 연 14세기 르네상스 인본주의 혁명으로써 이미 확인된 자리가 아닌가. 그러나 천년 플라톤의 이데아를 떨치고 아리스토텔레스의 로고스로 다시 선 그 인본 이성주의가 과연 어떠했었지? 1492년 8월 3일 콜럼버스의 대서양 횡단 첫 항해 이후 15세기 말부터 본격화된 그대들 서구사회의 식민제국주의는 과연 어떤 무엇인가?

그대들이 다시 십자가에 못박은 그 십자신의 깃발 총칼 포화로 전 유색인류를 정복하여 그들 모두를 그대들 흰 얼굴의 노예와 짐승으로 만들어 노예 무역선이 오대양을 누비던 시대 그 자리가 과연 그대에겐 무엇이었단 말인가? 지금도 인본 이성주의라 하겠는가?

그대들의 그 넘치는 영광 눈부시던 17세기에 그대가 "나는 존재한다. 고로 존재한다."는 자리에서 그 '나'는 도대체 어떤 누구인가? 다름 아닌 흰 얼굴 도그마의 유아가 아닌가. 그러한 그대의 '나'야말로 고대 이스라엘의 모세나 중세 천년 로마 바티칸의 구원율법 가면보다 더 크고 가증스러운 유아독선주의 욕망의 언어 양가죽과 회칠한 무덤 그 '오직 나'만의 인류사회 문명문화를 낳게 하고 만 게 아닌가.

그대는 과연 그대를 바짝 뒤따라 그대들에게 외치고 나선 가장 위대한 한 그루 '사과나무' 스피노자를 보지 않았단 말인가? 오직 '나'뿐인 그대가 그의 '너'와 '우리'를 볼 리 없었을 테지. 마치 1600년 전에 불현듯 나타나 이스라엘 에덴동산의 사과나무 밑둥치를 도끼로 찍어 잘라버린 나사렛 예수의 '포도나무'와 똑 같은 그 '사과나무'를 그대가 보거나 안다고 말할 수는 없겠지. 그 '포도나무'며 그대에겐 전혀 낯선 새로운 '사과나무'의 '우리'를 그대는 과연 어림짐작이라도 할 수 있겠는가? "내가 이미 너희 속에 있고 너희 또한 이미 내 안에 있노라."고 선언한 자리를 말일세.

이쪽 여기 우리들은 그대와 같은 '생각하는 사람'으로 존재하는 게 아닐세. 언제나 '느끼므로' 존재하고, 존재하기 때문에 생각하는 것일세. 그리고 생각하노라면 이미 존재하기 때문에 느끼고 생각하는 자신임을 안다네. 그리고 그 자리에서 자신 속에 '나와 너'가 이미 '우리'로서 함께하고 있다는 사실도 알게 되는 거지. 그리고 '나'보다 먼저 존재하고 있는 것이 '우리'라는 사실도. 그럼에도 '나와 너'가 엄연히 존재하고 그때 '너'는 도대체 어떤 놈이겠는가? 어느 쪽이 참된 자신이고 어느 쪽이 허깨비 허상이겠는가? 17세기 그대의 시절에 과연 생각해 보았는가? '나'도 '너'도 없고 아닌 하나의 '우리'라면 간단하고 쉽고 편할 자리를 말일세.

나더러 웃기는 거짓이라 말하지 말게나. 사실 나는 6세 때 그 이전까지 넘치게 달음질치던 유년의 청라언덕에서 모두가 하나인 '우리'였던 자리에서 그 우리가 결코 아닌 서로 죽고 죽이는 피아골의 '나'와 '너'가 있음을 보았어. 그리고 무엇이 진짜이고 가짜인지 도무지 가릴 수가 없었어.

그래서 이듬해 초등학교 시절부터 이미 내 자신 속에 들어앉아 있는 또 하나의 '나' 자신 그 죽음에 대한 두려움과 공포의 귀신을 찾아 중학을 마칠 때까지 먼 밤길을 줄기차게 홀로 걸었지. 어른들도 무서워하고 기피하며 귀신을 수없이 만났다고 하는 멀고 깊은 산골 산마루 밤길을. 그러나 귀신은 존재치 않더군. 그 귀신이 다름 아닌 내 안의 또 다른 하나의 나 자신인 '허깨비'란 놈이었어. 지금 말로 하자면 망상과 환각이 아니겠나. 가시적인 실체가 없이 어둠 속에 웅크리고 있는 바로 그 두려움과 죽음 말일세. 그런 자신의 망상 환각 허상 속에 '우리'를 스스로 포기하고 저버린 '나'와 '너'가 실재하고 있었어. 그럼 그때 나와 너는 무엇이겠나? '나'는 꿈과 욕망이요, '너'는 그 자신을 가로막는 그래서 죽여 없애버려야만 할 원수 적들이었어.

그렇다면 우리 모두가 원점의 '우리'로 돌아가기 위해선 그대든 나든 어찌해야 하겠나? 생각부터 멈추어야 하네. 그 꿈과 욕망을 버려야 해. 그리고 가슴으로 느끼며 살아야 하네. 수많은 사람들이 함께 살아가는 들밭과 시장터에서. 그때 그 자리에서 우리 모두가 함께 느끼는 가슴을 정情이라 하지 않는가. 좀더 정확하게 말하면 공통적인 공감의 가슴들 말일세. 그래서 우리는 그 정情의 자리를 사리事理와 합치되는 정리情理라 한다네. 합리적인 정신精神만을 말하는 그대들에겐 좀 낯설지 모르나 이미 칸트가 보고 선험先驗이라 말한 것처럼 그대들의 가슴이라고 다를 수 없는 자리가 아닌가. 그 더욱 그대를 바짝 뒤따라 18세기에 바움 가르텐이 그대가 그토록 부인한 감성인식론感性認識論으로써 근대 미학이 비로소 선 사실을 이제는 알겠지. 우리 동양사회에선 이미 기원전에 공자孔子께서 가장 먼저 강조하신 자리일세.

그대의 사유가 만약 아리스토텔레스의 이성주의 로고스의 '언어논리학'과 더불어 '현상심리학'과 '시학'을 함께 유의했다면 그런 인식오류는 범하지 않았을 것이야. 아리스토텔레스에게도 인식근원에 오류가 좀 있긴 하지만 그래도 그대들의 사회와 역사에선 인간의 사유 실존미학이 정작 어디에 있는 무엇이라는 사실의 기초를 총체적으로 가장 분명하게 본 사람일세. 곧 인간본연의 자리 그 정리情理를 본 것이야. 때문에 그대처럼 인간본연의 사리事理와 함께하는 정리에서 벗어난 사유인식은 모두 망상과 환각에 의한 인식오류라는 사실을 이제라도 알게나. 그대들이 오늘에 정신분열 병리현상 싸이코패시psychopathy라고 말하는 자리 말일세.

우리네 삶의 자리에서 자발적으로 자연스럽게 일어나는 예술들 그 한마당잔치 굿판의 노랫가락와 춤과 언어들의 신바람 흥을 직접 체감하는 자리가 아니면 그 어떤 진리의 사유와 언어들도 다 허상일세. 만약 그대가 니체처럼 사유보다 음악과 시 그 가슴에 앞섰더라면 적어도 그러지는 않았을 것이야.

생각하므로 존재하는 그대는 이름 없는 시인의 시 한 구절로 하룻밤 창을 밝혀본 적이 있는가. 그 자리에서 지구 빙하의 날로부터 오늘에 이른 세월을 직접 체감한 적이 과연 있는가? '순간이 곧 영원'이라는 실체를. 하물며 역사침묵을 알 수는 없겠지. 천년 이전에 남겨준 시 한 수로 내가 25년을 살거나, 모두가 이미 죽고 사라져버렸다고 하는 헤아릴 수 없는 침묵들이 일제히 무덤 속에서 벌떡 벌떡 깨어나고 일어서 놀라운 언어들로 춤추는 세계를 알 수는 없겠지. 프루스트는 그토록 '잃어버린 시간을 찾아' 나섰으나, 정작 자신이 왜 그러는지를 알지 못했어. 만약 보고 알았다면 오직 그로써만 자신을 마감치는 않았을 테니까. 그래도 그가 위대하고 고귀하며 아름다운 것은 먼저 느낌이 앞서고 그 진실에 충실했다는 사실일세.

어디 한번 생각해보게나. 오늘의 21세기 사람이 왜 17세기의 그대를 다시 바라보고 느끼며 생각하는가를? 사실 나는 매일매일 그리고 삼백예순날 진찰실에서 몸과 마음이 병든 사람들과 살아간다네. 밤이 아니면 그대를 느끼고 생각할 틈이라도 있겠나? 그럼에도 오늘엔 옛 화려한 영광과 영화로움도 모두 역사의 뒷장이 되어버리고 모두가 삶의 벼랑 끝에 내몰린 사람들의 세상 끝자리 작은 섬 고도에서 정작 내가 무슨 기쁨 어떤 아름다운 행복으로 살아가고 있겠는가? 그대라면 헛웃음칠 일이나, 사실은 그렇지 않다네. 그 사실을 그대에게 말해주고 싶으나 그대가 어찌 알겠나. 그대가 다시 태어나는 날엔 이곳 한반도에서 태어나게나. 그러면 구차스럽게 나를 만나지 않아도 알게 될 것일세.

지금 우리가 한자리에 함께하고 있다면 그대는 더욱 할 말이 많겠지. 그러나 나 또한 그대가 생각한 만큼 생각했고, 그 이전에 먼저 보다 많은 것들을 느꼈기 때문에 구차스럽게 변명하려 들진 말게나. 적어도 우리와 같은 '침묵언어'를 알지 못하는 그대의 자리에선 말일세.

이제는 말하고 싶어도 말 못하는 그대가 좀 짠하고 안타깝긴 하지만 어쩌겠나. 생각마저 멈추고 외로운 그대에게 시랄 것도 없는 짧은 몇 마디를 선물하며 오늘은 이만 대화를 멈추겠네.

그대는 생각하므로 존재하나
나는 느낌으로써 존재하고
그 느낌과 존재 때문에 생각한다오.

당초 그대와 나는 하나였거늘
우리가 무슨 일로 그리되고 말았는지
도무지 알 수가 없다네.
언제쯤 그대와 내가 다시 하나가 될 수 있을까?

외로운 섬 별빛 창가에
또 바람 불고
무수한 섬과 섬들의
개뜰 파도소리만 멀고 가까웠다
높아졌다 사라졌다…….

(2009)

○

가장 큰 인생 기적

오늘 하루가 너무 짧고 너무 길다.

만약 내게 그 사실이 아니라면 나와 나의 인생은 결단코 넘칠 수가 없다. 내 인생의 진정한 기쁨과 행복이 바로 거기에 있기 때문이다.

똑같이 주어진 시간 속에서 어떤 사람은 인생이 너무 지루하다 하고, 어떤 사람은 너무 짧다고 말한다. 그러한 인생의 시간을 보통 세월이라 하거니와, 인생이 짧다는 사람들은 그 세월이 마치 강물과 같다 하고 더러는 시위를 떠난 쏜살같다고도 한다. 그만큼 인생이라는 세월이 빠르게 지나간다는 것이다.

세월이 과연 그렇게 빠르게 지나가고 그만큼 인생이 짧은 것인가? 나이가 들면 인생과 세월은 누구에게나 대체로 그렇게 느껴지고 보인다. 그리고 그 자리에서 그동안 자신이 무엇을 하고 어떻게 보냈던가 하고 다시 지난 세월들을 돌이켜보곤 한다. 그러한 시간의 거울 속에서 지난 세월과 그 자신을 다시 보고 있노라면 세월도 그 인생도 정작 그렇게 짧거나 허무하지가 않다. 슬픔과 고난의 날들도 많았지만 오히려 그 자리에서 더 곱게 꽃피운 자리들이 더욱 아름답고 소중하며 스스로 고귀하다. 이웃이나 사회에선 그리 대단할 것도 없고, 알 수도 없는 자신만의 그 침묵들이.

그럼에도 누구나 "인생은 짧고 예술은 길다."고 자주 말하곤 한다. 우리 동양사회 사람들은 그와 같은 느낌의 자리에서 흔히 "호랑이도 가죽을 남긴다."고 말하곤 한다. 그리고 사람에게 그 "가죽"이 무엇을 말하는지 모두가 잘 안다. 보통 "이름"이라 한다. 옛날로 치자면 이름을 사회 속에 떨치고 역사에 새기는 입신양명의 명예와 자존을 뜻한다. 그 이름값, 곧 사회와 역사인식에 가장 확고하고 분명했던 실존들이 아무래도 우리 겨레 선비들인 것 같다. 바로 그 이름 석 자를 위해 자신의 모든 인생과 생명을 거침없이 바쳤다. 하물며 삼족과 구족의 목숨들까지. 인류 4대 성인들의 위대함을 부인할 사람은 아무도 없으려니와 정작 그보다 순결하고 고귀하며 아름답고 확고한 신앙의 실존 인격체들이 내게는 우리 겨레 선비 붓대들이다. 바로 그 우리 겨레 도도한 선비들에게 인생이 과연 짧은 것인가 아니면 긴 것인가를 묻는다면 가장 분명하게 대답해주리라.

그러한 우리 선비들과는 좀 다른 차원과 자리에서 "이름"을 "예술"로 말하는 사람들이 있다. 그 바람은 서쪽 사회에서 비롯된 것. 그 말을 남긴 사람은 의술의 아버지라 불리는 히포크라테스. 그가 남긴 저서 잠언집 1장의 첫머리에서 "인생은 짧고, 예술은 길다. 위기는 우리 주위에 항상 맴도는 것, 경험을 맹신하면 위험하며, 판단은 쉽게 내리기 어렵다."라고 말한다. "예술"로 번역된 그리스어 τέχνη [tekhnê]는 뛰어난 "기술technique, 術" 이라는 의미에 가까우며, 같은 절의 뒤 문장 세 줄과 함께 엮어서 살펴보면 히포크라테스는 의사로서 인간 이성의 한계에 대비하여 의술의 길이 어려움을 의미하고자 했다는 것을 알 수 있다. 하지만 오늘날에는 의술이나 기술을 넘어 예술 전반으로 그 의미가 확대되어 사용되고 있다. 다시 말해 기技와 술術의 자리를 넘어선 예藝 Art의 자리까지 확대되었다. 그리고 그 자리는 문명적인 요소와 정신문화적인 요소가 이미 함께하고 있다. 물리과학적인 메카닉스를 보통 기술이라 하고, 정신문화적인 자리에서 특히 예기예능의 자리를 보통 예술이라 한다. 따라서 인생은 비록 백년도 살기 어려운 짧은 것이나 인류사회의 모두에게 창조적인 기술과 기쁨을 안겨주는 예술은 길 수밖에 없다.

그러한 기술과 예술은 기능적인 면에서 이성과 감성의 자리로서 서로 간 조금 다른 게 사실이다. 그러나 정작 어느 한쪽만 독립적인 자리는 결단코 아니다. 기술이 예술성을 배제할 수 없고 예술이 기술성을 외면할 수 없다. 상호 보완적인 자리에서 어느 쪽이 주된 자리인가에 있다. 따라서 보통 자연과학과 그 학리의 이성적인 자리가 예술창조의 기본인 감성의 자리와 일치할 수 없다는 것은 모두에게 기본적인 것이지만, 좀더 깊이 투시하면 인류사회는 긴 삶의 역사 속에서 그렇지만은 아니하다는 것을 이미 확인하고 스스로 새긴 자리에서 살아가고 있다. 합리적인 이성의 자리가 이미 감성(정)을 품고 있고, 어떤 감성(정)도 그 안에 이미 이성을 함께 품고 있다는 뜻이다. 곧 이理와 정情이 절대 이원과 이분의 자리가 아닌 상호간 짝 지워진 하나의 자리라는 데서 동양사회는 그 실제를 "정리情理"라는 언어로 새기고 있다. 보통 "정"이라고 말하는 자리이다. 그 자리는 서구인들이 이성과 감성의 자리를 이원 이분대립관계로 바라보는 것과는 사실 전혀 다르다. 그들에게 그 이理와 정情은 신과 인간, 생명과 죽음, 무한성과 유한성, 빛(양)과 어두움(음) 등 정正과 반反의 자리이다. 그러나 동양사회 곧 이와 정을 하나의 자리인 "정리情理"로 바라보는 자리에선 유학, 도교, 불교 등이 모두 한결같이 그 궁극의 근원을 바라보는 총체적인 인식원리가 역리易理의 자리이다. 곧 모든 존재와 현상을 관계역학과 그 실존에서 바라보는 상대적인 인식의 자리이다. 쉽게 말해 "내가 있음에 네가 있고, 네가 있음에 내가 있는" 자리이다. 그를 보통 우리 동양사회 사람들은 간단한 말로 "역지사지"라고 한다. 생활언어학적으로 그를 가장 잘 반영하고 있는 것이 또한 "우리"라는 언어이다.

위와 같은 기본적인 몇 가지 사실들의 자리에서 우리에게 인생은 과연 긴 것인가 아니면 너무 짧은 것인가? 이는 분명코 각자가 다르게 대답할 자리이다.

평소 인생을 너무 짧고 허무하게 느끼며 또 그를 통찰한 사람들은 영원한 삶의 소망 속에 그 꿈길을 가고 자신의 그 길이 저마다 고귀하고 아름답다고 세상에 말한다. 반면 어떤 불행과 고난 속에서도 그 자신과 인생을 긍정적으로 바라보고 느끼는 낙천적인 사람들은 인생이 결단코 진리를 말하는 사람들의 말처럼 그토록 허무하거나 짧지 않다고 한다. 비록 그게 짧은 것일지라도 그 한순간 속에 영원함을 느끼며 영원함이 있다고 말한다. 일상에서 매사에 긍정적이고 낙천적인 사람들 그리고 특히 충분히 실성한 미치광이 광시곡 같은 예술인들에게 더욱 두드러진 현상이다.

하나의 사실과 현상 앞에서 이토록 정반대의 자리에 선 사람들. 이는 어느 쪽이 옳고 그른가의 문제가 아니다. 실존이 무너지고 병든 사람들과 함께 살아가는 나와 같은 임상현실의 의사들에겐 가장 크고 실질적인 문제거니와, 그 인생이 정작 어떤 것이든 그를 묻고 따져 가리기 이전에 자신이 그 길에 어떻게 할 것인가에 있다. 그러한 때마다 내가 그들에게 한결같이 말하는 것은 그 인생열차를 탄 지금 그 여행을 정작 자신이 어떻게 할 것인가부터 묻는다.

그 길엔 햇살 눈부시고 꽃들이 만발하며 새들이 사랑을 노래하는 날들도 있지만 그보다는 비바람이 불고 눈보라가 휘몰아친다. 폭풍해일과 홍수 물난리가 모든 것을 휩쓸고, 한발기근이 모든 생명들을 고사시키는 날들이 많다. 이미 시발역을 떠난 열차, 그 인생여행길에서 불안과 두려움에 가득 찬 사람과 언제나 긍정적이고 낙천적인 사람에게 그 여행의 차창은 서로 크게 다를 수밖에 없다. 함께 탄 그 열차가 종착점에 도착하건 못하건 그 결과는 어차피 모두에게 같다. 그때 그대라면 그 여행에서 어느 쪽을 택하고 싶은가 라고 묻곤 한다. 하늘이 어둡고 캄캄한 것은 날씨가 그래서가 결코 아니다. 어떤 사람들에겐 칠흑 어두움의 동굴 속과 밤에도 달과 별이 빛나고 눈부신 햇살이 있다. 모든 것이 마음먹기에 달렸다는 붓다의 "일체유심조"나 모든 현상을 뒤집는 역리 "공즉시색 색즉시공"이 아마도 그런 자리이리라. 인간이 인간임은 초자연적인 인식원리 변증의 자리 바로 그 역리현상을 아는 초월인식의 자리가 가장 큰 기적이리라. 삶이 죽음이고 죽음이 보다 큰 생명과 삶이 되는 실제는 오직 인간에게만 존재하니까.

비록 삶의 현장 의사로 살면서도 젊은 날에 나의 이성과 감성은 각기 따로 놀았다. 그 이와 정은 설혹 이원의 자리가 아닐지라도 삶과 인생에서 엄격하게 이분 배치되는 자리였다. 평생 가장 큰 갈등과 고뇌라면 바로 그 자리였다. 그러나 끝없는 실존 고난들의 절규들과 함께하는 동안 어느 사이 결코 그게 아니었다. 종교와 철학, 모든 인문사회학과 과학이 인류구원에 실패한 역사에서 정작 나 자신이 가장 큰 정신분열증 개판으로 본 예술만이 이제 인류에게 남은 마지막 구원이라는 사실을 확인한 것이다.

실존인생은 결단코 합리적인 논리가 아니다. 그 화려한 이성은 오히려 가장 큰 굴레 족쇄요 가장 가증스러운 율법 가면들이다. 결단코 삶의 실제에서 감각적으로 확인되지 아니하는 허수아비 춤들이다. 병든 사람들에겐 감각적 실제만이 스스로 자신을 치유하는 유일한 자리이기 때문이다. 그리고 그 자리는 다분히 분열증 같아 보이지만 저마다 그 자신에게 가장 절박 절실한 것들로써 이미 모든 인류가 동시에 지니고 있는 가장 큰 실존의 기본 밑자리 정리들에서 나타나는 것이다. 그들의 개별적인 그 감각실제를 보지 못한 채 어떤 큰 진리나 사회 보편적인 자리로써 길을 말한다면 그것은 이미 그에게 실체가 없는 '우이독경'과 '공자왈 맹자왈'에 불과하다.

그들 속에서 그들과 평생을 함께하는 사이 나는 이미 반쯤 실성한 사람이 되어버렸다. 가족들은 말할 것도 없고 이웃들에게까지 나의 집 우케덕석이 비에 떠내려가는지, 밥솥에 밥이 끓는지 죽이 끓는지를 모르는 사람이 되어 버렸다. 곧 정신분열자들에게 가장 큰 특징인 자신의 실존감각 그 자각insight을 상실해버린 실존이다. 그러나 어디까지나 그들의 눈이요 말이다. 사실 나는 나 자신에 대한 자각증이 너무 크고 강한 사람. 그 자리가 너무 크고 분명하기 때문에 오히려 그를 반쯤 발로 걷어차 버린 것에 불과하고, 나는 정작 나 자신에게 가장 분명한 사람이다.

그러나 바로 그 반쯤 실성한 자리에서 비로소 나의 인생은 넘친다. 가족들이 아무리 섭섭하고 원망스럽게 바라보고 또 이웃들이 아직도 제정신 차리지 못한 괴짜 기인이라고 할지라도. 그럼에도 그 실성한 사람 엉터리 돌팔이 의사를 더 크게 신뢰하고 찾아오는 사람들이 왜 더 많을까? 그들에게 왜 하필, "자신의 삶 하나조차 제대로 살피지 못하는 개판의사"라고 하는 나를 찾아왔느냐고 물어본다. 그러면 그들은 대답한다. 몸과 마음의 질병 하나는 똑소리 나게 잘 보고 틀림없기 때문이라고. 곧 의사로서 이성과 진정한 자기 삶의 실존이성이 이미 분열되어 따로 따로 춤춘다는 말이 아닌가. 정작 내가 바라고 기대하는 대답이 아니다. 같은 섬사람으로 고향에서 평생 함께 살아가는 사람과 이웃으로서 인격적 신뢰가 아닌, 다만 그들 모두에게 자신의 병을 치유하는 직업의사로서의 자리일 뿐이다. 1960년대 의대시절에 정신과 은사님께서 이미 말씀하신 그 우리 사회가 이토록 뿌리 깊은 집단무의식으로 굳어져버린 슬픔이다. 오늘에 있어선 정작 자신에게 필요와 소용이 없는 자리는 이미 다 그처럼 인격을 떠난 기능적인 관계가 되어버렸다. 때문에 고향 섬으로 돌아온 의사로서 가장 큰 슬픔이 바로 거기에 있다. 그러나 나는 변함없이 고향 섬사람들을 가장 소중하고 귀하게 여기며 사랑한다. 또 신뢰한다. 그런 내가 이웃들에게 가장 어리석고 쉬운 봉인가 보다. 그 사랑과 신뢰를 철저하게 이용하여 나의 재산과 의사 인생을 송두리째 거덜내고 말기도 한다. 어찌 가족에게 부끄럽고 미안치 않으랴.

내가 감당하기엔 너무 큰 빚더미 속에서 다시 출발한 말년 인생. 그러나 하루하루는 즐겁다. 나폴레옹 같은 정복주의 분열증들에겐 불가능이 없으나, 내게는 불가능 투성들이요, 다만 내게는 절망이 없을 뿐이다. 그 현실 앞에 언제나 가장 큰 실존은 내가 그 진리를 따르는 붓다와 예수가 아니다. "내일 이 세상이 멸망할지라도 나는 오늘 한 그루 사과나무를 심겠노라." 하고 끝까지 그렇게 한 스피노자이다. 그보다 더욱 크고 분명한 자리는 미처 낱낱이 다 헤아릴 수조차 없이 수많은 우리 겨레 붓대들이다. 스스로 형장의 칼날 앞에 서서 "그 칼로 어서 내 목을 치라." 호통 치고 그보다 태연자약 의연하고 도도할 수 없고, 능청스럽기까지 하게 그 자신의 길에 대한 한 수 시를 읊고 또 삼수갑산과 절해고도가 된 그 모두 세찬 역사물길 물목의 "한 줌 푸른 강물一勺滄江水"들이다. 그렇게까지 나설 근거나 이유가 없이 여전히 모든 것들이 온갖 풍요와 평화로 넘치는 인생실존 현실에서 이 길이 어찌 넘치지 않을 수 있으랴.

이와 같이 파도치는 시련 속에서 인생은 새삼 다시 더욱 짧고 길다.

무수한 인생실존들의 가슴팍 심장박동 파도와 호흡의 바람소리를 청진하고 병든 내장과 생명을 좀먹는 암종들을 잘라내는 칼날을 움켜쥔 가운에게 그 숱한 실존들의 하루는 결단코 짧지 않다. 하루 평균 백 명을 넘는 그 실존들과 함께할 때 그 하루는 최소한 백일이다. 실존이 무너져 마음이 병든 사람들과 만날 때는 내 안에 이미 그의 일생이 함께한다. 그때 그와 한 시간 동안 무릎과 가슴팍을 맞대고 앉아 인생을 주고받을 때의 그 세월은 수많은 역사실존들과 함께 당장 백년을 훌쩍 뛰어넘는다. 그러한 하루하루 날들의 실존감각 실제 속에 난 이미 삼천갑자 동방석이다.

그렇게 하루를 마치고 핸들을 잡고 노을 비낀 들길을 지나 집으로 돌아오는 길. 비로소 사회의 모든 천덕꾸러기 가장들의 기쁨과 행복을 다시 본다. 대도시 달동네 별동네 판자집 돼지우리 날품팔이 노동자 가장들에게도 그 시간만큼 행복한 길의 순간이 있을까? 새벽길을 나설 때는 첩첩산 그 모두가 자신의 상전인 가장 크고 분명한 노예의 길이지만, 그 하루해를 접고 집으로 돌아오는 길엔 비로소 왕이다. 사립 밀치며 왕께서 돌아왔노라고 헛기침 크게 한번 하고 들어서는 노을 비낀 그 괴죄죄한 추녀는 이미 가장 화려한 궁전이다. 그래서 인생에서 가장 불행한 사람은 출퇴근길이 없는 가장이다.

불과 12km의 길에 넘치는 세월과 인생을 어떻게 다 말할 수 있으랴. 나를 알 만큼 아는 아내마저 매일매일 반복되고 똑같은 그 길이 그토록 넘칠 수가 있느냐며, 나는 다시 실성하고 특별한 사람이 된다. 돌아가는 산모퉁이, 강물, 들녘, 마을, 길가에 질편한 메마른 겨울풀잎들의 노래. 꽃과 새들의 노래는 말하지 아니해도 미처 다 감당하기 어려울 그 헤아릴 수 없는 사계와 매일매일 넘치는 변화들의 감각실제들은 그야말로 순간과 영원이 하나로 서는 자리들이다.

그리고 집에 돌아와서 다정하고 따뜻한 저녁상을 받아 함께 누리고 나면 비로소 펜의 시간. 모두가 잠든 밤의 고요한 별빛 창가에서 홀로 누리는 이른바 문학의 세월. 시각의 창이 커튼을 내리고 청각이 창을 여는 그 시간들이야말로 음악가들은 가장 잘 알리라. 그야말로 "영혼의 숨결"들이 깨어나는 순간. 그때 한 소절의 특별한 가락 속에서도 와닿는 시공간은 미처 수로 표시할 수가 없다.

밤잠을 밀치고 펜을 누리는 그런 나를 보고 서울에서 걸핏하면 낚싯대를 들고 찾아와 밤새도록 바둑을 즐기고 돌아가곤 하는 선배가 오래 산다는 것과 문학의 기쁨을 물었다. 말이 통할 리 없는 분이라 일체 입을 다물고 있다가 부득불 간단하게 말했다. "저의 이 하룻밤이 이미 백년이고 천년이라면 과연 형님께서 믿겠습니까." 그러자 "우리가 죽으면 천국과 지옥이 정녕 있다는 말인가." 하고 종교적인 얘기로 받는다. 하는 수 없이 인생이 길고 짧음이 내게는 정작 실존감각에 있음을 부연했다. 곧 같은 인생 같은 시간 속에서 그를 정작 얼마나 감각하고 누리느냐에 있음을. 비로소 선배는 나를 이해했다. 그리고 돌아가서 불현듯 여러 편의 시를 써 가지고 다시 내려와 내놓으며 시인이 되겠다고 한다. 그 가슴은 충분히 보이나 정작 시가 아니었다. 감각실제가 곧바로 시가 될 수는 없다. 그 이전에 시적 대상들에 대한 충분한 투시가 있어야 하고, 그 투시 이전에 그를 보다 많이 구체적으로 알아야 한다. 특히 관계실존의 본체를. 결국 아는 만큼 보이고, 보이는 만큼 느끼고 감각하는 자리에서 비로소 시가 터진다. 그럼에도 문학과는 너무나 거리가 먼 사람이 순간적인 가슴의 감각적 감응으로써 곧바로 시가 되고 시인이 되겠다고 나서는 것은 문학에 대한 모독이다. 시학 수업부터 하라는 충고를 무시하는 자리에서 그 더욱 어찌 시가 될 수 있을까. 너무 무모하고 답답해서 하는 수 없이 긴 편지를 썼다. 이미 그 자리가 충분하고 좋거니와 왜 불현듯 굳이 꼭 시인이 되려 하느냐며, 시인을 꿈꾸는 그 자리가 정작 그 자신에게 어떤 무슨 자리라는 사실을 짚어주자, 비로소 자신을 고백하고 시를 그만두었다.

지극히 비현실적인 문학과 현실적인 임상 진료실.

안톤 체호프처럼 그 두 연인들 속에서 사는 오늘 나는 너무 행복하다.

기독교인들은 나사렛 예수가 수많은 병자들을 말씀 한마디로 모두 치유하고 하물며는 죽은 지 나흘이나 된 나사로를 "나사로야 일어나라."는 말씀으로 다시 살렸다는 성경 기록을 사실로 믿는다. 그러나 동양의 성자들은 죽은 자를 다시 살렸다는 말이 단 하나도 없다. 또한 예수 이후 그 하나님 그 진리 속에서의 무수한 성인들이 오고 간 2천년의 세월 속에서 죽은 자를 다시 살린 실제는 단 하나도 없다. 왜 그럴까?

지금 당장 내 앞에서 죽은 자를 다시 일으켜 세우는 사실이 있다고 해도, 그게 내게는 진정한 기적이 아니다. 내가 그동안 바라보고 느낀 진정한 인간의 기적은 초현실적이고 초자연적인 인식 활동에서의 실존창조이다. 우리가 이미 죽은 후에 다시 태어나면 아무런 의미가 없다. 살아 있는 동안에 거대한 실존역사의 바람과 강물 흐름 속에서 수시로 새로운 창조적 실존변화로 거듭 다시 태어나는 자리요 길이다. 때문에 인생은 너무 짧은 반면 영원하기도 하다.

(2011)

5장 ◦ 바다비원을 떠도는 유랑자

○

밤바람 파도소리

밤바람이 분다. 파도가 춤춘다.

"바람이 임의로 불매 너희가 과연 그 바람을 보았느냐?"

랍비가 묻자 열두 제자들 모두가 대답하지 못했다.

그러자 "너희가 이미 그 바람과 함께하고도 왜 보지 못하느냐?"고 탄식했다.

바람은 그야말로 형상이 없고 제멋대로 분다. 그러므로 그 실체를 알 수 없다. 그럼에도 우리는 바람을 본다. 풀잎과 나뭇잎들의 모습으로. 나처럼 섬에서 태어난 사람은 그보다 먼저 본다. 바람이 없는 날에도 파도는 춤추기 때문이다. 그리고 바람이 세차게 불어야 비로소 소리를 낸다. 그런 땐 눈을 감고도 바람을 본다.

삶을 지배하는 시간은 낮이요, 밤은 잠든 시간. 때문에 오감 중 가장 큰 자리가 시각視覺으로써 그만큼 우리는 시창視窓에 예민하고 익숙하다. 반면 삶의 낮과 그 눈에 지치고 절망과 고독에 휩싸인 사람에겐 모두가 잠든 고요한 밤에 홀로 청창聽窓을 열고 청각聽覺에 사로잡힌다. 그런 사람 그런 자리에서 비로소 바람소리가 가장 분명하다. 정원수가 흔들리고 낙엽들이 구르는 소리, 비나 겨울밤 눈보라가 창을 노크하는 소리, 문짝 삐꺼덕거리는 소리……. 바람이 점점 더 또렷해진다. 겨울을 앞두고 우르르 고향을 떠나는 까마귀들의 날개 소리, 하늘 강 파도소리와 별들의 노래, 골목 개짓는 소리, 낙엽을 쓸고 가는 광장의 나그네 발자국 소리, 푸른 치마 아낙의 밤 다듬이소리와 긴긴 겨울밤 베틀가 홍타령 곡조 등을 본다. 토스카의 아리아 '별이 빛나건만'이나 나비부인의 '어떤 개인 날'과 '허밍코러스'도 본다. 슈베르트의 '겨울 나그네' 악상들 그 뮐러의 언어 실체들을 본다. 바람소리가 모두 언어 실체들로 다시 선다.

때문에 나는 밤을 가장 사랑한다. 아까워서 도무지 잠들 수가 없다. 해가 지고 날이 저물면 비로소 지쳤던 몸과 마음에 생기가 넘친다. 이토록 밤과 낮이 뒤바뀐 나는 아무래도 밤 사람으로 태어난 게 분명하다. 밤바람 파도소리 감각이 아니면 사실 나는 낮을 버틸 수가 없다. 그 밤바람 파도소리를 보려면 밤은 홀로 있어야 하고, 그 밤이 결코 외롭지 않다. 그러한 실존영혼의 예민한 모든 감각들을 포착하여 영가靈歌들을 빚어내는 작곡가들이야말로 뮤즈 신들이다. 악곡들이 그 실상實像들을 모두 영상과 그림들로 눈앞에 펼쳐놓는다. 그 자리에 언어들이 함께할 땐 그 실상들이 더욱 선명하고 또렷해서 환희의 미감이 절정을 이룬다.

이토록 내게 바람과 파도는 이미 분리될 수 없는 하나이다. 또한 소리와 모습과 언어도 하나다. 이로 보면 나는 작곡가와 화가와 시인이 함께 되었어야 할 사람이다. 함에도 단 하나도 이루지 못했다. 그러나 그 사랑과 꿈을 이루고 소유하지 못했기 때문에 밤바람 파도소리 감각들이 내게 이토록 예민하고 넘치리라. 이제는 어느 누구라도 내게 바람을 보았느냐고 물으면 비로소 분명하게 보았다고 말할 수 있다.

밤바람 파도소리야말로 실존영혼의 실체이다. 절망과 죽음의 처절한 고독에서 비롯되고 그를 넘어선 열락의 실상이다. 가장 큰 실존모순의 환치된 변증미학이다. 이를 분명하게 본 실존만이 스스로 바람이 되어 춤출 수 있다. 만약 내게 그 실존이 없었더라면 밤바람 파도소리가 이토록 넘칠 수도 없고, 그 모두를 가장 큰 열락으로 누릴 수도 없으리라. 모두가 '죽었다' 하고 '이미 지나갔다'고 하는 모든 것들이 다 오늘 속에 나와 함께하는 밤바람 파도소리! 이 영원함을 주체할 수가 없다.

6세 때 불현듯 세찬 바람과 파도가 바닷가왕국을 일시에 휩쓸어버렸다. 모두가 죽고 모든 것이 사라져버린 텅 빈 터에 홀로 우두커니 서고 만 자리에 그 늦가을 바람과 파도는 가눌 수 없도록 내게 너무 춥고 쓸쓸했다. 그 밤바람과 파도소리는 한시도 그칠 날 없이 청진기와 수술칼날을 손에 거머쥘 때까지 최소한 25년 동안 지속되었다. 그 밤바람 파도소리가 너무 많고 서로 뒤얽혀서 도무지 어느 한 부분을 가려 뽑아 그릴 수가 없다. 그리고 이제는 더 이상 주리거나 헐벗고, 한겨울 눈보라 속에서도 춥지 않고, 외롭고 쓸쓸하지도 않은 오늘 속에 그 모든 것들이 여전히 함께하고 있기 때문에 모든 것이 이토록 더욱 아름답고 행복한 것이다. 겨울 벌 '청동기사' 시인이 먼저 본대로 그야말로 '모든 것은 순간에 지나가고, 지나고 나면 그날이 비로소 다시 그리움'이요, 가장 큰 열락이다. 이 자리가 곧 바람의 마법이요 기적이다.

> 모두가 잠든 밤, 눈보라 속에 바람이 분다. 파도가 친다.
> 밤바람 파도소리가 빚어내는 무수한 악상樂像과 언어들!
> 이를 어떻게 사랑하는 이웃들에게 보여줄 수 있을까?
> 홀로 밤새워 넘치는 바람길을 달린다

(2014)

○

자연의 마법

자연은 왜 이토록 아름답고 풍요로울까?

꽃피고 새들이 노래하는 산과 들, 은하에 별들이 눈부신 밤하늘, 달그림자 고요한 외딴섬, 물새들 우짖고 푸른 파도가 끊임없이 밀려오는 해변! 이런 것들뿐만 아니다. 꽃잎과 낙엽들이 지고, 밀려가는 파도와 석양노을 비낀 하늘과 바다가 더 곱다. 하물며 비바람 천둥번개 치고, 눈보라와 폭풍해일까지도 모두 더할 수 없이 아름답다. 인생 칠십이 되어서야 비로소 자연의 마법을 깨친다. 옛 어른들이 자신의 무덤터를 잡으면서도 경탄하고, 겨레붓 시인들이 그토록 '자연! 자연!' 하던 자리가 보인다.

그동안 왜 이를 모르고 인생을 숨차고 벅차게만 달려왔던가? 이런 감각 이런 마음이 보통 늙은 날의 자리라곤 하지만 그게 아니다. 그것은 퇴조 퇴색의 자리가 아니라 살아봐야 알고 깨친다는 자리이다. 파도치고 벅찬 삶들을 통해서 비로소 인생이 익어가는 자리가 분명하다. 울긋불긋 곱게 물들어 떨어진 단풍잎들이 맑은 산 여울물에 떠내려가는 그 모습이 꽃보다 곱다. 호젓한 산길의 낙엽을 밟고 가는 길이 미묘한 행복인 게 아마도 다 그런 자리이리라. 만약 내가 이런 감각과 기분으로 젊은 날을 살았다면 분명코 그 아름답고 넘치는 시정으로 나의 인생을 넘치게 달려 왔으리라.

불교는 우리 겨레 삶을 가장 크게 지배해온 자리! 왜 하필 인생을 백팔번뇌의 고해요, 허무한 무상이라 하는가? 어찌 잠시 일었다 스러지는 조각구름이란 말인가? 그 근원이야말로 가장 빗나가고 일방적인 실존모순의 인식 오류다. 그런 자리에서 공즉시색空卽是色 색즉시공色卽是空! 범아梵我와 만법일여萬法一如, 일체유심조一切唯心造라니 왜 스스로 자가당착의 인식 모순을 자초하는가?

도교도 우리 겨레 삶에 깊이 뿌리내렸거니와 노자의 붕새와 장자의 '꿈속 나비' 그 무위자연은 정작 무엇인가? 노자가 천리자연인도天理自然人道에서 그 길을 물길로 봄은 적절하다. 물은 스스로 높은 곳에서 낮은 자리로 흐른다. 그렇게 흐르면서 지형에 따라 스스로 길을 바꾸며 변한다. 흐르지 아니하고 고인 물을 썩지만 흐르는 물은 썩지 않는다. 흐르고 변하면서 스스로 자신을 더욱 깨끗하고 맑게 한다. 하지만 그 물의 생명이 인간으로 이 지상에 태어나서야 그 길이 어찌 그 자연뿐인가? 부모자식이 있고, 벗과 연인이 있다. 공동체 사회가 있고, 그 역사가 있지 아니한가? 그 관계실존은 자연과는 또 다르고 새로운 감각과 사유와 상상에 의해 삶과 인생과 역사를 늘 새롭고 아름답게 창조하지 아니하는가? 그 자리가 자연과는 또 다른 인간 자신만의 사랑과 꿈이다. 그 점에서 장자의 '꿈속 나비' 그 물아일체 자유自遊는 스승보다 낫다. 물론 노장의 말뜻은 충분히 이해되지만 인간이 자신의 실존현실을 외면하고 자연으로 도피하는 그것 또한 가장 큰 자기모순의 억지다.

왜 맑고 고운 참된 진리라는 것들이 이토록 저마다 억지인가?

때문에 나는 공자를 더 크게 신뢰했다. 공자의 천리자연인도에 대한 기본인식 또한 그 자신이 직접 다시 정립한 역경易經에서 내겐 붓다 및 노장과 다를 바 없다. 다만 근본적으로 불교, 도교와 가장 크게 다른 점은 인간을 그 자연의 일부로만 보지 아니하고 그를 초월한 초자연적인 실존 곧 창조적인 꿈과 사랑의 본체로 본 점이다. 인간과 사회와 역사현실이 병들수록 그를 회피하고 자연으로 숨는 게 아니라 오히려 그 마당으로 뛰어들어야 하는 것이다. 그 점은 내가 의사가 되지 아니했더라도 내게 필연적이고 온당한 자리다.

다만 그 자리엔 또 하나의 문제점이 있다.

병을 찾아 그 속으로 뛰어든 자리는 그 현실이 절박하고 치열할 수밖에 없다. 더불어 그토록 병을 스스로 찾아 나서고 그들을 구출하는 절박성과 치열성에만 스스로 사로잡히다 보면 우선 다른 이웃들을 돌아볼 틈이 없고 늘 삶이 긴장의 연속 속에 벅차고 무겁다. 하늘이 맑고 푸른지, 밤하늘의 달과 별빛이 눈부신지, 계절이 바뀌며 꽃피고 새 울며 온 산이 낙엽들로 불타고, 유유히 흐르는 강물의 의연하고 도도함을 모두 잃고 만다. 때문에 그 가슴은 넘치는 아름다움들을 모두 잃고 모든 현상이 병들로 가득 찬 고통스럽고 벅찬 자리들이다. 그런 마음의 눈은 우주자연과 세상만사에 대해 부정적이다. 그 모두가 바로잡고 치유해야만 할 것들이기 때문이다. 그런 자리는 자연스럽게 유아독존 독선주의 자폐편집自閉偏執에 스스로 사로잡힌다. 그 자리가 조선 오백년을 망친 주자朱子 이기이원론理氣二元論의 조선 성리학과 끊임없이 지속된 위대한 겨레 유학자 붓들의 권력투쟁 유아독선의 붕당 당파당쟁의 사화이다. 결국 모든 이웃들을 부정하고 거부하며 서로 자신만이 옳고 바른 길이라 우기는 진리들이 오히려 인간과 사회와 인류 역사현실을 지금도 망치고 있는 것이다. 불교와 도교의 정신문화가 함께하는 자리에서도 이렇거늘 하물며 가장 큰 유아독존 독선주의 자폐편집 율법으로 굳어진 이분대립투쟁의 유일신 집단사회에서야 이를 바가 있으랴.

이같이 인간의 가장 큰 약점과 모순은 자신의 꿈과 사랑과 길에 너무 쉽게 스스로 길들여진다는 사실이다. 그렇다면 길들여지지 아니하고 모든 것을 있는 그대로 감각하며 바라볼 순 없을까? 스스로 길들여진 자신의 그 자폐편집의 창문을 활짝 여는 길밖에 없다. 그게 과연 가능할까? 오늘의 역사현실 앞에 그 인간자연, 자연인간의 원점에로의 회복이 불가능하다고 믿고 살던 날, 나의 바다에 저녁노을이 비끼는 인생 칠십의 날에야 비로소 미소가 번진다.

이토록 간단한 사실을 왜 잊고 살았을까? 유년의 아이 그 자신으로 돌아가면 비로소 모든 것이 제자리에 있는 것을. 모든 것들이 다시금 아름다운 꿈과 사랑의 신비로 넘친다.

얼어붙은 달그림자 물결 위에 자고 한겨울 거센 파도 모으는 외딴섬이 다시 아름답다. 퐁당퐁당 돌을 던지는 시냇물이 건너편 누나의 고운 손등을 간질이는 즐거움이다. 두 손을 담그면 하늘빛 여울이 되는 바닷물은 온통 '초록빛'이다. 그 꿈과 사랑을 그리는 마음의 도화지가 여름엔 여름엔 푸르고, 겨울엔 겨울엔 하얗다. 어느 하나 아름답고 넘치지 아니한 것이 없다.

왜 이토록 모든 것이 다시 아름다움들로 넘칠까? 생각해보니 그것은 신비이다. 아직 자신이 그 실체들을 확인하지 못한 궁금증들로 가득 찬 감각과 생각과 상상들의 자리이다. 그랬음에도 성장하고 배우며 가르치는 대로 하나둘 알기 시작하면서부터 자신의 그 자리를 모두 망각하고 만 것이다. 너무 멀리 와버린 것이다. 그것을 확인하고 보니 비로소 모든 것들이 다시 신비와 아름다운 감각들로 넘친다. 비로소 모든 존재와 현상들의 실체와 실재가 다시 그날의 감각들로 넘친다. 스스로 길들여진 장막을 걷어내고서 있는 그대로.

문학이라는 언어를 붙들고 30년을 살아온 날에 진정한 언어들을 본다. 그 무언침묵의 실체 감각들을 새롭게 느낀다. 오늘의 우리 사회 문학들에서 그런 감각언어들을 여간해선 만나기가 어렵다. 아동들의 청라언덕 그 노래와 동화전설이 아닌 자리에선.

때문에 '자연! 자연!'을 그토록 외친 겨레 붓들의 언어에 사로잡힌다. 그 고전한시들이 내게는 너무 어렵지만 오히려 모르기 때문에 다시 유년의 아이가 되어 접근하며 스스로 감각하고 생각하고 상상하며 하나둘 알아가는 자리가 더할 수 없이 넘친다. 그럼에도 그 자리들을 오늘의 평론가들이 삶의 실제와 유리되어 자연만을 '음풍농월'했다고 힐난하는 자리가 실로 우습다. 우리 옛 선비 붓들이야말로 칼날보다 강하게 선 그 벅찬 실존현실에서 자신을 치유하는 자연의 마법을 본 것이다. 문화인류학의 창시자인 레비스트로스가 인간의 가장 큰 신비 마법이 '슬픈 열대'와 그 '야생의 사고'에 있다는 사실을 밝힌 자리가 바로 그런 것이리라.

오늘 우리가 만약 문명의 사고를 벗어 떨치고 자신의 원점 유년의 청라언덕 꿈과 사랑! 그 동요 동화전설의 나라로 돌아간다면 모두가 더없이 행복하리라. 동요 동시는 오늘에 아동문학이 아니다. 성인들에게 정작 더 큰 자리이다. 그 언어와 가락을 우리는 회복해야 한다. 자신부터 치유해야 한다. 이 푸른 청라언덕을 두고 어찌 술에만 의지할 수 있단 말인가? 병든 인간을 치유하는 것은 자연뿐이다. 그 속에 있으면 칼을 들고 나를 죽이려고 달려오는 이도 그리 밉지 않다.

우리들 마음에 빛이 있다면…….
훙얼훙얼 들길을 간다.
산길을 간다.

외딴섬 바닷길을 간다.

밤바람 파도소리, 밤하늘 별들이 눈부시다.

(2014)

○

난심

난과 학은 청자에 깃든 불변의 얼처럼 우리 조상들이 귀히 여기고 가까이했다. 그 자태와 향기로 난을 청초하고 몸맵시 날렵한, 그리고 불타는 연정 속에서도 은은한 끈기의 기다림을 지닌 여인네로 비유하였다. 또한 순절과 기개 높은 선비로도 비유됐다. 수필을 난에 비유하기도 한다. 그래서인지 일찍이 우리네 선비들이 즐겨 더 가까이 했고 우리 조선 여인의 표상으로 여긴다.

난!

이는 분명코 우리 선조들이 소중히 여겼던 만큼이나 고려청자 속에 찬연히 자리잡고 있는 우리 민족의 정신을 내면에 간직하고 있는지도 모른다.

난을 대하면 분노가 조용히 가라앉는다. 권태가 물러가고 애틋한 기다림에도 지치지 않는다. 찌푸린 하늘도 맑게 개이고 무엇인가 새로운 기다림으로 마음이 부푼다. 그리운 이도 좋고 아니면 자기에게라도 몇 줄 쓰고 싶은 마음자리를 준다.

난에는 현실보다는 미래가 있다. 욕망으로 버둥대는 미래가 아니라 조용한 기다림을 주는 미래며, 섭리의 깨침을 주는 미래다. 그리고 깊은 지성과 정신의 세계를 마주하게 한다. 현실의 줄기찬 욕망과 화려함을 멀리하게 한다. 오히려 현실에 찌들고, 고독한 자에게 피안과 같은 안온함을 약속하는 기다림을 준다. 그래서 나는 우리의 춘란春蘭을 좋아한다.

난을 더 깊이 사랑하고 그의 깊은 세계와 대화가 통하는 사람은 그를 대하는 감상에 그치지 않는다. 물을 주고 볕을 쪼이며 분갈이를 하는 등 자기 삶의 일부를 그와 더불어 한다. 그러고도 온갖 정성과 애정을 쏟은 그를 독차지하지 않는다. 그를 사랑하고 아낄 줄 아는 다정한 벗과 이웃에게 나누어준다. 자기에게 가장 소중한 것을 서슴없이 내어놓는다. 이러한 마음이 우리 선조가 지녔던 난심이 아니랴.

그러나 어느 때부터인가 달라졌다. 난이 상품화되었다. 난 앞에 서서 그를 대하는 마음도, 채집하는 마음도, 가꾸는 마음과 나누어주는 마음 모두가 변하고 있다. 옛날의 아름다웠던 난심을 어디에서 찾아볼 수 있으랴. 이미 변질된 난심은 이곳 먼 섬 시골까지 가득하다.

따뜻한 볕이 내리는 어느 봄날이었다. 여러 사람이 난을 찾으러 산행에 나섰다. 대부분 다년간 난을 캐고 볼 줄 아는 베테랑급이었다. 그런데 한 부인이 난에 대해선 일자무식인 남편의 허리춤을 당겼다. 할 일 없이 집에서 빈둥대느니보다는 운동 삼아 맑은 공기를 마시며 봄나들이를 하라고. 그는 수년 전 고혈압으로 쓰러졌다가 겨우 회생한 분이다. 극히 부자유스러운 지체를 목발에 겨우 의탁하는 신세가 되었다. 결국 그도 함께 따라나섰다. 난 찾기는 황조마을에서부터 시작됐다. 밭둑 논둑을 지나 발 빠른 사람들이 이미 높은 곳에까지 산을 오르고 있을 때 그는 절룩이며 겨우 논둑을 지나 산발치에 이르렀다. 산으로 들어서려 하자 아뿔싸 장애물이 있다. 논과 산 경계선에 철조망이 막고 있다. 성한 사람들은 간단히 넘는 낮은 것이었으나 그는 불가능했다. 하는 수 없이 목발을 울 너머로 던지고 철조망 밑으로 기기 시작했다. 철조망이 등 뒤에 걸린다. 고개를 처박고 낮게 더 낮게 엎드렸다. "아니? 이게 무엇일까. 이상한 풀도 다 있네!" 엎드린 철조망 아래 난생처음 보는 신기한 몇 포기 풀무덤이 있었다. 그는 난 대신 그것이라도 집에 가져가 심을 양으로 대충대충 걷어 담았다.

집에 돌아오자 마을은 발칵 뒤집혔다. 전문가와 난 장사들이 몰려들었다. 읍까지 소문은 자자하고 난을 모르는 사람들까지도 구경하려는 인파의 발길은 연일 계속되었다. 어느 흑심 있는 관리는 담당 산림과 직원에게 조사하여 압수해오라고까지 했다. 수십 뿌리가 소위 '중투中透'라 한다. 시가가 매겨졌다. 6천만 원. 가히 놀랄 일이다. 그러나 인심천심人心天心이었다. 모두들 기뻐하고 흐뭇하게 여겼다. 꼭 캐야 될 사람이 찾았다는 얘기였다.

난심!

하늘이 그의 난심을 헤아린 듯하다. 난을 캐려는 모든 이들이

난 아닌 다른 것을 구했다. 그러나 진정 난심을 지녔던 이는 그 뿐이었다. 욕망을 비운 마음, 집착을 떨군 마음이다. 과욕과 집착으로 가득 찬 눈에는 보이지 않았던 난, 그 난이 비운 마음에 나타났던 것이다.

어찌하여 우리 인간의 욕망은 끝이 없고 온갖 소유욕으로 가득 차 있는가. 그리고 그를 위해서는 한 치의 양보와 집착을 떨구지 못하고 열을 올리는가. 끊임없이 불타는 욕망과 소유, 그리고 집착, 그 마음을 어찌 비우랴. 소유 없는 존재는 있을 수도 생각할 수도 없다. 우리가 마땅히 가져야 할 것, 내가 지녀 충분한 한계는 어디까지일까? 상대적 빈곤이 두려운 시대를 만났다. 가난이 벼슬일 수는 없지만 죄는 더욱 아니다. 가난이 부끄러움인가. 포수인치包羞忍恥하고 안빈낙도할 수는 없는 것일까.

중투를 얻었던 불구자도 변했다. 지금은 아예 봉고차를 사 가지고 산행에 바쁜 나날이란다. 그러나 그때 단 한 번뿐 두 번 다시 중투는 찾지 못했다.

혹심한 겨울과 가뭄, 마른 대지와 풀포기를 보라. 푸르고 무성했던 잎은 시들고 말라 죽은 듯하나 그 뿌리는 메마른 땅 속에서 결코 시들지 않는다. 이듬해 봄과 단비를 조용히 기다리며 인내하고 있다. 심산유곡과 광야. 이름 모를 산야초는 어느 누구의 가꿈과 눈길로 그 아름다운 꽃을 피우는 것이 아니다.

"인법천 천법도 도법자연人法天 天法道 道法自然"이라 했듯이 사람이 살아가는 바른 길이 자연의 이치 속에 있음을 우리는 깨치고 있지 못함일까. 그저 오늘 우리네의 삶은 무엇 하나라도 더 얻기 위해 버둥대고 있으니 이 어찌 마음의 병이 아니랴. 새삼 법정 스님의 무소유의 역리逆理를 깨치고 싶다. 승찬대사의 대도大道를 알고 싶다.

> 욕득현전 막존순역欲得現前 莫存順逆
> 위순상쟁 시위심병違順相爭 是爲心病

삶의 무상대도無上大道를 깨치고자 하나 따름과 거스름順逆, 사랑과 미움愛憎을 버리지 못하고 이로 버둥대며 다투고 있으니 이 어찌 마음의 병이 아니 되랴.

순역順逆을 다 버리지 못할지라도 내 곁엔 한 분盆 중투 아닌 평범한 춘란을 가꾸고 싶다. 내년 2, 3월이면 그득한 향의 소박한 꽃을 피우리라.

(1992)

○

하찮은 행복

참으로 신비로운 일이다. 나이가 육십을 넘고 칠십을 넘을수록 아름다움과 행복이 모두 바뀐다. 도무지 납득되지 않는 일이다. 40세 때 본향 섬으로 돌아왔을 때만 해도 이러진 않았다. 본향 섬을 위해 무엇인가 크고, 화려하며, 아름답고, 고귀한 일을 할 수 있을 것이라고 믿었다. 만약 그렇지 않다면, 이토록 다시 돌아오지도 않았을 것이다.

유년 6세 때인 1950년 6·25 겨레상잔의 피아골 피바람이 갑자기 섬에 불어닥쳤다. 동화전설보다 실감나는 현실 앞에 난 신바람이 나서 그 바람과 파도 속을 달렸다. 그리고 그 폭풍해일이 다 지나가고 조용한 늦가을 외가에서 집으로 돌아오니, 왕국과 왕국 사람들도 모두 사라지고 없는 텅 빈 바닷가에 마치 '거지 왕자'와 같은 전혀 낯선 소년 그 나만이 홀로 우두커니 서고 말았다.

그 빈터에서 비로소 나는 '바람과 파도' 그리고 '작고 초라하며 하찮은 섬'을 보고 새로운 이야기꾼으로 다시 태어났다. 나는 비로소 내가 직접 만들고 꾸며 먼 훗날 이웃들에게 들려줄 가장 재미있는 이야기의 주인공이었다. 텅 빈 바닷가에서 그 '나'와 '섬' 그리고 '바람과 파도'를 보고 확인한 것이야말로 내 일생에 가장 큰 신비기적이었다. 그로 모든 이웃들이 나를 가장 불행하고 슬프며, 초라하고 가난한 소년이라고 하지만, 내 이야기 주인공의 자리에서 나는 그런 걸 전혀 느끼지 못하고 오히려 그 현실이 먼 훗날 모두에게 가장 재미있고 즐거우며 행복한 이야기가 될 자리들이었다. 유년 시절에 가족으로부터 국내외 모든 동화 전설들과 고전 이야기들을 다 들으며 이미 너무 잘 아는 자리였기 때문이다. 곧 주인공이 천신만고의 불행과 고난을 겪고 그를 지혜롭게 넘을수록 이야기는 재미있기 때문이다.

내가 직접 만들고 써야 할 새로운 이야기! 그 꿈의 목표는 폭풍해일이 휩쓸고 지나간 텅 빈 바닷가에 여전히 여파로 바람 불고 파도치는 그 바다 물목 나루를 건너 유년에 아버지와 약속한, 아주 오랜 옛날에 우리 겨레 땅이었고 바다보다 넓다는 요동 만주벌까지 날아야만 했다. 그러나 작은 물때새 한 마리 날개는 너무 작아 날 수가 없다.

그리고 중학교에 들어가 비로소 고조선부터 우리 겨레 역사를 배우기 시작할 때 손을 번쩍 들어 선생님께 물었다. 대륙의 지축을 울리며 말달린 겨레기상 그 반만년 전의 모든 역사 이야기를 마치 오늘의 이야기처럼 소상하게 낱낱이 기록한 사람이 어떤 누구인지 물었다. 좋은 질문이라며 선생님께서 우리 민족의 역사

기록자들인 사관史官을 낱낱이 말씀하신 후 “역사는 스스로 묻고 찾아 나서는 사람에게 비로소 자신을 말하며, 오늘의 우리 모두가 그 역사 기록자요 역사를 새롭게 창조하는 주인들”이라 하신다. 그 자리에서 나는 동화전설의 이야기꾼에서 ‘역사기록과 역사창조의 새 주인’으로 다시 태어났다. 그렇게 중학을 섬에서 마치고 비로소 날개가 자라 나루를 건너 남도에서 가장 크고 화려한 빛고을 광주 무등산 아래 교정에 들어섰다.

1960년 첫봄 교정! 목련꽃 그늘 아래 베르테르의 편지를 읽고 답장을 쓸 겨를도 없이 교정의 푸른 잎새 꿈들이 일제히 교정을 박차고 노도가 되어 시내 거리와 광장을 질주할 때 다시 총성이 터졌다. 벗들이 쓰러지는 자리에서 이룬 그 꿈을 곧바로 이듬해 봄 5·16 군사 쿠데타가 짓밟고 총칼 폭력의 국가를 세워버렸다. 그야말로 이곳 내 고향 섬 시인이 피를 토하며 말한 대로 그날이 우리 모든 젊은 꿈들이 허우적거린 ‘자유와 민주의 늪’이었다. 또 다른 고향 섬 산골 뙈기밭에 가난한 시태詩胎를 묻고 씨 뿌려 꽃피우고 열매를 맺는 농부시인이 ‘이 지상에 산다는 것이 무엇인가?’를 묻는 시집 《이 지상에 산다는 것》 그 자체였다.

모든 꿈이 산산이 부서져버린 날, 비로소 중학 시절에 그토록 읊었던 소월의 〈초혼〉과 〈진달래〉, 영랑의 붉은 모란 꽃잎이 삼백예순날 뜨락에 뚝뚝 지는 ‘찬란한 슬픔의 봄’, 박목월의 ‘강나루 건너서 밀밭 길을 구름에 달 가듯이 가는’ 〈나그네〉, 이상화의 〈빼앗긴 들에도 봄은 오는가?〉 정지용의 〈고향〉과 〈향수〉, 이

육사의 〈광야〉와 〈청포도〉, 저 넓고 푸른 남쪽 바다에 나부끼는 청마 유치환의 〈깃발〉 등이 모두 새롭다. 그때 나의 노래는 아직도 안개포연이 가득하고 녹슨 탄피껍질들과 포탄 파편들이 질펀하게 널브러진 겨레 능선 골짜기에 울려 퍼지는 노래 '비목碑木'에 취하고 말았다.

그런 우리 겨레 시들의 자리만으로도 넘치던 고교 시절 안톤 슈낙의 수필 〈우리를 슬프게 하는 것들〉에 대한 그 구체적인 자리들이 왜 당시 우리들의 가슴에 '아름다움의 시정詩情'들을 안겨 주었을까? 문학과 음악의 미학이라는 것이 그토록 불합리한 모순들이었다. 대문호 셰익스피어의 4대 비극을 비롯하여 19세기에 유럽을 휩쓴 낭만주의 음악의 모든 가극 〈트리스탄과 이졸데〉, 〈카르멘〉, 〈토스카〉, 〈나비부인〉 등이 모두 비극이요, 그 아리아들이 더할 수 없는 비창悲唱들이다. 젊은 날의 꿈과 사랑은 모두가 낭만이거니와, 그러한 실존모순의 낭만과 미학의 본질을 비로소 보았다. 그 자리가 바로 내 본향 섬에 역사현실의 삶으로 가장 분명하고 뚜렷하게 정착된 우리 겨레의 '한恨과 흥興'의 자리였다.

그리고 문학사에서 살펴볼 때 그 실존미학을 가장 확실히 천착한 작가가 19세기 후반 러시아 실천주의 리얼리즘 작가의 아버지라 하는 안톤 체호프였다. 당시 그는 모든 지성들에게 새로운 꿈과 이상의 세상 중심이요, 지성들의 광장이라는 모스크바를 박차고, 여전히 농노들이 흙바람 속에 말없이 땀 흘리며 '사소하고 하찮은 행복들'로 살아가는 시골 메리호보로 들어가 '두 마리 토끼'가 아닌 '두 연인'인 청진기와 펜으로 그들 속에서 그들과 함께하며 '짧은 한때 웃음잔치 굿판들'을 펼치며 살았다. 다른 사람들에겐 가장 비참한 불행과 슬픔의 비극들을 모두 기쁨과 즐거움의 희극으로 바꾸어버린 것이다. 그럼에도 자신의 그러한 이야기극들을 연출함에 있어 모스크바 예술극장의 연출가가 자꾸만 무겁고 어두운 비극으로 연출하려 해서 그와 많이 다투었다. 그러한 체호프는 44세로 삶을 마치며 "만약 내가 다시 태어난다면 메리호보의 정원사가 되리라." 했거니와 그는 이미 메리호보의 정원사였다.

대학 시절 바로 체호프의 그 자리에서, 나의 청진기 수술칼날과 꿈과 사랑의 낭만이 넘치는 시정詩情의 언어와 노래들은 '두 마리 토끼가 아닌 두 연인'이었다. 그리고 비로소 꿈과 사랑의 항로를 원점 섬으로 돌이켰다. 그렇게 한창 젊은 40세에 돌아와 청진기 수술칼날과 문학의 두 연인과 더불어 모든 열정을 쏟아 날로 삶의 벼랑길로 내몰리는 본향 섬 사람들과 함께 체호프처럼 '짧은 웃음잔치 마당들'을 펼쳐왔다. 그 손에는 오직 작은 전정가위 하나만을 굳게 움켜쥐고서. 그러노라면 무엇인가 본향 섬에 작은 기쁨과 행복을 세우리라 굳게 믿었다. 그러나 20년 동안 그렇게 신명을 바쳤으나 제대로 된 웃음잔치는 단 한 번도 없이 60대가 되고 말았다. 나 자신이 유년보다 더 작고 초라한 무기력한 실존이었다. 꿈과 사랑 그리고 그 열정과 노력으로 되는 게 아니었다. 청진기와 수술칼날이야 체호프보다 못한 자리기 아니지만 펜의 언어는 체호프처럼 타고난 자리라야만 했다.

결국 내 가슴에 영원한 체호프의 메리호보 언어들은 '문학'이란 자리를 버리고, 진찰실과 또 함께 살아가는 이웃들 속에서 '웃음잔치 굿판'이 되고 말았다. 그 언어와 이야기들은 모두가 그들의 것이다. 그들 가슴의 바람과 파도이다. 현실적이고 구체적인 사실들에 아직도 우리들 가슴 어두운 한편에 남아 있는 유성 같은 불빛이요, 가장 맑고 고귀한 영혼의 시가詩歌들이다. 초상집 밤샘마당에서 찌그러진 냄비를 머리에 뒤집어쓰고 소리꾼들의 악주에 맞춰 곡비哭婢를 넘어 다시래기 판의 어릿광대가 되는 자리이다. 그때 비로소 모두가 함께 벌떡 일어서 밤새도록 신바람나는 한마당 즐거운 웃음 굿판잔치가 된다. 그야말로 그밖엔 다른 것이 단 하나도 없는 '작고 하찮은 행복들'이다.

60대 10년을 그렇게 살다 70대에 들어서고 보니 꿈과 사랑, 기쁨과 행복 그리고 아름다움과 낭만들이 점점 더 작고 하찮은 것들이다. 아내와 함께 읍에 있는 집에서 20km쯤 남쪽 장터에 있는 병원으로 출퇴근하는 길에서 매일 매일 마주치는 마을들, 산과 들녘, 가로수와 길가 풀포기들, 장구포 수로의 사계절 갈대밭과 뻐꾸기 둥지를 틀고 뻐꾸기새끼를 키우는 갈대밭 어미새 개개비들의 연가 등 어느 것 한 가진들 가슴 벅차게 아름답지 않은 것이 없다. 한여름 길가에 무성한 개망초꽃이 왜 그리 아름다울 수가 있을까? 겨울 수로에 푸석푸석 메마른 채 일제히 쭈뼛

쭈빗 서서 다음해 푸른 오월을 기다리며 눈보라 속에 춤추는 갈대들의 악상이 뮐러의 시집《겨울여행》의 시들에 모두 곡을 붙인 슈베르트의 〈겨울 나그네〉와 비발디의 〈사계〉보다 더 아름답다. 흥에 겨워 흥얼흥얼 노래하는 나더러 실로 늙을 줄을 모르는 특별한 사람이라 하면서도 옆자리 아낙은 함께 노래한다.

길가 메마른 풀잎 하나와 흙더미 등 그 모든 것이 다 아름답고 행복하다.

왜 우리가 젊은 날에 이토록 넘치는 행복과 아름다움을 알지 못했던가.

(2015)

○

물리지 않는 것들

가장 행복한 사람은 아무래도 물리지 않는 삶을 살아가는 사람이리라.

삶과 자신에게 물리는 것처럼 불행한 삶은 없기 때문이다.

왜 우리는 삶과 그 자신에 자주 물리곤 할까? 많은 사람들이 삶과 자신에게 스스로 물린다. 그로써 더러는 삶과 자신에 대한 의미를 잃고 스스로 목숨을 끊어버리는 경우까지 있다. 이는 어느 시대보다 가장 두드러진 현대사회의 한 특징이다. 현대자유자본주의 민중소비문화의 시대적 현상으로서.

오늘의 보편적 민중사회 집단심리가 이미 그러하지만 특히 그 현상이 문예창작에서 가장 두드러진다. 그 자리를 수많은 말들로 표현하지만 그 중심은 "나만의 특별한 그리고 사회일반에게 낯설고 색다르며 신선한 충격"의 내용과 형식들이다.

이러한 예술작가들도 오늘의 사회가 안겨주는 그 자신에서 결코 자유롭지 못하다. 마르쿠제가 본 대로, 더욱 풍요롭고 넘치게 자유를 누리며 살고자 하는 한 자본주의 소비산업화된 예술 그 자체에 대한 자신의 억압욕동에서 자유로울 수 없기 때문이다. 그 자리를 마르쿠제는 역승화된 "가짜 억압" "가짜 욕망"이라 한다. 바로 오늘 우리 대다수가 그러한 가짜 억압과 욕망 속에 사로잡혀 살아간다.

그로써 과거와는 전혀 다른 삶의 현상들이 벌어진다. 과거처럼 먹고 입고 살기 위해 못할 일이 없던 때와는 달리 그럴 이유가 거의 없는 오늘에 오히려 연쇄살인자들이나 스스로 목숨을 끊는 자살자들이 비교할 수 없을 만큼 날로 급증하고 있는 일이 그 단적인 예이다.

오늘에 물리지 않는 삶을 살아가는 사람들은 크게 보아 두 유형이 있다. 자기 자신에 집요하게 집착하는 유형과 그 집착에서 비교적 자유로운 유형이다. 삶과 인생에 있어 가장 현실적이고 실질적인 실존으로서 자기 자신에게서 완전히 자유로울 사람은 사실 아무도 없다. 다만 그 집착의 정도 차이일 뿐이다. 그러나 정작 삶의 현실에선 그 약간의 차이가 너무 다르고 크게 나타난다. 마치 자연 물리와 화학반응에서 같은 성질이 그 함량 차이에 따라 반응실제가 전혀 다른 것처럼. 쉬운 예로 물이 온도에 따라 고체, 액체, 기체의 서로 다른 실체로 존재하는 바와 같이. 더불어 집착하는 그 자신이 정작 어떤 꿈 또는 욕망인가에 따라 그 성격도 다르다.

자신의 꿈 또는 욕망이 어떤 무엇이든 그 자신에 집요한 집착을 지닌 사람은 인생 내내 한순간도 따분할 수가 없다. 그 자신을 위해 그야말로 고군분투하며 열심히 살아간다. 정치, 경제, 사회, 종교, 학문, 과학, 예술 등 자기 분야에서 최고가 되기까지는 멈출 수가 없다. 결국 그 자신의 꿈과 욕망에 결코 물리지 않는 사람들이다. 다시 말해 한없이 배가 고픈 사람들이다. 그 배를 채우려는데 무엇이 물리겠는가.

반면 그와는 달리 늘 같은 것 같은 자리에 쉽게 물리는 사람들은 모든 이웃들 보기에는 이제 출발이나 같은 자리임에도 그 자신을 벗어 떨치고 늘 새롭게 스스로 삶과 자신이 변하기를 바란다. 전자가 정착자라면 이 경우는 유랑자 집시들이다.

인류역사엔 유랑 실존들이 너무 많다. 가장 극적이고 대표적인 사람이 붓다이다. 모든 사람에게 가장 화려하고 넘치는 바로 그 자신에 물린 것이다. 때문에 사회에서 가장 존귀한 브라만 왕자의 자리를 박차고 가장 불행하고 천한 노예 수드라가 되어 깊은 산 속의 고독이 되었다. 나사렛 예수도 그렇다. 스스로 죽음의 십자가를 짊어지고, 버림받고 슬퍼하고 불행한 삶의 사람들 속에 그들과 함께하며 그들에게 복이 있나니 천국이 저희 것이라 외치며, 언덕길을 끝까지 올라 못박혔다.

이런 경우들의 길을 가장 분명하고 쉽게 말한 사람이 아무래도 노자이다. "길이라 하면 이미 길이 아니다."고 한 그 길 말이다. 그때 그 길은 자아집착의 길이 아닌 물처럼 흐르는 물길을 뜻한다. 지형과 계절에 따라 물길이 시시각각 변하는 그런. 길은 곧 스스로 변하고 흐르는 것이다. 거기에 집착할 자기 자신이 과연 어떤 무엇일까? 부정적인 시각에서든 긍정적인 시각에서든 그야말로 "바람 불고 물결치는 대로" 살아가는 길이다. 아마도 그런 자리를 주인도 객도 없는 주객 물아일체의 흐름, 자유自游라 할지 모른다. 불교가 말하는 '무심무아無心無我'일지도. 그런 자리를 장자는 모두가 알기 쉬운 모습실제로써 "주인 없는 빈 배"와 "꿈속의 나비"라 했다.

그러나 왜 달마가 붓다의 그 고귀한 진리언어를 벗어 떨치고 무언침묵으로 섰을까? '진리'와 '길'이라고 말하는 그 말들에서 무엇인가 실존모순의 자기모순을 느끼지 않았다면 그토록 입을 다물지는 않았을 것이다. 사실 구원의 생명과 길이라 하는 그 언어들이 신의 이름과 절대 권력의 자아로 점 점 굳어지고 그 자기 자신에 지나치게 줄곧 집착하는 역사에 있었으리라. 곧 진정한 길이 갇히고 그 자신에 매여 더 이상 흐르지 않았기 때문이었으리라.

그렇게 막힌 길을 다시 뚫은 자리를 불교는 "선禪"이라 한다. 따라서 붓다의 언어 중심인 교종과는 분명히 다르다. 어쩌면 대승불교와 소승불교의 차이처럼. 신라 때 법을 구하려 나섰다가 도중에 돌아와 민중불교를 세운 원효대사의 자리와도 견줄 수 있을지 모른다. 달마의 무언침묵을 다시 언어로 해석한 승찬 선조의 말처럼 "이것은 길이니 따를 것이요 저것은 길이 아니니 거스를 것이라 하는 그 순역順逆이 스스로 길을 망치나니 추호라도 인식의 오류를 범하지 말지어다." 그런 자리일지 모른다. 그런 자리에 과연 어떤 배고픔과 갈증이 있으며, 그 삶이 물릴 수가 있을까? 그러나 이도 말이 쉽지 삶의 실제에선 정작 구체적으로 자신에게 가장 합당하고 적합한 자리를 알 수 없다. 게다가 각자 다를 수밖에 없다.

어느 청년이 진리를 구하고자 선방에 들어갔다. 그리고 아무리 몸과 마음을 다해 정진해도 잘 되지 않아 선사 앞에 나아갔다. 그리고 여쭙기를 "제가 어찌하여야 이 먹고 입고자 하는 것에서 벗어날 수가 있습니까?" 하자, 선사께서 즉시 대답하시기를 "정녕코 네가 그것에서 벗어나고자 한다면 이제라도 결코 늦지 아니하니 당장 그 먹고 입고자 하는 것에 더욱 진력하라." 하셨다. 인간 본성 원점 밑자리에서 시사하는 바가 크다.

비로소 오늘 나는 "하찮은 행복들"에 스스로 넘친다.

오늘엔 사계절 내내 온갖 아름다운 꽃들이 만발하고, 계절 없이 무엇이든 누구나 다 누릴 수 있다. 그 화려한 꽃들이 어찌 눈부시게 아름답지 않으며 그들을 사랑하지 않을 수 있으랴. 그러나 어느 때부턴가 그보다는 봄 여름 가을 겨울의 제철에 피는 아주 작고 이름도 없고 꽃 같지도 않은 야생화들이 더 곱다. 제철과 제 모습을 스스로 아는 그 꽃들이. 하물며는 이른 봄 논둑 밭둑에 파릇파릇 돋아나는 풀잎들과 겨울 눈보라 길가 언덕배기 억새와 개여울의 갈대들 그 푸석푸석한 겨울 풀잎들까지. 사실 내게 그것은 경이로운 신비였다.

중학을 마치고 뭍으로 나갔다가 24년 만에 다시 돌아와 사는 남쪽 고향 섬. 유년부터 그리고 돌아온 후 육십 넘은 오늘까지 질리도록 평생 대하고 또 아침저녁 출퇴근길에 만나는 모든 것들. 들길과 그 길가의 사계절 전답들과 곡식들, 약간 슬픈 마을들, 다 늙은 들녘 농부들, 가로수와 산의 나무들, 길가 무성한 쑥과 개망초 풀잎들, 산비탈 억새와 개여울 갈대들. 다 헤아릴 수 없는 그 하나하나 모든 것들이 매번 가슴 벅차게 아름답다. 그것들은 비단 오늘만이 아니라 나의 유년에도 참으로 하찮은 것들이었다. 그러나 어느 순간 그들 모두가 내 가슴 앞에 이렇다는 것보다 경이로운 신비가 있을까? 때문에 이 감각적인 현실로서 내 오늘의 삶은 그 표면이야 어떠해도 끝없이 넘치는 경이의 행복뿐이다. 그리고 비록 스피노자처럼 뚜렷하고 확고한 "한 그루 사과나무"가 내겐 없지만 비로소 "내일 이 세상이 멸망한다 해도 나는 오늘 한 그루 사과나무를 심겠노라."는 그 가슴 그 자족의 행복을 알 것만 같다.

고향 섬에 돌아온 25년 동안 내내 내게는 특별한 변화 흐름이 없는 삶이다. 마치 다람쥐가 쳇바퀴를 도는 것과 같이 매일매일 똑같은 일만 반복되는. 섬을 단 한 치도 벗어나지 못한 채. 만약 이러한 삶이 내게 물리는 자리라면 스스로 어떻게 견딜 수 있을까? 아마도 진즉 분열증을 일으키고 말았을 것이다.

이제야 비로소 길이 좀 보인다.

그 변화 흐름이 내게 어디에 있는 어떤 무엇이라는 사실이.

한생을 살고 보니 저절로 이런 날이 오는 것을.

꿈이라는 말로 젊은 날 어찌 그리도 버둥쳤던가.

그러나 이 또한 어찌 우연이랴.

저마다 자신에게 맞고 물리지 않는 자리를 창조함이 행복한 삶이리라.

(2009)

○

매듭 고예술

조용히 생각해보니 인생은 매듭이다.

헤아릴 수 없는 매듭들이 같은 것이라곤 단 하나도 없다.

어찌 보면 그 매듭들이 매듭예술가들이 맺은 매듭들처럼 모두 아름답다. 그러나 달리 보면 대부분이 그렇고 그런 대동소이한 매듭들. 좀 색다르고 특별한 것들이 정작 뛰어나고 아름다운 매듭들이다.

그럼 정작 나의 매듭은 어떠한가?

실로 한심스럽기 짝이 없다.

왜 내가 이렇게 매듭을 짓고 맺었지?

이렇게밖에 되지 않을까?

저 매듭들은 어쩌면 저토록 뛰어나고 아름다울까?

내 딴엔 가장 아름다운 매듭을 맺고 짓는다고 갖은 노력과 정성을 다했으나 매듭을 짓고 나면 실로 말이 아니다. 나의 매듭이 너무 평범하다. 초라하다. 어설프고 시시하다. 부끄럽다. 눈부시게 아름다운 매듭잔치 앞에 내어놓을 수가 없다. 당장 다 불태워 버리고 다시 매듭을 만들고 싶지만 인생이라는 매듭이 그렇지가 않다. 새삼 예술도 인생도 저마다 타고나는 유전자만 같다. 같은 게 아니라 정작 그렇다. 노력만으로 되는 게 아니다.

그림을 평생 아무리 열심히 많이 그린다고 해서 그 모두가 피카소가 되는 건 아니다. 미켈란젤로, 밀레, 루벤스, 모네, 뭉크, 렘브란트, 고흐, 고갱이 될 수 없다. 황공망 대치黃公望 大癡나 소치 허유小癡 許維가 될 수 없다.

아무리 작곡 공부를 많이 하고 노력한다고 모차르트, 차이코프스키나 윤이상이 될 수는 없다. 노래도 그렇다. 그 더욱 시작詩作까지 이두李杜에 이른 시가詩歌의 악성樂聖 낙천 백거이樂天 白居易가 될 수 없다. 내 고향 진도의 타고난 춤꾼 박병천과 강은영이 될 수 없다. 다시래기 명인 심봉사 강준섭이 두 번 다시 태어날 수도 없다.

우리 신문학기 가장 뛰어난 문인들도 그렇다. 소월, 지용, 지용이 발견하고 키운 청록파시인들, 영랑, 만해, 상화, 육사는 물론 춘원, 팔봉, 미당 등도 될 수 없다. 저마다 타고난 것이다. 그들이 피운 문학의 꽃들이야말로 세계문학사에서도 영원할 것들이다.

그러나 언어예술의 매듭은 참 묘하다. 미술, 음악 등의 매듭과는 좀 다르다. 온 겨레가 피를 토하며 겨울 벌에서 벗어나 봄을 향해 일제와 싸우는 계절에 그 길을 배반하고 민족개조론까지 외치고 나선 문학의 매듭을 어찌 고귀하고 곱다 하랴. 만해는 그가 내미는 손을 털어버리며 "난 그대를 모르오. 그는 이미 죽었소." 하고 외면한 것은 너무 마땅한 필연이다. 그리고 글이라고 하는 것이, 만해가 "그들은 참 글재주가 아까운 사람들, 글은 그런 게 아니라 가슴으로 쓰는 것"이라고 동지와 후학들에게 강조한 자리가 분명하다. 그런 글재주꾼들은 춘원, 육당, 팔봉, 미당만이 아니라 그 외에도 무수히 많다. 그래서 글의 매듭은 무섭고 더욱 어렵다. 곧 글의 유전자와 인생의 인격 유전자를 함께 타고나야 하기 때문이다.

제정러시아의 기나긴 겨울 벌에서 태어난 가장 뛰어난 인류의 영원한 시인 푸시킨과 안톤 체호프는 두 자리를 함께 타고났다. 두 사람이 다 함께 가장 고귀하고 순결한 노예의 피로 태어났기 때문이다. 그에 반해 지금까지도 인류의 대문호인 톨스토이는 한쪽만을 타고났다. 그의 문학은 최고의 꽃을 피웠음에도 갓 의과대학을 마치고 유라시아 한겨울 고원의 살벌한 추위 속에 떨고 있는 메마른 풀잎들의 툰드라 벌 실상의 〈초원〉으로 작가가 된 체호프에게 가증스러운 문학이라고 힐난을 받았다. "그는 낡은 인습에 젖어버린 노쇠한 의사요, 순진무구한 아이들에게 낡은 윤리도덕이나 가르치는 선생"이라고. 왜 그랬을까? 그는 러시아 귀족의 피로 태어나 여전히 수많은 농노들을 거느리고 그들이 흙바람 속에 묵묵히 땀 흘리는 그 피의 술잔을 마시며 귀족들과 화려하고 넘치는 봄 뜨락잔치 무도회를 펼치고 있었기 때문이다. 때문에 체호프가 보는 톨스토이는 만해가 본 춘원과 같았다. 그리고 그 체호프가 당시 모든 세상의 중심이요 이상과 지성들의 광장이었던 모스크바를 박차고 농노들이 흙바람 속에 묵묵히 땀 흘리는 시골 메리호보로 들어가 노예 피의 열정과 진실을 일시에 쏟아부어 실존문학, 문학실존을 만개하고 한창 젊은 나이 40세를 갓 넘어 조용히 떠났다. 그 모습을 지켜보고 난 후에야 비로소 톨스토이는 귀족의 가면을 벗었다. 자신의 농토와 모든 재산을 농노들에게 다 나누어주고 그들을 자유인으로 해방시켰다. 그러고도 그는 자신을 어떻게 가눌 수가 없어 다 늙은 말년에야 비로소 체호프가 일찍 찾아 나선 참으로 기나긴 러시아 겨울 벌 메마른 풀잎들의 황량한 벌만을 정처 없이 떠돌다 아무도 자신을 알아보는 이가 없는 초라한 시골 역사에서 조용히 눈을 감았다. 왜 그토록 비참하고 초라하게 자신을 떠돌았을까? 비록 귀족의 가면은 벗었으나 이미 매듭을 지어버린 지난날의 문학은 불살라 버려도 풀 수가 없는 것이었기 때문이다. 바로 그 최후가 아니라면 나는 톨스토이의 눈부신 모든 문학의 꽃들에도 춘원의 것처럼 침을 뱉고 말리라.

20세기 자유인권주의 선두 최고 실천 리얼리즘 문학 지성이라는 사르트르도 자신을 추종하던 애송이 프란츠 파농에게 더러운 가면 "흰 얼굴"이 되고 말았다. 파농은 그 흰 얼굴에 당장 침을 뱉고 당시 조국 프랑스의 식민지인 알제리민족해방전선 "대지의 저주받은 자들"의 불타는 원시 밀림 속으로 달려가버렸다. 그리고 인간에게 가장 고귀하다는 흰 얼굴들의 대뇌피질을 스스로 파괴하고 오직 살인충동의 간뇌만으로 살아가는 한 마리 척추동물 야수가 되어 흰 얼굴 조국을 향해 줄기차게 방아쇠를 당기다 37세로 그 전선에서 생을 마쳤다. 그렇게 파농이 자신을 마치자 비로소 사르트르는 초라하고 부끄러운 자신을 파농 앞에 무릎 꿇고 그가 남긴 《대지의 저주받은 사람들》 앞에 긴 서문으로 성사고백을 바쳤다. 만약 그 자리가 아니라면 나는 사르트르의 《구토》에 더 크게 구토하고, 그 흰 얼굴에 파농보다 크게 침을 뱉으리라.

사실 나는 운 좋게 미술 유전자를 타고났다. 시골 섬 중학 시절까진 오직 그 꿈길을 달렸다. 나 자신에게 가장 넘치고 행복한 그 자리에. 그러나 섬을 마치고 뭍에 오른 고교시절 그 화려한 빛고을 꿈은 파농과 같은 허상 '흰 얼굴'이었다. 섬을 버리고서야 비로소 파농처럼 그 섬 나 자신의 '검은 피부'를 보았다. 그 모든 사실들을 그림으로 그리기엔 너무 부족했다. 그림의 침묵보다 진실하고 고귀하며 아름다운 것이 곧 말이요 글이었다. 그로부터 그동안 겹겹 껴입은 가면 누더기 흰 얼굴을 다 벗고 당초 검은 피부가 되어 원점 섬으로 돌아가는 길은 섬을 탈출하는 것보다 더 어렵고 길었다. 결단코 파농처럼, 체호프처럼 그렇게 단숨에 되지 않았다. 그게 또 나의 유전자 한계였다. 그러니 원점 검은 피부 고도에 돌아와서 아무리 버둥거린다고 해서 어찌 모두에게 곱고 좋은 매듭이 될 수 있을까. 당초 미술유전자인 만큼 그로 끝내야 할 놈이 타고나지도 않은 글을 추켜들었으니 될 리

만무하다.

그러나 단 한 가지 사실은 안다. 가장 분명하다.

나의 유전자 원점 섬 고도야말로 이 세상의 모든 중심이요, 가장 고귀하고 아름다운 것이라는 사실을. 바로 그 침묵의 유전자가 섬을 탈출한 나를 다시 부른 것이다. 그 섬유전자야말로 어떤 예술보다 끈끈하고 큰 자리였다. 섬에서 섬으로 태어나 섬의 숨결로 자라 그 자신을 어떤 속에서도 잃지 않는 가장 솔직하고 진실한 가슴과 눈들에게는 필연코 그렇다는 사실을 안다. 만약 그 자신을 잃거나, 스스로 흰 얼굴 가면을 둘러쓰거나, 아예 처음부터 섬 밖에서 태어난 사람들에겐 모두가 제정신이 아닌 미친놈들처럼 보일 수밖에 없는 자리가 바로 그렇다.

내가 돌아왔을 때 전성기를 이룬 씻김굿 인간문화재 김대례 여사, 채계만 씨, 남도들노래 문화재 조공례 여사 등은 이미 극락왕생하였지만 그들의 소리는 여전히 내게 쟁쟁하다. 정든 임들을 떠나보내던 마지막 밤샘마당에서 온 마을 사람들이 함께하며 날밤을 새는 자리에서 극단의 비극 씻김굿과 극단의 희극 다시래기가 함께 펼쳐지는 마당! 모두가 한생을 다시 망자와 함께하며 비 오듯 눈물을 흘리다가 곧장 다시래기 인간문화재 강준섭 박사의 '나나이 나나이'부터 장님들 궁궐잔치에 뺑덕어멈과 함께 가는 심봉사 연기! 젊은 중놈이 함께 가며 뺑덕어멈과 재미는 다 보는데 이웃집 개새끼 무사히 다 잘 낳으라고 당달봉사 흰 눈 좌우 위아래로 치켜뜨는 모습이며, 인당수 푸른 물에 빠져 죽은 심청이 보고 싶어 처량한 신세타령으로 지팡이 더듬더듬 하는 길에 헛디뎌 부리는 오만 쪽구질 방정과 임기응변 재담과 소리의 종횡무진 변화무쌍한 연기들 앞에 어느 한 사람 상주들까지 뱃살 움켜쥐고 구르며 웃지 않을 사람은 아무도 없다. 기원전에 인간 칠정 정리 미학을 비극과 희극으로 완성한 아리스토텔레스가 과연 이 자리를 보았을까? 어림도 없다. 그가 당초 희비극을 분리하여 쓴 것부터가 이미 빗나간 것이다.

그리고 그 밤이 새고 날이 밝으면 비로소 산길, 모두 다시 함께 가는 그 길은 희비가 더욱 크게 어우러져 춤추는 훨씬 역동적인 길이다. 북장구 징 꽹과리 더욱 힘차게 어우러진 조공례 여사의 만가 설소리! '가세 가세 어서 가세~ 가자스라 가자스라 어서 어서 가자스라~ 나무여 나무여~ 산에는 나무 나무 나무여 ~ 등잔 가세 등잔 가세~ 극락왕생 등잔 가세~ 영등이야 영등이야 영등이로구나~' 만약 그 자리에 강준섭 박사가 설소리꾼으로 나선다면 그 소리는 더욱 변화무쌍하다. '애라 요 가시낙년들아, 세월아 매월아 네월아 너도 이리 오너라~ 아까운 청춘 한판 놀다 가자.' 닥치는 대로 이 사람 저 사람, 이것 저것 다 불러내어 웃음 뱃살 쪽구 방정 다 떤다.

이게 바로 오늘의 섬 진도이다. 이를 뛰어난 글재주의 그대들이 과연 어떻게 말하겠는가? 희극인가? 비극인가? 희극은 무엇이고, 비극은 또 무엇인가?

망자 영혼을 불러내어 이미 망자가 된 무녀 당골의 입에서 거침없이 터져 나오는 말들, 노래와 춤, 평소 가장 친한 술벗과 주고받는 술잔 취기 등을 어떻게 말하겠는가? 무녀 당골은 망자를 극락왕생 길로 떠나보내기 위해 긴 옥양목에 줄줄이 이어지는 매듭들을 맺는다. 그것을 '고'라고 한다. 불교에서 이르는 '고苦'와 같아 보이나 사실은 전혀 다른 순수 우리말이다. 맺는 수많은 고들이 곧 망자의 한생이다. 인생은 그렇게 고 매듭의 연속이다. 거기엔 희노애락애오욕 칠정들이 뒤얽힌 애증, 희비, 선악, 진위, 미추, 시비, 생사 그 모든 것들이 있다. 그 고의 매듭들을 모두 풀어야 비로소 떠날 수 있다. 그를 '고풀이'라 한다. '씻김'은 바로 그 고풀이이다. 그렇게 고를 다 풀면 비로소 긴 한 필 옥양목은 하얀 '질베'가 된다. '질'은 진도사람들에게 '길'이다. 고를 다시 모두 풀어헤친 그 곧고 바르고 하얗게 쭉 뻗은 길이 곧 저승의 바닷길이다. 영혼은 비로소 한 척의 가벼운 배가 되어 그 바닷길을 나비처럼 훨훨 날아간다. 그렇게 망자가 배로 떠나는 길에 무녀와 함께 모두가 '가세 가세 어서 가세' 외치는 자리가 '길 닦기'이다.

그런 자리에선 부귀영화, 생사고락, 잘나고 못난 놈이 따로 없다. 다 같은 하나이다. 그 자리에서까지 저 매듭은 이렇고, 이 매듭은 저렇다고 말하는 사람은 아무도 없다. 이렇든 저렇든 모든 매듭들이 다 고귀하고 아름답다. 차마 그 매듭들을 그렇게 당장 한순간에 다 풀어헤쳐 버리기가 아깝고 아쉽다. 그러나 풀어헤쳐야 한다. 왜 그래야 한다는 것을 아는 사람은 안다. 그가 불교를 믿든 기독교를 믿든. 그래야만 비로소 떠나보내고 남은 자들이 다시 고의 매듭을 좀더 곱게 맺을 수 있기 때문이다. 새삼스럽게 그 자리를 진도사람들은 고상한 말로 개오각성이니 중생 거듭남이니 구원이니 하지 않는다. 다만 '한생'이라 한다. '길'이라 한다. 그렇게 길은 스스로 끊임없이 이어지고 되풀이된다.

수많은 매듭들을 지어 맺고 푸는 '고'처럼 아름답고 뜨거운 예술이 과연 있을까? 어느 겨울 들길 가에 버려진 메마른 풀잎 하나에게도 넘치는 실제 그 영원한 행복의 자유와 아름다운 예술이 과연 다른 어디에 또 있으랴. 나에게도 끝자리 그 길이 있기 때문에 어설픈 매듭들만 줄레줄레한 이 길도 넘친다.

> 가자스라 가자스라 나무 나무 나무여
> 갈가부다 갈가부다 이제는 나도야 갈가부다.

(2011)

○

시골 장터 굿판 광대

본향 섬에 돌아온 27년 동안 여전한 장날.

오늘도 진찰실은 변함없는 북새통, 종일토록 장터굿판잔치를 벌인다.

삶의 처지와 질고가 각기 다른 사람들과 만날 때마다 순간순간 윷판 덕석에서 마지막 종지기를 던지고 무릎을 치며 벌떡 일어서면서 "모야!" 하고 소리치는 기분이다.

하고 많은 직업들 중 왜 하필 의사가 되었을까. 고독한 섬 그 나를 온통 에워싸고 밤낮없이 파도치는 드넓은 바다로 빈 대끝 한 번 들고 나서지도 못한 채 이토록 다 늙도록 평생 동안 다람쥐 쳇바퀴 돌듯이 진찰실에만 사로잡혀 갇히고 말았다.

아무리 생각해도 의사가 된 나 자신을 믿을 수가 없다. 유년 시절부터 넘치는 동화전설로 청라언덕을 달리며 꿈꾸던 자리들과는 너무 거리가 멀다. 끝없이 넓고 아름다우며 신비한 세계를 평생 동안 자유롭게 유랑하며 낭만을 누리는 집시가 되었어야 할 놈이다. 푸른 파도와 풍랑의 흰 물보라 속에 오대양을 누비는 낭만의 마도로스 뱃놈이 가장 좋다. 하나의 사랑에 매이지 않는 광시곡의 음유시인도 좋다. 모든 세계를 하얗고 파란 마음의 도화지에 내 마음껏 그리고 색칠하는 화가나 조각가가 되었어도 좋으련만. 유년부터 누나 따라 부르던 노래 '달아 달아 밝은 달아 이태백이 놀던 달아'처럼 강물 속에 빠진 달을 건져내려고 그 물 속에 뛰어든 시선과 같은 몽상현실 속에 살아가는 사람이기에 나는 이미 충분하다.

의사 중에서도 한 치의 오차도 없이 가장 분명한 이성의 칼날을 쥔 사람이 된 근거가 굳이 있다면 유년부터 생명의 신비와 보이지 않는 그 뱃속을 확인하고 싶어 사람 대신 애꿎은 들개구리들만 수없이 잡아서 면도칼로 하얀 배를 줄기차게 가르고 그 속창들을 거듭거듭 살핀 것뿐이다. 그리고 초등학교 때부터 셈본이라 하는 수학을 가장 잘한 자리일까? 그러나 정작 그보다 좋아하고 잘한 것은 할머니를 닮아 선생님들까지 모두를 웃기며 기쁘게 하는 재미있는 온갖 이야기와, 아버지를 닮아 아무도 따를 학생이 없을 정도로 그림을 최고로 잘 그린 자리였다.

그러나 그토록 변화무쌍한 흐름 속의 자유유랑자로 태어난 아이가 백팔십도로 뒤바뀌고 만 것은 아무래도 6살 여름, 6·25라는 겨레상잔의 피아골 폭풍해일이리라. 난생처음 만난 은빛 쾌속 날개 쌕쌕이, 폭탄 불꽃놀이, 딱콩총소리, 인민재판, 기분 내키는 대로 휘두르는 죽창몽둥이패들. 나 또한 그들에게 쫓겨 신바람 속을 달리고 난 후 다시 집에 돌아온 늦가을, 화려했던 바닷가왕국과 왕국사람들은 모두 자취흔적도 없이 사라지고 말없이 바람 불고 파도치는 텅 빈 바닷가에 홀로 우두커니 서고 만 말없는 소년과 섬! 바로 그 자리일 것이다.

섬을 탈출한 꿈은 생명과 그 밥을 위해 결국 의사의 길을 좇았다. 그 꿈의 돛폭을 펼친 1965년 첫봄, 교정에서 뜻하지 않은 대양 저쪽의 한 시인을 만났다. 나 자신의 꿈인 바로 그곳 사람은 이렇게 말했다. "현대문명사회와 현대인들의 모든 병리는 저마다 그 자신의 마음의 고향을 상실한 데 있다."라고. 마치 6세 때 천지를 두 쪽 내던 총소리와 같은 뒤통수! 그토록 스스로 굳게 믿었던 나 자신의 꿈과 사랑과 길의 허상 앞에 다시 서고 말았다. 꿈과 현실, 실상과 허상들이 일시에 다시 뒤바뀌고 마는. 병든 자가 어찌 병든 자들을 치유할 수 있으랴. 의사보다 큰 의사, 진정한 의사가 전에는 개판만 같았던 시인임을 비로소 보았다.

그리고 그 길에서 다시 만난 사람이 삼민주의 혁명가요 의사였던 손문. 그가 스스로 의사를 말했다. "보통의사는 몸의 병을 고치고 그보다 나은 의사는 마음의 병을 치유한다. 그러나 정작 그보다 나은 의사는 병든 사회 속으로 뛰어든다." 이미 그때 나의 꿈과 길은 노자가 "길이라 하면 이미 길이 아니다."는 사실 앞에 다시 서고, 그로써 결국 원점 고도로 항로를 돌이킨 것이다.

그로부터 나 자신의 원점 고도를 향한 길에서 만난 사람들은 기나긴 실존모순 역사현실의 설원 벌 '청동기사' 시인 푸시킨, 모든 세상 중심이자 화려한 이상과 지성의 광장인 모스크바를 탈출하여 농노들의 흙바람 속에서 영원한 메리호보의 꿈 '갈매기'와 '벚꽃동산'의 정원사가 된 이야기꾼 안톤 체호프, 알프스 만년설봉에서 희박한 공기로 영원한 생명을 호흡한 미치광이 '까마귀' 시인 니체, 치열한 역사현실의 전선 그 '대 흐름' 속에 자신을 실험도구로 올려놓고 줄기차게 달음질친 후 거대하고 앙상한 뼈다귀 하나를 번쩍 추켜들며 통쾌하게 너털웃음을 터뜨린 '최후 승리자' 헤밍웨이, 20세기 최고 리비도 미치광이 프로이트의 꿈, 침묵으로 '고도'만을 기다린 베케트와 스스로 팜므파탈의 법문 심판대를 향하여 줄달음친 카프카를 비롯한 수많은 20세기 문학실존들. 더불어 스스로 형장의 이슬이 되고 고도가 된 도도하고 의연한 겨레 유배시객들을 헤아릴 수 없이 낱낱이 만났다.

남쪽 세상 끝자리 초라하고 작은 섬 고도에 붙박인 실존. 신의 아들이나 그와 같은 위대한 실존들이 아니고서야 이는 정작 가장 큰 고독과 갈증이다. 눈을 가리지 않는 한 스스로 머리를 철망 우리에 들이박고 죽는 꿩 새끼를 병아리처럼 가두어놓은 것과 다르지 않다. 유랑자로 태어난 놈이 어찌 정착자로만 살아갈 수 있으랴. 소명이나 사명의 책임 그 이理의 양陽으로만 어찌 살까. 기氣와 정情의 음陰을 짝하여 함께 살아야 마땅하다. 바로 그 음을 내게 채워주는 유일하고 현실적인 자리가 곧 환각 망상만 같은 문학이다. 겨레 도도하고 의연한 선비 문객들의 붓이야 흉내조차 낼 순 없지만 오늘의 이 펜이 아니라면 나는 이미 분열증을 일으킨 미치광이가 되고 말았을 게 분명하다. 온통 나를 에워싸고 바람 불고 파도치는 별빛 창가에서 부칠 이도 없는 이에게 편지를 쓰며 홀로 기쁨과 행복에 젖어 보내는 밤이 아니라면 나의 밝은 대낮 진찰실은 장날 굿판잔치를 펼칠 수가 없다.

이곳 나의 섬사람들은 나의 굿 장단과 춤을 안다. 말을 안다. 침묵을 안다. 나를 푸닥거리 당골 무당 점쟁이라 한다. 말하지 아니하고 있어도 마음을 먼저 들여다본다는 것이다. 역리역설적인 언어변증들의 실존실재들을 이미 자신들의 삶을 통해 스스로 깨치고 안다. 슬퍼하고 분노하며 춤추고, 춤추고 웃으며 슬퍼한다.

그들 스스로가 "말로 치료한다"는 그 개판 진찰실이 정작 무엇일까? 침묵언어, 언어침묵이? 우리 겨레가 "선禪"이라고 말하는 자리일까, 아니면 장자의 "꿈속 나비"일까? 무어라고 말해도 상관없고 다 좋다. 그들과 내가 하나로 신명나게 춤추고 노래하면 그만이다. 당장 내일 죽을지라도.

가족과 이웃들의 눈총 속에서도 "문학"이라는 이 어설픈 하나를 추켜들지 아니했다면 나의 꿈과 사랑의 이 길은 정작 더 엉망진창의 개판이 되고 말았으리라.

20세기 치열한 기성세대 실존문학들 그리고 프로이트 리비도 억압욕망의 신자유주의 신세대들의 초월주의 망상적 자기해체의 포스트모던 문학들……. 무엇이든 저마다 다 자신의 실존적 절박성과 치열성에서 기인한다. 다만 이 섬과 나 자신에게 가장 분명한 것은 문학이 밥으로서의 직업이 아닌 행복에 있다.

오늘의 직업문인들은 중세 봉건사회보다 불행하다. 현대문명 후기산업시대인 오늘에 문학과 모든 예술도 지적산업이요, 그로써 먹고 살아야 하기 때문이다. 그 더욱 오늘의 민중소비문화예술 무한경쟁의 자유시장에 자신의 예술상품을 내다 팔아야 한다. 곧 철저한 상품예술 시대이다. 기상천외하고 엽기적이며 혐오스럽기까지 한 낯설고 충격적인 내용들이 아니면 팔리지 않는다. 오만 가지 키치며 짝퉁상품까지 공인된 사회가 아닌가. 때문에 오늘의 직업 예술가들은 어느 누구도 그 자리에서 자유롭지 못하다. 그러다 보니 예술상품은 작가의 인격실존과 일치하기 어렵다. 이미 1960년대에 나온 마르쿠제의 예언적인 얘기지만 오늘의 문학실존은 스스로 역승화된 억압욕망이다. 예술가 특히 문인들에게 이보다 고독한 시대가 없다. 그 자리에서 고귀하고 아름답고 고고한 "붓"으로서의 자신의 자리를 지켜야 하기 때문이다. 마치 톨스토이의 마지막 날처럼. 스피노자처럼 쫓기는 속에서 바로 내일 세상이 멸망할지라도 저마다 자신의 한 그루 사과나무를 심어야 하기 때문이다.

그런 오늘에 세상 끝자리 무명의 펜인 내게 문학이야말로 가장 큰 기쁨과 행복이다. 체호프처럼 펜과 청진기가 두 마리 토끼가 아니기 때문이다. 서로가 서로를 사랑하고 도우며 기뻐하고 행복해하는 좌우의 두 연인이다. 그들은 나 하나를 사이에 두고 서로 다투고 갈등하지 아니한다. 서로 협력하고 도와 나를 더욱 넘치게 한다.

나의 그 한 그루 묘목은 비록 여리고 작으나 내가 심고 가꾸고 떠난 후엔 어느 가난하고 슬픈 사람의 뜨락에 작은 행복과 꿈이 되리라.

밥이라는 사실 앞에 한동안 갈등 번민하던 진찰실과 수술실. 아니, 1970년대부터 직업과 상품이라는 사실과 함께 의료 불신이 확대 급증한 우리 사회 앞에 절망하던 진찰실과 수술실. 그러나 변함없는 개판 당골 광대의사 그 문학 실존의 자리에 비로소 장날 굿판이 넘친다.

초라한 섬 갯바람 겨울 길가 보잘것없는 풀잎 같은 목숨들.

아무리 손가락질 받는 사람들도 장날은 고귀하고 아름답다.

나와 함께 장날을 기다리는 사람들이 점점 많다.

(2011)

○

너무 행복해서 시詩가?

어언 십 년 세월이 훌쩍.

글벗들로부터 고귀한 시집 선물을 받을 때마다 그녀의 아름다운 모습이 내 앞에 서곤 한다.

그녀는 내게 자신을 가장 솔직하게 토로했다.

"저는 너무 행복해서 시가 잘 되지 않아요. 아무래도 더 이상 시를 쓸 수 없을 것 같아요."

의외였다.

그에 대해 나는 비록 시인도 아니요, 시를 모르는 사람이나 다정한 글벗 입장에서 호주의 국민적 영웅인 두 시인을 말했다. 가장 불행했던 시인 헨리 로슨은 가난한 광부의 아들이자 귀머거리였다. 밴조 패터슨인가 하는 시인은 농장주 대부호의 아들로 본국 영국의 하이클래스 사회를 오가며 가장 화려하고 행복한 삶을 누린 시인이었다.

"그대는 행복하므로 패터슨처럼 행복한 시를 쓰시오. 정작 불행한 사람들이 갈망하는 것은 행복한 시가 아닐까요?"

그녀 시인에게 나는 그렇게 말했다.

시詩가 무엇일까?

시인詩人은 또 어떤 사람일까?

또한 시와 시인과 삶은 어떤 관계 속에 있는 것일까?

시집들을 펼칠 때마다 나는 그러한 자문에 잠기곤 한다.

그때마다 학창시절에 지녔던 자문자답이 다시 떠오르곤 한다.

"너 자신을 버리고 나를 따르라."

"부자가 천국에 들어가기는 낙타가 바늘귀를 지나기보다 어렵느니라."

나 자신을 버리고 나면 무엇이 남을까?

부자와 천국은 왜 그런 관계일까?

숱한 성자들의 설교에서 나는 그 답을 얻지 못하고 나 스스로 찾아 나서고 얻었다.

결국 나는 자신을 버린 그 나를 보았다. 근심하며 돌아가는 부자를 보았다. '이웃'의 실체, '포도나무'의 실제실상을 보았다. 그 나는 이미 '나'와 '너'가 없는 거대한 '우리' 실존체였다. 인격동화체였다.

자신을 그 '우리'로 체감하는 가슴, 인격의 대변혁, 실존인식의 자리가 바로 거듭남이었다. '성령의 불길'로 다시 태어난다는 실제로, 우리의 불교에서 말하는 개오開悟 각성의 자리 같았다.

시인은 아마 그러한 대인격 변화, 실존에 대한 대인식 전환의 자리일 것이다.

겨레 공동 비운의 시대에 만해萬海 선생은 동지이자 글벗인 벗이 출옥하는 마당에서 "여보게, 나일세." 하며 손을 내밀자 "나는 그대를 모르오. 그 사람은 이미 죽었소." 하며 내미는 손을 털어버리고 돌아서버렸다. 그리고 후학들에게 "그 두 사람은 글재주가 아까운 사람들이야. 정작 글이란 재주로 쓰는 게 아니라 가슴으로 쓰는 것이야."라고 말했다. 글(시)은 곧 가슴이요 진실, 인격이나 삶과 이반 유리될 수 없는 것임을 분명하게 짚은 것이다.

"나는 너무 행복해서 시가 잘 되지 않아요."

푸시킨은 왜 자신의 화려한 행복, 귀족과 겨울궁전을 걷어차고 겨울 벌 사람들 속에 뛰어들어 혁명의 횃불을 추켜들었을까?

프란츠 파농은 왜 청진기를 내동댕이치고 기관단총을 거머쥐고 '대지의 저주받은 자들' 아프리카민족해방전선의 야수가 되었을까?

또 헤밍웨이는 왜 넘치는 사유私有와 자유自由 그 행복을 걷어차고 가장 불행한 인간 사냥터만을 쫓아다녔는가? 그리고 미국의 코앞 생쥐새끼 같은 적국 쿠바에 들어가 그들 편에 서서 조국의 가슴팍에 방아쇠를 잡아당겼는가?

또 왜 안톤 체호프는 모두가 화려한 세상 중심이자 지성의 광장, 그 고급사교계의 만남과 취함의 행복들 모스크바를 버렸는가? 그리고 모두가 만류하는 길 죽음의 땅 시베리아 죄수들의 섬 사할린을 향해 홀로 뚜벅뚜벅 걸어가고, 작고 초라한 시골 메리호보의 흙바람 농노들 속에 들어가 자신을 다하고 마쳤는가?

우리의 옛 선비들은 더욱 철두철미했다. 왜 모든 부귀영화를 헌 신짝처럼 여기고 스스로 먼 유배지며 형장을 향해 태연하게 뚜벅뚜벅 나서고 시를 읊었는가?

> 해는 서산에 기울고 둥둥둥 북소리만 길을 재촉하도다
>
> 그 길 황천에는 주점 하나 없는데 오늘 밤을 어디에서 묵어 갈꼬
>
> —성삼문

그 붓대 붓끝들의 자리 그 가슴, 그 인격, 그 바른 말正言의 길과 삶이 곧 우리의 시와 시인의 자리이다.

시인으로 다시 태어난다는 것은 가장 무서운 사실이다. 죽음을 향해, 불행과 고난을 향해 스스로 뚜벅뚜벅 태연하게 나서고 다가서는 것이기 때문이다. 그는 결코 자신의 가면과 거짓을 용납지 못하는 진실의 살이요, 방아쇠이다. 추호도 물러섬이나 굽힘이 없다. 그 용기와 뱃심을 따를 것은 아무것도 없다. 그래서 시인은 고귀하고 아름답다. 바로 거기에 시인의 진정한 행복이 있다. 시인의 가장 큰 가슴, 사랑과 믿음과 소망이 있다.

시인의 가슴은 언제나 활활 자신을 사르는 불길이다. 그 사랑을 우리는 바로 알아야 한다. 결코 온유하고 부드러우며 무엇이

든 다 품어 안는 따뜻한 가슴만이 아니다. 뜨거운 불의 칼날을 거침없이 휘두르는 증오와 분노를 함께 품는다. 스스로 자신의 목숨을 끊어버리는 부끄러움으로 늘 가득 차 있다. 만약 시인의 사랑 그 가슴이 불타는 증오, 분노와 부끄러움을 스스로 함께 품고 있지 않다면 그 사랑은 사랑이 아니다. 회칠한 무덤 곧 가면이다.

길을 가다가 우물에 빠져 허우적거리는 아이를 보고 그냥 지나갈 사람은 아무도 없다. 제아무리 자신의 길이 급하더라도. 강도 만난 사람도 그냥 지나칠 수 없다. 그렇다면 칼을 든 살인강도도 마땅히 그냥 지나칠 수 없다.

물에 빠진 아이, 강도 만나 신음하고 있는 사람 앞에서는 측은한 마음, 곧 인애人愛의 어진 마음仁이 일어난다. 그러나 칼을 든 살인강도 그 불의不義 앞에서는 증오와 분노와 가슴이 일어난다. 그 가슴을 참고 물러서거나 회피하면 부끄러움羞惡之心이 일어난다. 그때 증오, 분노, 부끄러움을 참는 것은 물러서고 회피함이다. 물에 빠진 아이를 그냥 지나치는 것과 같다. 그러나 칼을 든 강도에게 돌진하는 것은 물에 빠진 아이를 향해 손을 뻗는 것보다 더 힘들다. 여간해서는 그 뱃심과 용기를 지니기 어렵다. 그것을 가능케 하는 힘이 곧 증오심과 분노요, 자신의 부끄러움을 참지 못하는 가슴이다. 실존상황이 진실과 큰 사랑의 가슴들에게 그 자리와 힘을 부여한다.

결국 시인의 불타는 가슴, 그 진실과 사랑은 '우리'로 존재하는 시인 그 자신의 실존에 대한 총체적 인식과 그 절박성에 있다. 실존해상實存解像에 대한 시적詩的 언어인식言語認識 세계 또한 거기에 있다. 곧 실존인식에 대한 절박성이 언어인식행위의 치열성으로 나타난다.

시인의 행복은 보편적인 사람들의 행복과는 같을 수가 없다. 전혀 다르다. 철학, 과학자가 진리 앞에 자신의 생명을 내놓는다면, 시인은 진실과 사랑 앞에 자신의 목숨을 바친다. 그 자리가, 곧 그 길이 시인의 행복이다.

시인의 그 가슴은 철학, 과학보다 참되다. 윤리 도덕보다 선하다. 종교보다 거룩하다. 그 모든 세계를 우리는 아름다움이라 한다. 그 사랑과 진실, 아름다움의 세계는 진眞, 선善, 성聖보다 더 원초적인 인간의 밑자리요, 늘 고정 정체된 박제처럼 생명력을 상실해버린 것이 아니라 상황에 따라 그에 예민하게 반응하며 변화 조응하는 생명력의 실체이기 때문이다. 그 넘치는 생명의 활력을 일단 확보한 사람은 그 무엇에도 주저함이 없다. 어떤 걸림돌도 없다. 오직 진실과 사랑의 아름다움과 행복에 활활 타는 불길 그 자체이다.

"저는 너무 행복해서 시가 잘 되지 않아요."

"행복하면 행복한 시를 쓰시오."

그녀가 다정한 글벗이요, 너무 아름답고 사랑하고 싶어서 내가 그렇게 말했을까?

그녀는 기분 좋게 받아들였다.

그게 시인에 대한 나의 슬픔이다.

진정한 시인으로 거듭 태어난 사람의 입에서 터지는 말은 모두가 시이다.

설혹 그렇게까지야 아니 되었다 해도 그들의 말만이 아름다운 말이라 믿고 기초적인 말도 알아듣지 못하는 사람들이 시인을 자처하고 활개 치는 오늘 우리의 삶터가 슬프다.

시는 무엇인가?

시인은 과연 어떤 누구인가?

글벗들로부터 시집을 선물 받을 때마다 그녀의 얼굴이 떠오른다.

십 년 세월에 어떻게 변했을까?

근심하며 돌아가는 사람은 그래도 아름답다.

시가 먹고 입는 것과 한 자리에 설 수만 있다면 얼마나 행복하고 좋을 일일까.

(2002)

○

나는 한 마리 섬나비

나는 한 마리 섬나비!

감각의 사유, 사유의 감각 언어로 존재한다.

그 자리가 내게 사유를 사유하는 존재의 실체이다.

유년 시절 눈앞에 있는 모든 것들이 신기하고 아름답고 재미있었다. 왜 저럴까? 모든 것들이 궁금했다. 그래서 무엇이든 어른들께 알 때까지 꼬치꼬치 파고 묻는 아이였다. 어머니, 할머니, 할아버지는 너무 쉽게 한계를 드러내고 말았다. 그리고 아버지가 오시면 물으라 했다. 그래서 그 모든 것들을 차곡차곡 쌓아두고 척척박사 아버지가 집에 오시는 날만 기다렸다. 할아버지의 엄명을 받고 왜놈들에게 빼앗긴 나라를 되찾기 위해 일본경찰들에게 쫓겨 요동 만주벌을 줄기차게 말달리다 죽지 않고 내가 태어난 해에 해방을 맞아 돌아오셨다는 아버지는 여전히 밖으로만 나돌았다. 그리고 어쩌다 가뭄에 콩 나듯 집에 오셔도 곧장 또 떠나곤 했다.

그래서 아버지가 집에 오시는 날이 내 유년의 최고최대 기쁨이었다. 아버지와 함께 바로 마을 앞 넓은 포구 낚시터에 나가 물고기를 낚는 기쁨, 아버지가 공부하던 왜놈들의 나라와 겨레 옛 땅이었다는 광활한 요동 만주의 이야기 그리고 내가 물으려고 쌓아놓았던 궁금증들을 모두 아는 즐거움이다. 몇 번 그러던 어느 때 아버지가 비로소 내게 기적의 비밀을 가르쳐주신다. "영남아, 그렇게도 재미있고 신기하며 궁금한 것들이 많으냐? 앞으로는 자신이 모른다고 해서 물으려고 나를 기다리지 마라. 그렇게 해서 아는 것은 아는 게 아니다. 궁금하고 신기한 것들을 네가 스스로 자세히 바라보고 왜 그런가? 하고 생각을 깊이 계속하면 자연히 알게 되는 것이요, 그게 진짜 아는 것이란다." "정말 그래요? 그럼 그 비밀을 왜 이제야 말하나요? 진즉 가르쳐주셔야지." "그래 네 말이 옳다. 그러나 그동안 너에게 그렇게도 궁금한 게 많은 줄 미처 몰랐다."고 하신다. 그보다 내게 기쁜 날이 없었다. 기적의 비밀을 거머쥐었기 때문에.

그 다음 아버지가 내가 처음 보는 망원경을 가지고 와 보여주신다. "이럴 수가?" 너무 멀어 눈에 보이지 않는 것들이 바로 앞처럼 또렷하고 세세하다. 아버지가 생각하는 법을 말해주신다. "넌 지금 할머니께 무수한 동화전설들을 다 듣고 너도 그 이야기를 가족들에게 해주며 기쁨을 누리고 있지 않느냐. 손오공의 서역 길과 천일야화 속의 저 먼 서쪽나라 페르시아 왕자도 되어 하늘을 자유롭게 날아다니며." "예, 그래요." "그런 무수한 이야기를 듣고 얘기할 때 지금 네 눈앞엔 보이지도 있지도 않는 것들이 다 훤히 눈앞에 그려지지 않더냐." "마땅하죠." "그래, 그게 바로 사람의 생각이요, 마음의 눈이란다. 지금 이 망원경처럼 말이다. 내가 너더러 자세하게 관찰하고 또 깊이 생각하여 스스로 알아야 한다고 말한 게 이런 자리란다. 무슨 말인지 알겠느냐?" "예, 알았어요. 눈에 보이지 않는다고 없는 게 아니란 거죠? 밤과 낮이 오고가며 해와 달과 별이 뜨고 지는 것이나, 계절이 오고가고 꽃과 풀잎들이 피고 지는 것들의 이유도 그렇게 생각하면 알게 된다는 거죠." "오냐 그렇다. 똑똑하구나."

그리고 내가 6세가 된 1950년 여름, 겨레남북 피아골 폭풍해일이 섬을 덮쳤다. 난생처음 만난 현실감 넘치는 새로움들의 딱콩총소리, 쌕쌕이들의 폭탄불꽃놀이, 인민재판, 죽창몽둥이패들 등에 신바람이 나서 그 속을 누볐다. 그리고 마을 죽창몽둥이패들에게 쫓겨 외가 등지로 밤길을 달리다가 돌아온 늦가을, 낚시터 아버지는 할아버지 숙부와 함께 어디론가 사라지고 텅 빈 바닷가에 집안을 이끌어 갈 사내남정이라곤 나만 홀로 우두커니 서고 말았다.

"기다리지 말라"던 아버지! 그리고 나를 한밤중 외가로 급히 떠나보내며 "이제부턴 너 홀로 길을 가야할 터인즉 그리할 수 있겠느냐?"고 나 스스로 다짐 대답하게 하시던 할아버지! 그 자리가 내 평생의 모든 것을 지배한다. 아름답고 신비롭고 궁금한 그 모든 것들을 자세히 관찰하여 감각하고 그를 깊이 생각함으로

써 또 나 스스로 생각하고 상상하는 것들을 나의 실체로 감각함으로써 나는 존재한다. 직접 내 몸으로 느끼지 않거나 못하는 것들은 별 관심도 없고 의미도 없다. 유년의 무수한 동화전설들도 내 마음의 망원경 속에 펼쳐지는 실체 감각이 아니면 그들을 깊이 사유하지도 않는다.

때문에 초등학교 시절 내 마음에 두려운 귀신을 결코 확인하기 위해 어른들도 나서지 않는 공동묘지, 아이들의 독 다물 터, 6·25 때 길가에서 총살당한 귀신들이 우글거리는 시오리 깊은 산마루 밤길을 홀로 학교에서 집까지 걸었다. 많은 어른들이 만나 혼났다는 귀신이나 어머니와 누나까지 자주 본다는 도깨비불도 나는 만나거나 보지 못했다. 그래도 여전히 홀로 가는 밤길의 두려움이 가시지 않아 그 두려움의 원인을 찾으려고 중학을 마칠 때까지 계속 밤길을 홀로 걸으며 그 밤길에서 구체적인 실험을 계속했다. 그리고 찾았다. 밤길 두려움의 그 '귀신' '혼령'은 내 안에 있는 또 하나의 나 자신이었다. 자신을 드러내지 않고 어둠 속에 감추고 숨어 있는 '허깨비'였다. 날이 훤히 밝으면 스스로 자취흔적도 없이 사라지는. 우리 모두가 죽음과 어두운 밤을 무서워하는 것이 바로 그놈 때문이었다. 그놈은 자기를 두려워하고 피하며 돌아가고 도망치면 당장 쫓아와 뒷덜미를 움켜잡고 쓰러뜨린다. 그러나 내가 정면으로 맞서 똑바로 바라보기만 해도 주춤거리고 쫓아가면 정신없이 도망쳐 버리는 가장 비열한 놈이다. 할아버지 말씀처럼 자신보다 약한 약자에게 강하고 강자에겐 당장 꼬리를 내리는 놈이었다. 그로부터 나는 밤길과 죽음이 전혀 두렵거나 무섭지가 않았다.

나 홀로 가는 밤길에 가장으로서 가족들을 먹여 살리기 위한 길이 1차적인 꿈이었다. 그다음이 낚시터에서 함께 꿈꾸고 약속한 아버지의 역사 벌이었다. 그 '역사 벌'은 중학시절 가슴 벅차오르는 겨레역사 근원인 요동 만주벌에 다시 서는 아버지의 꿈! 그 잠들고 묻혀버린 '침묵'들을 다시 '언어'로 세우는 길이었다. 그러한 나의 꿈의 날개는 유년에 언제나 바라보는 가슴 앞 드넓은 바다와 바다 건너편 푸른 벌이었다. 섬을 탈출해야 하는.

그로 나는 섬을 탈출하여 남도의 화려한 빛고을 의과대학에 들어갔다. 그 첫봄 무슨 이변일까? 난 갑자기 망치로 뒤통수를 얻어맞고 마치 사울처럼 다메섹 도상에 장님이 되어 쓰러지고 말았다. 나뿐만이 아닌 1960년 다정한 벗들과 우리사회 모든 꿈들이 날개를 편 서구사회 바로 그곳 시인이 내게 조용히 속삭였다. "화려한 꿈의 현대문명사회와 현대인들의 모든 병리는 저마다 그 자신의 마음의 고향을 상실한 데 있다"고 하는 말! 그동안 내가 꿈꾸고 좇던 꿈과 사랑과 믿음과 길의 그 모든 실상과 허상이 일시에 뒤바뀌는 앞에서 비로소 바울처럼 다시 눈을 뻴떡 뜨고 일어섰다. 시인이야말로 의사 중 의사였다. 그렇게 다시 일어서자 또 다른 사람이 다가와 조용히 말한다. "보통의사는 몸의 병을 고치고 좀더 나은 의사는 마음의 병을 치유한다. 그러나 정작 그보다 나은 의사는 병든 사회 속으로 뛰어든다."라고. 삼민주의 혁명가로만 알았던 그가 바로 그런 의사인 데 있었다. 스스로 병든 자가 어찌 병자들을 치료한다고 나설 수 있으랴. 당장 나 자신의 가장 초라한 원점 섬으로 항로를 돌이켰다. 그 섬이 곧 나의 진정한 자존이었다.

원점 섬으로 돌아오는 항로가 섬을 탈출하는 것보다 더 멀고 파도치며 어려웠다. 그로 40세가 된 1984년에야 돌아왔다. 그러나 '그 청진기 칼날의 섬은 이미 진정한 나의 원점 섬이 아니다'라는 사실의 갈증 앞에, 1987년 겨울 병원 문을 못질하고 진정한 나의 섬을 찾아 망망한 대해로 나아갔다. 그리고 동서 문명 문화가 끊임없이 파도치며 교차하고 맞서는 뜨거운 적도바다를 45일간 유랑하는 뱃길에서 비로소 유년부터 쌓이고 쌓인 모든 침묵들을 언어로 세우는 역사의 펜으로 마지막 다시 태어났다. 그 첫 언어가 《적도바다에 들려오는 영혼의 모음》이다.

문학의 언어들은 가장 큰 진실! 가장 분명한 실체감각들이다. 그러나 그 언어들은 실재하지 아니하는 유년의 동화전설들과 같은 환각 환영들이기도 하다. 문학실존은 바로 그 서로 다르고 배치되는 것만 같은 자리를 저마다 자기 진실 속에서 엮어 역사 현실의 등경 위에 올려놓는 가장 절박하고 치열한 창조행위이다. 거기엔 털끝만큼도 욕망의 양가죽을 둘러쓸 수 없다. 무덤을 회칠하고 나설 수 없다. 가장 크고 분명한 실존 실재들이 어찌 그토록 망상에 사로잡힐 수 있단 말인가? 그 이유는 영원한 꿈의 자유 오직 하나 그 날개이기 때문이었다. 마음의 고향을 상실해버린 욕망의 양가죽과 회칠한 무덤들의 유아독존 독선편집 도그마 율법에 결단코 사로잡힐 수 없는. 그 자유가 그 가면들의 가슴팍을 향해 쏘아대는 총구 불화살보다는 스스로 자신을 자유自遊하는 바람길風流 낭만 '장자의 나비'이다. 그 여린 나비의 날개가 불화살보다 강하다는 사실을 문학의 침묵들만이 스스로 감각하고 잘 알기 때문이다.

감각사유와 사유감각은 한 순간조차 영원한 역사 시공간을 자유한다.

어떤 순간에도 역사 현실의 배후로 도피하지 아니하는 가장 절박하고 치열한 언어 실체의 날개이다.

나비야! 날아라. 바람 속을 사뿐사뿐 날아라.

(2012)

○

삶과 꿈의 끝자리

젊은 날의 꿈과 사랑!

70년 세월 나의 바다와 섬에 노을빛이 짙다.

스러진 침묵들의 언어로 다시 태어난 세월도 어언 30년…….

중학 시절부터 메마른 나뭇가지에 걸린 달 목월의 '구름 나그네'!

강나루 건너 밀밭 길에 넘치던 은빛 파도 물결…….

차운산 바위 위에 하늘은 멀고 여전히 산새가 구슬피 운다.

구름 흘러가는 꽃 적삼 남도 삼백리 길에

이 밤 자고 나면 꽃잎이 지리라.

겨울을 앞두고 여전히 우르르 몰려 날아가는 서리 까마귀 떼!

니체의 '고독'이 더욱 새롭다.

그 세월! 이제는 내게도 스러지는 유성의 불꽃을 잡고

청춘青春과 미美와 시가詩歌의 여신~

저 가나안 기슭 거품 이는 밤바다에

한 마리 하얀 물새가 되리라.

이는 저 푸른 해원에 나부끼는 하얀 손수건!
또 누구인가 광야에서 외치는
피할 수 없는 파도 위에 누운 베케트의 고도이다.
뜨락에 붉은 꽃잎 뚝뚝 지는 '찬란한 슬픔' '님의 침묵'이다.
카프카의 '심판'이요, 보들레르의 '악의 꽃'이다.

뭉크의 실존 리얼리티 유혹 '마돈나' 팜므파탈의 숙명이요
슬픔을 깨우친 밀레의 노을빛 저녁 종소리 '만종晩鐘'이다.

세상 끝자리 섬!
오월의 푸른 갈대밭 어미새 개개비들은 모두 떠나고
개여울 돌아가는 산발치 길가에
한여름 무성했던 개망초 꽃잎들은 지고
하얗게 하얗게 만개시킨 억새꽃들과
개여울 갈대꽃들도 가을 강바람에 춤춘다.

산에는 사철 푸른 나무 나무!
잡지 마라, 잡지 마라.
이제는 나도야 갈가부다.

가을빛 익어가는 풍요로운 들녘!

그 풍요로움과 아름다움의 감각이

오늘엔 왜 이토록 환치된 환각 망상일까?

이제 곧 텅 빈 들녘과 산에 눈보라가 휘몰아칠 것이다.

겨울을 앞두고 여전히 날아가는 고향 까마귀 떼!

고향을 잃지 않는 사람들은 얼마나 행복하랴.

또다시 개개비들 일제히 돌아와

사랑의 둥지를 틀 섬 개여울

갈대밭 푸른 날을 말없이 기다린다.

(2015)

나는 한 마리 섬나비

1판 1쇄 인쇄 2021년 12월 20일
1판 1쇄 발행 2021년 12월 27일

지은이 조영남
편　집 이혜선
펴낸이 최한중

인쇄·제본 (주)민언프린텍

펴낸곳 도서출판 스핑크스
주소 (10378) 경기도 고양시 일산서구 고봉로 329번길 5
전화 0505-350-6700 | **팩스** 0505-350-6789 | **이메일** sphinx@sphinxbook.co.kr
출판신고번호 제2017-000187호 | **신고일자** 2017년 10월 31일

ISBN 979-11-90966-03-0 03810

▹ 책값은 뒤표지에 있습니다.
▹ 잘못 만들어진 책은 구입하신 서점에서 교환해 드립니다.
▹ 이 책은 진도군의 지원으로 제작되었습니다.